# Paola Siviero

# A Lenda da Caixa das Almas

## Livro 1

1ª reimpressão

Copyright © 2023 Paola Siviero

Copyright desta edição © 2023 Editora Gutenberg

Todos os direitos reservados pela Editora Gutenberg. Nenhuma parte desta publicação poderá ser reproduzida, seja por meios mecânicos, eletrônicos, seja via cópia xerográfica, sem a autorização prévia da Editora.

EDITORA RESPONSÁVEL
*Flavia Lago*

EDITORAS ASSISTENTES
*Natália Chagas Máximo*
*Samira Vilela*

PREPARAÇÃO DE TEXTO
*Jana Bianchi*

REVISÃO
*Vanessa Gonçalves*

ILUSTRAÇÃO DA CAPA
*Vito Quintans*

ADAPTAÇÃO DA CAPA
*Diogo Droschi*

PROJETO GRÁFICO
*Diogo Droschi*

DIAGRAMAÇÃO
*Christiane Morais de Oliveira*

**Dados Internacionais de Catalogação na Publicação (CIP)**
**Câmara Brasileira do Livro, SP, Brasil**

Siviero, Paola
   A lenda da caixa das almas / Paola Siviero. -- 1. ed. ; 1. reimp.
-- São Paulo : Gutenberg, 2023.  -- (Caixa das almas, v. 1.)

   ISBN 978-85-8235-698-2

   1. Romance brasileiro I. Título.

23-161320                                            CDD-B869.3

Índices para catálogo sistemático:
1. Romances : Literatura brasileira B869.3

Eliane de Freitas Leite - Bibliotecária - CRB 8/8415

A **GUTENBERG** É UMA EDITORA DO **GRUPO AUTÊNTICA** ◉

**São Paulo**
Av. Paulista, 2.073 . Conjunto Nacional
Horsa I . Sala 309 . Bela Vista
01311-940 . São Paulo . SP
Tel.: (55 11) 3034 4468

**Belo Horizonte**
Rua Carlos Turner, 420
Silveira . 31140-520
Belo Horizonte . MG
Tel.: (55 31) 3465 4500

www.editoragutenberg.com.br
SAC: atendimentoleitor@grupoautentica.com.br

*Me lembro das trilhas que a gente percorreu juntos. De como você me puxou ladeira acima quando as minhas pernas falharam. De como algumas vezes eu chorei de cansaço e pensei em desistir, e você insistiu dizendo que eu conseguiria chegar até o final.*

*Você viu essa história nascer. Me acompanhou nessa estrada longa e tortuosa, segurou minha mão no exato segundo em que comecei a sonhar e não largou nem nos momentos mais difíceis.*

*Para o meu primeiro leitor e meu grande amor, Henrique. Obrigada por transformar "sonhar" num verbo menos solitário.*

# Prólogo

Os dois meninos caminhavam pela Floresta Sombria tentando não fazer ruído algum. O primeiro tinha passos firmes e precisos – como se, mesmo tão novo, já soubesse o caminho a seguir e onde pisar. O segundo se esforçava, numa tentativa risível de imitar o irmão, mas seus pés desajeitados quebravam o silêncio chutando pedras, tropeçando em raízes e pisando em gravetos.

No entanto, Otto não reclamava nem olhava feio para o irmão menos habilidoso. Provavelmente porque, de todas as formas possíveis, Theo sempre estivera atrás.

Começara no nascimento. Eram gêmeos, e Otto tinha vindo primeiro. Theo demorara até mesmo para chorar ao chegar ao mundo. O mais velho dera seus primeiros passos meses antes do irmão, pronunciava palavras enquanto Theo apenas balbuciava. Tinha mais coragem nas brincadeiras, chorava menos quando caía. Era bem como diziam: idênticos, e ainda assim tão diferentes.

Mas as comparações não incomodavam Theo; era o maior admirador do irmão. Mais que isso: sentia-se grato por ter Otto ao seu lado, o ensinando e incentivando a ser melhor. Não conseguia nem mesmo imaginar como teriam sido aqueles seus doze anos de vida sem ter o gêmeo como guia.

– Como você faz isso? – Theo perguntou, num sussurro, para não alertar as possíveis presas.

– Isso o quê? – Otto indagou, sem se virar.

Theo o observou com a sensação estranha de estar olhando para um espelho: Otto era alto e magrelo, tinha cabelo preto e olhos atentos de um tom cinza-escuro. O que ajudava a diferenciar os irmãos era uma marca de nascença em forma de estrela na parte interior do braço – direito no caso de Theo e esquerdo no de Otto. Bom, agora havia também o comprimento do cabelo. Mesmo sob os protestos constantes do pai, Otto se recusava a cortá-lo, e já chegava aos ombros.

– Isso – Theo disse, no momento em que Otto levantou o pé para não tropeçar, sem nem ao menos olhar para baixo. – Como você sabia que tinha uma raiz bem aí?

– Mágica, irmão – Otto respondeu, rindo da própria piada. Depois se virou para encarar o outro. – Você precisa observar o terreno antes. Ir olhando de vez em quando e gravando tudo na mente... Fazendo isso dá pra *sentir* onde as coisas estão. Entende?

Não. Theo não tinha a menor ideia do que ele queria dizer com aquilo. Mas talvez fosse só questão de tempo, assim como todo o resto.

Naqueles poucos meses desde que mater e pater enfim haviam permitido que fossem sozinhos para a floresta, tinham levado várias caças para casa – todas abatidas por Otto. Mas agora Theo já acertava os alvos de treinamento na maioria das vezes, então tinha esperança de finalmente conseguir fazer os olhos de Carian brilharem com orgulho.

De repente, Otto estacou e se virou. Pousou o indicador sobre os lábios e apontou para a clareira à frente. Theo estreitou os olhos e viu o animal ao longe, entre os troncos pretos.

Era um cervo de poucos meses. A grande chance que estava esperando nas últimas semanas. Caçar fazia uma mistura confusa borbulhar em seu estômago: empolgação pela perspectiva de alimentar a vila, medo de não conseguir... E havia culpa também, não dava pra negar. A natureza funcionava assim, precisavam do alimento e só levavam o estritamente necessário, mas nem por isso o ato de matar um animal deixava de pesar.

Ainda faltavam quatro anos para que tivessem de escolher seus destinos, porém seria natural seguirem os passos de pater. Otto pelo menos tinha certeza absoluta de que seria um caçador. Theo provavelmente passaria a sentir o mesmo em breve. Adorava ouvir as histórias sobre o que outras pessoas dedicadas ao ofício viam e viviam... Seria divertido fazer parte daquele grupo de homens e mulheres que se embrenhavam por dias na floresta e depois eram recebidos de volta com aplausos e agradecimentos.

Eles se esconderam atrás de um carvalho. Cervos tinham uma ótima audição; tentar se aproximar seria arriscado demais, principalmente com o tapete de folhas secas que cobria o chão. Otto gesticulou para o irmão, numa conversa silenciosa de acenos de cabeça e olhares incisivos, e passou a responsabilidade do tiro a Theo. Ele sorriu e concordou, pensando que depois deixaria que o outro comesse sua porção de frutas no jantar.

Theo levou o braço para trás e puxou uma flecha da aljava. Levantou o arco, esticou a corda e fechou o olho esquerdo. Precisava de alguns instantes para ajustar a mira; se o tiro acertasse o pulmão ou o coração, o animal morreria sem sofrimento. Inspirou fundo uma última vez e prendeu o ar.

O cervo levantou a cabeça e o encarou no momento em que ele abria os dedos para soltar a flecha. O olhar era intenso, e sua expressão estava cheia de uma compreensão profunda que parecia incompatível com um animal selvagem. O tempo quase parou quando Theo entendeu o que aquilo significava. O menino moveu o arco para tentar desviar a rota do tiro, sem saber se seria suficiente.

A flecha se cravou num tronco, a centímetros do filhote. A presa não se mexeu; era como se tivesse compreendido que os humanos não eram uma ameaça. As pernas de Theo tremeram e acabaram cedendo. Ele caiu de joelhos.

— Anima — suspirou, ofegante.

O que faria se não tivesse conseguido desviar a flecha?

Teria que confessar quando chegasse à vila... Aquilo geraria uma comoção; todas as pessoas prestes a completar dezesseis anos ficariam aflitas, perguntando-se quem seria o coitado que viveria incompleto pelo resto de seus dias, sem nunca se unir a seu espírito animal. A vila inteira choraria aquela perda.

— Calma, Theo. Você não... — Otto apertou seu ombro. — Está tudo bem, o cervo não se feriu.

— Por que ele não me deu algum sinal? — Theo perguntou, encarando o animal, que finalmente virou as costas e correu.

— Mas ele deu! Animae são inteligentes, e ele te avisou na hora certa... — Otto estendeu uma mão para ajudar o irmão a se levantar. — Vem. Ainda dá tempo de achar pelo menos uma lebre.

Continuaram a busca. Em algum lugar não muito longe, um corvo grasnou quatro vezes de um jeito agourento, e o frio do outono pareceu responder. Uma neblina fina se esparramou entre as árvores, fazendo os pelos do braço de Theo se arrepiarem. Um vulto grande os sobrevoou, e ele olhou para cima já com uma flecha no arco.

– Viu alguma coisa? – Otto perguntou.

– Achei que sim... Mas deve ter sido só impressão.

Uma brisa gélida soprou, buscando frestas nas roupas e chegando até os ossos. A nuca de Theo formigou e ele se virou rápido, mas de novo não havia nada ali. Fechou os botões da túnica de lã.

Se aquela fosse uma floresta comum, o dia se prolongaria por mais algumas horas, mas o líquen-carvão que crescia sobre os troncos absorvia boa parte da luminosidade. A noite sempre chegava primeiro na Floresta Sombria.

– Acho que está na hora de voltar – Theo sugeriu.

Estava incomodado, sentindo que havia algo errado. Ao ver a neblina se adensar, teve um impulso repentino de sair correndo.

– Não, calma, ainda dá pra enxergar bem – Otto respondeu. – Vamos nos separar.

– Melhor não, Otto – falou Theo na mesma hora.

Mesmo caçadores mais experientes não vagavam sozinhos. Theo não acreditava em monstros, fantasmas ou qualquer criatura sobrenatural – lendas que afastavam pessoas supersticiosas da Floresta Sombria – contudo, havia ursos e lobos na região.

– A gente não conseguiu nada a semana inteira! – Otto insistiu. – Só um pouquinho... Quando a luz estiver acabando, a gente se encontra na estrada. Ninguém precisa ficar sabendo.

Pater e mater. Os garotos tinham prometido não se separar. Theo pensou em usar isso como argumento, mas parecia bobo. E Otto sempre acabava conseguindo fazer as coisas do jeito dele.

– Tá bom – concordou Theo, contrariado. – Só que se você não estiver lá na hora marcada, vou direto pra casa contar que a ideia idiota foi sua.

Otto sorriu com o canto da boca, deu uma piscadinha e correu na direção sul. Em poucos segundos já tinha sido engolido pela neblina, então o irmão se virou e seguiu rumo ao norte.

Caminhou por alguns minutos, estranhando o silêncio. Àquela hora, os pássaros deveriam estar se despedindo do dia, os insetos preenchendo o ar com seus zunidos densos. Porém, o único som era o das folhas estalando sob seus pés. A situação toda era angustiante.

Ele chegou ao pequeno lago onde costumavam brincar no verão. A bruma ali se dissipara, e a água refletia os últimos raios de sol. A sensação estranha passou, e ele conseguiu relaxar um pouco. De repente, aquele medo pareceu uma coisa infantil e o menino riu de si mesmo, pensando no que Otto diria se soubesse que, por muito pouco, ele não tinha saído em disparada como um animal assustado.

No meio do devaneio, um movimento chamou sua atenção.

Uma doninha avermelhada corria entre as folhas secas. Talvez o dia não fosse terminar como um fiasco total, mas não havia tempo a perder; logo estaria escuro demais para enxergar qualquer coisa. Puxou uma flecha, preparou o arco e disparou.

Três coisas aconteceram ao mesmo tempo.

A doninha se enfiou num buraco.

A flecha se cravou no solo.

Um grito cortou o ar.

Theo reconheceria aquela voz mesmo em outra vida. E o horror que ela transmitia fez seu corpo congelar, do peito às pontas dos dedos. Ele largou o arco no chão e correu sem hesitar.

– Otto! OTTO!

Correu. Por que ele não respondia? Continuou na direção sul, gritando, tentando afastar da mente imagens de um ataque de lobos. Ou de um urso.

– OTTO!

Correu por muitos minutos, sempre chamando o irmão. Passou pelo local onde tinham se separado e tomou o rumo que o outro seguira. Logo estava vasculhando a parte sul da floresta.

– OTTOOOOOO! – gritou o mais alto que pôde.

Sua voz e suas forças estavam se esgotando.

– Otto... por favor – sussurrou, com os olhos ardendo. Apoiou as mãos nos joelhos para recuperar o fôlego, mas o ar parecia não entrar. – Luce, Deusa da Luz, criadora da vida, por favor – implorou, numa oração simples e desesperada.

A floresta já estava escura. Um lobo uivou. Parecia um lamento.

Ele voltou a correr, com um nó na garganta e as mãos trêmulas, mas dessa vez em direção à vila.

Ao atravessar a linha das árvores, a claridade o surpreendeu. O sol se punha atrás das montanhas, fazendo os campos de aveia reluzirem como um lago dourado. As pedras brancas das casas ao longe estavam tingidas pelos tons vermelhos do firmamento. Tons de sangue. Disparou por entre os campos até alcançar as ruas estreitas de Pedra Branca. Passou pela praça do poço, tomou a segunda viela à esquerda e, algumas casas adiante, abriu a porta pesada de madeira.

Seus pés latejavam nas botas, assim como o coração dentro do peito.

Feline, a puma do pai, estava estirada ao lado da lareira. Carian saiu do quarto quando ouviu a porta bater.

— Pater... — Theo se engasgou, como se tivesse engolido uma pedra. — Otto sumiu na floresta... Ele gritou. Eu procurei, procurei por toda parte! Ouvi um lobo, não sei...

Agora que havia falado tudo aquilo em voz alta, era real. A verdade tinha o peso de uma montanha, e de repente parecia muito difícil respirar. Aquele grito... Algo horrível tinha acontecido.

Theo viu o próprio pânico refletido no rosto de Carian. O pai agarrou sua mão, e o menino se deixou arrastar pelas ruas. Feline liderou o caminho, e num piscar de olhos estavam na praça.

Pater puxou a corda para tocar o grande sino que ficava no centro. *Blém. Blém. Blém.*

O som alto e profundo ressoou no estômago de Theo. Era o alerta para anúncios e emergências. Agora, soava como um chamado para a guerra.

As pessoas começaram a chegar, capas apertadas em volta do corpo e a expressão preocupada.

— Meu filho sumiu... Otto sumiu na floresta! — pater gritou. — Vamos fazer uma busca!

Enquanto ele falava com as pessoas e organizava tudo, o menino ficou ao seu lado, com o olhar desfocado. Por um momento, teve a impressão de que aquilo acontecia com outras pessoas.

— Theo... Theo! — Carian teve que chacoalhá-lo para que reagisse. — Onde exatamente ele sumiu?

– Na parte sul. A gente se separou perto da clareira grande. Eu fui para o norte e ele para o sul.

Engoliu em seco. Era tudo culpa dele. Pater assentiu e começou a gritar mais ordens.

– Eu também quero ir – Theo disse.

– Não, de jeito nenhum. Você fica.

Estava prestes a argumentar quando viu uma mulher se aproximando. Alta, com ombros largos, o cabelo dourado e cacheado balançando conforme corria. Vestia uma túnica branca, calças de lã e botas de couro.

– Carian!

– Lia, ele sumiu – pater respondeu, com a voz vacilante pela primeira vez.

– Calma. A gente vai encontrar o Otto – ela disse, alternando o olhar entre o companheiro e o filho. – Preciso de uma tocha.

– Melhor não – Carian suplicou, lançando um olhar para o ventre dela.

Há poucas semanas mater anunciara que havia mais um integrante da família a caminho, e a barriga já era visível. Grávida ou não, Theo sabia que ela não aceitaria ficar para trás.

– Não vou esperar sentada enquanto ele está... perdido. – Por um breve momento, ela pareceu hesitar, porém logo voltou a ser a fortaleza de sempre. – Vai ter muita gente junto, vou ficar bem.

Eles discutiram a melhor estratégia e decidiram que iriam em grupos distintos. Mandaram o filho voltar para casa, mas ele permaneceu ali, estático. Viu quando Lia estendeu uma faca para Carian. Reparou que havia uma runa desenhada no cabo de pedra.

– Já estou levando tudo de que preciso.

– É minha faca da sorte – mater insistiu.

Ela assoviou, e uma águia-real desceu do céu sem estrelas para pousar no bracelete de couro que cobria seu antebraço.

– Áquila, procure o Otto. – Lia encostou sua cabeça na da águia e impulsionou o anima para cima, que voou na direção da Floresta Sombria. – Feline?

– Já foi.

As pessoas começaram a se mover. Pater deu mais um abraço nos dois e se foi, a luz bruxuleante da tocha iluminando a barba escura, as sobrancelhas grossas e o maxilar cerrado.

Mater partiu com o segundo grupo, mas antes repetiu para o filho ir para casa. Ela provavelmente já sabia que Theo não obedeceria, e o menino acabou se juntando ao terceiro grupo.

Percorreram a floresta a noite toda, procurando pegadas de animais, vestígios de sangue, galhos quebrados ou qualquer outra coisa que pudesse indicar o que havia acontecido.

Nada.

Quando os primeiros raios de sol romperam a escuridão, o líder do grupo de Theo anunciou que retornariam. O garoto se revoltou e correu para continuar procurando sozinho, mas foi arrastado de volta. Pelo menos permitiram que permanecesse na estrada, esperando as outras pessoas emergirem da linha das árvores.

O grupo de Lia apareceu no meio da manhã. Theo buscou o rosto de Otto entre os outros, mas aquela pontada morna de esperança rapidamente se transformou numa onda de decepção. Mater parou ao seu lado enquanto aguardavam os demais e segurou sua mão... para amparar o filho ou a si mesma.

Já passava do meio-dia quando Carian voltou. Não foi necessário que Theo procurasse pelo irmão: a derrota estampada no rosto de pater já dizia tudo.

Os três se abraçaram ali, no meio da estrada, como se precisassem segurar uns aos outros para não se quebrarem em centenas de pedaços. A cola que os unia era uma dor tão forte que Theo nem imaginava que pudesse existir. Os soluços eram altos, e num dado momento ninguém sabia mais de quem eram as lágrimas que encharcavam as roupas.

Era um daqueles momentos que deixa na mente uma cicatriz.

Algo que fica marcado para sempre.

Eles não desistiram. Não podiam. Aceitar uma tragédia era difícil, mas não saber o que tinha acontecido era insuportável. Procuraram por Otto mais um dia. E mais outro.

Apenas no segundo dia de buscas, Theo conseguiu comer alguma coisa. Só no quinto dormiu a noite inteira, apesar dos pesadelos. Todos os dias ele chorou.

Chorou deitado no quarto, encarando o vazio da cama ao lado. Chorou quando saíam da floresta sem encontrar nada. Chorou ouvindo os soluços de Lia e Carian no outro quarto. Chorou a cada vez que imaginava uma vida sem Otto.

Seu melhor amigo, seu companheiro desde antes de chegarem ao mundo...

Os três continuaram as buscas por semanas com a ajuda de um pequeno grupo, e por muitos meses sem o auxílio de ninguém.

Mesmo anos depois, sempre que Carian partia pela manhã para caçar na floresta, Theo e Lia o acompanhavam até a porta. Sem dizer nada, pediam que ele continuasse procurando.

E, nos olhos cinzas de pater, dava para ler a resposta. *Sempre*.

# PARTE 1

CAPÍTULO 1

# Anima

Aos dezesseis anos, Theo ansiava por descobrir qual era seu grande propósito no mundo. Queria tomar as rédeas da própria vida, escolher o caminho que trilharia dali em diante. Entender quem realmente era.

Theo entraria sozinho na Floresta Sombria pela primeira vez desde o incidente. Lia havia sugerido que ela ou Carian o acompanhassem, mas o garoto tinha agradecido e recusado educadamente. O encontro com o anima era algo íntimo, e a única pessoa que teria aceitado que o acompanhasse desaparecera quatro anos antes.

Quando eram crianças, os irmãos costumavam passar horas brincando de adivinhar qual tipo de animal encontrariam. E, durante as brigas, Otto dizia com uma convicção irritante que o de Theo seria uma barata. Ele sorriu com a lembrança, mas o sentimento foi logo substituído por um rasgo no peito. Os anos haviam ajudado a amenizar a dor, contudo, aquele era um dia especial, e nesses momentos a ferida voltava a sangrar.

O garoto percorreu as ruas estreitas da vila a passos rápidos, pensando o tempo todo no irmão. Em como tudo seria diferente se estivessem juntos. Estariam radiantes, incapazes de conter o sorriso. Depois, cruzou os campos que estavam sendo arados para o plantio do milho e o cheiro de terra o reconfortou um pouco. Theo levantou o rosto; o sol da manhã acariciou sua pele. Ouviu dentro da cabeça a risada de Otto. Observou as vacas pastando, a relva reluzindo com gotas frescas de orvalho e as margaridas-das-nove que começavam a se abrir, salpicando a grama de branco e amarelo.

Quando atravessou a fronteira da floresta, a sombra das árvores o engoliu, e o coração de Theo acelerou. Desde que se entendia por gente, aguardava a chegada daquele momento. Era seu aniversário de dezesseis anos, e, quando saísse da floresta, não seria mais o mesmo. Estaria completo. E seu destino seria traçado.

Pedra Branca ficava entre a Cordilheira dos Ventos e a Floresta Sombria, e havia várias espécies de animais na região. Cada pessoa era livre para escolher seus próximos passos, mas o tipo de anima parecia influenciar a decisão. Ou quem sabe fosse exatamente o contrário; talvez cada um viesse ao mundo com uma missão, que por sua vez determinava a forma de seu anima.

Carian era um dos poucos que haviam encontrado um puma, e era o chefe dos caçadores. Lia era representante da coroa, e ter uma águia facilitava muito a comunicação. O guru da vila era o único que se unira a um urso. Muitos dos viajantes tinham cavalos. Cervos e alces pareciam ligados à agricultura e ajudavam no cuidado da lavoura. Comerciantes se ligavam frequentemente a gatos e cachorros, e assim por diante.

Mas não era qualquer espécie de animal que se tornava um anima. Havia a crença de que a energia dos de sangue frio era ruim e incompatível. Theo tinha medo de cobras, mas sempre achara injusta a aversão pelos lagartos e tentava ignorar aquele tipo de superstição. Também diziam que lobos eram selvagens demais e que pássaros menores não se interessavam pela vida humana.

Ele olhou para cima, e a claridade ofuscou sua visão. A primavera ainda não havia começado, porém o final do inverno estava ameno, mais quente que de costume. As novas folhas já haviam brotado nos carvalhos, e os pássaros cantavam. Theo se perguntou se algum deles seria seu anima, mas nenhum parecia se importar com sua presença.

A energia que ligava um humano a seu anima fazia um ser atraído pelo outro; às vezes, o animal ia até a vila para encontrar seu par. Um de seus amigos havia se deparado com sua coruja ao abrir a janela na manhã em que completara dezesseis anos... Caminhando sem sentir nada de diferente, Theo começou a se preocupar. Talvez não tivesse um anima. Era raro, mas acidentes aconteciam. Ele mesmo havia quase matado um anima no dia do desaparecimento de Otto.

Sua angústia foi ficando maior. Ele diminuiu o ritmo e começou a estalar os dedos, olhando ao redor, esperando por alguma sensação que indicasse o caminho certo. Viu um texugo um pouco à frente e engoliu em seco. Porém, ao tentar se aproximar, o animal fugiu.

A vegetação se adensou. Ele avistou alguns esquilos e uma lebre; achou ter visto um puma de longe, que ao fim se mostrou ser apenas uma árvore caída.

O tempo passou, e o garoto avançou cada vez mais entre os troncos escuros. Já fazia certo tempo desde que havia deixado para trás o lago onde escutara Otto gritar quatro anos antes. *Foi sensato ter vindo sozinho?* Sempre que se lembrava daquele dia, a floresta lhe parecia um lugar opressor. Mas se realmente fosse se tornar um caçador, precisaria se acostumar.

Theo chegou a um local tranquilo, repleto de arbustos, e decidiu se sentar numa pedra coberta de musgo. Já havia caminhado muito, e as pernas doloridas precisavam de um descanso. As ervas estavam floridas, a vida fervilhava ao redor. Alguns raios de sol penetravam a copa densa aqui e ali, iluminando os grãos de pólen que mais pareciam estrelas flutuantes. Os sons da natureza acalmavam o garoto. A floresta podia ser tão bela quanto sombria.

Escutou um farfalhar e se virou, procurando sua origem.

Um arrepio percorreu sua espinha e fez os pelos de seu braço se eriçarem. Conhecia aquela sensação incômoda... Era a mesma que o dominara naquele dia, logo antes do grito do irmão. A lembrança o deixou nauseado e com um gosto amargo na boca. Não era o que esperava sentir quando encontrasse seu anima – pelo contrário, parecia algo ruim. Muito ruim.

Ouviu o ruído novamente e se levantou, sobressaltado, encarando o arbusto à frente com a certeza de que as folhas haviam se mexido. O coração martelava tão forte que conseguia escutá-lo. Theo pensou em sair correndo, mas suas pernas pareciam ter criado raízes. Estava paralisado pelo medo.

Então, uma enorme cobra verde-brilhante surgiu da vegetação e rastejou na direção de Theo. Seu sangue gelou nas veias. A cobra se aproximou, enroscou-se sobre si mesma e o encarou com uma intensidade que não parecia animal, como se o estivesse avaliando com as pupilas verticais e a língua bífida.

Será que o réptil era seu anima? A resposta veio imediata e clara: não, pois tudo que sentia pelo animal era uma repulsa visceral. Compreendeu finalmente a superstição relacionada às cobras, sentindo uma energia ruim o atingir como água gelada.

Theo começou a recobrar o controle do corpo e cogitou sair correndo ou sacar a faca do cinto... Porém, sempre ouvira dizer que em situações como aquela o melhor era permanecer totalmente imóvel. Quando a cobra percebesse que ele não oferecia perigo, iria embora. Então, contrariando o forte instinto que o mandava sair logo dali, Theo não se moveu. Nem mesmo ao escutar o som de algum outro animal rodeando o local.

Só percebeu que havia tomado a decisão errada quando a cobra deu o bote. Teve tempo apenas de levantar os braços e proteger o rosto.

Um forte impacto o arremessou para o lado, e Theo bateu a cabeça numa pedra. A dor aguda fez sua visão escurecer, e tudo ficou ainda mais confuso ao escutar um rosnado. Ele apoiou as mãos na terra úmida e se levantou, cambaleante, piscando várias vezes até começar a enxergar melhor a cena. Havia um vulto. Grande. O animal se movia de forma estranha, jogando-se contra as árvores.

Um lobo.

Um lobo preto, enorme, com a cobra presa entre os dentes. A cabeça do réptil estava imobilizada, mas seu corpo esguio e forte havia se enrolado no torso peludo do oponente e o comprimia. O lobo ganiu e correu. Na direção de Theo.

O garoto se jogou para sair do caminho e caiu sobre o cotovelo. Ao seu lado, as criaturas rolavam no chão, embolando-se ainda mais. Os ganidos se misturaram aos gemidos de Theo. Ele se arrastou pela terra, tentando se afastar daquela luta improvável, e se abrigou entre duas raízes.

O lobo rolou e conseguiu se colocar sobre as quatro patas de novo. Theo podia sentir a raiva que ele emanava. Contraindo o focinho e balançando a cabeça, o animal cravou as presas ainda mais fundo na cobra. Ela afrouxou o aperto e o lobo pareceu aproveitar para sacudi-la com violência, até partir o réptil em dois pedaços. O corpo verde e sem cabeça caiu e continuou se contorcendo no chão.

Theo se apoiou numa árvore para se levantar e sacou a faca; embora a cobra estivesse morta, o lobo parecia furioso. Deu alguns passos para trás e acabou enfiando o pé entre duas pedras.

– Não...

Tentou se soltar, mas foi em vão. O bicho se virou em sua direção, com presas ensanguentadas à mostra. E então o encarou com olhos dourados cheios de uma complexidade que não podia ser animal.

Theo entendeu, e o medo desapareceu.

O lobo guardou os dentes, lambeu os lábios e balançou a cauda. Uma onda de calor percorreu o corpo do garoto, que se apaixonou imediatamente por aquele ser. Por seu anima.

Soltou o pé com facilidade, colocou-se de joelhos e o lobo veio ao seu encontro, abaixando a cabeça e se enfiando nos braços do garoto. Theo o apertou com força, e chorou de felicidade. Riu alto enquanto as lágrimas brotavam dos olhos, enquanto o enorme lobo se agitava e lambia seu rosto. O garoto permitiu, feliz com aquela demonstração de carinho, explodindo por dentro porque parecia sentir tanto a própria alegria quanto a do anima. Estavam realmente conectados por algo além da compreensão humana. E a sensação de estar completo era a melhor coisa que já havia experimentado na vida.

Depois do abraço demorado, o garoto segurou a cabeça do lobo entre as mãos e o fitou, absorvendo cada detalhe. A pelagem era totalmente preta. Os olhos eram de um dourado límpido, como mel. E não havia nada mais belo no mundo.

Parecia que já conhecia a criatura desde que nascera, ou mesmo antes. Como se os dois já houvessem se encontrado em vidas passadas, como se Theo tivesse aguardado, durante aqueles dezesseis anos, o animal chegar para dar sentido a sua existência. *Como vivi até agora sem ele?* Humano e anima se contemplaram por muitos minutos, encantados demais para fazer qualquer outra coisa.

Quando conseguiu se acalmar um pouco, Theo ponderou se deveria voltar para a vila. Estava ansioso para que o anima conhecesse o restante da família, mas algo ainda o prendia ali. Precisava esperar. Precisava permanecer na floresta. O que quer que estivesse se transformando, se completando... ainda não terminara.

Uma nova onda de energia surgiu, muito mais tímida que a primeira. Theo estava perplexo, tentando entender o que aquilo significava, e arfou de surpresa quando compreendeu. Sentiu sua presença antes mesmo de se virar na direção dela.

A loba de pelagem branca o observava a alguns metros de distância, mas não se moveu. Talvez estivesse tão confusa quanto ele.

– Pode vir, garota.

Ela moveu as patas, incerta, e se aproximou devagar. Quando o rapaz estendeu a mão e acariciou suas orelhas, ela enfim se entregou à conexão mágica. Theo a abraçou e a amou instantaneamente. Ela demonstrou seu carinho de uma forma muito mais contida que o lobo preto, mas nem por isso estava menos feliz; Theo sabia, pois foi inundado pela alegria dela. Ele a segurou pela cabeça como tinha feito com o outro e percebeu a umidade no canto de seus olhos azuis. A loba estava chorando.

O garoto teve um lampejo da solidão que ela havia sentido até então. Aquilo fez sua garganta se apertar.

– Agora eu estou aqui com vocês. Para sempre. Nesta vida e nas próximas.

Theo tinha dois animae. Não questionou o porquê, mas em seu coração fazia sentido. Estava completo, e era isso que importava. O lobo preto voltou a pular e o jogou no chão, e mesmo a loba se rendeu à brincadeira. Ele gargalhou como não fazia havia quatro anos.

Quando pararam com a festa, Theo se sentou.

– Vou chamar você de Nox – nomeou o lobo escuro, mirando seus olhos amarelos – e você de Lux – disse para a loba clara, fitando seus olhos azuis.

O sol estava alto no céu quando um garoto e dois lobos emergiram da floresta de troncos escuros, tomando o caminho de terra que levava até a vila.

A grama parecia mais verde, o sol mais brilhante, o céu mais azul.

Havia muita gente nas ruas quando ele atravessou a vila com seus animae inesperados, um de cada lado. Os passantes apontavam e corriam para espalhar a notícia. Quando cruzaram a praça do poço, um comerciante de outra cidade enfiou os calcanhares em seu cavalo e saiu galopando rápido rumo à estrada. Algumas crianças ameaçaram correr em sua direção para ver os lobos de perto, porém foram contidas pelos adultos atônitos.

A vila estava em polvorosa, e Theo sabia que ele era o motivo da comoção. Tanta atenção normalmente o deixaria tímido, mas naquele momento não se incomodou.

Quando a felicidade era plena, nada mais importava.

CAPÍTULO 2

# Magia

Havia algo a ser feito depois do encontro com seu anima, e por isso Theo atravessou a vila até alcançar o sopé da montanha. Bateu três vezes na porta da casa de pedra, a única no terreno rochoso fora da vila. O guru abriu a porta com a expressão serena e um sorriso quase sem dentes, mas seus olhos se arregalaram assim que pousaram nos animais.

– Anima lupus. – Ele balançou a cabeça de um lado para o outro, como se não pudesse acreditar. – Não achei que viveria para ver isso, criança. – O velho saiu da frente do batente, abrindo caminho para que o grupo passasse. – Entrem, entrem.

Era a primeira vez que Theo adentrava a casa. O ambiente parecia acolhedor e sem luxos; a mobília era escassa e o chão de terra batida. Uno, o grande urso-pardo do guru, estava deitado preguiçosamente sobre um cobertor; apenas levantou as orelhas ao vê-los entrar, como se já tivesse presenciado aquela cena centenas de vezes. O velho usava uma longa túnica clara e sapatilhas de couro de veado, e encarava os lobos e o garoto alternadamente enquanto acariciava a barba branca.

Muitos segundos se passaram antes que ele recuperasse a voz.

– Theo, você permitiria que eu os tocasse?

Era um pedido incomum. Os animae eram criaturas sagradas e inteligentes, não animais de estimação para serem acariciados.

– Por quê? – o garoto perguntou, tentando entender melhor antes de se decidir.

– Sinto uma energia diferente emanando de cada um, e vou conseguir compreender melhor essa diferença se puder tocar neles – ele respondeu, calmo, aparentemente sem se ofender com a pergunta de Theo.

Como o pedido havia vindo do guru, Theo cogitou assentir, mas percebeu que não cabia a ele decidir. Virou-se para os lobos.

– Vocês se incomodam?

Nox e Lux abanaram a cauda, e Theo soube que haviam consentido.

O garoto acenou para o guru, que passou as mãos enrugadas nos dois lobos de forma respeitosa e delicada. Depois sorriu, quase emocionado.

– Que nome você deu a eles?

– Nox e Lux.

– Ah! Esplêndido, esplêndido – ele exclamou, batendo palmas.

Theo não conseguiu conter a curiosidade.

– E então?

O guru o fitou antes de responder.

– Nox tem uma energia que arde, intensa e incontrolável. Já a de Lux é densa e estável. É como se...

– Como se o quê?

– Como se a alma de Lux fosse mais evoluída.

– Eu amo os dois do mesmo jeito – Theo respondeu, mais rispidamente do que planejara.

Talvez aquilo o tivesse irritado porque sabia que havia realmente algo diferente.

O guru soltou uma gargalhada.

– Não duvido disso. – O velho deu um tapinha amigável no ombro do garoto.

– Mas o que isso significa? – Então deu voz à pergunta que não havia se permitido fazer até então: – Por que encontrei dois?

– Confesso que não sei, mas com certeza vou procurar nos livros e pergaminhos, talvez enviar uma carta a outros gurus... Imagino que tenha vindo falar de seu ritual de união – supôs, e Theo concordou com a cabeça. – Nunca fiz o ritual com dois animae antes, mas já tenho algumas ideias. Nos encontramos hoje à noite, criança, quando a lua nascer.

Carian e Lia o esperavam sentados à mesa da sala. Quando Theo entrou, mater levou uma mão à boca e colocou Abella no chão; a menina de três anos e cachos dourados correu em direção ao irmão e abraçou Lux, afundando o rosto nos pelos brancos da loba.

— É verdade, Carian — Lia constatou, as sobrancelhas arqueadas em surpresa.

Pater se aproximou e puxou Theo num abraço apertado.

— Anima lupus. — Carian segurou a cabeça do filho com as mãos fortes cheirando a couro. Tinha no rosto um sorriso largo e radiante que contrastava com a barba escura. — Há centenas de anos esta vila não testemunha isso, meu filho.

— Theo, estamos tão felizes! — A mãe também o envolveu num abraço; os lobos lamberam sua mão, como se quisessem agradecer a recepção calorosa.

— Que nome você deu a eles? — Carian indagou.

— Nox e Lux.

Carian gargalhou; não como se a situação fosse engraçada, e sim extravasando uma felicidade genuína e pura.

— Noite e Luz, ótima escolha. Quando será o ritual?

— Hoje, quando a lua nascer.

— Preciso avisar os outros — Carian anunciou, já quase no batente da porta, e Feline esfregou a cabeça no pescoço de Nox antes de sair. — Você será o maior caçador que esta vila já teve!

Theo sempre sonhara em ouvir aquilo... Desde que havia segurado um arco pela primeira vez. *Você será o maior caçador que esta vila já teve.* Mas a afirmação tinha soado errada quando enfim fora dita, e o garoto não sabia o porquê.

Percebeu que Lia o observava atentamente.

— Que tal um banho quente? Você está imundo!

Eles encheram o tonel de madeira e esquentaram algumas pedras no fogo para colocar lá dentro. Lia cortou uma fatia do sabão de gordura de ovelha.

Theo entrou. Os lobos apoiaram as patas sobre o tonel, tentando lamber o rosto do garoto. Áquila agitava as asas e emitia pequenos pios ásperos, empoleirado num galho preso à parede.

— Eu poderia ter preparado o banho sozinho. Não quero te atrapalhar.

– Gosto de cuidar de você. – Ela sorriu, mas era possível enxergar uma tristeza antiga em seus olhos. – Se Otto estivesse aqui, tudo seria perfeito. Fico me perguntando se ele também teria trazido dois lobos para casa.

Theo se surpreendeu com a suposição. Já havia elaborado uma teoria depois da conversa com o guru.

– Mater, talvez eu tenha encontrado dois animae porque... – A garganta de Theo se fechou, e ele teve que pigarrear para poder continuar. – Porque um pertencia a Otto.

Os olhos verdes de Lia marejaram. Ela ficou quieta por alguns segundos, enquanto Abella batia no tonel e se esticava nas pontas dos pés, dizendo "água, água, água". Mater despiu a menina e a colocou dentro da água morna também.

– É um pensamento lindo, filho. Mas quando alguém se vai... – Lia respirou fundo e prendeu atrás da orelha uma mecha dourada que havia se soltado da longa trança. – Um anima se liga apenas àquele espírito que nasceu para completar. Seu irmão se foi com doze anos, e você sabe que nosso anima nasce um pouco antes de completarmos dezesseis. – Ela suspirou. – O anima dele não deve ter nascido nesta vida, mas os dois se reencontrarão na próxima.

– Então... – Theo colocou uma mão para fora do tonel e acariciou os lobos enquanto pensava no assunto. – Por que acha que encontrei dois animae?

Lia deu um meio-sorriso, de quem tinha segredos fascinantes a compartilhar.

– Não sei – ela respondeu. – Mas se tivesse que arriscar, diria que é porque seu espírito é grande demais.

O garoto riu. Precisava dar uma resposta à altura.

– Então, se Otto estivesse aqui, teria saído da floresta com quatro.

Quando Theo, Lia e Abella chegaram ao terreno no sopé da montanha, muitas pessoas já estavam ali, e todas as cabeças se viraram para olhar os lobos. Os murmúrios encheram o ar, mas o garoto estava nervoso demais para prestar atenção no que os outros diziam.

Embora já houvesse participado de dezenas de outros rituais, nunca antes percebera o poder que aquele lugar sagrado emanava. Era quase como se um novo sentido tivesse surgido depois que encontrara Nox e Lux. A vida toda ouvira falar dos espíritos dos elementos, contudo, pela primeira vez conseguia notar sua presença. Era a magia; ela pinicava a pele de um jeito agradável, como a luz do sol, e também fazia algo se acender nas veias dele.

Bem no centro do espaço havia um círculo de terra, uma bacia de pedra cheia de água e uma fogueira queimando alta. Uma brisa soprou, como se quisesse relembrar a todos que o ar também estava presente. O guru canalizaria a energia inerente a cada um dos elementos através de runas – desenhos antigos, alguns simples e outros complexos, cujo uso apenas alguns dominavam. Theo sabia que era preciso anos de estudo e de prática para evocar magia; se uma pessoa qualquer tentasse desenhar runas, acabaria frustrada e com os dedos sujos ou molhados.

*Para unir, a água; para partir, o fogo; para crescer, a terra; para mudar, o ar.* Eram dizeres tão antigos quanto os próprios seres humanos. Em algumas cerimônias, como a ligação com o anima ou a união entre pessoas, o elemento usado para desenhar a runa era a água. Nos funerais, cinzas eram utilizadas. Nos nascimentos ou para pedir uma boa safra, a terra. Theo nunca havia visto um ritual que usasse o ar – e, de qualquer maneira, não conseguia imaginar como seria possível desenhar algo com um elemento invisível e sem forma.

Theo e os lobos entraram no círculo demarcado; Lia ficou esperando do lado de fora, com Abella nos braços. Carian chegou em seguida, trazendo o grupo de caçadores; eles sorriram ao ver os tão raros animae.

Um burburinho enchia o ar, mas todas as vozes cessaram assim que o guru adentrou o santuário. O único som remanescente era o do vento uivando entre as montanhas. O ar fresco da noite atravessava o tecido fino da túnica de Theo e o garoto estremeceu, sem saber se a causa era o frio ou o nervosismo.

O guru se ajoelhou atrás da bacia de pedra e Theo o imitou, seguido pelos lobos, que se sentaram um de cada lado dele. O garoto respirou fundo. Algumas partes do ritual eram as mesmas, mas o homem normalmente começava com um discurso feito especificamente para cada pessoa.

– A criança hoje abre uma nova porta e adentra a vida adulta. Aquele que caminhava seguindo as pegadas alheias de repente precisa abrir a própria estrada, e a inocência aos poucos dá lugar à sabedoria. O caminho é longo, incerto e muitas vezes dolorido. Mas o mais difícil é saber que não tem volta. – O guru o encarou por alguns segundos, e Theo assentiu. Entendia perfeitamente o que ele queria dizer. – Avançamos um passo por vez, cada passo preparando o próximo. Às vezes tropeçamos, às vezes caímos. A primeira parte da sua vida teve grandes percalços, mas você se levantou, Theo, para continuar seguindo em frente. – O garoto lançou um olhar para os pais e viu os dois com o rosto reluzente, úmido de lágrimas. Apertou os lábios para tentar conter a própria emoção. – Se a direção estiver nebulosa, olhe primeiro para dentro. Deixe seu coração sentir o que pulsa em seus animae. O espírito sempre sussurra ao reconhecer nossa missão neste mundo, basta estar aberto para escutar.

Todas as palavras do guru ressoaram fundo em sua alma. Falaram sobre suas certezas e suas dúvidas. Olhou de novo de relance para Carian, ponderando se pater ficaria magoado caso se decidisse por um destino diferente, caso não quisesse ser um caçador. Saiu do devaneio quando o guru molhou as mãos na bacia e fechou os olhos por alguns instantes.

– A Deusa da Luz, ao criar a vida e todas as coisas que são, deixou seu toque mágico em diversas partes deste mundo. Seres humanos e animae estão unidos por algo sagrado que perpassa o tempo, a morte e o renascimento. A mim cabe apenas agradecer e direcionar tal magia para que a vontade dela seja feita plenamente. – O guru tirou as mãos da água e levou o dedo indicador direito até a testa do garoto. Ele não podia ver, mas sentia que o velho desenhava uma runa em sua pele. – *Anima mea, animus tue. Nunc et semper. Hanc vitam, et in altera vita.*

*Minha alma, tua mente. Agora e sempre. Nesta vida e nas próximas.*

Theo inspirou fundo. A água da bacia parecia brilhar, refletindo as estrelas do céu sem nuvens. As sombras lançadas pelas tochas tremeluzentes dançavam no rosto do guru, aumentando a atmosfera sobrenatural que o ritual emanava. O velho então umedeceu os dedos novamente e desenhou a runa na cabeça de Nox e na de Lux ao mesmo tempo, usando uma mão para cada animal. Depois proclamou a Oração da União, que o garoto já havia ouvido diversas vezes em outros rituais, mas que só agora fazia sentido para seu coração.

*Da Luz viemos, e na Luz vivemos.*
*Luce, criadora do mundo e da vida,*
*ilumine essa união.*
*Que essas almas caminhem juntas*
*e juntas cumpram Sua missão.*

Theo se sobressaltou quando o local onde a runa fora desenhada começou a formigar e se aqueceu. O laço que o ligava aos seus animae pareceu mais forte, quase sólido, e novas sensações começaram a fluir entre ele e os animais.

– O que... O que é isso, guru? – ele perguntou, colocando a mão na testa.

– Magia, garoto. – O velho riu e deu dois tapas leves no rosto de Theo. – Isso que está sentindo é magia!

CAPÍTULO 3

# Escolha

Theo deixou o santuário de pernas bambas, inebriado pela energia do ritual. Sabia que havia magia no mundo, mas sentir na pele era totalmente diferente.

– Vida plena – Carian o saudou, encostando o dedo indicador e o médio na testa do garoto, como mandava o costume antigo.

– Vida plena, meu filho. – Lia foi a segunda a cumprimentá-lo, seguida por outras dezenas de pessoas.

A festa se alongou noite adentro, regada a vinho, cerveja e elogios aos lobos. A lua já estava baixa no céu quando Theo enfim terminou de conversar com as pessoas e receber saudações.

Carian se aproximou, com o rosto avermelhado por conta do vinho.

– Ei. – Pater o envolveu pelo ombro e abriu um grande sorriso. Estava radiante, e a felicidade emanava de cada gesto. – Que tal aproveitar que já estamos todos aqui e anunciar sua escolha?

A sugestão caiu como uma pedra no estômago de Theo. Havia treinado e se preparado para ser um caçador a vida toda, e não esperava passar por aquela angústia na hora da escolha. Havia relatos de pessoas que tinham escolhido seus destinos no momento do encontro com seus animae. Alguns lutavam com a revelação quando se viam diante de uma decisão difícil, como quebrar uma tradição de família ou ter de se afastar das pessoas amadas. Esse seria o caso de Theo – caso ele tivesse ao menos um palpite de qual era sua missão no mundo. Mas, quando tentava se concentrar naquilo, o pensamento escapava. Era como querer se lembrar de algo que nunca soubera.

Não tinha ideia do que dizer. Abriu a boca algumas vezes para responder, porém não sabia como falar a verdade. *Não tenho certeza se nasci para ser um caçador.*

– Carian, ele tem sete dias pra decidir – Lia disse. – Não há por que apressar as coisas.

Theo olhou para mater. Viu na expressão dela um vestígio de compreensão.

– Mas qual é o sentido em esperar? Ele sempre quis ser um caçador! – A voz de Carian se elevou acima das outras conversas.

Várias pessoas se viraram para acompanhar a discussão. A boca de Theo ficou seca, e suas mãos, suadas.

– Bom, eu esperei alguns dias e isso me ajudou a ter certeza – Júnia, a curandeira mestre da vila, intrometeu-se. Segurava sua lebre cinza nos braços. – Falando nisso, caso ainda não tenha se decidido, Theo, posso contar um pouco sobre o meu ofício. Ajudar a salvar pessoas é algo muito gratificante...

– Lobos são predadores – Dalva, chefe dos defensores da cidade, replicou. – Com certeza nos ajudariam a manter nossas terras seguras.

Várias vozes se elevaram. Cada um tinha opiniões e conselhos a dar sobre o que os lobos deveriam fazer; a ansiedade de Theo inflou como uma bolha de sabão prestes a explodir. Por que não conseguia decidir logo?

O guru se aproximou e levantou uma mão, fazendo o silêncio recair de novo no espaço.

– Grandes bênçãos vêm amaldiçoadas com grandes responsabilidades. Sete dias para declarar seu destino, e ele deve ser declarado apenas no sétimo. – Depois se virou para o garoto. – Que os espíritos dos elementos iluminem seu caminho.

– Vamos, hora de ir – pater disse, o maxilar cerrado denunciando sua irritação.

Theo o seguiu, feliz por ter uma desculpa para se retirar. Caminharam pelas ruas estreitas em direção ao outro lado da vila. Quando estavam distantes o suficiente, Carian resmungou:

– Eles acham que podem te influenciar, era só o que faltava...

Theo preferiu não responder, e a família seguiu acompanhada de um silêncio pesado e constrangedor. Todos sabiam que não dizer nada era dizer algo, e, conforme se aproximavam da casa, a iminência de uma nova discussão começou a atormentar o garoto.

Lia abriu a porta de madeira e a trancou depois que todos entraram. Pôs Abella no chão, e a garotinha acompanhou Lux até um cantinho na sala. Carian se encaminhou para a lareira, colocou mais lenha e atiçou as brasas, apesar de não estar frio na casa. Quando se virou, parecia mais calmo, mas ainda assim magoado.

– Você nasceu para ser um caçador. Eu sei disso. – A afirmação soou mais como uma súplica.

– Carian, você ouviu o guru. Theo tem uma semana, e só deve anunciar sua decisão no último dia. – Lia pousou uma mão sobre o ombro do companheiro. – É importante que ele faça essa escolha por si, não por nós.

– Eu também tive dúvidas, filho. – Pater se virou para encará-lo. – E acho que você está sentindo a mesma angústia que me acometeu... Para algumas pessoas, a resposta vem clara como água. Mas não para mim. Passei vários dias pensando que escolher um destino era abdicar de todos os outros, e isso me devorou por algum tempo. Há dias em que ainda me devora. – Carian começou a caminhar de um lado para o outro. Parecia exasperado. – Hoje, porém, entendo que a vida é assim, que nem sempre a gente caminha com a certeza de que estamos tomando o melhor caminho. Nem por isso a gente deve parar de tentar.

Theo queria ter coragem para se decidir, mas algo o impedia.

– Obrigado pelas palavras, pater. Vou refletir sobre tudo isso.

Claramente não era o que ele esperava ouvir.

– Otto – Carian sussurrou, com a cabeça baixa. – Ele teria sido um caçador.

Uma facada provavelmente teria doído menos.

– Mas ele se foi. E por mais que se pareçam, Theo e Otto são pessoas diferentes. – O tom de mater foi duro como pedra, mas seus olhos recuperaram o brilho gentil ao se virar para o garoto. – Siga seu coração, meu filho. Ele vai saber o que fazer.

Seguir seu coração? Aquela coisa quebrada em vários pedaços dentro do peito, que parecia não ter a menor ideia do que fazer?

Uma parte dele desejava buscar sua verdadeira missão. Outra se dissolvia em culpa por ter se separado de Otto naquele dia. A última queria amenizar a dor do pai, dar a Carian o que o faria feliz.

Pater merecia aquilo. Theo chegou a abrir a boca para anunciar a Carian que seria um caçador, mas Nox lambeu sua mão antes que o fizesse. Ele acariciou a cabeça do lobo preto e perscrutou a sala, buscando a loba. Lux estava sentada à porta do quarto, como se sugerisse que ele fosse dormir.

Seus animae tinham razão.

Talvez o alvorecer iluminasse a solução.

CAPÍTULO 4

# Destino

Seus lábios estavam costurados. Era o dia de anunciar sua decisão; Theo estava pronto para dizer o que seria dali para frente, mas era impossível abrir a boca. A afirmação estava na ponta da língua, seu coração enfim se decidira. Todos o fitavam.

— Ele escolheu ser curandeiro, mas alguém costurou sua boca para que não pudesse dizer isso — Júnia explicou.

O cabelo escuro da mulher, comprido demais, tocava o chão. Sua lebre era quase tão grande quanto a própria curandeira.

Theo negou com a cabeça, desesperado, temendo que os outros acreditassem na mulher.

— O garoto disse que não, Júnia — Dalva retrucou. Suas sobrancelhas grossas pareciam a continuação do cabelo castanho e emaranhado. — Ele me revelou ontem, em particular, que desejava se juntar ao meu grupo. — Dalva mostrou a malha de bronze, símbolo dos defensores, e caminhou em direção a Theo para colocá-la em seu peito. O garoto estendeu os braços à frente e balançou de novo a cabeça negativamente.

— Esses animae precisam de um destino mais nobre — Lia concluiu. — Quem melhor que o lobo, o espírito mais puro da floresta, para um dia guiar nosso povo? Eu sei o que você quer, filho. Quer chegar onde cheguei, não é mesmo?

Theo tentou forçar os lábios. As costuras rasgaram a pele fina, e lágrimas brotaram em seus olhos.

— Já está decidido, meu filho vai ser um caçador — sentenciou Carian.

Theo o encarou com sentimentos mistos; não queria desapontá-lo, tampouco podia mudar o que trazia no peito. Precisava falar logo, antes que fosse tarde demais.

O sol começou a se pôr, e o guru o encarou com uma expressão severa.

– Você precisa anunciar a decisão agora, Theo. Antes que o dia se vá.

O sol desceu preguiçosamente atrás da montanha, os últimos raios alaranjados se estirando como o fio de esperança em seguir seu destino. Theo forçou as costuras, a pele começou a rasgar, e o sangue verteu quente em sua boca. Ignorou a dor e, com um esforço final, seus lábios se partiram para anunciar a resposta.

Ele acordou suado. Lux se levantou e colocou as patas dianteiras em cima da cama.

– Eu sabia – Theo concluiu, ofegante. – No sonho eu sabia qual era meu destino, mas agora não me lembro mais. – O garoto acariciou as costas de Lux, pensativo, e contemplou a loba. – Você sabe qual é, não sabe, Lux? – Ela abriu a boca e colocou a língua para fora; parecia um sorriso. Theo riu. – É uma pena que não consiga me dizer.

A semana pareceu voar. O fim do inverno estava atipicamente quente; a floresta ficava cada vez mais verde, e flores desabrochavam nos campos e jardins. Porém, o tempo agradável não parecia ajudar na tomada de decisão.

Theo estava perdido, e as coisas em casa não andavam bem. Carian agia como se o filho já tivesse anunciado que seria um caçador; fizera um novo arco para o garoto, e durante o jantar só falava nas caçadas da semana seguinte, quando partiriam juntos. Lia agia de forma estranha; lançava olhares de esguelha, às vezes cúmplices, outras preocupados, e em vários momentos suspirava como se fosse dizer algo a Theo, porém desistia e não falava nada. Ela claramente sabia de suas dúvidas, mas talvez não quisesse opinar.

Ele refletia sobre tudo isso enquanto, ao cair da tarde, atravessava o caminho pedregoso. Chegou ao sopé da montanha, inspirou fundo e bateu com os nós dos dedos duas vezes na porta.

– Menino Theo! – o guru exclamou, como se a presença dele ali fosse uma agradável surpresa. – A que devo a honra?

– Eu gostaria de conversar... – Ele hesitou, um pouco constrangido. Não tinha intimidade com o guru, mas também não sabia a quem mais recorrer. – Sobre o meu destino.

– Oh! – O guru coçou a barba longa e branca. – Um assunto muito importante. Por que não caminhamos um pouco?

Tomaram a trilha que subia a montanha. Theo escorregava nas pedrinhas soltas; o andar do velho, do urso e dos lobos, contudo, era firme. Depois de meia hora, chegaram a uma plataforma rochosa. O garoto estava sem ar; o guru, por outro lado e a despeito da idade, respirava como se não tivesse feito o menor esforço.

– Me agrada vir aqui para meditar – o velho confessou.

Dali era possível ver a vila toda; os campos sendo plantados, o gado pastando perto do rio e a enorme extensão da floresta. O céu tinha tons de rosa, azul e laranja, que banhavam as casas feitas de pedras brancas e deixavam a vista deslumbrante. A beleza parecia zombar das preocupações do garoto.

Do alto também se enxergava a estrada de terra, que contornava a floresta ao norte. Em três dias, com um bom cavalo, era possível chegar a Urbem, capital da província de Lagus. Um cavaleiro despontou ao longe, cavalgando rumo a Pedra Branca, e Theo ponderou quem poderia ser. Talvez um mensageiro trazendo notícias de terras distantes? Ou quem sabe um comerciante, com mercadorias raras?

– Não sei o que fazer, guru.

O velho tirou algumas folhas do bolso e começou a mascá-las.

– Honestamente, quem sabe?

– Quero dizer que ainda não sei meu destino.

– Eu tampouco. – O velho deu um suspiro longo e sonhador, admirando o horizonte.

Theo sorriu. O guru era uma figura muito respeitada na vila; aprender magia exigia uma vida inteira de dedicação. As runas de fertilidade que ele desenhava na terra faziam o milho crescer mais, as de cura ajudavam os doentes, as de adeus guiavam os espíritos dos mortos em direção a Luce. Ter um guru era uma dádiva para qualquer cidade grande, e mais ainda para uma vila pequena como Pedra Branca. Entretanto, ter uma conversa objetiva com o velho era quase impossível.

– Guru, a gente vem ao mundo com um destino traçado, não é?

– Ah, sim. – Ele assentiu e abriu um sorriso, deixando evidente a falta de dentes. – Dizem que os deuses adoram brincar de desenhar o futuro.

– Mas o que acontece, então, se eu escolher o caminho errado?

– Theo, não há caminho errado quando todos levam ao mesmo lugar. Assim como todos os rios desembocam no mar, todas as vidas terminam na morte – ele explicou, com serenidade. – Quando o curso do riacho é interrompido, a água não para de correr. Ela cava um novo leito.

Para exemplificar o que queria dizer, o guru colocou uma pedra na trilha de um grupo de formigas. Depois de alguns segundos, os insetos desviaram a rota em torno do obstáculo e continuaram a seguir na mesma direção. O velho riu, satisfeito ante seu experimento.

Theo começava a se cansar das metáforas. Precisava de uma solução.

– Amanhã vou ter que anunciar minha decisão – o garoto relembrou, preocupado. – E se a escolha que eu fizer estragar meu futuro?

– Não é estranho como nos preocupamos com algo que não existe? O futuro é como o horizonte: podemos persegui-lo, mas a cada passo que damos em sua direção, um passo ele se afasta. – O guru o encarou com olhos enrugados e sábios. – Só o presente existe, só o agora. Posso estar morto quando o sol se puser. O mundo pode acabar, virar trevas sem nos dar nenhum aviso... Sonhei com isso uma vez, talvez seja uma visão. – Ele fez uma pausa. – O que você quer, Theo? Quais escolhas tem? Qual delas te permitiria viver na maior plenitude possível?

O garoto parou para refletir. Como sempre, o guru estava certo.

– Acho que já sei.

– Que bom – ele respondeu. – Você sabe hoje. Mas esteja aberto... Novas possibilidades podem nascer com cada amanhecer.

Os dois então tomaram a trilha de volta, pois a noite começava a cair.

Theo olhou uma última vez para a estrada ao longe, procurando o cavaleiro que havia visto pouco antes, mas a silhueta já não era mais visível dali de cima. Provavelmente estava prestes a chegar à vila. Theo gostaria de estar na rua principal para recebê-lo; talvez trouxesse histórias interessantes de lugares que o garoto desconhecia.

Theo se sentou numa pedra que ficava próxima à entrada da cidade. Queria pensar em outras coisas, tirar um pouco daquele peso da mente, e notícias de terras distantes seriam uma ótima distração.

Esperou por muito tempo, mas o viajante misterioso nunca chegou. Talvez tivesse desistido de passar por Pedra Branca, decidindo seguir viagem sem parar para descansar.

Pensar sobre tudo que poderia existir em locais desconhecidos fez surgir um impulso no garoto. Theo cogitou se levantar e sair caminhando, vagar à procura de seu destino até conseguir encontrá-lo. Era uma vontade alimentada pela convicção de que havia algo importante a ser feito, e que seus pés saberiam levá-lo até lá. Nox e Lux se agitaram.

Será que era aquele seu destino? Ser um viajante?

A pergunta fez a chama se apagar, e Theo balançou a cabeça, frustrado.

A escuridão finalmente envolveu a vila, e ele decidiu que era hora de voltar. Caminhou devagar, chutando as pedrinhas no chão e desejando que o tempo também se arrastasse. Atravessou as ruas estreitas, cumprimentou conhecidos e amigos e logo chegou em casa.

As lamparinas a óleo estavam acesas. Carian o recebeu com um grande sorriso no rosto, e Theo sabia o motivo de tanta felicidade. Pater achava que ele se juntaria aos caçadores, pois não dissera o contrário durante a semana toda.

– Senta, filho. Fiz um jantar especial.

Lia pegou uma jarra de vinho e serviu três taças; antes de entregar uma a Theo, completou-a com água. Sorriu para o filho e se sentou ao seu lado, parecendo aliviada. Talvez achasse que as dúvidas dele haviam desaparecido. O garoto deu um gole no vinho diluído e sorriu também. Em meio ao clima de comemoração, seu medo começou a se dissipar. Carian estendeu a mão e bagunçou seu cabelo, cheio de orgulho, como fazia quando ele e Otto eram crianças e traziam boas caças. Então, Theo tomou sua decisão.

Tentou olhar para o horizonte, refletindo sobre as palavras do guru. Imaginou-se indo para a floresta com Carian, os dois falando sobre Otto e sua mira perfeita, Nox e Lux correndo entre os troncos, usando as habilidades que lhes eram naturais. Ele ajudaria a alimentar a vila, era um papel importante.

Parecia um futuro feliz. Talvez os deuses não desenhassem o destino como uma estrada única, e sim como um emaranhado de escolhas. E, se tivesse que escolher algo, escolheria caçar.

O peso saiu de seus ombros, e a pedra em seu estômago sumiu. Carian preparara javali assado e ervilhas, e até Abella se esbaldou. Pater contou histórias inusitadas que vivera durante suas caçadas, e todos gargalharam. Theo se sentiu leve pela primeira vez naquela semana.

Quando apagaram as lamparinas, Theo abriu a porta da frente para que Lux e Nox saíssem para caçar. Lembrou-se de deixar a janela do quarto aberta para que os lobos pudessem entrar quando voltassem. Depois se deitou no colchão e puxou a manta de lã; o vento da noite estava fresco.

Inspirou fundo e fechou os olhos com a certeza de que, pelo menos naquela noite, suas dúvidas não viriam atormentá-lo na forma de pesadelos.

CAPÍTULO 5

# O viajante

Theo foi acordado por uma pressão no rosto.

Primeiro achou que estava sonhando, depois pensou se tratar de um dos lobos – os animais sempre entravam pela janela de madrugada, às vezes pulando em sua cama. Theo piscou várias vezes, fazendo força para abrir os olhos sonolentos, e ao mesmo tempo tentou se desvencilhar da massa pesada que apertava sua boca.

Seus animae, porém, não estavam ali.

A luz do luar que entrava pela janela iluminava o enorme homem debruçado sobre ele. A mão que tapava sua boca cheirava a suor e sangue. Theo tentou se debater, mas o sujeito pressionou ainda mais a pegada.

– Shiuuu...

Ele tinha uma aparência selvagem. O cabelo avermelhado estava desgrenhado e sujo, e a barba era espessa e comprida.

– Você é o garoto dos lobos? – ele perguntou em um sussurro rouco. Theo permaneceu imóvel, sem saber que resposta ofereceria o maior risco. – Você tem uma marca de nascença em forma de estrela?

Theo não conseguiu conter a surpresa e arregalou os olhos. Como o sujeito poderia saber? Otto e ele haviam herdado a marca de Lia, que tinha uma igual no tornozelo. O homem balançou a cabeça e sorriu, o rosto se contorcendo em volta da enorme cicatriz que cobria o lado esquerdo da face.

– Vim te buscar, garoto.

Um arrepio percorreu a espinha de Theo. Não entendia direito o que estava acontecendo, mas ninguém bem-intencionado invadiria uma casa no meio da noite daquela forma... Pensou em Carian, Lia e Abella. Precisava alertá-los.

Tentou gritar.

— Ei, calma... Vim falar sobre o seu destino. Só que ninguém pode saber que estou aqui.

Talvez tenha sido o tom amigável, talvez a menção a seu destino. Ou uma combinação dos dois. Theo cedeu e parou de se contorcer. O homem o encarou por alguns segundos e começou a relaxar a pressão sobre o rosto do garoto. Depois se afastou um pouco, como se quisesse mostrar que não oferecia perigo.

— Desculpa, não queria te assustar. Eu sou o Heitor.

Theo se sentou e o observou, ainda ressabiado. Não podia fugir pela janela e deixar a família com o desconhecido. Cogitou tentar enfrentá-lo, porém o tal Heitor era ainda mais forte e alto do que Carian. O garoto não teria a menor chance.

Então pigarreou antes de falar, mas sua voz saiu trêmula mesmo assim.

— Theo.

— Por enquanto — Heitor respondeu. — Preciso ver sua marca de nascença.

O garoto ainda não havia se convencido de que ele era inofensivo. Tinha que ganhar um pouco de tempo para poder pensar melhor no que fazer.

— Por quê?

— Posso te explicar isso e muito mais. Mas só depois de ver sua marca.

As perguntas estranhas e agora aquela exigência... Nada o agradava. Theo hesitou, mas tomou coragem.

— Acho que é melhor você ir embora. Os lobos já devem estar voltando.

Heitor o encarou.

— Se preferir, vou e não volto nunca mais. Mas se a sua marca significar o que acho que ela significa, você deve estar angustiado, sem conseguir se decidir. Sente que veio ao mundo com alguma missão, só não sabe qual. — O homem se aproximou e mostrou a própria marca de nascença, no pulso. Muito parecida com a de

Theo. – Se você tiver uma marca como essa, o seu destino é o mesmo que o meu. Um destino secreto. Só posso revelar tudo depois que tiver certeza.

Algo se remexeu em seu estômago. Queria se forçar a responder que não se importava com nada daquilo. Agora que o medo havia passado, estava borbulhando de raiva; como o homem ousava acordá-lo daquele jeito e, sem nem ao mesmo conhecê-lo, afirmar que sabia qual era o seu destino? O mais sensato seria mandar Heitor embora e esquecer que ele um dia havia aparecido com aquela história absurda de destino secreto... Isso era o que a sua mente dizia, mas seu coração precisava saber.

Então Theo cedeu e puxou a manga da túnica, expondo o interior do braço. Ali, um pouco abaixo da axila, reluzia sua marca clara com formato de estrela.

Heitor sorriu de novo, dessa vez parecendo um pouco emocionado. Segurou os ombros de Theo e o fitou de uma forma profunda e gentil.

– Eu sabia... Você é um guerreiro, garoto dos lobos.

O coração de Theo acelerou. Uma onda de calor percorreu seu corpo; assim que as palavras haviam saído da boca de Heitor, soubera que era verdade. Mas precisava entender melhor.

– Um guerreiro? Que tipo de guerreiro?

– Nós protegemos o mundo de criaturas malignas... A maioria das pessoas não sabe, mas os seres humanos quase foram extintos séculos atrás por espectros. Nosso trabalho é impedir que eles voltem a dominar. – O homem sussurrava com pressa. Theo tinha mil perguntas a fazer, mas não conseguia encontrar uma pausa. – Posso explicar mais no caminho, mas a gente precisa partir agora.

– Partir? – Theo perguntou, levantando-se. – Partir para onde?

– Para o lugar onde você será treinado.

– Não quero partir. Eu... – tentou explicar, torcendo para que o brutamontes entendesse – ...posso treinar aqui.

– Não tem como. – A expressão de Heitor era grave, as sobrancelhas grossas quase coladas uma à outra. – Como eu disse, nossa existência é um segredo. E quando você chegar ao clã, ninguém vai nem mesmo saber quem você era antes ou de onde veio.

– Por quê?

– Garoto, você não entende agora, mas tudo vai ficar claro depois. Os guerreiros e os espectros estão em guerra desde sempre. Se soubessem quem você é, poderiam vir atrás da sua família e...

– Não. – Theo balançou a cabeça e engoliu em seco. – Não posso colocar a minha família em risco. Obrigado pela proposta, Heitor, mas não posso aceitar.

Ele assentiu, como se entendesse a preocupação. Então puxou Theo para que ele se sentasse no colchão e o imitou, fazendo a cama de madeira ranger. O garoto respirou fundo e conseguiu se acalmar.

– Eu nasci entre os guerreiros, então não posso dizer que sei como você se sente. Mas posso te garantir que estamos acostumados a proteger o passado de quem vem de fora. Só eu e você vamos saber de onde você vem, e prometo que darei minha própria vida para proteger esse segredo se for preciso... – Heitor parou por um momento, deixando a promessa se assentar. – Esse é o seu destino, e seu espírito não vai descansar enquanto não se dedicar a ele. Deixar tudo para trás é a primeira missão de um guerreiro. Talvez a mais difícil de todas.

Theo suspirou. As palavras de Heitor reverberavam dentro dele com a força que apenas a verdade tinha. O garoto só queria que as coisas fossem mais simples.

– Preciso conversar com pater e mater.

– Sinto muito, Theo. Ninguém pode saber para onde você vai.

– Mas como... – Ele teve dificuldade de verbalizar o que aquilo significava. – Você quer que eu desapareça hoje, no meio da noite, sem dizer para eles o que aconteceu comigo?

– Sim.

– Não posso – o garoto retrucou, mais alto do que era sua intenção.

Viu a história se repetir. Lia aos prantos, por meses a fio. Carian na floresta, procurando pelo filho. Os dois não sobreviveriam àquilo. Não de novo.

– Eles não podem saber, garoto.

– Eles não podem *não* saber – replicou, aflito. – Você não tem a menor ideia do que está me pedindo. Não sabe pelo que meus pais já passaram ...

– Theo?

Os dois se sobressaltaram. Na porta do quarto, Lia os observava.

Os três permaneceram em silêncio por alguns segundos, como se ninguém soubesse o que dizer. Os olhos de Lia escrutinaram todos os detalhes de Heitor, e a confusão em seu rosto aos poucos deu lugar à compreensão.

– Ah... Eu deveria ter imaginado – ela disse, num tom conformado. – Guerreiro, preciso de alguns minutos com meu filho. Pode esperar por ele na praça do poço?

Heitor pareceu pensar por um instante, mas depois concordou. Saiu pela janela de forma ágil, sem fazer ruído algum.

Theo a fitou. Ela sabia da existência dos guerreiros. Entendera que Heitor era um deles. *Mas como?* Lembrou que havia herdado a marca de nascença de Lia, e pensou que talvez ela mesma tivesse recebido uma visita de alguém que fizera a mesma proposta que ele acabara de ouvir.

– Eu deveria ter te falado mais sobre a história da nossa família. Mas não sabia como, não sabia o que cabia a mim revelar ou não. – Os olhos verdes dela estavam rasos de lágrimas. – Seu avô foi um guerreiro, Theo.

A revelação o pegou totalmente desprevenido. O velho Eugênio? Aquele homem de cabelo branco, pele enrugada, e risada fácil... um guerreiro? Era quase impossível conceber aquilo. Então Theo pensou em como nunca imaginara o avô como um homem jovem. Ele era alto, tinha os ombros largos e... uma perna de madeira. Cada vez que os netos perguntavam como ele a perdera, o avô dava uma resposta diferente. Um urso. Um monstro. Uma planta carnívora. Uma picada de cobra. Uma unha encravada. Os meninos costumavam se divertir com as histórias mirabolantes, sempre cheias de viagens, aventuras e companheiros imaginários.

– Foi assim que ele perdeu a perna?

Lia riu e chorou ao mesmo tempo. Talvez achasse engraçado que, de todas as perguntas que Theo podia fazer, houvesse escolhido justamente aquela.

– Foi. Numa grande batalha contra os espectros. E foi logo depois disso que deixamos o clã.

Ao que parecia, Lia vivera entre os guerreiros. Poderiam passar dias conversando sobre tudo que ela havia visto e vivido. Theo se entristeceu por não terem tido essa oportunidade.

– E você? Por que não quis ser uma guerreira?

– As coisas às vezes são complicadas... Não queria deixar seu avô sozinho...

Ela escolhera a família.

– E eu não quero deixar vocês.

– É diferente, seu avô precisava de mim. A gente vai ficar bem, filho, prometo. – Lia se aproximou e acariciou seu cabelo. – É isso que o seu coração quer, não é?

Ele assentiu.

– Pater...

– Vou contar tudo para ele de manhã. Se o acordarmos agora, talvez ele tente te convencer a ficar.

Ela o abraçou, como se não quisesse soltá-lo nunca mais. Theo retribuiu, apoiando o queixo no ombro da mãe e enxugando as lágrimas que insistiam em cair. Então vestiu calças e uma túnica leve por cima da camisa, depois calçou as botas e apertou o cinto. Imitou o gesto de Heitor, pulando a janela.

Começou a caminhar e se virou uma última vez para contemplar a mulher de mechas douradas e olhos verdes.

– Vida plena, meu filho.

Foi impossível não se perguntar se a veria de novo.

– Vida plena, mater.

CAPÍTULO 6

# A viagem

Theo encontrou Heitor na praça do poço.

– Vamos. – Foi tudo que o guerreiro disse.

Os passos dele eram largos e apressados, e Theo precisou correr um pouco para acompanhá-lo. Ainda era difícil acreditar que estava deixando tudo para trás; mais de uma vez, considerou que tudo aquilo fosse um sonho. Doía, a garganta ainda estava apertada da despedida, e mesmo assim queria que fosse verdade. Porque no fundo tinha certeza de que tomara a decisão certa.

– Os lobos – o garoto disse, vasculhando os arredores.

– Eles vão encontrar com a gente na floresta. Vão te seguir.

– Não trouxe nada... Roupas, dinheiro...

– Você não vai precisar de nada, fica tranquilo – Heitor respondeu, olhando por cima do ombro como se quisesse garantir que não estavam sendo seguidos. – Tenho uma capa de viagem extra, é o necessário por enquanto.

Theo mirou a vila antes de passar pela linha das árvores, admirando as casas iluminadas pelo luar. Voltaria algum dia? Carian o perdoaria? O que mater diria no dia seguinte? Sabia que aquelas perguntas o acompanhariam por muito tempo.

A Floresta Sombria fazia jus ao nome; Theo se guiava apenas pelo enorme vulto de Heitor. Quando o guerreiro parou sem avisar, o garoto deu de cara em suas costas, como se batesse de frente em uma pedra. Pressionou o nariz dolorido, abafando um gemido de dor, e se postou ao lado do homem. Podia ver os contornos de um grande animal à frente.

– Esse é Peregrino. – Heitor montou e estendeu uma mão. O cavalo era enorme, e o guerreiro precisou içar o garoto. – A gente pode comprar outro cavalo quando parar em algum lugar. Por enquanto, você cavalga comigo.

O anima começou a trotar. Theo estava prestes a pedir que Heitor esperasse por Nox e Lux quando avistou as silhuetas dos lobos, uma de cada lado de Peregrino. Estavam felizes também, Theo conseguia sentir, e o vento fresco que batia em seu rosto era o mesmo que afagava o pelo macio dos animais.

– Inacreditável, dois animae! – Heitor exclamou. – Mal posso esperar para ver os dois na luz da manhã!

Cavalgaram durante o resto da noite quase em silêncio. O ponto onde Theo costumava caçar já ficara para trás havia algum tempo, e a partir dali tudo era novo.

Os primeiros raios de sol surgiram horas depois. Theo começou a enxergar as cores e observou o anima de Heitor. Peregrino tinha a pelagem dourada e, quando desmontaram, notou que as patas, a crina e a cauda eram pretas.

Caminharam até a beira de um pequeno lago; a superfície espelhada refletia a paisagem à volta, invertendo céu e chão. O solo estava coberto por musgo e ervas, e os troncos das grandes árvores ainda eram envoltos pelo líquen-carvão.

– Vou caçar, precisamos de um bom café da manhã – Heitor anunciou, pegando um arco e uma aljava presos à cela.

– Eu posso ir – Theo ofereceu, querendo ser útil. E, como se tivesse que provar que era capaz, acrescentou: – Era o que eu ia me tornar se você não tivesse aparecido... Um caçador.

– Ótimo!

Theo colocou a aljava nas costas, mas antes reparou que as flechas tinham um desenho esculpido na haste de madeira.

Enquanto o guerreiro juntava lenha para fazer fogo, o garoto contornou o lago e se embrenhou na mata. Nox e Lux marchavam silenciosamente a seu lado, girando a cabeça e farejando o ar. Quando os lobos tomaram a liderança, Theo os seguiu, curioso para ver aonde o levariam. Foi assim por quase meia hora.

Lux estacou e se abaixou, os olhos azuis fixos em um ponto à frente. Theo estreitou os olhos e avistou uma lebre. Seria um tiro difícil.

Tirou uma flecha da aljava, colocou-a no arco e deixou a corda esticada enquanto mirava com cuidado. Disparou.

A flecha atingiu de raspão a pata do animal, que logo correu, assustado. Theo amaldiçoou a mira ruim, mas os lobos dispararam, perseguindo a toda velocidade a lebre que mancava. Enfiaram-se entre os arbustos e, segundos depois, o lobo preto voltou com a caça na boca e o olhar triunfante.

– Excelente, Nox! – Theo acariciou a cabeça do anima, que balançou a cauda e fechou os olhos com satisfação.

Os três deram meia-volta, caminhando com passos firmes e a cabeça erguida. Theo cumprira sua primeira missão e não conseguiu conter um sorriso. Além disso, havia visto os lobos em ação pela primeira vez, mais velozes do que poderia imaginar, caçadores natos. O sol brilhava, e os raios que conseguiam vencer a copa densa formavam uma teia de luz entre os troncos escuros da floresta intocada.

A magia do momento foi quebrada por um som vindo do meio dos arbustos. Podia ser outra lebre ou algum animal perigoso, então Theo preparou mais uma flecha. Deu um passo em direção ao ruído, mas estacou ao ouvir o rosnado dos lobos. Nox e Lux mostraram os dentes, ameaçadores e selvagens – um mau presságio.

Os pelos das costas de Lux se eriçaram e, sem aviso, ela partiu para cima do que estava no mato. Um lagarto preto e amarelo emergiu das folhas e abriu a boca para atacar.

– Lux, não! – Theo disparou a flecha, a mira guiada pela onda de medo, e atingiu o lagarto nas costas com precisão.

O papo do réptil inchou e o animal sibilou de dor. A loba parou de correr, mas continuou rosnando para o ser agonizante. Theo se aproximou, observando as cores vibrantes e a cauda curta, e um gosto amargo tomou sua boca. Os olhos raivosos do animal perfuraram os seus até o bicho parar de se mexer. Theo descravou a flecha da terra, com o lagarto morto pendendo na ponta, e caminhou os cinco minutos restantes até a beira do lago.

– Finalmente! Meu estômago já estava... – Heitor fitou o réptil. – O que é isso?

– Conseguimos uma lebre; matei o lagarto porque ele atacou a gente – Theo explicou, largando a flecha com o animal brilhante no chão. – Os lobos ficaram furiosos... Por sorte consegui acertar de primeira. Ele podia ter mordido Lux.

Heitor deu alguns passos na direção do animal morto e se abaixou para avaliar melhor. Depois se levantou e começou a olhar ao redor, como se esperasse que mais animais selvagens e perigosos surgissem. Vendo que nada apareceu, virou-se para Theo.

– Esse lagarto é muito venenoso. Se tivesse mordido a loba, ela teria morrido em poucos minutos – afirmou, e Theo sentiu um calafrio com essa possibilidade. Heitor agarrou a flecha e atirou o animal no fogo, que emanou uma fumaça preta e fedorenta. – Precisamos sair daqui.

– Mas o café da manhã...

– Depois, garoto.

– Acho que você está exagerando. Eu já matei o lagarto.

O guerreiro revirou a bolsa e puxou uma faca com cabo de pedra.

– Guarda isso, você pode precisar. E agora, vamos.

Recolheram tudo rapidamente e montaram de novo em Peregrino. Nox e Lux correram para acompanhá-los. Theo estava irritado; Heitor não dera nenhuma outra explicação, e aquilo tudo parecia desproporcional. Obviamente tinha ficado assustado de imaginar que Lux poderia ter morrido, mas ao mesmo tempo sabia que animais perigosos moravam na floresta. Incidentes como aquele às vezes aconteciam, sair correndo não fazia o menor sentido agora que o animal fora abatido.

Sua cabeça latejava por causa da fome, e os lobos arfavam com a língua para fora quando, horas depois, o guerreiro decidiu parar.

Heitor acendeu uma pequena fogueira. Nox e Lux foram caçar, o guerreiro e o garoto assaram a lebre. O clima estava estranho, e Theo já havia ensaiado muitas vezes na cabeça o que queria dizer. Depois de morder um pedaço da carne, decidiu quebrar o silêncio.

– Sabe, aqui também pode ter algum animal venenoso... Acho que não faria diferença se a gente tivesse ficado no outro lugar, perto do lago – disse.

Heitor o examinou por alguns segundos e balançou a cabeça.

– Você já viu algum lagarto igual àquele nessa floresta?

Theo refletiu. Já encontrara pequenos lagartos verde-escuros e marrons, mas nunca um com cores tão vibrantes.

– Não, mas já vi outros que...

– Sabe por quê? Porque essa espécie não habita as florestas da província de Lagus. Ela vive nos pântanos de Sur. É um dos únicos lagartos venenosos que existem.

– Bom, pelo jeito eles conseguem viajar até aqui.

Heitor balançou a cabeça, irritado.

– Impossível. A cavalo esse percurso leva semanas. Além disso, eles só atacam para se defender, quando alguém se aproxima demais ou oferece alguma ameaça. Esse não era um lagarto comum, garoto. Ele foi enviado até aqui.

– Como assim, enviado? – Theo perguntou, atônito. – Como um anima?

– Enviado por um espectro. – Heitor respirou fundo. – Olha, garoto, vou te dar uma dica valiosa. Ao invés de querer mostrar o que você já sabe, se esforce mais para aprender o que você não conhece. É sempre assim com os estranhos; vocês resistem em reconstruir a realidade, se apegam ao mundo que conheciam antes de saber a verdade. E por isso o treinamento acaba sendo mais difícil do que para os nativos...

– Quem são os estranhos? O que preciso reconstruir? E como é o treinamento?

Heitor gargalhou e a tensão se dissipou, deixando o ar mais leve.

– Uma pergunta de cada vez – o homem resmungou, chupando um osso. – Estranhos são os guerreiros que nascem fora do clã. Tem muitos por aí, mas nem sempre os encontramos.

– Como vocês me acharam?

– *Eu* te achei – o homem grande o corrigiu, apontando para si. – Quando você saiu da floresta com os lobos, um comerciante estava em Pedra Branca. É um velho amigo dos guerreiros e veio me procurar, trazendo a notícia de que um garoto havia encontrado dois animae. Guerreiros normalmente tem animae fortes, muitas vezes incomuns, então a gente vai até essas pessoas e pergunta sobre a marca da estrela.

As perguntas borbulhavam na cabeça do garoto.

– Essa marca... de onde ela vem? O que significa?

– É uma longa história... O que você sabe sobre magia?

– Que a pessoa precisa estudar muitas décadas para dominá-la – Theo respondeu, satisfeito por saber alguma coisa. – Tem um guru na minha vila.

– Já é um começo – Heitor disse. Depois pegou um galho e desenhou três círculos no chão. – Há três tipos de magia no mundo: de sangue, de invocação e a presente em objetos mágicos. O seu guru faz magia por invocação, usando runas e dizeres na língua antiga, e para isso realmente é necessária uma vida inteira de dedicação.

– E os outros dois? – Theo nunca ouvira aquelas definições.

– Magia de sangue tem a ver com seres mágicos, e é mais fácil e poderosa que a magia de invocação. Os guerreiros usam uma mistura das duas.

– Então vocês são seres mágicos?

– "Vocês" não, *nós*. A marca da estrela é o sinal de que tem magia circulando nas suas veias, um presente que a própria deusa Luce nos deu muitos séculos atrás. Algo passado de pais para filhos; somos todos descendentes das quatro primeiras gerações de guerreiros.

*De pais para filhos.* Lia tinha a mesma marca no tornozelo. Avô Eugênio com certeza também tivera uma.

– Então... vou conseguir fazer o que um guru faz?

– Isso e outras coisas. Há pouca magia no nosso sangue; ela já foi muito diluída ao longo dos séculos. Mas, com um pouco de treinamento, você logo vai saber fazer runas de cura, de proteção, e principalmente as que transformam nossas armas em algo mortal. – Heitor sacou uma faca do cinto e mostrou a runa entalhada no cabo.

– Achava que armas já eram objetos mortais.

– Não contra os espectros.

Mais uma vez aquele termo. Theo precisava saber mais.

– Mas o que eles são, afinal? Esses espectros?

– Seres mágicos, com uma essência de magia diferente da nossa. – Heitor respondeu, puxando uma linha a partir do primeiro círculo traçado na terra. – Mas o poder deles é muito maior do que o nosso. Mesmo nos espectros de nível cinco.

Cada resposta de Heitor fazia surgirem novas perguntas.

– Nível cinco?

– Sei que é muita coisa pra absorver, e você vai aprender tudo isso, então não se preocupe. – Ele queria encerrar a conversa, mas Theo estava ávido demais para saber mais detalhes e continuou esperando. Heitor suspirou. – Existem espectros de vários níveis de poder.

Os de nível cinco são os mais fracos. A maioria dos que enfrentamos são nível quatro ou três. Os de nível dois são raríssimos, a gente conhece os que existem pelo nome. Quando aparecem em alguma batalha, normalmente a coisa fica bem feia.

– E os de nível um?

Heitor fez uma pausa e fixou os olhos nas chamas, que morriam lambendo os últimos galhos a virar cinzas.

– Graças à deusa, não existem mais. Não consigo nem imaginar o estrago que fariam.

A fogueira crepitou alto e Theo se sobressaltou.

– Como eles são? Digo, de aparência?

– Nem sempre iguais, mas sempre horrendos. Dentes pontiagudos, garras enormes e venenosas. Pele pustulenta. Olhos vazios. Ah, e eles voam.

Theo tentou formar uma imagem com aqueles elementos, mas não conseguiu. Parecia algo tirado de uma história boba para assustar criancinhas.

– É difícil acreditar nisso tudo.

O homem ruivo se levantou e pisoteou as brasas. Tirou um pequeno saco de pano do bolso e enfiou um punhado de cinzas ali.

– Quando me contaram que um garoto havia achado dois animae, eu também duvidei. Tive que ver com meus próprios olhos – Heitor revelou, enquanto guardava tudo para seguirem viagem. – Com os espectros vai ser assim. Quando a hora chegar, garanto que você vai acreditar.

CAPÍTULO 7

# Possuída

Acabaram de atravessar a fronteira da Floresta Sombria no meio da noite, um dia depois de terem partido. Heitor achava que os lobos chamariam muita atenção, então Theo pediu aos animae que seguissem viagem em meio ao bosque de pinheiros que beirava a estrada. Cavalgaram na terra batida o dia todo, pararam para comer pão e um pedaço de carne seca, e no dia seguinte conseguiram comprar mais um cavalo. Muitas horas depois de terem passado pela capital da província, avistaram uma hospedagem.

O guerreiro abriu a grande porta de madeira; o salão de pedras escuras estava quente e o aroma de assado fez Theo salivar. Muitas mesas estavam ocupadas, e os dois se sentaram num dos cantos, perto da janela que dava para os fundos.

Logo, uma mulher alta, de quadris bem largos, pele muito branca e cabelo ondulado veio atendê-los. Seu mau humor era quase palpável.

– O que vão querer? – ela perguntou de um jeito ríspido.

– Jorie, querida. Há quanto tempo... – Heitor falou. A mulher revirou os olhos sem nem disfarçar. – Pra mim, cerveja e o prato do dia.

– Ele é jovem demais pra cerveja, Heitor.

– Não, ele já é um adulto. Fez dezesseis anos há uma semana.

– Ah, é? – ela dirigiu a pergunta diretamente ao garoto, duvidando. – E cadê seu anima?

– Caçando – respondeu o garoto, sincero.

A dona da hospedagem o observou por um momento, mas depois pareceu satisfeita.

– Dezesseis há uma semana, hein? – ela devaneou, enquanto colocava os talheres na mesa. – Qual anima você encontrou?

– Garoto, a gente não pode atrapalhar a Jorie, ela é muito ocupada... Vai querer o quê? – Heitor o interrompeu antes que Theo pudesse responder.

– O prato do dia. E chá.

A mulher pareceu se esquecer da pergunta sobre o anima e saiu para buscar o pedido. Heitor a seguiu com os olhos o tempo todo.

Os dois devoraram o prato de galinha com trigo cozido. Theo estava feliz por poder comer uma refeição decente enquanto conversava com o guerreiro. Havia tantas pessoas naquele salão... Quem eram e de onde vinham? Será que existiam outros grupos secretos por aí, dos quais Theo nunca ouvira falar? Quem mais sabia sobre a existência dos espectros? Aos sussurros, Heitor explicou que havia amigos dos guerreiros espalhados pelo mundo.

Theo bebericou seu chá devagar. O guerreiro devia estar na quinta caneca de cerveja quando Jorie se sentou à mesa com eles. Sua expressão estava totalmente diferente de quando os recebera; a carranca fora substituída por um sorriso largo. Apesar do calor, Theo afugentou um calafrio.

– Como estava a comida?

– Ótima – Theo respondeu.

Heitor deu mais um gole na cerveja, sujando o bigode vermelho de espuma.

– Excelente como sempre. – O guerreiro soluçou e segurou a mão da proprietária da hospedagem. – E se, pela milésima vez, eu dissesse que adoraria te cortejar, Jorie? Qual seria sua resposta?

Theo desejou que um buraco se abrisse no chão, e encarou a caneca como se ela fosse um dos interessantíssimos objetos mágicos que o guerreiro mencionara mais cedo.

– Fico lisonjeada, Heitor, mas você sabe que seria complicado. Nunca sei onde você está, de onde vem ou para onde vai. Gostaria muito de conhecer mais de você...

– Gostaria? – Heitor perguntou, pousando a caneca cheia sobre a mesa.

Theo foi ficando cada vez mais constrangido; olhou para os lados, tentando fingir que não ouvia a conversa dos dois. Observou as paredes, as enormes teias de aranha presas ao teto e as lamparinas a óleo suspensas nas vigas de madeira. Seus olhos pousaram num dos cantos do salão, estranhamente escuro, e pela primeira vez reparou que havia uma pessoa sentada ali, sozinha. Pelas roupas parecia uma mulher; era impossível ter certeza, porém, já que o capuz da capa de viagem lhe cobria a parte superior do rosto.

Mesmo com o esforço para se distrair, a voz grave de Heitor ressoou em seus ouvidos.

– Adoraria te contar mais, Jorie, mas um homem tem seus segredos.

– E sou ótima em guardar segredos.

O corpo de Theo gelou. Tinha certeza de que Jorie pronunciara a frase, mas podia jurar que a boca da mulher no canto escuro havia formado as mesmas palavras.

– Bem, talvez eu possa te contar algumas coisas. Mas não tudo, senhorita...

– Estou pronta para ouvir qualquer coisa que queira me dizer.

Mais uma vez a boca da figura misteriosa enunciou as palavras junto com Jorie. Havia algo errado acontecendo.

– Bom, acho que não haveria problema em revelar que estamos a caminho dos Dentes de Ferro, a leste do...

Theo se levantou, derrubando a caneca cheia em cima de Heitor.

– Qual é o seu problema, garoto? – O guerreiro ficou de pé, mal-humorado, tentando enxugar um pouco da cerveja derramada sobre a túnica e o colete de couro.

– Eu... – Ele fitou Jorie, e teve a impressão de ver uma luz amarela brilhando atrás de seus olhos. – Eu não estou me sentindo bem.

– É melhor ir dormir então, deve estar cansado. – Heitor fez um gesto com a mão, como se ele fosse uma mosca incômoda.

– Mas... Mas a gente ainda tem que conversar sobre aquele assunto.

Heitor estreitou os olhos e pressionou os lábios.

– Qual assunto? – inquiriu, entredentes.

O desespero cresceu em seu peito, e Theo sentiu o olhar de Jorie queimar em sua nuca. Esforçou-se para pensar em algo que fizesse sentido sem denunciar o que vira. Conseguiu apenas lançar um olhar profundo para o guerreiro.

A expressão de Heitor se suavizou.

– Ah, sim, claro! Aquele assunto. – Ele se virou e sussurrou para Jorie: – Já volto, e aí podemos continuar de onde paramos.

Os dois pegaram a chave do quarto e subiram as escadas estreitas. Assim que entraram, Heitor grudou a orelha na porta por alguns instantes.

– O que aconteceu?

Theo explicou sobre a pessoa que havia visto, como os lábios dela haviam se movido junto com os de Jorie, formando as mesmas palavras. Pela primeira vez, Heitor pareceu preocupado.

– A gente não pode ficar aqui – anunciou, andando de um lado para o outro. – Como não percebi? – Ele bateu na própria testa com tanta força que Theo temeu que o guerreiro desmaiasse. – Mas você percebeu, garoto. *Você* percebeu. Muito bem.

– Quem era aquela pessoa?

– Não era uma pessoa, era um espectro – Heitor revelou. – Não se preocupe, se fosse poderoso não precisaria ter ficado tão perto para possuir a mulher.

– Jorie estava possuída? – A informação fez o estômago de Theo revirar. – E se ele possuir a gente também?

– Não acho que vai tentar algo assim; é muito mais difícil possuir um guerreiro por causa da magia no nosso sangue – Heitor explicou, enquanto revirava a mochila de pano. – E somos treinados para lutar quando acontece.

– Eu não sou treinado – Theo pontuou, preocupado.

Heitor se virou e o segurou pelos ombros.

– Se sentir a mente sendo empurrada, resista. Empurre de volta, não deixe o espectro entrar.

– Empurrar de volta, tudo bem. – Não estava tudo bem. Não tinha a menor ideia do que aquilo significava, porém não parecia haver tempo para uma aula.

O guerreiro encontrou uma corda e amarrou uma ponta ao pé da cama.

– Eu poderia matar esse espectro, mas se estiver nos seguindo pode ter outros por perto. Segurança em primeiro lugar.

– Por que ele estaria seguindo a gente?

Heitor abriu a janela e atirou a outra ponta da corda por ela.

– Os espectros sentem nossa presença, reconhecem um guerreiro quando encontram um. Talvez esteja tentando descobrir onde o clã está agora. – Ele apontou para a janela – Você primeiro.

Theo pôs a cabeça para fora e respirou fundo. Estavam no segundo andar, no entanto, o chão parecia estar muito distante. Segurou a corda com força e subiu no batente. Suas pernas estavam trêmulas, mas conseguiu mantê-las firmes o suficiente para descer os dois andares devagar, apoiando os pés na parede de pedra. Chegou ao chão, olhou para cima e acenou para Heitor. O guerreiro se dependurou na corda e Theo ouviu a cama sendo arrastada lá no alto até bater na parede. Mal teve tempo de se preocupar se ela sairia voando pela janela; em poucos segundos o homem chegou ao chão sem nem mesmo se apoiar na parede. Theo fez uma anotação mental para trabalhar mais seus músculos quando iniciasse o treinamento.

Caminharam até o estábulo – Heitor sem fazer som algum e Theo quebrando gravetos no caminho. Mas o barulho não os denunciou; olhando para trás, o garoto teve certeza de que ninguém vira quando os dois vultos partiram galopando.

CAPÍTULO 8

# Encontro inesperado

Pararam apenas de manhã e dormiram algumas horas antes de continuar. Abandonaram a estrada e seguiram por trilhas que passavam por florestas e entre montanhas; Heitor decidiu que seria melhor mesmo que a viagem fosse mais longa. Theo não se importava e, mais que isso, estava feliz por poder viajar com Nox e Lux ao seu lado de novo.

No segundo dia após a parada na hospedagem, atravessaram um bosque, e Heitor pediu a Theo para caçar. Avistaram um pato, e daquela vez os lobos fizeram todo o trabalho sozinhos. Lux deu a volta por trás da caça, escondendo-se nos pinheiros, e depois correu para cima da presa. O pato levantou voo na direção contrária, mas o lobo preto estava de tocaia atrás de uma árvore e o abocanhou antes que estivesse alto demais. Theo aplaudiu, impressionado com a astúcia dos animae.

Dias depois, abateram um veado. Os lobos o derrubaram e Theo deu o golpe de misericórdia. Em outra ocasião, Nox correu e guiou Theo até um pássaro empoleirado para que o garoto lançasse uma flecha.

Heitor e Theo conversavam bastante sobre a vida dos guerreiros. Ele já aprendera que havia muito mais nativos no clã do que estranhos, mas que ser de fora não o tornaria de forma alguma um guerreiro pior. Mesmo para quem já nascia no clã, o treinamento oficial só começava após o encontro com seu anima. Guerreiros em treinamento eram chamados de novatos. E só depois que estavam prontos podiam se voluntariar para alguma missão. O garoto agora sabia também que, para cada missão, as pessoas eram selecionadas de acordo com suas habilidades, e que o ofício não se limitava apenas a caçar espectros. Sempre que algo suspeito acometia uma vila ou alguém avistava criaturas sobrenaturais, eles partiam para tentar solucionar o problema.

Os dois jantavam juntos, conversando sobre tudo, e depois se revezavam para montar guarda à noite. Os animae acordavam ao menor ruído, sempre atentos. A paisagem mudava a cada vale, e por volta do sexto dia atravessaram uma floresta muito densa chamada Labirinto do Suplício. Árvores gigantes com raízes que se estendiam por metros e criavam paredes altas. Mesmo conhecendo bem o caminho, Heitor quase se perdeu algumas vezes.

Dez dias depois de despistarem o espectro, adentraram um bosque de pinheiros altos, cujo solo era coberto por grama baixa e minúsculas flores azuis-escuras. Os pássaros cantavam. Seguiram o curso do riacho cristalino e pararam para descansar ao encontrar uma pequena cascata.

– Pela deusa, acho que nunca vi um lugar tão lindo – Theo disse, admirado.

Os dois desmontaram. Heitor acariciou o pescoço de Peregrino e o agradeceu antes que o anima fosse beber água e se alimentar. Nox e Lux mataram a sede e se estiraram na relva, onde alguns raios de sol conseguiam driblar as árvores.

Theo lavou as mãos e o rosto no pequeno lago. Depois contemplou a cascata. A luz do sol que refletia no lago formava um arco-íris na cortina de gotículas, e as cores brincavam com os olhos. Passou alguns segundos hipnotizado com a cena, mas de repente os pássaros ficaram muito agitados. Ele se virou e viu que os lobos haviam se levantado e estavam com as orelhas em pé, atentos.

– Vocês estão num santuário – uma voz amena e firme disse antes que a figura saísse de trás de uma árvore.

– Pelos espíritos dos elementos! – Heitor exclamou.

Era uma criatura humanoide, mas não humana. Seu cabelo era verde e grosso e se movia de uma forma estranha. Como se estivesse vivo. Alta e alongada, sua pele cintilava em verde-oliva. Por um segundo, Theo pensou que poderia se tratar de um espectro, mas logo soube que era outro tipo de ser mágico. Havia sentido um mal-estar na hospedagem e agora... era diferente. Além do mais, Nox e Lux estavam calmos. Heitor parecia surpreso, mas não tenso.

O ser caminhou na direção deles, e cada passo dele fez surgirem novas flores no chão.

– Desculpe, a gente não teria passado por aqui se soubesse que era terra dos sílfios – Heitor disse num tom respeitoso e pacífico.

– A terra é sempre dela mesma, não dos sílfios – a criatura respondeu. – Nem dos humanos, por mais que vocês ignorem isso.

*Sílfios.* O guerreiro mencionara aquele povo mágico, mas Theo sabia muito pouco a respeito deles. Dava para perceber que era muito poderoso, e a última coisa que o garoto queria era arrumar confusão.

– A gente pode ir embora agora mesmo – falou, sem pensar muito.

A criatura os observou.

– Ouvi você elogiar o lugar, garoto dos lobos. A natureza gosta de ser admirada – respondeu. – As terras não são minhas, e não me cabe determinar quem pode ou não ficar. Mas, da minha parte, são bem-vindos para descansar. A água do lago é pura, e há arbustos de frutas silvestres logo ali.

Theo olhou na direção apontada e viu os arbustos. Enquanto os observava, eles floresceram, depois mirtilos e morangos selvagens apareceram, cresceram e amadureceram.

– Uau! – Theo não conseguiu conter o grito de espanto. Virou-se para a criatura – As frutas são de verdade?

Heitor gargalhou, e o ser mágico sorriu.

– Sim. Pode provar.

O garoto se aproximou e colheu algumas frutinhas. Examinou-as, admirando a forma perfeita e as cores vívidas. Colocou um punhado na boca e fechou os olhos, sem acreditar que poderiam ser tão doces. Sentiu as energias sendo renovadas e ficou verdadeiramente feliz por vivenciar aquele momento. Presenciar aquela magia era como ver seu novo mundo se materializar.

– Muito obrigado por isso. A parada no seu santuário fez essa viagem valer a pena – Theo disse, com sinceridade, pensando em como aquele momento apaziguara parte da dor de ter deixado a família para trás. – Meu nome é Theo. Esses são Nox e Lux.

O ser o encarou, estreitando de leve os olhos brilhantes, como se tentasse desvendar o significado real das palavras do garoto.

– Sou Safiri – respondeu. – Acho que nunca encontrei um humano que se mostrasse grato de uma forma tão genuína e sem segundas intenções. É uma novidade agradável.

Theo não tinha certeza se aquilo era ou não um elogio, mas sorriu mesmo assim. Estava fascinado por Safiri e pelo tipo de magia que conseguia fazer.

– Safiri, se me permite uma pergunta... – ele começou, hesitante. Safiri assentiu. – As flores, as árvores, a cascata, todos esses pássaros... Você criou tudo isso?

– O rio e a cascata já estavam aqui, e os pássaros vieram porque gostam dos sílfios. Ou talvez da fartura que a nossa mágica propicia. – Olhou para cima, e os animais cantaram quase como se rissem da piada. – Nossa mágica age sobre as plantas. Nós as ouvimos e elas nos ouvem. Há magia em nosso sangue, assim como na seiva delas, e essa magia flui entre nós através das raízes das plantas e de nossos pés. Estamos conectados; talvez de uma forma diferente, mas ainda assim similar à ligação que vocês têm com seus animae. – Safiri observou os lobos com atenção. Talvez mais que isso: com admiração. Depois suspirou. – Já falei mais do que deveria. Em seu primeiro encontro com um sílfio, você conseguiu mais conhecimento do que outras pessoas que passaram anos nos procurando.

Theo não sabia da existência dos sílfios antes, contudo, conseguia imaginar o que os seres humanos fariam se soubessem. O tipo de magia deles era muito valioso; alimentaria vilas inteiras, traria riqueza para qualquer um que conseguisse sua ajuda. Não ficaria surpreso se ouvisse falar que alguém havia tentado chantagear ou mesmo capturar um daqueles seres mágicos. Os humanos às vezes eram realmente estúpidos e maldosos a esse ponto.

Mas também havia outro tipo de pessoa. Queria que Safiri soubesse disso.

– Eu queria agradecer de alguma forma. Tem algo que eu possa te oferecer?

A oferta causou surpresa na criatura. Talvez fosse uma pergunta idiota. O que um humano poderia ter que interessaria um sílfio? Safiri, antes tão imponente e confiante, pareceu hesitar. Molhou os lábios e se aproximou.

– Vou te contar mais um segredo dos sílfios, garoto dos lobos. Nós conseguimos enxergar a magia. É como uma névoa brilhante de uma cor única, que nada mais possui. Cíntilans. É assim que eu soube que vocês são guerreiros, já que pessoas comuns não tem magia no sangue. E, se querem saber, há muito mais de vocês perdidos pelo mundo do que imaginam... – Era uma revelação importante. Theo tentou imaginar como seria essa aura a seu redor. – O tamanho da névoa depende da quantidade de magia que cada ser vivo possui. Você consegue imaginar qual é a criatura que possui a maior?

– Os sílfios? – Ele não conseguia imaginar nada mais mágico que aquele povo.

Safiri sorriu. Então olhou para os lobos.

– Se vocês pudessem ver... É lindo – divagou, admirando Nox, Lux e Peregrino. – Além de ver a magia, também conseguimos aprender através dela. É algo que tem história: carrega marcas, acontecimentos, perdas, conhecimentos que muitas vezes são segredos trazidos de uma vida anterior... E consigo ler tudo isso. Através do toque.

Theo compreendeu. Era a segunda vez que recebia aquele pedido. Mas, diferente do guru de Pedra Branca, Safiri não era humana. Tinha toda aquela magia circulando em seu corpo e, por alguns instantes, o garoto teve medo de que aquilo pudesse danificar os laços que o uniam a seus animae. Mas se acalmou e decidiu fazer o que fizera até então. Olhou para Nox e Lux, e os lobos colocaram a língua para fora.

– É do consentimento deles que você precisa, e pelo balançar das caudas diria que não veem problema algum nisso.

Pela primeira vez, Safiri deu um sorriso grande, que mostrava os dentes perolados e perfeitos. Abaixou-se, e os dois animais se aproximaram. Manteve as mãos suspensas no ar por um instante, depois passou a ponta dos dedos na cabeça de Nox. Afundou um pouco os dedos na pelagem escura e concentrou-se, como se realmente estivesse tentando entender toda a história que o anima carregava. Theo desejou ter aquele poder, e ponderou que talvez agora Safiri conhecesse mais sobre Nox do que ele mesmo.

Em seguida, passou para Lux. Assim que suas mãos tocaram a loba, os olhos de Safiri se encheram de lágrimas. Fez o mesmo movimento que havia feito em Nox, mas no fim não se conteve e a abraçou. Lux aceitou o gesto e até mesmo lambeu seu rosto, talvez curiosa para saber se as lágrimas dos sílfios também eram salgadas.

Theo olhou de relance para Heitor, e viu que tudo aquilo era tão novo para o guerreiro de cabelo vermelho quanto para o próprio garoto. Isso o fez pensar que estava presenciando algo raro.

Safiri terminou e se voltou para os dois humanos. Sua expressão parecia menos dura, menos distante. O cabelo verde se movia mais livre, como se dançasse ao sabor do vento. Mas o ar estava estático como as árvores ao redor.

– Já me disseram que Nox e Lux são muito diferentes. Que o espírito de Lux é mais antigo – Theo revelou, e Safiri concordou com a cabeça. – O que mais você descobriu?

– Há muito que não pode ser descrito em palavras. Seria como se eu tentasse te contar sobre o esforço de uma árvore para florir e depois adoçar uma fruta. Sobre a esperança que vai contida dentro de cada semente. Sobre a felicidade de germinar, alcançar a superfície e sentir o sol nas folhas pela primeira vez... – Safiri explicou. – Mas posso dizer que Nox tem uma magia intensa, direcionada a um propósito claro. E Lux carrega uma marca de tristeza profunda de uma vida anterior... Uma marca de perda, como a sua.

O coração de Theo pareceu parar por um instante. Olhou para Lux, para os translúcidos olhos azuis, e acariciou a cabeça do animal. Desejou poder apagar a marca que Safiri mencionara, mas sabia que aquele tipo de ferida nunca cicatrizava completamente. A loba lambeu sua mão, e entre eles fluiu um amor que ajudava a reconfortar.

Só depois percebeu que Safiri os observava com atenção, e imaginou o que acontecia com a magia aos olhos dela.

– Descansem e fiquem quanto tempo precisarem. Aqui é seguro, e nada nem ninguém vai incomodá-los – garantiu. – Você foi generoso comigo, Theo. Se um dia precisar de mim, basta chamar meu nome e as raízes carregarão a mensagem.

Safiri se curvou em despedida e o garoto a imitou. Já tinha se virado para ir embora quando pensou em fazer uma última pergunta.

– Você sabe por que encontrei dois animae?

– Não. Mas se tivesse que arriscar, diria que é porque vai precisar deles.

Então Safiri caminhou entre as árvores e, num piscar de olhos, não estava mais lá.

CAPÍTULO 9

# A primeira batalha

Era impossível tirar aquele encontro da cabeça.

Theo se lembrava constantemente das flores que nasciam sob os pés de Safiri e das frutas crescendo. Heitor estava tão fascinado quanto ele. Todos os dias discutiam o assunto, e o guerreiro havia contado diversas histórias antigas. Os sílfios já haviam lutado uma vez ao lado dos guerreiros, quando todos os povos se juntaram na maior batalha contra espectros de que se tinha notícias. Theo não conseguia imaginar Safiri empunhando uma arma, mas não duvidava de seu poder. Heitor explicou que era muito difícil fazer contato, já que os sílfios só eram encontrados se quisessem. Theo provavelmente era o único ser humano vivo que conseguira uma declaração de amizade.

Heitor estava seguro de que haviam despistado o espectro que os seguia no início da viagem, e arriscaram até mesmo dormir numa hospedagem na estrada. Por mais cinco dias, cavalgaram com a certeza de que tudo estava bem e que chegariam em segurança até o clã dos guerreiros.

Na manhã do sexto dia após o encontro com Safiri, alcançaram o sopé de uma montanha cujo cume estava encoberto pelas nuvens.

– Podemos passar pelos Dentes de Ferro e chegar ao acampamento em dois dias, ou dar a volta e demorar mais quatro ou cinco – Heitor explicou. – Normalmente eu não levaria um novato pela trilha da montanha, mas acho que a sorte está do nosso lado. O que acha?

Theo se permitiu ficar feliz com aquela pequena vitória. Era uma prova de que conquistara a confiança de Heitor durante a viagem de quase três semanas.

– Meu traseiro já ficou quadrado de tanto cavalgar.

Heitor deu uma gargalhada.

– Perdemos muitos dias por não ter usado a estrada, então acho que a gente merece recuperar um pouco do tempo agora. Pela montanha, aí vamos nós.

Foi possível cavalgar na primeira parte da subida, mas, depois de algumas horas, decidiram desmontar. Os cavalos estavam exaustos, e o terreno era íngreme e traiçoeiro. A trilha piorava a cada curva, e as pernas do garoto tremiam – talvez por causa do cansaço, do frio, do medo ou de uma mistura de todas essas coisas. No alto ainda havia neve, mesmo no início da primavera, e o caminho por vezes se estreitava tanto que ele tinha dúvidas se os cavalos conseguiriam passar. Os lobos subiam com desenvoltura, enquanto Theo se apoiava ao máximo na pedra escura e evitava olhar o precipício, mais alto a cada passo.

Já começava a escurecer quando alcançaram a entrada de uma caverna espaçosa. Heitor anunciou que dormiriam ali e logo fizeram uma fogueira com galhos dos pinheiros que cresciam ao redor. Comeram e se deitaram no chão duro. Rajadas impiedosas e geladas invadiam o interior da gruta, e Theo não conseguia se aquecer nem com o fogo alto, a capa de viagem e uma pele de urso. O garoto bateu os dentes e contraiu os músculos a noite toda, e assim que os contornos da caverna se tornaram visíveis à luz da alvorada, chamou o guerreiro.

– Acorda, Heitor – pediu, chacoalhando o outro.

– Pela deusa, o sol mal nasceu!

Theo cruzou os braços e ouviu Heitor resmungar sobre novatos, noites na montanha e onde ele estava com a cabeça, mas em minutos ficaram prontos para partir.

Saíram da caverna, e parecia impossível seguir viagem. Uma névoa espessa encobrira a montanha, e não se via um palmo à frente.

– Vamos, garoto.

Theo arregalou os olhos.

– Não dá pra enxergar o caminho!

– Eles conseguem – afirmou, apontando os animae com a cabeça. – Peregrino vai guiar a gente, e vou atrás dele. Dê um pouco de distância para não trombar em mim.

Heitor foi engolido pela neblina, seguido pelo cavalo de Theo. Lux passou na frente e Theo acompanhou a loba branca de perto, com Nox logo atrás.

A sensação era a de caminhar numa escuridão clara. Theo apoiou uma das mãos na parede de pedra e avançou colocando um pé em frente ao outro com cuidado, sentindo o chão a cada passo. As pedrinhas rolando sob as botas deixavam suas pernas trêmulas, e o medo de despencar do precipício não o abandonou por um segundo sequer. Gotículas de suor frio escorriam por seu rosto, e não demorou para que suas roupas ficassem encharcadas.

Algum tempo depois, uma brisa rápida soprou. Um arrepio gelado percorreu seu corpo. À frente, Lux parou e rosnou para a neblina.

– Heitor? – sussurrou, com um aperto no estômago. Não obteve resposta. Seu coração se acelerou. – HEITOR!

– Estou bem aqui na frente, garoto, siga minha voz! Daqui a pouco a gente vai sair dessa maldita neblina e você vai poder ver a... ARGH!

O grito feroz de Heitor provocou uma descarga de energia que tirou Theo do estupor. O garoto correu, esquecendo-se de repente do perigo do precipício, e sacou do cinto a faca que o guerreiro lhe dera. Lux disparou na frente, guiando o caminho. Nox se colocou ao seu lado, garantindo que continuasse na trilha. Como durante as caçadas, os três se entendiam perfeitamente, e cada um desempenhava seu papel.

Havia vultos se movendo à frente. Theo identificou o contorno de Heitor e viu quando o guerreiro brandiu o machado, que escapou de suas mãos. Havia mais alguém, uma criatura com quase três metros de altura. Um gigante?

Não. O choque percorreu seu corpo como milhares de alfinetadas: a criatura estava voando. Um espectro.

O inimigo se lançou sobre Heitor, que não tinha mais seu machado para se defender. O guerreiro sacou duas facas e recuou alguns passos.

– O penhasco! – Theo alertou, e chegou a tempo de empurrar o guerreiro para longe do perigo.

Nox e Lux atacaram o ser, puxando-o pelos trapos com garras e dentes. Sua visão estava prejudicada pela neblina, então Theo pulou na mesma direção que os lobos e fincou a faca em alguma parte do corpo voador.

A criatura chiou, e Theo gritou.

Sentiu uma dor excruciante no braço esquerdo. Também havia sido atingido.

Os dois rolaram no chão, perto demais do precipício, e o inimigo conseguiu imobilizá-lo contra o solo. A cabeça de Theo estava para fora da pedra, pendendo no vazio. A névoa se abriu, permitindo que o sol brilhasse por alguns instantes, e então o garoto o viu.

Sua pele era acinzentada e cheia de pústulas, e os olhos tinham um amarelo brilhante. A coisa abriu a boca, ainda gritando por causa da facada que recebera, e expôs os dentes podres e pontiagudos. O cabelo ralo e sujo do espectro caiu sobre o rosto do garoto.

Theo olhou para o lado e encontrou a fonte de seu sofrimento. As garras amareladas e compridas estavam fincadas em seu braço. A ferida vertia sangue, pintando de vermelho a neve que cobria o caminho.

O garoto girou a lâmina no ventre do espectro, e uma fumaça preta e fétida emanou da ferida. A criatura chiou e levantou a outra mão, preparando um novo golpe com as unhas afiadas. Theo tentou descravar a faca, mas não conseguiu.

– Adeus, warrprym – sussurrou a voz gutural e desagradável.

Uma arma zuniu no ar. A cabeça horrenda voou. O corpo decapitado recaiu sobre Theo, e o rosto de Heitor apareceu em meio à neblina.

– Vem, garoto.

O guerreiro empurrou o corpo inerte do espectro para trás. As quatro unhas fincadas no braço de Theo deslizaram para fora devagar.

Ele urrou. Espasmos dominaram seus músculos; parecia haver chamas por baixo da pele, e a sensação se alastrava rumo à mão e ao ombro do garoto.

– Isso vai doer – Heitor avisou, rasgando um pedaço de tecido da túnica e o amarrando logo abaixo do ombro de Theo.

– AHHHHH! – ele gritou quando a área queimou mais intensamente, como se houvesse fogo tentando atravessar o torniquete.

– O veneno não pode chegar ao coração. Eu poderia te tratar aqui – Heitor explicou, apoiando Theo em um dos braços –, mas pode haver mais deles.

Ele jogou o garoto em cima de Peregrino e montou logo atrás. O cavalo dourado galopou através da montanha, seguido pelos outros animais, e Theo abriu os olhos quando sentiu o sol acariciar seu rosto. A descida levava a um vale verde com um rio brilhante. Ao longe, pequenas casas pareciam brotar da terra de maneira organizada.

O impacto dos cascos do cavalo nas pedras enviava pontadas de dor cada vez piores pelo braço atingido. Theo tomou coragem e olhou para a ferida. A pele exibia uma coloração doentia; as veias estavam saltadas e escuras, e, onde as unhas haviam penetrado, a carne estava quase preta.

Theo fechou os olhos de novo, tentando se afastar da dor, do medo e do mal-estar. Peregrino passou a cavalgar na relva macia, e depois de mais algum tempo diminuiu o ritmo. O garoto se esforçava para manter o estômago sob controle e cerrava os dentes para conter os gemidos. Quando enfim pararam, ele se deixou cair do cavalo e aterrissou na grama úmida. O frescor do orvalho era reconfortante, mas o enjoo acabou vencendo; Theo vomitou algumas vezes e viu pés se aproximarem correndo. Seu corpo se contraiu por inteiro; o veneno forçara caminho através do torniquete. A ardência agora se espalhava por seu peito, e sua visão ficou embaçada.

– Rápido, Heitor, traga o menino para dentro! – gritou uma voz desconhecida.

Theo foi içado do chão e carregado por muitas mãos. Suas costas tocaram uma superfície macia, e seu corpo se dobrou mais uma vez. O coração batia mais forte e rápido do que deveria, como se fosse explodir. Não conseguia respirar, e os pulmões queimavam em súplica.

Havia chegado sua hora.

Lamentou por tudo que não poderia ser. Pelo destino que mal havia começado a viver. Chorou por seus lobos e ouviu seus uivos. Sua visão começou a escurecer, e criaturas monstruosas se curvaram sobre ele, segurando-o. Tentou lutar, mas no fundo sabia que era inútil. Seu sangue esquentou cada vez mais, até o corpo inteiro arder em chamas.

E então, em meio ao fogo, à dor, aos gritos e aos monstros, um espírito da Luz apareceu na forma de uma garota negra de pele clara.

– Calma. A dor já vai passar.

Os olhos felinos dela reluziam como o céu sem lua do deserto, o rosto era emoldurado por madeixas cor de areia que caíam em dunas sobre seus ombros. Os lábios em formato de coração sussurravam palavras de conforto enquanto ela cortava estrelas brilhantes com as mãos e as pressionava em seu ombro, lançando ondas mágicas e geladas que combatiam as chamas dentro dele. O espírito franziu as sobrancelhas bem delineadas, como se estivesse preocupado. Tentava salvá-lo, e por um segundo Theo teve esperança de sobreviver.

Mas então viu o irmão, e entendeu que era tarde demais. Theo sorriu e o gêmeo retribuiu o gesto, como se fosse seu próprio reflexo.

– Otto.

A escuridão o envolveu e Theo se deixou levar.

# PARTE 2

CAPÍTULO 10

# O clã dos guerreiros

A cabeça de Theo estava pesada, a luz machucava seus olhos. Ele se mexeu na cama e ouviu passos; uma pessoa se inclinou sobre o garoto e puxou suas pálpebras inferiores para baixo.

— Otto — chamou, com a voz rouca, ao se lembrar da visão que tivera.

— Você podia ter morrido — a mulher repreendeu, de um jeito severo e ao mesmo tempo doce, quase maternal. Tinha um rosto fino, olhos grandes, cabelo crespo e curto e pele retinta. — Como está se sentindo?

— Meu irmão... Cadê ele? — Theo mal ouvira a pergunta da mulher. — Ele é igualzinho a mim.

Ela não respondeu de imediato. Primeiro pegou uma pequena bacia de metal com água e ervas, molhou um pano e o pousou sobre a testa de Theo. A dor de cabeça se amenizou. O garoto observou seu reflexo pálido na superfície espelhada.

— O veneno dos espectros tem efeito alucinógeno. Sinto muito, mas não tem nenhum garoto parecido com você aqui no clã. — A mulher sorriu, dando sinceridade às palavras; apesar do tom gentil, a decepção o inundou. Theo examinou com mais atenção seu reflexo na bacia e entendeu que era aquilo que vira antes de desmaiar. — Heitor, ele acordou!

Segundos depois, mais sons de passos se aproximando.

— Bem-vindo de volta, garoto! — Heitor surgiu em seu campo de visão e sorriu. A enorme cicatriz que cruzava seu rosto já não o assustava mais. O guerreiro estava diferente, com o cabelo avermelhado limpo, a barba aparada e as roupas lavadas, muito menos selvagem do que parecera na noite em que entrara pela janela de seu quarto. – Ele já consegue andar, Ilca?

A mulher estava longe da cama, arrumando alguns potes numa estante improvisada no canto da tenda. Quando se virou, Theo notou que ela tinha uma perna postiça, assim como seu avô Eugênio. Mas a dela tinha um formato diferente, mais engenhoso, e não parecia afetar sua mobilidade. Ela voltou até a cama com passos firmes e determinados.

Ilca puxou as pálpebras de Theo para baixo mais uma vez.

– Senta na cama.

Theo apoiou os braços no colchão fino, e sua cabeça girou.

– Está sentindo alguma dor ou tontura?

– Não – mentiu, ansioso para sair dali e caminhar com Heitor.

Ilca estreitou os olhos escuros e colocou a mão na cintura.

– Tirei o veneno, fiz runas de cura e apliquei um bálsamo na ferida. Você deve se sentir melhor nas próximas horas. – Sua expressão ficou mais séria. – Mas se tiver muita dor no braço, preciso que volte. O corte foi fundo e pode infeccionar.

– Combinado – Theo prometeu, levantando-se.

A tenda era espaçosa; abrigava mais alguns leitos além do que Theo acabara de deixar, todos vagos. As camas eram feitas com quatro estacas enterradas no chão, cordas entrelaçadas formando um estrado suspenso e um colchão fino de folhas e feno.

Seu olhar pousou no animal deitado num dos cantos. Pela expressão complexa, devia ser o anima de Ilca. Parecia um cachorro enorme, mas tinha as orelhas arredondadas, uma crina e a pelagem manchada como a dos leopardos.

– É uma hiena – Heitor explicou, seguindo seu olhar. – Um ótimo anima para guerreiros; forte, resistente e dotado de uma mordida capaz de esmagar ossos.

– Ele é lindo – Theo elogiou, fascinado.

– Ela – Ilca corrigiu. – O nome dela é Catula. – Lançou um olhar amoroso para a hiena, que pareceu sorrir em resposta. – Os lobos também são maravilhosos.

Theo pensou em seus animae, e eles entraram pela abertura na frente da tenda.

– Não pulem, ele ainda não está totalmente recuperado – Ilca ordenou.

Nox e Lux se aproximaram devagar e lamberam as mãos de Theo. O garoto se sentiu mais forte com o toque e seguiu Heitor em direção à saída. Mas antes de passar pela porta, virou-se.

– Obrigado, Ilca. Por ter me salvado.

– É meu trabalho. Nosso, na verdade – ela disse. – Logo, logo vai ser sua vez de salvar outras pessoas.

Theo sustentou o olhar dela e torceu para que fosse verdade.


– Uau!

Estavam num enorme acampamento. A tenda que haviam deixado era a maior e ficava na entrada, mais perto das montanhas. Daquele ponto em diante, centenas de outras barracas verde-escuras e desbotadas se estendiam de forma organizada pelo terreno. Havia bastante espaço entre cada uma das fileiras, e Theo entendeu o porquê ao avistar alguns animae enormes.

Reconheceu o elefante ao longe porque já vira o desenho num livro, mas nunca imaginou que pudesse ser tão grande. Havia felinos com pelagens diferentes das que conhecia. Ursos-pardos, pretos e até mesmo um branco. Ficou de boca aberta ao passar por uma criatura diferente e robusta, que tinha um chifre não na cabeça, e no focinho. Havia pássaros diversos, outras hienas, alces e alguns animais parecidos com cavalos, porém com chifres e cores diferentes. Até aquele momento, porém, não vira nenhum outro lobo.

Heitor e Theo caminharam entre as barracas; muitas pessoas estavam ocupadas com seus afazeres, e várias pararam para vê-los passar e dar as boas-vindas. Todos os guerreiros se vestiam de maneira simples, com calças puídas de algodão, túnicas compridas e sem bordados, botas de couro e cintos de onde pendiam diferentes tipos de armas. As roupas pareciam remendadas e nem sempre do tamanho certo para cada guerreiro. Alguns usavam também coletes grossos de couro como o de Heitor.

Além disso, parecia haver pessoas de todas as províncias, mesmo das mais distantes. Viu uma mulher baixa, troncuda e negra, com tatuagens no rosto características de Nortis, e admirou seu urso-branco.

Um homem negro de pele clara e cabelo vermelho alimentava um animal que parecia um javali, mas com quatro presas enormes ao invés de duas, e a cena o fez pensar nas misteriosas Ilhas de Fogo. Pessoas da província de Reina, com cabelo preto-azulado e liso como água. Outras muito altas, como se ouvia dizer dos habitantes da região dos pântanos na província de Sur... Havia gente de todas as idades, incluindo bem idosos e alguns bebês.

O olhar de Theo vagou até mais à frente. Estacou ao ver o bosque ao final do acampamento. As árvores...

– As árvores são brancas! – protestou, como se aquilo fosse proibido.

Heitor o encarou como se achasse graça de seu espanto.

– Sim, são bétulas-das-nuvens. E esse é o Bosque Branco. – O guerreiro deu de ombros. – Também não acho o nome muito criativo.

O garoto ficou curioso para se embrenhar entre os troncos claros.

– Parece um bosque fantasma.

– É assim que a população das vilas próximas o chama, e a gente ajuda a espalhar as lendas e histórias de terror. – O guerreiro deu uma piscadela. – Acreditando que o lugar é mal-assombrado, as pessoas evitam se aproximar.

Chegaram ao centro do acampamento. Não havia barracas ali, e sim seis grandes mesas e muitos bancos, todos improvisados com troncos claros. Não muito longe, Theo viu caldeirões de ferro suspensos sobre fogueiras. O aroma delicioso o fez se lembrar de que tinha ficado um dia inteiro sem comer, mas Heitor passou reto. Enfiaram-se entre as tendas verdes novamente, seguindo na direção do elefante e do bosque de aparência sobrenatural.

Uma barraca maior que as outras pontuava o fim do acampamento. Theo enfim pôde observar o grande animal de perto, admirando sua estranha tromba.

– Obrigado por trazer o garoto aqui, Heitor.

Um homem alto e loiro, que devia beirar os quarenta anos, surgiu de trás do elefante. Sua expressão parecia familiar e amigável, apesar da dureza de seus olhos verdes.

– Sou Augusto, líder dos guerreiros. E esse é Monten – disse, apresentando seu anima.

– Eu sou...

Augusto levantou uma mão e balançou a cabeça.

– Por enquanto você não tem nome. Como Heitor já explicou, ninguém aqui deve saber de onde veio ou quem era antes de chegar no clã. Nem mesmo eu – alertou, e Theo concordou com a cabeça. – Venha, garoto, entre.

Heitor se retirou e o deixou sozinho com Augusto. Esperava que houvesse algum tipo de luxo na barraca do líder, mas as acomodações eram tão simples quanto as de Ilca. Havia uma cama num dos cantos e, perto da entrada, uma mesa improvisada com pedras grandes servindo de assentos. Sobre a mesa, Theo viu um pedaço de papel desenhado com carvão.

– É um mapa – Augusto explicou enquanto se sentava num dos bancos.

– Posso olhar? – Theo sempre gostara de mapas.

O líder fez que sim e abriu a mão sinalizando para que o garoto fosse em frente.

Contornos pontilhados marcavam as fronteiras das cinco províncias do continente: Reina a sudoeste; Lagus no centro, fazendo fronteira com as outras três; Orien a leste; Nortis, a maior, quase toda coberta por gelo; e Sur, com seus pântanos e desertos. E, mais a leste, as Ilhas de Fogo, inóspitas com seus vulcões, terra de ninguém. As capitais eram marcadas com um X. Theo observou o mapa por muito tempo, pois era o mais detalhado que já vira. Um emaranhado de letrinhas denominava cidades, florestas, rios, montanhas e desertos.

– Onde a gente está?

Augusto pousou o indicador entre a cadeia de montanhas chamada Dentes de Ferro e o Bosque Branco, na parte leste da província de Lagus. Theo procurou o X que demarcava Urbem, e surpreendeu-se ao ver que ficava a poucos centímetros de distância. Haviam demorado vinte dias para percorrer uma parte ínfima do mapa.

– Pedi que Heitor te trouxesse quando acordasse – o guerreiro anunciou, interrompendo a análise do garoto. – Preciso te explicar as regras do clã.

Theo se endireitou, atento. Não queria esquecer nenhuma delas.

– Regra número um: a segurança dos guerreiros vem em primeiro lugar. Regra número dois: é nosso dever proteger todo ser humano de seres malignos. Regra número três: nossa existência é secreta, e assim deve permanecer. – Augusto as enumerou, levantando um dedo por vez. – O guerreiro que quebrar qualquer uma delas vai ser julgado e poderá ser banido ou mesmo pagar com a própria vida.

Theo se remexeu no assento, desconfortável. Parecia um exagero condenar guerreiros à morte. Augusto pareceu ler seus pensamentos.

– Nunca tivemos que tirar a vida de um irmão. Todos levam as regras muito a sério – explicou, com um tom tranquilizador. – O que acontece às vezes é um excesso de ousadia. Durante as missões, a prioridade é proteger a vida de qualquer pessoa, e alguns guerreiros se esquecem disso no calor da batalha... – Ele ficou sério, e seus olhos verdes adquiriram um tom mais escuro. – Imprudência pode ser punida com banimento. Já vi acontecer, e não vou aceitar que isso ocorra sob minha liderança.

– Quando foi a última vez que aconteceu?

Augusto cerrou o maxilar, hesitando.

– Há vinte e cinco anos.

O tom da resposta foi final, e, apesar da curiosidade, Theo percebeu que não seria adequado pedir mais detalhes. Decidiu mudar de assunto.

– Heitor disse que vou ser treinado.

– Começando amanhã. – Os ombros do líder relaxaram. – O treinamento é dividido em quatro partes: sobrevivência, combate, estratégia e magia. Os tutores fazem avaliações dos novatos a cada lua cheia. Quando terminar, você vai ser designado para as missões.

O pensamento fez seu coração bater mais rápido. Ainda não sabia nada sobre as tais missões, mas queria ser útil logo.

– Quando vou estar pronto?

– O treinamento dura em média quatro estações, mas varia bastante – Augusto respondeu. – E é a sua dedicação que vai ditar o quão rápido vai evoluir.

Theo acenou com a cabeça.

– Vou me dedicar ao máximo para acabar o quanto antes.

– Não tente apressar as coisas, garoto – o líder continuou. – Use esse tempo para aprimorar seus pontos fortes e trazer os fracos a um nível aceitável. A chave do sucesso é ser o melhor em algo e bom o suficiente no resto. Isso vai te ajudar a ser escolhido para compor as equipes que partem.

– E como é feita essa escolha? – Queria saber todos os detalhes. – O que é levado em consideração pra escolher um ou outro guerreiro?

– Primeiro, vem o tipo de anima. Há missões que necessitam de pássaros, outras de animais ágeis ou com resistência a condições extremas. Você tem uma vantagem aí. – Augusto fitou os lobos, que ergueram o focinho, orgulhosos. – Depois a gente avalia as notas em cada habilidade: manejo de armas, conhecimento estratégico, agilidade, força e magia.

A cabeça de Theo começou a latejar. Não sabia se pelo excesso de informações ou pelo efeito remanescente do veneno de espectro. Mesmo assim, abriu a boca para fazer uma nova pergunta, mas foi interrompido por Augusto.

– Acho que já é coisa demais para o primeiro dia. – Abriu um meio-sorriso e ergueu as sobrancelhas, numa expressão similar à que Lia fazia quando Theo se recusava a dormir. Era o sorriso de quem estava no comando. – Você vai ficar na barraca número 123, junto com o último estranho que chegou. E, quando o sol baixar, vamos nos reunir na praça para escolher seu nome de guerreiro.

Ao que parecia, tinha sido dispensado, então agradeceu e se retirou. Heitor não o esperava do lado de fora e, pela primeira vez em vinte dias, Theo se sentiu sozinho. Estava muito longe de casa, sem amigos e em meio a muitos desconhecidos. Mas o *estranho* ali era ele... Finalmente, a palavra para designar os que não eram do clã fez sentido.

Passou pelas mesas no centro do acampamento e pegou um pedaço de pão. Pensou em dar mais uma volta entre as tendas, porém, não saberia como agir. Então procurou a barraca 123 e entrou, com Nox e Lux em seus calcanhares.

A tenda era simples, mas suficientemente ampla. Havia uma cama suspensa em um dos cantos, e no outro um conjunto de quatro estacas, um martelo enorme, o estrado de cordas e o colchão fino. Teria de montar a própria cama.

Pensou que seria bom ter algo para fazer. Tentou erguer o martelo apenas com o braço bom, contudo, era pesado demais. Então segurou a ferramenta com as duas mãos; o esforço fez o ombro machucado arder e ele gemeu.

– Ei, deixa que te ajudo com isso.

Outro garoto apareceu na porta. Tinha a pele bem clara e o cabelo preto de um brilho intenso. Seus olhos eram estreitos e angulosos, e as maçãs do rosto protuberantes. Ele estendeu a mão e Theo a apertou.

– Meu nome é Tora. Sou seu companheiro de tenda.

– Legal! Muito prazer – Theo respondeu, tomando cuidado para não revelar o próprio nome.

Tora posicionou a primeira estaca, fincou a parte pontiaguda no chão e depois deu cinco golpes fortes para enterrá-la. Theo se apressou em ajudar, medindo a distância e fixando as outras de leve para que o outro rapaz terminasse o serviço com o martelo. Quando finalizaram a primeira parte, amarraram as cordas e colocaram o colchão sobre o estrado. Tora limpou uma gota de suor da testa e se sentou na cama oposta, ofegante. Theo o imitou, percebendo que também estava cansado, provavelmente ainda pelo efeito do veneno.

– Obrigado. Com certeza não ia ter conseguido fazer isso sozinho.

– Não tem de quê – o garoto respondeu. – Também precisei de ajuda, e olha que eu nem tinha sido ferido por um espectro.

Theo riu e percebeu que já gostava do outro garoto. Lembrou-se de que, de acordo com Augusto, Tora também era um estranho, e tinha sido o último a chegar ao acampamento.

– Você já sabia sobre a existência dos espectros antes de vir para cá? – perguntou, ponderando se aquele conhecimento era difundido em outras regiões do continente.

– Não, foi tudo um choque pra mim. Os nativos do clã nascem e crescem sabendo toda a verdade, ouvindo histórias, brincando de matar espectros com gravetos... – ele disse, com as sobrancelhas franzidas. – Mas para os estranhos é quase como abrir um portal para outro mundo. E as pessoas que estão em treinamento nunca nem viram um, tudo o que a gente pode fazer é imaginar... Então diria que você já tem mais experiência nesse quesito.

Theo contou um pouco sobre o ataque e descreveu a criatura. Tora quis saber mais detalhes, e se interessou tanto pelas sensações prévias ao encontro quanto pelas técnicas de ataque do espectro.

Um grande felino com pelagem alaranjada listrada de preto entrou na tenda, sobressaltando Theo.

– Esse é Magnus.

– Nossa! – Theo exclamou, observando seus detalhes por alguns instantes. Era muito maior do que um puma, e tinha patas grossas e fortes. – Que tipo de animal ele é?

– Um tigre – Tora respondeu. – Existe em praticamente todas as florestas de Orien.

Os músculos de Theo se retesaram.

– A gente não pode falar de onde veio.

– Na verdade, a gente não deve nunca revelar informações que possam levar os inimigos às nossas famílias. Só que algumas coisas são óbvias demais para fingir segredo. Com base nas suas feições, na sua altura e no seu anima, chutaria que você é de Lagus, e em breve você descobriria que não há tigres em outras províncias. Mas isso é só uma parte ínfima do nosso passado, algo insignificante. Fica tranquilo.

Ele tinha razão, e Theo relaxou. Pensou no mapa da tenda de Augusto e imaginou quanto tempo Tora levara para chegar ali. Se tivesse vindo do leste de Orien, era possível que tivesse demorado vários meses.

– Como os guerreiros te acharam?

– Fazia mais de uma década que ninguém tinha um tigre como anima na minha região. – Tora acariciou a enorme cabeça do felino. – Três guerreiros estavam em missão perto da minha cidade e, quando ouviram a notícia, foram me procurar.

– E aí pediram pra ver sua marca?

Tora confirmou com a cabeça, olhou para baixo e se remexeu na cama como se estivesse desconfortável. Theo preferiu não insistir no assunto.

– Então é sempre assim que encontram a gente?

– Na maioria dos casos. Mas às vezes não tem guerreiros por perto. – Seus olhos se encheram de pesar. – E aí alguns podem acabar escolhendo um destino diferente, e outros deixam tudo para trás e vagam pelo mundo à procura de uma resposta.

Theo passara dias de angústia antes da chegada de Heitor e se lembrou do momento em que havia encarado a estrada, pensando exatamente em fazer isso.

– Como uma fuga – Theo disse.

– Como uma busca. Se recusar a deixar o destino nas mãos da sorte não é o mesmo que fugir. – Tora falava com sabedoria, mas ainda assim com humildade. – Muitos acabam se acomodando na insatisfação por medo do desconhecido. Ser feliz, na maioria das vezes, exige coragem.

A frase parecia algo que o guru de Pedra Branca diria. Theo se identificou com a verdade contida ali e pensou que provavelmente era assim para todos os estranhos. Começar uma vida nova e cortar laços com as pessoas queridas realmente exigia muita coragem.

– Um dos guerreiros que me achou, Caeli, conseguiu chegar ao acampamento assim. Vagou durante dois meses até dar de cara com uma luta entre guerreiros e espectros. E tem uma novata que demorou um ano para ser encontrada.

– Sério?

Theo pensou em perguntar mais sobre aquelas histórias, mas a conversa foi interrompida.

– Ah, então é aqui que vocês estão escondidos! – Uma garota branca, de cabelo dourado e olhos verdes entrou na tenda, jogando-se na cama de Tora sem cerimônias. Era tão alta quanto Theo, tinha os ombros largos e um nariz grande e comprido. – Não acredita em nada que ele diz, Tora só *parece* inteligente.

Tora revirou os olhos, se mostrando exageradamente exasperado.

– Essa é Úrsula. Ela também é novata – o garoto explicou, com um tom de quem dava más notícias.

– Sim, sou eu que deixo os treinamentos divertidos, e é por isso que Tora me ama tanto – ela disse. – Bem-vindo, estranho. Espero que você seja feliz aqui.

Úrsula se levantou e deu um abraço caloroso em Theo. Ele retribuiu e percebeu que sentia falta daquele tipo de gesto afetuoso. A breve troca de palavras e a atitude davam a entender que ela era nativa.

– Você deve estar com fome, não é? Que tal a gente comer algo e dar uma volta pra te mostrar o acampamento? – Tora sugeriu.

Saíram da tenda. Do lado de fora, um enorme urso-pardo interagia com Nox e Lux.

– Essa é a Fofa – Úrsula anunciou.

– Fofa? – Theo perguntou com um sorriso, sem conseguir se conter.

– Que foi, estranho? Algum problema com o nome do meu anima?

– Não, não! Pelo contrário, achei excelente – ele respondeu, na defensiva, mas com toda a sinceridade do mundo.

– Bom mesmo!

Os três continuaram andando, com Úrsula explicando onde ou em que direção cada coisa ficava. A arena de treinamento, a praça, o local onde havia roupas e calçados – ele mesmo deveria ir lá e pegar o que precisasse. A barraca dela, de outros novatos, as barracas das pessoas mais intragáveis e as das mais legais. O pequeno campo onde plantavam cereais, grãos, hortaliças e frutas, os cercados onde ficavam os animais. As barracas com latrinas e fossas engenhosamente construídas, e como ela tinha fingido um desmaio para não participar da limpeza delas da última vez. Tora apenas sorria de leve, como se segurasse para não rir, mas Theo gargalhou algumas vezes.

A hora do almoço já ficara para trás havia bastante tempo, porém Úrsula encontrou pão e um pouco de sopa de galinha e entregou uma tigela a Theo. Sentaram-se nos bancos, na ponta de uma das grandes mesas.

– Sabia que fui eu que escolhi o nome do Tora? – Úrsula revelou, como quem conta vantagem por um grande feito.

– Escolher o nome? Como assim? – Theo perguntou entre uma colherada e outra.

Úrsula explicou sobre a cerimônia de nomeação pela qual ele mesmo passaria em pouco tempo. Não era algo mágico nem formal como a cerimônia de união entre uma pessoa e seu anima – pelo contrário, podia ser desorganizado e engraçado. Às vezes durava horas, e em outras, poucos minutos. Era apenas uma forma de o clã dar um presente a seu novo integrante: um nome que protegeria seu passado e ao mesmo tempo abriria caminho para uma nova vida.

– Então só os estranhos recebem um nome novo?

– A maioria dos nativos mantém o nome de nascimento, mas alguns aproveitam o ritual de união com o anima para pedir um novo nome ao clã também – Úrsula explicou.

Theo refletiu e pensou se gostaria de manter ou mudar seu nome caso não fosse um estranho.

– Urso. Úrsula – Theo disse. – Confesso que estava chocado com a coincidência.

Ela riu. Depois roubou um pedaço do pão de Theo e mastigou antes de continuar.

– Cada um tem suas razões pra querer ser renomeado. Pra mim, meu nome anterior não refletia meu espírito. Quando nasci, pater me deu um nome de menino, só que com o passar dos anos ficou claro que eu era uma garota. Obviamente, todo o clã me ajudou e me apoiou. E aí, depois que encontrei Fofa, pedi pra ser renomeada e foi pater quem lançou a primeira e única sugestão: Úrsula. Foi a nomeação mais rápida da história dos guerreiros.

Theo imaginou a cena incrível, e de repente sua mente fez a conexão. O cabelo dourado, os olhos grandes e verdes, o nariz alongado... Ela era filha do líder.

– Bom, eu ficaria lisonjeado de ser nomeado pelo Augusto – Theo disse, começando a ficar ansioso pela própria cerimônia.

Úrsula levou a mão ao peito e abriu a boca, exagerando para parecer ofendida.

– Espero que não esteja insinuando que não sou uma boa nomeadora.

– Jamais.

– Fofa e Tora são ótimos nomes.

– Concordo plenamente.

– E, além disso, já pensei em uma sugestão para você – Úrsula disse, depois ficou alguns segundos em silêncio antes de acrescentar: – Lobão.

Theo quase cuspiu a sopa que tinha colocado na boca e passou alguns segundos angustiantes imaginando as pessoas o chamando assim. *Lobão, mate aquele espectro. Esse é o Lobão e seus lobos.* Não. Não podia deixar aquilo acontecer.

– Úrsula, me ensina exatamente como você fez pra fingir um desmaio no dia da limpeza das fossas.

Ela revirou os olhos, e Tora enfim gargalhou.

CAPÍTULO 11

# Nomeação

Theo teve tempo de descansar um pouco na tenda antes que Úrsula viesse avisar que estava quase na hora.

Os três novatos se encaminharam até o local que os guerreiros chamavam de praça. Troncos espalhados pela relva serviam de assentos, animae estavam por todos os lados e uma fogueira alta queimava no meio do círculo. E, assim como Úrsula dissera, não era nada formal e organizado. Parecia muito mais uma festa do que um ritual.

As dezenas de guerreiros reunidos ali bebiam cerveja e riam; alguns grupos brincavam perigosamente com machados e facas, outros discutiam com fervor. A chegada de Theo em nada mudou o que se passava; as vozes não baixaram, nem cabeças se viraram para o encarar. Ele ficou grato por isso.

– Ei, garoto! – Heitor o chamou com sua voz rouca, acenando com uma caneca na mão. Theo e Tora se dirigiram até lá. – Garoto, esses são Catharina e sua pantera Cat, e Petrus e seu rinoceronte Titan.

Theo apertou a mão deles e fez força para registrar da melhor forma possível o nome dos guerreiros e de seus animae.

– Seja bem-vindo, novato – Catharina disse. Tinha a pele morena, cabelo castanho cacheado e um sorriso largo. Devia ter quase a mesma idade que ele.

– Confesso que seus dois lobos me impressionaram, garoto – Petrus disse. O homem parecia ter quase dois metros de altura e era muito musculoso, provavelmente a pessoa mais forte que Theo já conhecera. Sua cabeça era totalmente raspada, e a pele, retinta.

– Digo o mesmo, nunca tinha visto um rinoceronte!

Theo se aproximou e aproveitou para admirar os detalhes do animal enquanto Petrus contava que também era um estranho, descrevendo sua chegada ao clã mais de uma década antes. Catharina era nativa, e fazia menos de dois anos que terminara o treinamento. Heitor brincou, dizendo que a viagem deles até o acampamento já valera por alguns meses de treino.

A pantera de Catharina começou a provocar Nox, fazendo o grupo rir. Uma outra pessoa se aproximou.

– Caeli – Heitor disse, festejando a chegada do guerreiro. – Vem conhecer o *meu* novato! E olha, ele já é amigo do *seu*!

O guerreiro tinha a pele clara e o cabelo preto, liso e comprido. Seus traços eram delicados, e os olhos de um castanho-claro quase dourado. Ele deu um meio-sorriso e cumprimentou Theo com um aceno de cabeça.

Então um enorme animal desceu dos céus batendo asas escuras e sem penas. Theo se assustou e deu dois passos para trás, mas o anima pousou no ombro de Caeli e o garoto se sentiu envergonhado por ter reagido daquela forma. Era um morcego gigante.

– Desculpe, eu... Uau, ele é enorme!

– Esse é Noctis. E não se preocupe, ele costuma causar esse efeito nos estranhos. Não é mesmo, Tora? – Caeli riu e deu um tapinha no ombro do novato, que respondeu com um sorriso sem graça.

Theo não conseguia desgrudar os olhos de Noctis. O morcego tinha quase um metro de altura, cara de raposa, pelagem marrom e asas assustadoras. Obviamente se comportava como um anima, mas o fato dos grandes olhos não terem pupilas lhe dava um ar vazio. O animal abriu as enormes asas e voou em direção ao bosque à frente.

– Vamos começar antes que vocês estejam bêbados! – Augusto gritou.

O grupo formou um grande círculo. Alguns se sentaram nos troncos, uns se acomodaram no chão e outros permaneceram em pé. Logo todos se calaram.

– Ontem Heitor trouxe um novo estranho para o clã, e hoje vamos dar um nome a ele. É a primeira vez que vejo um anima lobo, mas estamos acostumados a surpresas. – Todos os guerreiros riram, a despeito do tom sério de Augusto. – E é a primeira vez também que vemos alguém com dois animae, apesar de haver lendas sobre isso. Muitos de vocês me perguntaram por que a vida deu ao garoto esse presente. – Theo prendeu a respiração. Será que enfim teria aquela resposta? – Eu digo o seguinte: não sei, e o porquê não importa. O que interessa é que esses lobos vão nos ajudar a matar muitos espectros. – O grupo aplaudiu e assoviou, e o líder esperou que acabassem antes de continuar. – Os animae se chamam Nox e Lux. Sugestões para o nome do novato?

Muitos começaram a falar ao mesmo tempo, e Augusto apontou para um guerreiro do outro lado do círculo.

– Lupus!

A multidão se pronunciou, com a maioria discordando com a cabeça.

– Martin!

– Max!

Assim se seguiram mais e mais sugestões, algumas tão estranhas que fizeram o coração do garoto saltar. Durante muitos minutos, todos foram rejeitados.

– Ulrik!

Theo procurou a dona da voz que gritara o nome, mas ela parecia estar atrás da multidão. Um murmúrio tomou o ambiente; várias pessoas testavam o nome em seus lábios, e aos poucos começaram a balançar a cabeça em concordância.

– Quem deu a sugestão? – Augusto perguntou, e quem estava na outra extremidade do círculo abriu caminho para a garota passar.

Theo a reconheceu na mesma hora. Quando a vira, logo antes de ser engolido pela escuridão, achou que aquele era o rosto de um anjo. Depois pensou que havia sido uma alucinação por conta do veneno de espectro... Ela era negra de pele clara e seu cabelo cor de areia à luz da lua parecia prateado. Os olhos dela tinham um formato amendoado e reluziam com sagacidade.

A garota caminhou determinada, com o maxilar cerrado e cara de poucos amigos. Logo atrás veio seu anima. Um leão. Mas esse não era dourado, e sim totalmente branco. A garota e o animal atravessaram o círculo até alcançarem o local onde estava Augusto.

– Quer explicar sua sugestão, Leona?

Ela colocou uma mecha de cabelo atrás da orelha antes de falar.

– Quando eu era criança, conheci um viajante chamado Ulrik, originário da Península de Gelo. Alguém perguntou se o nome tinha um significado especial, ele respondeu que sim e nunca me esqueci. – Ela levantou os olhos e encarou Theo antes de continuar. – O poder do lobo.

Um arrepio percorreu seu corpo. Talvez porque sentia que era o nome certo. Talvez porque o olhar de Leona tivesse uma intensidade com a qual ele não estava acostumado.

– O que acha, garoto? – Augusto perguntou. – Ulrik?

– Acho que é um grande presente. – Ele a encarou de volta, quase hipnotizado, e sorriu. – Obrigado.

Os lábios dela se curvaram tão sutilmente que não dava para dizer se era um sorriso ou não. As pessoas aplaudiram. O líder se virou para a garota.

– Leona, obrigado pela colaboração. Em nome do clã, quero retribuir.

Augusto colocou uma faca grande e bonita em suas mãos, e ela acenou com a cabeça. Depois se embrenhou entre os guerreiros sem nem mesmo lançar outro olhar para o estranho que acabara de nomear.

O círculo de pessoas se desfez sem cerimônias.

– Ulrik! – Era a primeira vez que alguém o chamava pelo novo nome, e ele demorou alguns segundos para reagir. – Vem conhecer os outros novatos!

Caminhou em direção ao grupo que estava com Tora.

– Esse é o Celer e sua guepardo Sagitta. Eles chegaram há três meses. – Tora o apresentou ao garoto esguio de pele retinta e cabelo crespo.

– Sagitta é um anima incrível – elogiou Ulrik, observando o guepardo com atenção.

– Obrigado, Ulrik. Ela é a mais rápida do clã, a gente pode te mostrar amanhã – Celer sugeriu, orgulhoso; Ulrik concordou, ansioso para ver a felina correr.

– Eu sou o Rufus, e aquele é o Ramus. – O garoto ruivo cheio de sardas apertou a mão de Ulrik, que tentou enxergar entre as árvores o anima que o outro apontava. Uma das próprias árvores pareceu se mexer e ele viu um alce, com mais de dois metros e uma galhada assustadora, aproximando-se lentamente. – Comecei o treinamento há dois meses, mas nasci no clã. Sou filho do...

– Heitor – Ulrik adivinhou, e se sentiu mais próximo do novato. – Você se parece muito com ele.

– Eu sou a Micaela e essa é a Celeste, mas pode me chamar de Mica. – A garota baixa de cabelo escuro apontou para a coruja cinza em seu ombro.

A expressão inocente de Mica destoava da dos outros guerreiros. Seus olhos tinham a mesma cor intensa e dourada que os de Caeli.

– Você é irmã do Caeli?

A garota pareceu confusa por alguns segundos, depois riu.

– Não – Mica respondeu com doçura. – Caeli é um estranho, e eu sou nativa.

– Verdade, tinha me esquecido. Só achei vocês parecidos de alguma forma! – Ulrik disse. – E então é isso? Somos os únicos em treinamento?

Rufus e Micaela trocaram um olhar constrangido.

– Não – Tora respondeu. – Há mais três nativos e uma estranha, a garota que te nomeou.

– Leona. – Ulrik disse. – E onde eles estão? Gostaria de conhecer todo mundo.

– Não vale a pena – Úrsula falou, sem cerimônias. – Eles são uns idiotas.

– Úrsula! – Micaela a repreendeu.

– Ele vai descobrir cedo ou tarde, Mica. – Úrsula se virou para Ulrik. – Os três do clã se acham melhores que os outros e preferem não se misturar com os estranhos. E a Leona é estranha no sentido literal, não conversa com ninguém. Acho que o fato de ter rodado por aí durante um ano a deixou um pouco... antissocial, sei lá.

– Mas de qualquer maneira, amanhã você vai conhecer todos eles – Celer concluiu, dando de ombros. – A gente vai treinar juntos.

– E cedo! – lembrou Tora. – Vamos dormir.

– O sábio diz e os meros mortais obedecem. – Úrsula fez uma reverência para Tora, que apenas balançou a cabeça diante da provocação.

Ulrik riu com os outros, mas todos seguiram o conselho e se retiraram.

– De onde ela vem, Tora? – Ulrik perguntou enquanto entravam na tenda que dividia com o outro garoto. Vendo o olhar confuso do companheiro, complementou: – A Leona.

– Não tem ninguém como ela no clã – o amigo explicou, enquanto tirava as botas e a túnica. – Mas acho que é da região das dunas, onde vive o povo do deserto. Fica no extremo sul do continente.

Ulrik se deitou e imaginou a garota em cima de uma duna alta, com o cabelo dançando ao vento e se confundindo com a areia.

No dia seguinte, começaria o treinamento. Daria o primeiro passo para se tornar um guerreiro. Seu ombro já quase não latejava mais, e estava grato por isso. O que será que aprenderia?

Apesar do que Úrsula havia dito, decidiu que tentaria conversar com Leona. Conhecê-la melhor. Sentiu algo estranho no estômago, um borbulhar incômodo e ao mesmo tempo empolgante. Lembrou-se de como vira o rosto dela entre as alucinações causadas pelo veneno do espectro, de como tinha sido a única coisa a acalmá-lo naquele momento.

Fechou os olhos, ainda com a imagem dela na mente. Suspirando, enfim adormeceu.

CAPÍTULO 12

# O treinamento

Theo ouvia uma voz ao longe, chamando um nome misterioso.

– Ulrik. Ulrik. – Alguém chacoalhava seu ombro. – Ulrik, acorda.

Todos os acontecimentos das últimas semanas vieram à mente. Não era mais Theo, filho de Carian e Lia, irmão de Abella e Otto. Era Ulrik, o guerreiro, sem história e sem família.

– Vamos. Veste isso.

Pegou as roupas que Tora estendia: uma túnica branca, calças escuras e um colete de couro. Peças antigas, mas limpas. Vestiu-as por cima da camisa e do calção de algodão e amarrou o colete. Cortou um pedaço de um dos cordões de couro e o usou para prender o cabelo preto já na altura do pescoço. Tora possuía várias armas; a única que Ulrik tinha para pôr no cinto era a faca que Heitor lhe dera.

Saíram da tenda, o clã começava a acordar. Úrsula já estava sentada numa das mesas, com o cabelo dourado desgrenhado e olheiras nítidas. Tora e Theo pegaram o desjejum – um pedaço de pão e uma tigela de sopa de ervilha – e se sentaram ao lado dela.

– Úrsula, você devia comer mais devagar – Tora repreendeu, com preocupação.

A garota molhou o pão na sopa e enfiou um pedaço enorme na boca.

– Por quê? – ela perguntou, com a boca cheia.

– Tem um velho ditado em Orien que diz: "Quem come rápido demais engole mais do que consegue digerir".

– Ah, é? – Úrsula questionou, arqueando as sobrancelhas enquanto engolia. – Acabei de inventar um ditado que vale aqui no clã: "Quem come devagar deixa mais para os outros". – Ela deu um bote mais rápido que o de uma cobra e enfiou o pão de Tora na boca de uma vez.

Ulrik não conseguiu conter a gargalhada. Depois, ficou curioso.

– Que outros costumes seu povo tem?

– A gente tem quatro valores importantes que todos tentam seguir – Tora explicou com tom de professor, encarando Úrsula como se *ela* tivesse feito a pergunta. – Ajudar os menos favorecidos, ser honesto e gentil, comer devagar para evitar o desperdício e trabalhar tão duro quanto possível.

– Ser honesto e gentil *ao mesmo tempo* é meio difícil – Úrsula concluiu. – Se eu te disser com honestidade o que está na minha cabeça agora, acho que você não vai gostar nada, nada.

Tora e Úrsula continuaram a se provocar, e Ulrik terminou de comer enquanto observava Nox e Lux. Os lobos corriam para lá e para cá, farejando os outros animae e importunando Magnus. O tigre respondia mostrando as presas, deixando claro que queria ser deixado em paz. Era tudo novo para seus animae, que pareciam tão ansiosos para começar quanto o garoto.

Depois de comerem, os três novatos seguiram até o fim do acampamento. Passaram pela tenda de Augusto, depois pela praça vazia e viraram à direita, beirando o Bosque Branco. Cem metros adiante, chegaram a um grande círculo de terra escura com troncos e pedras distribuídos pelo solo sem padrão evidente. Havia também alvos montados a diferentes distâncias.

– O que a gente vai ter hoje? – Tora perguntou.

– Não sei, mas espero que seja combate direto – Úrsula respondeu, estralando os dedos.

Ulrik se deu conta de que era o menos experiente ali. O nervosismo piorou quando Leona chegou ao terreno com o seu leão branco; a garota parou a alguns metros deles e não cumprimentou ninguém. Do outro lado da arena estavam os novatos que Ulrik não conhecia; os três falavam baixo e lançavam olhares em sua direção.

O garoto mais baixo, de cabelo loiro, usava uma pulseira de couro como a de mater; seu anima devia ser uma ave de rapina. A garota era esguia, branca, tinha cabelo escuro, e a seu lado estava uma raposa cinza. E o último, alto, forte e de pele morena, acariciava um lince.

Celer, Mica e Rufus chegaram seguidos por um dos guerreiros que Ulrik vira na noite anterior, mas ainda não conhecia.

— Ah, não — Úrsula lamentou. — Vou desmaiar de tédio se a gente tiver que ouvir duas horas de fatos históricos sobre os espectros de novo.

— Quem é ele? — Ulrik perguntou.

— Bruno. É um dos guerreiros mais habilidosos do clã e faz parte do conselho. Ele normalmente dá os treinamentos de estratégia. — Tora respondeu. — Que são sempre muito interessantes.

— Ah, para, você só está aliviado porque não vai ser magia — a garota replicou.

— Bom dia, novatos — Bruno cumprimentou, e os outros se calaram. Nox e Lux se aproximaram para farejar seu urso preto. — Hoje vamos treinar formações de combate.

Um murmúrio de aprovação percorreu o grupo, e Úrsula abriu um sorriso.

— Muito prazer, Ulrik. Sou Bruno, e esse é o Nigris — disse o homem, apontando para o urso. — Todos já se apresentaram?

O grupo dos três nativos se arrastou até chegar mais perto de Ulrik. A primeira a lhe estender a mão foi a garota de nariz empinado e olhos perfurantes.

— Diana. E essa é Gray — falou, apontando para a raposa cinza.

— Arthur e Alae — o novato loiro e baixo disse, sem nem olhar para ele.

— Marcus. — Era difícil acreditar que o rapaz de pele morena tinha apenas dezesseis anos; era ao menos dez centímetros mais alto que Ulrik, com o dobro do peso em músculos. Seus dedos foram esmagados na mão do brutamontes, mas Ulrik cerrou o maxilar e não reclamou. — Meu lince se chama Ágile.

A última garota se aproximou.

— Muito prazer, Leona.

— Eu me lembro.

Os dois se encararam. Mais uma vez, o ensaio de um sorriso surgiu nos lábios dela. Ulrik teve de fazer um esforço para sustentar o olhar e parecer calmo e descontraído. Quando se voltaram para o treinador, ele se sentia estranho, como se devesse ter pensado em algo melhor para dizer.

– É o primeiro treinamento de Ulrik e Mica em formações de combate – Bruno anunciou. – Vamos começar com o básico. Diana, quais são os fatores a serem considerados para escolher uma formação na hora da batalha?

– Segurança e efetividade – a nativa respondeu, empinando ainda mais o nariz. – A gente tem que garantir que nenhum guerreiro corra riscos desnecessários, e ao mesmo tempo acabar com os espectros o mais rápido possível.

– Celer, quais são os três tipos de formação?

– Círculo, um a um e barreira – ele declarou, sem precisar pensar.

– Muito bem, vamos demonstrar cada uma delas então – Bruno disse, esfregando as mãos, e os outros vibraram. – Mica e Ulrik, fiquem ao meu lado e observem com atenção.

Os outros novatos se colocaram em linha reta, mãos prontas para sacar as armas, como soldados esperando ordens.

– Trinta espectros sobrevoando o local em círculos – o treinador gritou.

Num único movimento, os novatos se colocaram de costas uns para os outros, flechas preparadas nos arcos ou facas em punho prontas para serem lançadas.

– Úrsula, explique a estratégia – Bruno solicitou.

– Quando o inimigo está em maior número, a gente usa a formação em círculo. Assim, eles não podem nos atacar por trás – ela explicou, olhando para Mica e Ulrik. Era esquisito ouvi-la falar de um jeito tão sério. – Como Bruno disse que estavam nos sobrevoando, sacamos as armas de ataque a distância.

– Arthur, não te ouvi enviando o Alae ao ataque – Bruno falou.

O garoto loiro ficou vermelho.

– Numa luta real eu vou enviar. Aqui a gente está só treinando.

– Não existe *só treinando*. Se não agir da mesma maneira como agiria em uma batalha, nunca vou saber se você está pronto. – Seu tom era grave. – Vamos lá. – Os novatos se empertigaram de novo. – O bando desceu de uma vez para o ataque!

O som metálico ressoou quando as lâminas foram desembainhadas, mas todos permaneceram em formação. Úrsula tinha uma machadinha em mãos, Tora uma espada longa e curvada, Leona duas adagas e

Diana um bastão, de cuja ponta pendia uma corrente com uma bola de ferro cheia de espinhos.

– Muito bem. Vocês mataram quase todos, só sobraram oito espectros.

A formação em círculo se desfez, e cada novato deu alguns passos à frente, como se fosse enfrentar um oponente invisível. Ulrik não precisou de explicações para saber que aquela devia ser a formação "um a um", com cada guerreiro responsável por um espectro.

– Wicary apareceu ao sul – Bruno informou.

Micaela estremeceu ao seu lado, e o rosto de Úrsula se contorceu. Quem era Wicary?

Os novatos se colocaram em V, com os animae na frente. Úrsula e Diana ficaram atrás da barreira, a primeira empunhando seu arco e três flechas entre os dedos e a segunda rodando a arma cheia de espinhos. O grupo começou a correr em direção aos alvos à frente sem romper a formação.

Os animais tiravam os obstáculos da frente, como se abrissem caminho para os novatos. Ulrik viu uma faca voar da mão de Leona e se cravar com precisão no centro do alvo mais próximo. Arthur atirou uma flecha, que atingiu um outro de raspão. Rufus lançou o machado duplo e arrancou um terceiro alvo estático do chão.

Tudo pareceu ficar mais lento. Úrsula subiu numa pedra, saltou por cima da barreira de novatos que corria à frente e atirou uma, duas, três flechas enquanto estava no ar. Todas atingiram em cheio o alvo mais distante.

A garota loira rolou no chão ao mesmo tempo que Diana rodava a arma e estilhaçava o mesmo alvo. Úrsula se levantou com um sorriso triunfante, mas a outra voltou correndo e a empurrou no chão.

– Que merda foi essa, Úrsula? – Diana gritou, olhando-a de cima. Gray rosnou, emulando a raiva da garota. – Eu sou a mais experiente!

Úrsula se levantou num pulo e empurrou a garota esguia de cabelo escuro.

– Bruno disse Wicary! – Úrsula retrucou, impaciente. – Wi-ca-ry!

– Eu ouvi muito bem. Ouvi e pensei. Você devia tentar fazer o mesmo para variar!

Úrsula a empurrou e Diana caiu no chão. Mas se levantou rápido, largou o mangual e partiu para cima da outra. As duas se embolaram numa luta de chutes e socos. Bruno, Tora e Rufus correram para separar as duas.

O treinador segurou Úrsula pelos ombros.

– Diana está certa – ele afirmou. – Quando um espectro de segundo nível aparece, o guerreiro mais experiente deve ir atrás dele. Os outros fazem a barreira.

– Mas por que então você disse Wi...

– Não interessa o nome do espectro ou quem ele matou. As regras são claras.

– As regras são claras, mas nem por isso estão sempre certas – Úrsula retrucou. – Até porque nem sempre a mais experiente é a melhor – insinuou, com um sorriso voltado para Diana.

Depois de acalmar os ânimos, o treinador fez mais simulações e ensinou alguns movimentos ensaiados; estratégias usadas por dois ou três guerreiros para enganar os inimigos e conseguir derrotá-los mais facilmente. Ulrik observou tudo avidamente, almejando estar lá no meio, brandindo armas e suando com os outros.

– Já deu por hoje – Bruno concluiu, horas depois. – Tora, Úrsula e Celer vão caçar. Diana e Arthur vão ajudar na preparação do almoço. Rufus, Mica e Marcus, a gente precisa de mais gente no campo de milho. – Ele se virou por último para Leona. – Como sempre, Ilca quer sua ajuda.

Todos obedeceram às ordens, e Ulrik e seus lobos ficaram na arena.

– E eu? – o garoto questionou.

– Você vem comigo.

CAPÍTULO 13

# Armas e verdades

Bruno tinha o cabelo na altura dos ombros, preso num rabo de cavalo como o que Ulrik havia feito naquela manhã. O garoto concluiu que aquele era um visual adequado para guerreiros e decidiu que não cortaria o cabelo por um tempo – como Otto costumava fazer...

Os dois caminharam até uma tenda vizinha à de Augusto. Continha enormes baús antigos, e Bruno se dirigiu ao que estava mais ao fundo.

– Que tipos de armas você já usou? – o treinador perguntou.

– Sempre cacei com arco e flecha.

– Ótimo! Então essa vai ser sua arma de longo alcance. Agora a gente precisa de uma para combate corpo a corpo. – Ele vasculhou o baú e tirou de lá uma adaga, de lâmina longa e curvada. – Segura essa.

O ombro de Ulrik ainda não estava totalmente curado, mas já não doía tanto para segurar algo com pouco peso. O garoto empunhou a arma meio sem jeito e a balançou de um lado para o outro. Parecia mais pesada na ponta, com o centro de equilíbrio no lugar errado.

– Acho que não – Ulrik disse, devolvendo-a ao guerreiro.

Bruno vasculhou mais o baú e tirou dele um machado um pouco menor do que o que Heitor carregava. O garoto o segurou com uma mão, depois com ambas. Quando o balançou no ar, a arma voou para longe, atravessando a tenda.

Alguém gritou do lado de fora. A cabeça de uma senhora de cabelo branco apareceu no rasgo do tecido.

– Mais cuidado, antes que matem alguém!

– Desculpa, Regina, não vai acontecer de novo – Bruno respondeu, tentando permanecer sério, mas caiu no riso assim que a velha desapareceu. – Definitivamente não é o machado.

O guerreiro ofereceu mais algumas armas a Ulrik. Uma machadinha como a de Úrsula, um mangual como o de Diana e uma espada muito fina – Bruno insistiu para que o garoto testasse essa última, dizendo que era uma lâmina leve e fácil de manusear. O treinador já mostrava sinais de impaciência quando entregou ao garoto uma espada longa que deveria ser usada com as duas mãos.

Ulrik a balançou; tinha o peso perfeitamente distribuído. A espada era pesada, mas isso deixaria o golpe mais forte. O garoto a girou por cima da cabeça e a fincou num tronco que estava no chão.

Sorriu. Havia encontrado sua arma.

– Você vai ter que usar as duas mãos, o que pode te deixar mais lento durante o combate. E se machucar um dos braços, como já aconteceu, vai ser mais difícil de lutar. Mas não impossível... – Bruno explicou. – Cada guerreiro sabe qual é a melhor arma para si, então confie nos seus instintos. Leve sempre duas facas pequenas no cinto, elas podem ser arremessadas ou usadas numa luta corpo a corpo. – Bruno escolheu duas entre as que estavam no baú e as colocou na mão do garoto.

– Eu já tenho uma faca – disse, mostrando a lâmina presa no cinto.

– Já? Quem te deu?

– Heitor. Quando fomos atacados por um lagarto.

Ulrik deu detalhes sobre o encontro e depois sobre o espectro na hospedagem. Bruno franziu as sobrancelhas grossas.

– Antes de descobrir que você era um guerreiro, algo assim já tinha acontecido?

Estava prestes a responder que não quando se lembrou.

– No dia em que encontrei Nox e Lux, uma cobra me atacou. – O garoto encarou os olhos preocupados do guerreiro e sentiu necessidade de se explicar melhor. – Heitor me disse que espectros podem ter enviado os répteis porque sentem nossa presença. Não deve ser algo tão incomum...

– É, você tem razão – Bruno disse, e sua expressão se suavizou.

Ulrik olhou a faca com atenção e passou a mão sobre o cabo de pedra.

– Heitor me ensinou a desenhar essa runa que torna as armas eficientes contra os espectros... Mas quem a desenhou pela primeira vez? E o ar realmente consegue esculpir a pedra dessa maneira? – indagou, observando o desenho. Era muito mais complexo do que as runas que o guru usava em Pedra Branca. A parte superior parecia um olho; do centro, descia uma linha, e embaixo havia uma pirâmide invertida.

– Diz a lenda que a própria deusa Luce a esculpiu com um sopro na arma do primeiro guerreiro. A parte superior é o olho que identifica o inimigo. Depois vem o símbolo invertido de fertilidade e, enfim, a flecha para afastar espíritos. – Bruno passou o dedo sobre o desenho com carinho. – É impressionante... Mas, sim, a magia presente no ar consegue esculpir pedra. Só que usamos ar para mudar as coisas, e mudanças são sempre difíceis. Runas de ar são mais exigentes, precisam ser executadas com perfeição e com uma intenção muito clara. – Bruno balançou a cabeça. – Estou me adiantando, você vai aprender tudo sobre runas no treinamento de magia.

Ulrik estava fascinado. Muitas questões borbulhavam em sua mente, porém uma em particular o perturbava desde o início.

– Bruno, tudo isso... A existência de espectros, os guerreiros, a magia... – Ele encarou os olhos castanhos do treinador. – Por que as pessoas não sabem a verdade? Por que tem uma regra sobre manter tudo em segredo?

O guerreiro suspirou, sustentando o olhar.

– Quando a verdade é difícil, as pessoas se protegem atrás de mentiras. Ninguém quer acreditar que seres tão poderosos e cruéis existem. Tentamos revelar tudo no passado, mas isso apenas nos expôs e colocou os guerreiros em risco.

– Só que a gente tem a magia das runas. Todo mundo acredita na magia das runas, no poder dos elementos, no que os gurus fazem... – Ulrik insistiu, exasperado. – Por que seria tão difícil acreditar em criaturas mágicas? E, além do mais, algumas pessoas devem encontrar espectros por aí.

– Ah, sim. Mas nenhuma volta para contar a história – Bruno explicou, de um jeito sombrio. – Os espectros não querem que os seres humanos saibam de sua existência e não deixam provas de seus crimes. Não há como se defender daquilo em que não se acredita. – Seu tom ficava cada vez mais sério. – Quando as vítimas são encontradas mortas, a culpa recai sobre outras pessoas e até animais selvagens. Alguns simplesmente desaparecem para sempre sem explicação.

A sensação de Ulrik foi a de ter levado um soco no estômago.

Não conseguia mais respirar. Seu coração batia tão forte que parecia querer fugir pela garganta.

Otto.

– Ulrik, senta aqui. – Bruno puxou um dos baús e conduziu o garoto até ele.

Ele obedeceu. Piscou várias vezes, mas já via as lágrimas brotando e embaçando a visão.

– Eu... – Ulrik começou, com a voz rouca.

– Tudo bem. Todo mundo conhece um caso assim, sinto muito – o treinador disse, com sinceridade. – Alguém da família?

– Um irmão.

– Ele também tinha a marca da estrela?

– Tinha. A minha fica no braço direito e a dele era no esquerdo.

A lembrança fez o peito se apertar. Os dois permaneceram em silêncio por alguns minutos. Então Bruno foi até um dos baús, pegou mais uma espada e pôs a mão em seu ombro.

– Um pouco de prática talvez te faça bem.

Foram até a arena, e o garoto logo percebeu que Bruno estava certo. O treinador lhe ensinou alguns golpes e mostrou como usar a arma para se defender. Depois trocou as espadas; não deviam usar as normais para treinar, pois eram afiadas demais. Para aquele fim havia armas com o fio cego, com peso e balanço similares, sem serem letais.

Ulrik deu seu melhor considerando o braço machucado. Aproveitou para aprender quais golpes conseguiria aplicar segurando a espada com apenas uma mão. Canalizou a raiva e a transformou em força; balançou a espada cada vez mais rápido e mais forte. O suor escorria por sua testa e fazia seus olhos arderem.

– Ulrik, o mais importante é a forma, não a força.

O garoto concordou com a cabeça, mas continuou aplicando toda a força que tinha. O barulho de metal contra metal ressoava alto e impedia que outros pensamentos surgissem em sua mente.

Ulrik estava exausto quando o treinador levantou uma mão, mostrando que era hora de parar.

– Seus golpes precisam de mais precisão. Mesmo com uma mão só – Bruno constatou, movendo para trás da orelha uma mecha longa e castanha que grudara na testa. – Transforme essa raiva em técnica.

Depois que deixaram a arena, algumas crianças tomaram conta do lugar, usando gravetos para simular uma luta. Ulrik se distraiu as observando, pensando em como seria crescer sabendo de toda a verdade. Sentiu-se enganado e injustiçado por ter vivido na ignorância. Se soubesse a verdade antes, talvez Otto ainda estivesse com ele.

– A caçada foi boa? – Ulrik perguntou para Tora e Úrsula quando os viu sair do bosque de bétulas-das-nuvens. A garota carregava um saco de pano manchado de sangue.

– A gente viu um veado, mas Sagitta chegou primeiro. Como sempre – Úrsula resmungou. – Depois disso só achamos lebres e esquilos.

– E como você caça sem arco e flecha, Tora? – Ulrik questionou, notando que o amigo só levara as facas no cinto e a espada nas costas.

– Com Magnus – ele respondeu, como se fosse óbvio. – Dependendo do seu anima, a caçada se torna uma questão de estratégia, não de mira.

– É claro que você diz isso, sua mira é uma droga.

Tora revirou os olhos com o comentário de Úrsula.

– Continuando – ele disse, exasperado –, com um anima rápido e forte como um grande felino, ou no seu caso os lobos, você tem que aprender a trabalhar em conjunto para levar a presa em direção ao predador.

Ulrik já havia feito isso instintivamente durante a viagem com Heitor, mas sempre carregava o arco consigo.

– Ainda assim – a novata insistiu, desafiadora –, uma boa mira é sempre bem-vinda.

Os três chegaram ao centro do acampamento, onde ficavam as grandes mesas e panelas. Mais à frente, pedaços de carne estavam sendo defumados, e um homem tirava o couro de um veado – provavelmente o que Celer acabara de deixar. Úrsula tirou duas lebres e três esquilos do saco de pano e os colocou sobre uma das mesas de madeira.

– Mais caça? – O velho homem levantou a cabeça. Uma grande cicatriz cortava seu rosto; no local onde deveria estar seu olho direito, havia apenas um buraco. – Vocês querem que eu passe a noite toda limpando e preparando esses animais? Como se não tivesse que dormir, comer, fazer minhas necessidades?

– Mauro, a gente só fez o que mandaram. – Úrsula abriu os braços. – Mas você devia mesmo reclamar com Augusto. Estamos caçando demais e lutando de menos.

– Você é quem devia falar, garota – o velho sugeriu. – Quem sabe ele não escuta a própria filha?

Ulrik não pôde evitar a pontada de inveja; a amiga não tivera que abandonar a família para seguir seu destino.

– Pater e eu temos um acordo. A gente faz exatamente o contrário do que um diz para o outro.

– Então diz para ele que vocês precisam caçar mais.

Os três riram, e Mauro deu um sorriso de lado.

– Sempre rabugento, mas ele tem senso de humor – a garota explicou enquanto voltavam ao centro do acampamento para comer.

– O que aconteceu com o olho dele? – Ulrik perguntou.

– O de sempre – Úrsula respondeu, dando de ombros. – Ferimentos de batalha.

– E é por isso que agora ele cuida da carne?

Úrsula o encarou com uma expressão chocada.

– Sério, Ulrik? Que tipo de pergunta é essa? – Ela balançou a cabeça. – O Mauro cuida da carne. A Leona ajuda a Ilca a cuidar dos feridos. O Heitor cozinha. Muito bem por sinal. A gente caça, colhe ervas, trabalha na lavoura. Tem gente que vai até a cidade vender peles, carne e alimentos excedentes. – Ela bufou. – O que quero dizer é que todo mundo faz serviços diversos aqui no acampamento, incluindo o Mauro. Mas ele não é só isso. É um guerreiro, e ainda parte em missões.

– É que eu achei...

– Achou que só porque ele perdeu um olho em combate, virou um inútil? Que os outros guerreiros iam dizer que não precisavam mais dele?

Ulrik sentiu as bochechas esquentarem. Queria que a terra se abrisse e o engolisse.

– Desculpa. Sou um idiota.

— Isso eu sempre soube — ela respondeu, já voltando ao tom normal. — É claro que não ter um olho limita a amplitude da visão do Mauro, ninguém vai ignorar isso, muito menos ele mesmo. Mas ele continua sendo a mesma pessoa, continua tendo as mesmas habilidades incríveis. Vários guerreiros já perderam um membro ou alguns dedos e, na grande maioria das vezes, escolhem continuar lutando. Podem ter que passar por um novo tipo de treinamento para ajudar a manusear a arma de outras formas, recuperar o equilíbrio, se acostumar a lutar com uma prótese... Você, por exemplo, poderia ter perdido o braço quando foi ferido pelo espectro, e isso não te impediria de se tornar um guerreiro. Fico indignada quando os estranhos ficam surpresos com isso.

— Você está certa — Tora disse. — O Mauro atira facas com uma mira incrível. Tem um humor ácido. Sabe várias histórias antigas de cor e desenha runas de ar como poucos aqui. Um guerreiro que, mesmo sendo tão rabugento, é adorado pelas crianças. Tira o couro de um animal com uma velocidade que nunca vi. É assim que o clã o enxerga, mas o mundo lá fora tentaria resumir tudo o que ele é ao fato de que ele não tem um olho. Isso é horrível e desumano.

Ulrik não sabia nem mesmo o que falar. Concordava com o que os dois estavam dizendo, e aceitava a crítica de peito aberto. Percebeu que por muito tempo não enxergara os problemas que Tora estava apontando, e decidiu que a partir daquele momento carregaria consigo o mesmo tipo de indignação que Úrsula estava demonstrando.

Uma única dúvida o incomodava. Lia revelara que avô Eugênio fora um guerreiro, e quando soube o garoto achara que ele havia abandonado o clã ao ter perdido a perna. Agora percebia que com certeza teria sido acolhido e incentivado a ficar depois do acidente, então provavelmente os dois fatos não estavam correlacionados. Por que então ele teria partido?

— Obrigado por terem a paciência de me explicar tudo isso. Repito que sou um idiota, mas queria compensar minha idiotice de alguma maneira.

— Por que depois do jantar você não vai ajudar o Mauro a limpar a caça? — Tora sugeriu. — Assim você o conhece melhor e também torna a noite dele um pouco mais feliz.

— Acho que é um castigo apropriado para um idiota. Abrir os bichos, tirar as tripas, ver sangue por todos os lados... — Úrsula franziu o nariz e se contorceu, o nojo estampado no rosto. – Eca, não gosto nem de pensar.

Ulrik era filho de caçador. Havia visto tripas e sangue a vida toda.

– Ótima ideia, vou fazer isso. Então vamos logo que toda essa conversa abriu meu apetite – ele anunciou com um sorriso, e os amigos riram.

CAPÍTULO 14

# Guerreiros sem a marca

No dia seguinte, o treinamento foi de combate direto. O cabelo grisalho do novo treinador denunciava seus quase cinquenta anos. Era fácil concluir que já havia lutado muitas batalhas; tinha o rosto riscado por cicatrizes e parte de seu nariz fora arrancada. Mas Ulrik não se assustava mais com as marcas de batalha – pelo contrário, faziam com que admirasse os guerreiros que as portavam.

– Os golpes mais efetivos são os que atingem a cabeça e o pescoço – Feron explicou.

– Mas golpes em outros locais também machucam os espectros, não é? – Ulrik pontuou, lembrando-se de quando fincara a faca no ventre do espectro. – Eu vi uma espécie de fumaça emanar do corte...

– Essa fumaça é o equivalente ao nosso sangue. Ferimentos em outras áreas até os enfraquecem, só que a gente precisaria de muitos deles para matar um espectro – a voz de Feron era firme e clara. Seu anima, um búfalo chamado Giga, passava a mesma solidez do treinador. – Quando estão em voo, a gente usa flechas e facas, mas é difícil acertar um tiro na cabeça à distância. Nesse caso, qualquer ferimento já serve para atordoar a criatura e fazer com que perca altitude.

– E aí a gente usa as armas de combate direto – Diana complementou.

Feron olhou para um ponto atrás dos novatos.

– Aquiles, vai treinar com a gente hoje? – o treinador perguntou para outro guerreiro que chegava à arena.

O homem se aproximou e assentiu, mas sem dirigir um olhar ao treinador ou aos novatos.

– Faz tempo que não luto. Não quero perder o jeito – o guerreiro explicou. Seu nariz era grande e curvado; o cabelo liso na altura dos ombros cobria um pouco seu rosto, principalmente porque passava a maior parte do tempo olhando para baixo. Ulrik aproveitou o momento para se apresentar, falar o nome de seus animae e descobrir que a linda águia gigante que pousara ao lado de Aquiles se chamava Núbila.

Feron começou a aula pela forma mais eficiente de usar cada arma. Espadas finas eram ideais para um golpe frontal, com a intenção de furar o pescoço do inimigo. Espadas mais pesadas de duas mãos funcionavam bem para movimentos laterais, visando a decapitação. Machados e manguais, quando usados da forma correta, podiam esmagar os ossos do crânio.

– E os anima? – Ulrik perguntou. – Qual é o papel deles durante a luta?

Foi Aquiles quem respondeu, acariciando a cabeça de sua águia.

– Eles têm mais sensibilidade, reflexos mais aguçados. Conseguem prever o ataque antes mesmo de ver o espectro chegando. Eles ficam sempre à frente quando estamos em formação ou voando, caso sejam pássaros.

Depois de mais explicações sobre como manejar cada tipo de arma, Feron os dividiu em grupos. Alguns praticaram os golpes em pedaços de madeira ou no ar, outros foram separados em duplas para treinar ataque e defesa.

Feron pediu que Ulrik e Marcus praticassem juntos, pois usavam o mesmo tipo de espada. O nativo grandão de pele negra era um dos três novatos que desprezavam os estranhos, e a declaração de inimizade ficou subentendida na primeira troca de olhar com Ulrik.

Marcus era capaz de levantar a espada pesada com apenas uma das mãos, e acertou as pernas, costelas e braços de Ulrik diversas vezes. Felizmente, as armas de treinamento eram cegas. O estranho conseguiu escapar por pouco de um golpe que o nativo tentou dar em seu rosto; não fosse por um desvio de alguns centímetros, poderia ter se machucado mais seriamente.

O treinamento de combate se estendeu pelo dia todo, e ao final da tarde Ulrik se sentia um lixo. Não havia conseguido acertar o adversário nenhuma vez, e seus golpes lentos tinham feito Marcus rir e debochar dele.

– Apanhou muito? – Úrsula perguntou enquanto se dirigiam às cozinhas para ajudar na preparação do jantar.

– Provavelmente mais do que qualquer outro novato que já pisou naquela arena – Ulrik assumiu.

– Ei, você vai melhorar. É só seu segundo dia – ela assegurou, piscando um olho. – Alguma parte do corpo doendo muito?

– Aham. Todas.

Tora e Úrsula riram, e Ulrik se permitiu sorrir enquanto passava a mão na costela esquerda, onde Marcus acertara o último golpe. Passou pela sua cabeça que talvez nunca conseguisse vencê-lo. Talvez nunca se tornasse bom em combate. Aquilo o fez pensar em Aquiles.

– É comum guerreiros irem treinar com os novatos?

Tora fez uma cara estranha, e Ulrik podia jurar que o amigo tinha ficado desconfortável com a pergunta.

– Muitos dos guerreiros praticam combate ou magia quando não estão em missão, mas normalmente fazem isso entre eles. Os que não têm a marca da estrela às vezes preferem participar de algo mais formal – Úrsula explicou.

– Aquiles não tem a marca da estrela? – Ulrik perguntou. – Mas ele é nativo, não é?

Tora tomou à frente da explicação.

– Ulrik, você sabe como surgiram os guerreiros?

– Não – ele confessou.

– Bom, há muitas lendas sobre como o primeiro se originou, mas se chamava Raoni e tinha mágica no sangue. Dizem que foi um presente da deusa Luce, e que veio junto com a marca da estrela –o garoto começou, e Ulrik acenou com a cabeça para mostrar que estava acompanhando. Tora continuou: – Raoni tinha muito poder e decidiu que queria dividir a magia que circulava em suas veias com outras pessoas. Conseguiu criar uma runa para fazer isso. Ele conseguiu passar parte da sua magia para outras dez pessoas. Elas também ficaram marcadas, e cada uma delas repassou os poderes para mais dez, formando cem guerreiros. E os cem formaram mil. Raoni é o que chamamos de primeira geração, que formou a segunda, depois a terceira e por último a quarta. A última geração não conseguiu mais passar a magia usando a runa, pois ela estava diluída demais. Desde então, a marca só pode ser transferida de pais para filhos. E, infelizmente, a primeira geração parece ter se perdido...

— É por isso que alguns nativos não gostam dos estranhos – Úrsula explicou. – Quando um de vocês chega ao clã, a gente não conhece sua ascendência e história. A magia se dilui quando um guerreiro gera uma criança com uma pessoa comum, entende? Acho uma discussão absurda, mas a visão desses puristas idiotas é de que a gente deveria tentar manter a magia protegida. Procriar entre guerreiros.

— No caso de Aquiles, alguns de seus avós eram estranhos, e a magia se dissipou antes de chegar a ele – Tora concluiu. – Isso não quer dizer que ele não seja um guerreiro, só não tem algumas das habilidades que a magia proporciona...

— Mas o treinamento era de combate, não de magia – Ulrik ressaltou.

— A magia não nos dá apenas a habilidade de usar runas, ela também influencia em outras coisas... Mais força, mais velocidade, reflexos melhores – Úrsula continuou, os olhos verdes mais sérios que nunca. – Então, quem não tem a marca acaba tendo que se dedicar um pouco mais. Por isso Aquiles vem treinar combate com a gente. É um dos pontos fracos dele.

A sensação de estar sempre atrás devia ser esmagadora.

— Ei, não se engane, o Aquiles não precisa da pena de ninguém – Tora disse, como se conseguisse ler seus pensamentos. – Mesmo sem ter a marca, é o maior pesquisador de runas do clã. E o melhor professor! Ele fala sobre o assunto como se as runas fossem uma mistura de seres vivos e regras matemáticas. Entende cada curva, cada ângulo, como representar coisas específicas que tornam a runa mais precisa e eficiente. Aquiles criou algumas totalmente novas e aperfeiçoou várias que eram usadas há muitos séculos... Como as que protegem o acampamento dos espectros.

Ulrik se animou. Tinha a impressão de que as aulas de runas seriam suas preferidas.

— E quando a gente vai ter um treinamento com o Aquiles?

— Acho que não deve demorar, a última vez já faz uns dez dias – Tora falou.

Úrsula parou e se virou para eles. Estava séria.

– Meninos, não ter a marca é uma questão meio delicada para os nativos, então, cuidado com a forma de falar sobre isso. – O olhar dela se dirigiu a um lugar mais à frente. Mica, a novata pequena de cabelo escuro e olhos cor-de-mel, estava conversando num canto com Caeli. – Micaela é minha prima, nossas mães eram irmãs. Tenho certeza de que ela vai ser uma excelente guerreira, e se alguém insinuar o contrário por ela não ter a marca da estrela, vai se ver comigo. – Seu maxilar estava cerrado, e seus lábios comprimidos de forma a parecerem ainda mais finos.

Se Ulrik não tivesse descoberto no dia anterior que a garota era filha de Augusto, perceberia agora.

CAPÍTULO 15

# A magia das runas

— Demarquei a parte central do bosque com bandeiras verdes. Se escondam em qualquer lugar dentro do perímetro, vou procurar vocês.

Amanda era a treinadora de sobrevivência. Uma mulher alta, negra, de ombros largos e postura sempre ereta. Seus cachos estavam presos num rabo de cavalo.

A maioria dos novatos já era treinada em técnicas de camuflagem, então ela liberou quase todos para se embrenharem no bosque, mas pediu que Ulrik e Micaela ficassem para algumas explicações adicionais.

— A camuflagem vai ser muito útil para vocês em várias situações: quando quiserem surpreender o inimigo na hora do ataque, quando precisarem passar despercebidos num ambiente perigoso e até mesmo quando tiverem que se esconder.

— Se esconder? — Ulrik perguntou.

— Sim. Ser um guerreiro não se resume a enfrentar inimigos. A gente também precisa saber o momento de se preservar. A regra número um do clã é garantir a segurança dos guerreiros, e isso inclui sua própria segurança — ela explicou. — Sempre há risco em qualquer confronto, mas essa regra existe para nos lembrar de que é preciso tomar decisões de forma estratégica. Se for impossível derrotar o inimigo, como quando estiverem em grande desvantagem, o melhor a fazer é se proteger.

O garoto não ficou totalmente satisfeito com a explicação. Fazia sentido, contudo, parecia um pouco covarde.

— Mesmo se isso puder causar a morte de outra pessoa? — ele perguntou, num tom desafiador.

Amanda não se irritou, porém. Pelo contrário, pareceu apreciar a pergunta.

– Ulrik, nunca vai ser fácil nem óbvio tomar uma decisão como essa. Vou dar um exemplo para ficar mais claro. Imagina a seguinte situação: você e um outro guerreiro estão sozinhos e são surpreendidos por dezenas de espectros. Seu companheiro é ferido e cercado. O resgate é impossível e, se tentar fazer isso, vocês dois vão acabar mortos. Nesse caso, você deve fugir. É isso que seu companheiro esperaria que você fizesse.

Ele encarou a treinadora em choque, mas foi Mica quem falou:

– Eu não seria capaz de fazer isso. Abandonar alguém para morrer.

– Eu sei. E esse é um dos motivos pelos quais vocês ainda não estão prontos para serem enviados em missões – a treinadora disse de forma direta, porém, sem julgamentos. – Ulrik e Mica, vocês precisam sempre se lembrar de que somos poucos. E se os guerreiros forem extintos, não vai ter mais nada para impedir que os espectros dominem nosso mundo.

Amanda pareceu permitir que os novatos tivessem alguns segundos para digerir aquela discussão, que ia muito além do tema de sobrevivência. Quando Ulrik respirou fundo e Mica assentiu, ela voltou a falar.

– O princípio básico da camuflagem é se misturar à paisagem. – Amanda passou a mão no tronco aparentemente vazio de uma bétula-das-nuvens e, quando a abriu, uma mariposa branca voou de seus dedos. – As árvores aqui são claras, então o cabelo de vocês vai se sobressair. Escondam os fios com lama clara ou um pedaço de tecido, ou com o que quer que consigam. Os animae também têm que aprender a fazer isso, e há duas formas: podem se esconder ou agir como animais comuns.

Ulrik fitou os lobos; dificilmente passariam por animais selvagens. Depois observou Celeste, a coruja de Mica, e percebeu que a expressão do anima era menos intensa, apesar de ainda ser diferente da de um pássaro qualquer. Ela bateu as asas e sumiu entre as copas.

– Prefiro que Celeste se esconda. Se algo ruim acontecer com ela...

Amanda assentiu.

– Se lembrem de caminhar com cuidado para não fazer barulho. Estejam sempre atentos a onde pisam; evitem folhas secas e galhos e prefiram pedras e relva, que abafam os sons. – Ela caminhou um pouco para demonstrar a técnica. Ulrik não pôde deixar de pensar no irmão e no seu talento nato de quase flutuar acima do chão. Otto teria sido um grande guerreiro. – Primeiro o calcanhar, depois o resto do pé. Leve como uma pluma.

– Entendido – Ulrik disse.

Estavam prestes a se embrenhar no bosque de bétulas quando Amanda os deteve.

– Em hipótese alguma ultrapassem o círculo de proteção. – Vendo a expressão confusa de Ulrik, a treinadora esclareceu: – Há uma linha desenhada no chão, com runas feitas de cinzas. Os seres malignos não conseguem passar por ela, mas se vocês estiverem do outro lado...

O garoto não precisava de mais explicações. Assentiu e correu.

O exercício foi interessante. Ulrik usou a própria túnica para cobrir o cabelo, como Amanda sugerira, depois se enfiou atrás de uma pedra grande e cobriu o corpo com terra e folhas. Só saiu muito tempo depois, sentindo que precisava saber melhor o que estava acontecendo, e subiu no alto de uma árvore.

Por entre as folhas, viu a treinadora passando lá no chão. Ela provavelmente não o teria visto se não fosse por Glider – o falcão da treinadora se empoleirou acima do garoto e gritou, fazendo a humana olhar na direção dele.

Ulrik achou que tinha se saído bem, pois tinha conseguido se esconder por mais de uma hora. Mas quando voltou à arena, viu que apenas Rufus fora encontrado até então. Os minutos foram passando e, um a um, todos os esconderijos foram desvendados pela audição bem treinada de Amanda e a visão aguçada de seu anima.

Surpreendentemente, a melhor no jogo foi Mica. A treinadora buscou a pequena garota de cabelo escuro por quase duas horas, contudo, ela parecia ter sumido do mapa. Quando começaram a se preocupar, achando que ela talvez tivesse ultrapassado o círculo, Amanda gritou para que a novata aparecesse. Mica voltou com o sorriso triunfante de quem descobrira que podia ser a melhor em alguma coisa.

Foi no quarto dia de treinamento que Aquiles caminhou na direção da arena e fez o coração de Ulrik saltar de expectativa. Núbila, a águia gigante, pousou em um galho não muito distante dali e os observou.

– Bom dia, novatos. Hoje o treinamento é de magia – Aquiles anunciou, mesmo que todos já soubessem disso. – Quero começar falando dos conceitos mais importantes, mas talvez seja básico demais para alguns. Quem preferir pode praticar runas de terra.

– Quais delas? – Diana perguntou.

– Todas que você souber de cabeça.

– Mas aí só vou acabar amanhã! – ela respondeu.

– Acho que amanhã vocês vão ter outro tipo de treinamento. Melhor acabar hoje mesmo – Aquiles respondeu, sem captar a ironia da novata.

Úrsula lançou um olhar irritado a Diana.

– Desculpa, Aquiles, me expressei mal. Quis dizer que talvez não dê tempo de praticar todas hoje, porque já sei muitas runas de terra de cabeça – Diana falou. – A gente pode começar pelas runas de cura? Talvez só essas já levem algumas horas.

– Ótima ideia – ele respondeu, sem se abalar. Sentou-se numa pedra, e os novatos se acomodaram ao redor. – Agora vamos conversar sobre magia e a língua que usamos para nos comunicar com ela: as runas!

Aquiles explicou primeiro que o tipo de essência mágica que havia nos elementos, nos guerreiros e nos animae era o mesmo: magia cíntilans. Ela também estava presente no sangue de outros dois povos mágicos: os sílfios e os vísios. Esses últimos habitavam montanhas da província de Nortis e tinham uma força extraordinária.

– E os espectros? Eles também têm magia... – Ulrik comentou.

– Sim, a magia inanis. Magia do vazio. É uma essência diferente. – Aquiles olhou de relance para o garoto, mas logo voltou a fitar o horizonte, sem encarar diretamente os alunos. – Nos manuscritos antigos, há descrições visuais das duas essências. A magia cíntilans é feita de partículas minúsculas que brilham e têm uma cor única. Elas formam uma cortina em volta dos seres mágicos, como pólen suspenso no ar. A magia inanis aparece como um arco mais escuro que a noite, e suga o que há em volta. Os guerreiros originais das quatro gerações tinham muito mais poder do que temos hoje, e conseguiam enxergar isso. Segundo eles, viam as partículas de magia cíntilans sendo sugadas quando se aproximavam demais de um espectro.

Aquiles continuou a aula, explicando que enxergava as runas como uma espécie de língua para se comunicar e direcionar a magia cíntilans. E aquela língua era composta por quatro fatores essenciais: intenção, representação, fonte e mobilização.

— A intenção é exatamente o que a palavra diz: o que vocês querem fazer. A representação é o desenho da runa; quanto mais preciso for, mais eficaz ela vai ser. A fonte é o que vai prover a magia que estamos tentando direcionar. E a mobilização é a técnica para liberar a energia da fonte para que ela cumpra o que a gente pretende.

Celer levantou a mão. Sagitta, a guepardo, parecia atenta também.

— Em que ordem a gente precisa fazer tudo isso? Pensamos primeiro sobre a intenção e só depois desenhamos?

— Não existe uma ordem específica. Não é como escrever uma frase, em que cada palavra é colocada numa determinada posição para que aquilo faça sentido. A linguagem das runas lê o todo, só funciona quando as quatro coisas acontecem ao mesmo tempo – Aquiles explicou, claramente empolgado com o tema. – Por isso, nada aconteceria se uma pessoa sem treinamento desenhasse uma runa e usasse um dos elementos, mesmo com uma intenção clara, porque ela não seria capaz de mobilizar a energia da fonte. A magia no sangue dos guerreiros... ou da maioria deles... facilita a mobilização. Uma pessoa com pouca ou nenhuma magia no sangue precisa praticar mais e usar outros artifícios, como recitar invocações para permitir a mobilização.

— Como os gurus fazem – Tora disse.

— Exatamente.

Ulrik se lembrou de algo que o guru de Pedra Branca sempre recitava.

— *Para unir, a água; para partir, o fogo; para crescer, a terra; para mudar, o ar.* Se é tudo magia cíntilans, por que cada elemento é usado para uma coisa específica?

Aquiles se levantou e bateu palmas.

— Eu gosto de perguntas inteligentes. Muito. – O treinador começou a caminhar. – Você tem razão, a essência da magia é a mesma. Mas a forma como ela se organiza e sua intensidade em cada fonte é diferente. É quase como se a magia emulasse as características de cada elemento. A água sempre se une, corre junto, se adapta feliz ao recipiente em que é colocada. O fogo é feroz, afasta, consome o que consegue. A terra é sólida, firme, dá sempre para contar com ela. E o ar... Ele é livre, escapa pelas mínimas frestas, não se curva se não quiser – enumerou ele, e Ulrik entendeu o que queria dizer. Concentrou-se e quase conseguiu sentir no ar e na terra sob seus pés as características que Aquiles descrevera. – Ah, já ia me esquecendo: normalmente a gente usa terra, água, cinzas ou ar, mas na teoria é possível usar qualquer tipo de fonte, até mesmo a que está dentro de nós.

– Sério? Como? – Mica perguntou interessada, mesmo sem ter a marca da estrela.

– Não sei. Talvez eu conseguisse descobrir se tivesse magia no meu sangue – ele respondeu objetivamente, sem nenhum vestígio de tristeza na voz. – Mas, pelos manuscritos, foi assim que Raoni conseguiu criar as outras gerações. Usando uma runa de luz, mobilizando a magia que a própria deusa Luce lhe concedeu. Infelizmente não há registros do desenho dessa runa. Adoraria estudá-la...

– Runa de luz? – Tora perguntou. – A luz pode ser considerada uma fonte de magia?

– Essa é uma questão complexa, então vou dividir a resposta. O primeiro ponto importante é que há magia cíntilans na luz. Dizem inclusive que é possível ver essa magia no céu durante algumas noites, bem no norte do país... Então, na teoria, seria possível. Na prática, porém, não tenho registros de alguém que tenha conseguido mobilizar essa energia e a direcionar a uma runa. Eu obviamente já tentei, e todas as vezes senti a magia escapar. Me fez pensar que a luz não aceita ser direcionada, que ela mesma escolhe os próprios caminhos...

Depois, Aquiles começou a falar sobre o traçado das runas, e como cada detalhe podia ter um significado específico. Mas logo um morcego gigante sobrevoou a arena, pousou numa árvore próxima e descansou de cabeça para baixo, envolvido pelas enormes asas pretas. Caeli chegou em seguida.

– Aquiles, Augusto precisa falar com você. Algo sobre reforçar o círculo de proteção... Posso continuar com os novatos.

– Tudo bem – ele respondeu.

Então, sem cerimônias, o treinador se virou e começou a ir embora sem dizer mais nada. Ulrik se levantou e deu uma corridinha na direção dele.

– Aquiles – o garoto o chamou enquanto se aproximava. – Obrigado pelo treinamento de hoje, eu gostei muito. Muito mesmo.

Aquiles sorriu.

– Muitos guerreiros só se preocupam em conseguir fazer as runas que a gente mais usa no dia a dia. Mas acho que não podemos parar de evoluir, de fazer novas descobertas. É importante ter runas mais poderosas antes que a gente precise delas.

Os pelos do braço de Ulrik se arrepiaram e ele assentiu.

– Quero aprender. Te ajudar a fazer isso.

– Então você vai precisar estudar muito – ele disse, apontando para o grupo de novatos ao redor de Caeli. – A aula já começou.

Aquiles se virou e foi embora. Ulrik voltou para escutar o outro treinador.

– Não sou nem de perto tão bom quanto Aquiles para falar da teoria, então o que acham de a gente praticar um pouco? – Os novatos assentiram. – Augusto valoriza muito a proteção do acampamento. Temos feito melhorias constantes no círculo que impede a aproximação de espectros, então acho que a gente pode focar nisso hoje. Úrsula, Marcus e Diana, podem pegar palha e lenha para fazer as cinzas? – Os novatos mais experientes obedeceram, e Caeli se virou para os outros. – Antes de pôr as mãos na massa... Mica, quais são as principais runas de fogo que os guerreiros utilizam?

– As runas de ressurreição, de afastamento e de desencontro – ela listou.

– Tora, você pode desenhar as três na terra?

O garoto usou o dedo para desenhar três figuras: uma reta simples com setas nas pontas, uma espécie de Y com uma seta embaixo e um T com setas em cada lado da barra horizontal.

– Ulrik, a runa da ressurreição é a que a gente usa nos funerais. Tem setas dos dois lados; uma ajuda o espírito a seguir a luz e a outra facilita seu retorno na próxima vida. – Caeli o encarava com os grandes olhos dourados enquanto explicava. – A runa de afastamento impede que o inimigo passe sobre o local; é essa que a gente utiliza para fazer o círculo de proteção. E a última, a do desencontro, não funciona como barreira, mas ajuda a impedir que o inimigo descubra nossa localização.

– Então as duas são bem parecidas, certo? – Ulrik questionou.

– Há uma diferença importante. A runa de afastamento tem que ser desenhada num círculo completo, sem brechas. É um processo penoso que dura semanas, e fazemos somente em locais fixos, como o acampamento do clã.

– E quando a gente se instala durante as missões, utilizamos a runa de desencontro, que confunde os espectros e é de rápida utilização – Mica complementou.

Caeli desenhou na terra um círculo grande que ocupava mais ou menos um terço da arena. Parecia capaz de conter umas cinquenta pessoas. Depois dividiu o círculo em seções e deixou cada novato responsável por uma delas. Passaram muitas horas trabalhando naquilo, saíram para almoçar e depois retornaram à missão. Ulrik foi um dos primeiros a terminar sua parte, no meio da tarde, e aproveitou para observar o trabalho dos outros. Mica desenhava devagar e recitava palavras de invocação – o que não era surpresa, dado que ela não tinha a marca da estrela. Curiosamente, porém, o garoto percebeu que Tora estava fazendo o mesmo. Perguntou a Caeli se poderia ajudar os outros a terminarem suas partes e o treinador permitiu, dizendo que seria assim na vida real, e que o treinamento precisava ao máximo emular o que viveriam durante uma missão.

Quando terminaram, já no fim da tarde, todos estavam exaustos e com dor nas costas por ficar tanto tempo abaixados e desenhando no chão. Ulrik sentiu uma onda imensa de gratidão pelos guerreiros que haviam trabalhado para construir o círculo de proteção ao redor do acampamento. Provavelmente tinham levado semanas... Caeli avaliou a parte do círculo que cada um fizera e parabenizou Ulrik, dizendo que suas runas estavam bem-feitas e provavelmente funcionariam muito bem.

Quando se retiraram da arena, Ulrik caminhou ao lado de Tora e Úrsula.

– Por que você também estava recitando invocações? – Ulrik perguntou a Tora. – Elas deixam as runas mais fortes ou algo assim?

A pele clara de Tora adquiriu um tom vermelho-vivo.

– Eu... Minhas runas normalmente não funcionam muito bem. Caeli me disse que provavelmente tem pouca magia no meu sangue. Ela já deve ter sido muito diluída – ele confessou, sem encarar o amigo.

– Ah, desculpe, eu não quis...

– Tudo bem, eu sempre soube que era uma possibilidade – Tora replicou, acenando com a mão como se não se importasse.

Ulrik achou que seria melhor mudar de assunto. Claramente aquela conversa era desconfortável para seu companheiro de tenda.

– Caeli parece bem mais jovem que os outros treinadores. Quantos anos ele tem?

– Vinte e cinco – Úrsula respondeu. – Foi o guerreiro mais novo a entrar no conselho.

Ela explicou que o órgão era formado por seis guerreiros que ajudavam Augusto nas decisões mais difíceis. Só partiam em missões especiais ou muito perigosas, quando a presença deles era crucial. Por isso mesmo, alguns deles treinavam os novatos: Bruno dava estratégia; Amanda, camuflagem; Caeli, magia; Ilca, cura; Valentine, manejo de armas de longo alcance; e Victor, combate direto. Feron e Aquiles não faziam parte do conselho, apesar de serem guerreiros experientes e treinadores.

– É estranho pensar que Feron e Aquiles não são do conselho, mas Caeli sim – Ulrik falou. – Porque os dois parecem mais experientes, e também são treinadores...

– Acho que não é apenas uma questão de experiência. Óbvio que isso conta, mas Caeli parece pensar de um jeito diferente dos outros, talvez até mesmo por ser um estranho. Isso é importante, ter diversos pontos de vista – Tora explicou. – E mesmo sendo mais novo, ele é um dos melhores guerreiros do clã. Rápido no combate, ótimo em magia. Alguns dizem que ele talvez seja um descendente da primeira geração.

– Achei que a primeira geração tinha se perdido.

– Sim, há mais de um século não existe um guerreiro confirmadamente descendente da primeira geração – Tora concordou. – Mas nada impede que haja alguns deles por aí, vivendo outras coisas sem nem desconfiar de que poderiam ter sido guerreiros. O problema é que é sempre algo quase impossível de ser verificado.

Aquilo fez Ulrik pensar sobre a própria ascendência. Seu avô fora um guerreiro, então provavelmente tinham registros que permitiriam que ele soubesse se era descendente da segunda, terceira ou quarta geração. Decidiu que tentaria descobrir mais sobre sua família quando a oportunidade se apresentasse.

– Ele pode ser descendente de Raoni, dos sílfios, ou do que quer que seja – Úrsula concluiu. – Mas que aquele morcego dá arrepios, ninguém pode negar.

CAPÍTULO 16

# Histórias de guerra

O treinamento de cura exigia muita atenção. Para que um novato fosse declarado pronto e pudesse partir em missão, era necessário tirar seis ou mais na avaliação. O básico consistia em tratar ferimentos de batalha, identificar ervas que ajudavam com infecções e dores e dominar as principais runas de cura.

A maioria era desenhada com terra; os traços eram arredondados e suaves, e havia três runas principais. A de estancamento era um círculo dividido no meio por uma reta. A de cicatrização começava com uma reta, e depois uma linha curva a cruzava de um lado para o outro, como se estivesse costurando o primeiro traçado. A última, a runa de alívio, ajudava na dor e parecia um seis invertido, espelhado.

— Essa é a folha de estrela-da-manhã. O arbusto é baixo, e suas pequenas flores se abrem só nas primeiras horas do dia. — Ilca mostrou uma flor branca de cinco pontas, com formato de estrela. — As folhas devem ser colocadas sobre o ferimento para absorver o veneno de espectro. Folhas frescas e maceradas são melhores, mas as secas podem ajudar durante as missões. — A expressão gentil da guerreira negra mudava para uma dureza sólida quando estava ensinando. — Nenhuma runa de cura vai funcionar enquanto houver veneno no organismo.

— A folha também é eficiente pra picadas de aranhas e cobras? — Celer perguntou.

— Não. Existem receitas à base de raízes para esses casos, mas as plantas são difíceis de encontrar e parecidas com outras tóxicas. Além do mais, usamos uma runa de água no recipiente para que a mistura funcione. É uma parte mais avançada do treinamento de cura. Não tentem fabricar antídotos sozinhos. – A curandeira encarou cada um dos novatos e esperou que concordassem com a cabeça. – Sempre que os guerreiros partem, levam um potinho com essa mistura. Se alguém for picado durante uma missão, a primeira coisa a fazer é manter a vítima deitada e lavar a ferida com o antídoto. Nada de sugar o veneno ou fazer torniquetes; o importante é tentar passar a mistura sobre a picada o quanto antes.

– E esse pote aqui, contém o quê? – Ulrik perguntou, encarando o gel translúcido.

– Leona, por que você não explica? – Ilca solicitou.

Ulrik já percebera que Leona não fazia questão de ficar complementando os treinadores ou respondendo em voz alta, mas sempre se saía muito bem nos exercícios e perguntava quando queria. Era como se não desse a mínima para a opinião dos outros novatos e não sentisse necessidade de provar o quanto sabia.

Ela manteve a expressão desafiadora de sempre na hora de responder:

– Um bálsamo de lírio-do-deserto. Pode ser usado em qualquer ferimento para aliviar a dor e o inchaço.

– Isso mesmo – a treinadora confirmou, sorrindo para a garota. – Tenham em mente que runas aceleram a cura, só não fazem milagres. Esta é a folha do lírio-do-deserto; nós cultivamos a espécie aqui, mas é fácil encontrar a planta tanto em florestas quanto em regiões áridas de todas as províncias – ela explicou, estendendo uma folha gorda e suculenta, espinhosa no perímetro. – Há duas maneiras de extrair o gel: espremendo a folha com o lado cego de uma faca ou tirando sua casca.

Ilca fez uma demonstração, descascando a folha com uma lâmina em poucos segundos.

– Ilca, o que me preocupa mais são os ferimentos graves de batalha. A gente já falou disso antes, mas você pode repetir todo o processo? – Diana pediu, com a expressão séria.

Sendo nativa, devia ter visto muitos guerreiros voltarem de missões em estado crítico.

– O primeiro passo em qualquer caso de ferimentos causados por espectros sempre é retirar o veneno com folhas de estrela-da-manhã.

Depois, usem a runa de estancamento perto de lesões que estiverem sangrando muito. Se houver ossos quebrados, eles precisam ser colocados no lugar antes de imobilizar o membro machucado; nunca se esqueçam disso. Para cortes profundos, é importante dar pontos ou cauterizar, passar o bálsamo adequado e fazer uma atadura para proteger as feridas da sujeira. Só depois desses passos as runas de cicatrização vão ser realmente eficientes... – Ilca fez uma pausa. Depois arranhou a garganta. – Como acabei de dizer, as runas ajudam no processo de cura, mas não fazem milagre. Se virem membros necrosados por conta de veneno ou de uma infecção grave, ou se as lesões forem extensas demais... a solução para salvar a vida de um guerreiro pode ser a amputação.

O ar ficou pesado. Ulrik só podia imaginar quão difícil era para Ilca ter que ensinar sobre aquele tema. Queria falar algo para amenizar a situação, mas não havia nada a ser dito. Ilca tinha passado por uma amputação que com certeza fora dolorida e traumatizante, mas era uma guerreira que fazia parte do conselho e ajudava a cuidar do clã inteiro. Não precisava ser tratada com condescendência. Naquele momento, ele percebeu que o constrangimento vinha dos alunos porque achavam que não deviam abordar o tema; Ilca, em si, continuava com a mesma expressão calma e segura.

– Então o que a gente faz se tivermos que amputar algum guerreiro? – Ulrik perguntou, quebrando o silêncio.

– Se chegarem à conclusão de que essa é a única saída, vão precisar se lembrar de quatro coisas importantes. A primeira é fazer a maior quantidade possível de runas de estancamento e dor perto da região da amputação. – Seus olhos escuros perderam um pouco do brilho. – A segunda é que a arma e a pele precisam estar limpas; passar vinagre ou uma bebida forte na região ajuda a evitar infecções. Terceiro: é necessário usar um machado ou uma espada pesados e bem afiados. E, por último, deixem outra espada na fogueira antes de começar para cauterizar o coto depois.


Os novatos não comeram muito durante o jantar.

– O que vocês têm, hein? – Feron perguntou, vendo Úrsula brincar sem interesse com a sopa de músculo.

– A gente recebeu umas dicas de amputação. – A garota levantou um pedaço de carne como se fosse colocá-lo na boca, mas desistiu. – Dadas por Ilca.

Feron arqueou as sobrancelhas grossas, esticando as muitas cicatrizes que deformavam seu rosto.

– É um assunto difícil, mas vocês precisam saber dessas coisas – o guerreiro concluiu, tomando uma colherada de sopa. – Quando estiverem no campo de batalha, vão ver situações bem piores.

– Eu sei, Feron. – Úrsula suspirou, coçando o longo cabelo dourado. – Mas sopa de músculo depois de uma aula dessas parece uma piada de mau gosto.

O homem gargalhou, e Úrsula deu um meio-sorriso. Ela fazia qualquer um rir. Otto costumava ser assim. Ulrik sentiu uma pontada no peito – de saudade não só do irmão desaparecido, mas da família que tinha deixado para trás.

Se Carian e Feron se conhecessem, com certeza seriam bons amigos; pater sempre gostara de pessoas honestas com os pés no chão. Se Úrsula conhecesse Abella, a giraria pelos braços e a faria rir, assim como fazia com as crianças do clã. E seus olhos tinham o mesmo tom verde-escuro dos de Lia.

– Por que vocês não vêm ouvir a história de hoje? – Feron sugeriu. – Talvez ajude a limpar a mente.

Os novatos concordaram e se dirigiram para a praça. Era uma tradição no clã: todas as noites, depois do jantar, as pessoas se reuniam para falar sobre batalhas passadas, monstros extintos e grandes guerreiros. Havia sempre alguém disposto a contar uma história, outros com vontade de ouvi-la, e um ou dois para discordar e dizer que não era bem assim que tinha acontecido. Os guerreiros, principalmente os mais experientes, sentiam falta de ação quando não estavam em missão.

– Mater! – Feron exclamou, vendo chegar a senhora de cabelo branco e rosto enrugado. – Por que você não conta uma das velhas histórias para os novatos?

Ulrik vira a mulher algumas vezes perto das panelas; ela normalmente ajudava com a comida e se chamava Adélia. Não tinha dois dedos da mão esquerda, e seu anima era uma raposa vermelha com pelos brancos ao redor do focinho.

– Que tal a lenda sobre o maior espectro de todos os tempos? – Adélia sugeriu, sentando-se num tronco ao lado de Tora.

Úrsula e Mica reviraram os olhos, mas Ulrik ficou bastante interessado.

– É uma lenda ou uma história verdadeira? – Tora indagou.

– Uma lenda. Porém, isso não quer dizer que não tenha realmente acontecido. – Ela piscou um olho para Tora antes de começar: – Dizem que Inna foi o primeiro espectro a existir, e que nenhum outro jamais superou seu poder. Era temido por todos os povos e admirado por todos os seres do mal.

– Mas por que era mais terrível que os outros? – Leona se aproximara do grupo em silêncio, e Ulrik ficou feliz em vê-la.

– Inna era um espectro de primeiro nível e comandava criaturas das trevas: dragões, cobras gigantes e até monstros que ele mesma criava. Seu prato preferido era corações humanos, e dizem que os espectros de segundo nível que o acompanhavam comiam o resto, até mesmo os ossos. Inna matava homens, mulheres e crianças; misericórdia era uma palavra inexistente em seu vocabulário. Com as unhas duras como ferro, arrancava o coração das vítimas enquanto ainda batiam, contemplando a vida se esvair dos olhos de suas presas.

A tensão ficou palpável no ar.

– Por que os guerreiros não o matavam? – Ulrik perguntou, o sangue fervendo com o que havia imaginado.

– Porque nós ainda não existíamos. Foi uma época chamada de Tempos de Horror, com ataques frequentes que devastavam vilas inteiras. As armas contra os espectros eram poucas; os animae conseguiam até ferir as criaturas, mas elas morriam só com o uso de fogo. O sal servia para os afastar e valia tanto quanto o ouro. Mas lâminas apenas resvalavam na pele impenetrável. – Adélia deixou as palavras flutuarem no ar por alguns segundos, e Ulrik imaginou aquele mundo infestado. – Até que um jovem teve sua família assassinada, inclusive a irmãzinha que não tinha nem completado um ano. Afundado em desespero, o garoto rezou para Luce. Pediu que a deusa o ajudasse a acabar com aquele ser horrível para que nenhuma outra família fosse massacrada daquela maneira. – Adélia pegou um galho e desenhou na terra a runa complexa das armas dos guerreiros. – Uma marca surgiu em sua espada e outra em sua pele. E antes de deixar o garoto, Luce sussurrou: *"Nam malum, bonum. In tenebris, lucem. Post mortem, regeneratione"*.

Para o mal, o bem. Nas trevas, a luz. Após a morte, o renascimento.

– Ele foi o primeiro guerreiro – Ulrik adivinhou.

– Exatamente – Adélia confirmou. – Raoni procurou Inna em cada floresta, pântano e montanha. Quando o encontrou, desafiou o espectro para uma luta. Inna gargalhou e pediu que os outros seres não interferissem no combate. O jovem guerreiro se lançou sobre a criatura, que nem ao menos se mexeu; queria ver a expressão do garoto quando percebesse que a espada dele nada faria contra seu imenso poder.

– Aposto que ele teve uma desagradável surpresa – Tora disse, com uma expressão séria.

– Ah, sim – a velha aquiesceu. – Raoni brandiu a espada e arrancou o braço do espectro; do ferimento, emanou uma fumaça preta. Seu grito foi ouvido por quilômetros e fez até as folhas balançarem. Lutaram por horas, e pouco a pouco os golpes da espada foram drenando as forças de Inna. Quando ele pediu misericórdia, o jovem respondeu que não sobrara nenhuma em seu coração. Cortou a cabeça do maior espectro de todos os tempos e o matou. Sua arrogância foi a causa de sua derrota.

Celer, Leona, Tora e Ulrik comemoraram, mas Mica e Úrsula continuaram sérias.

– Depois disso, começaram os Tempos de Caçada – a guerreira continuou. – Raoni, iluminado por todo seu poder, criou uma runa que lhe permitiu compartilhar sua dádiva com outras pessoas. Cada vez que desenhava a runa na pele de outro ser humano, a marca da estrela reluzia na pele do novo guerreiro. Assim, criaram um exército. Viajaram por todas as províncias matando seres malignos. Eram idolatrados por onde passavam; ficaram famosos, e muitas canções foram feitas em sua homenagem.

– Mas depois dos Tempos de Caçada vieram os Tempos de Vingança – Tora observou, recitando o que aprendera nas aulas de história dos espectros.

Os olhos escuros de Adélia pareceram se incendiar.

– Cinquenta anos tinham se passado desde que Inna fora eliminado do mundo. Raoni não tinha mais medo de nada nem de ninguém;

sem perceber, se tornara tão arrogante quanto seu primeiro inimigo. Certa vez acordou no meio da noite, e a última coisa que viu foram os olhos cor de fogo do maior de todos os espectros.

– Mas como? – Leona protestou. – Ele tinha morrido!

– Todos os espíritos renascem, os bons e os maus. Só que, diferente do que acontecesse com seres humanos, espectros se recordam de suas vidas anteriores – afirmou a idosa, e os estranhos se chocaram com a revelação. – Quando Inna voltou, foi atrás do jovem que o assassinara. Sabia também sobre os outros guerreiros que por anos tinham massacrado seu povo, e acabou com todos eles. Foi o fim dos guerreiros originais. Nos Tempos de Vingança, o terror voltou com mais força do que nunca.

– Mas os guerreiros não acabaram. Nós estamos aqui – Celer constatou.

– Raoni tinha uma filha. Inna não sabia que a magia era passada de pai para filho. A garota foi atrás de descendentes de outros guerreiros e juntou um novo exército. Quando estavam prontos, atacaram e mataram Inna mais uma vez. Anos depois, ele renasceu. Esse jogo se repetiu muitas vezes, intercalando décadas de paz e de devastação.

– Tempos de Guerra e Paz – Tora concluiu.

– Metido – Úrsula resmungou.

– Até que uma guerreira em especial decidiu colocar um fim definitivo à vida de Inna. O nome dela era Tereza, uma das últimas descendentes da primeira geração. – A luz da fogueira estava se extinguindo, e os traços da velha quase não eram mais visíveis na penumbra. – Tereza buscou uma solução por décadas e conseguiu fazer uma aliança com outros povos: os vísios e os sílfios. Dizem que mesmo os espíritos dos elementos, veros, aeris, flamen e terriun, a ajudaram. Juntos, construíram uma caixa.

– Que utilidade teria uma caixa contra um espectro de primeiro nível? – Leona perguntou.

– Não era uma caixa comum; era um objeto mágico que podia aprisionar almas. Com o item em mãos, Tereza foi à luta. – A última brasa se apagou. Qual seria a sensação de ter a alma aprisionada? Seria o mesmo que ficar para todo o sempre numa escuridão profunda? Ulrik ponderava a respeito quando Adélia prosseguiu, no escuro: – A Batalha de Todos os Povos durou cinco dias e seis noites. O machado de Tereza decapitou Inna, mas as unhas do espectro perfuraram seu coração. Os sobreviventes conseguiram colocar a alma do espectro na caixa, honrando assim a morte da guerreira. E, desde então, conseguimos manter a paz, e seres malignos viraram uma lenda para pessoas comuns.

– Tempos de Esquecimento – Tora finalizou.

Todos suspiraram. Os estranhos estavam impressionados; mesmo Mica, que já ouvira a história muitas vezes, parecia emocionada.

– E onde está essa caixa agora? – Ulrik perguntou.

– A caixa das almas não existe – Micaela respondeu, fazendo o papel do "não foi bem assim". – É um mito de mais de quinhentos anos, que nunca foi comprovado. Por isso a gente não aprende sobre ela no treinamento de história. É só uma lenda com a moral de que a gente nunca deve subestimar nossos inimigos.

– Vivemos numa realidade sem espectros de primeiro nível, então, seja lá o que Tereza e os outros guerreiros tenham feito, sou grato a eles por nos entregarem um mundo onde é possível manter o equilíbrio e a paz. – A voz de Augusto ressoou na penumbra, e todos se viraram em sua direção. Ele se levantou, atiçou as brasas com a espada e jogou um pouco mais de palha e lenha na fogueira. – Histórias de grandes heróis do passado são relevantes porque nos inspiram. Nos ensinam lições importantes e o caminho para que, se for preciso, nós sejamos os heróis de amanhã.

## CAPÍTULO 17
# Missões

Os primeiros dois meses de treinamento passaram rápido. Ulrik tinha de trabalhar muito além de treinar. Estava exausto e seus músculos doíam, seu colchão era desconfortável, e, quando chovia forte, algumas gotas passavam pelo algodão oleado da tenda e caíam em seu rosto. Não havia o conforto da casa de Pedra Branca, porém, isso não importava. Estava seguindo seu destino, e ansiava pelo momento em que ficaria pronto.

Ulrik, Tora e Úrsula estavam sentados à mesa, terminando de comer o ensopado de pato com cebolas, quando Leona se aproximou.

– Vai ter distribuição de missões hoje – a garota de cabelo cor de areia informou. Albin, seu leão branco, aproximou-se de Lux com curiosidade. – Augusto pediu para avisar que é para todo mundo ir até a praça depois do jantar.

– Obrigada, Leona – Úrsula agradeceu, dispensando a outra novata. Ulrik ficou em pé.

– Por que a gente não vai indo, então?

Úrsula revirou os olhos, mas se levantou. Os quatro seguiram o caminho por fora do acampamento, dando a volta por trás das barracas para não passar entre as fileiras tumultuadas de guerreiros e animae.

O silêncio foi ficando cada vez mais constrangedor, e até Nox choramingou desconfortável. Ulrik vasculhava a mente, tentando pensar em algo inteligente ou engraçado para dizer; durante aquelas oito semanas, muitas vezes imaginara uma conversa com Leona. Contudo, naquele momento, não conseguia pronunciar sequer uma palavra.

— ...e a gente encontrou vestígios de espectros rodeando o círculo de proteção. — A voz da frase pela metade pertencia a Amanda, treinadora de camuflagem.

Úrsula estacou, aparentemente sem intenção de sair dali; estavam atrás da barraca de Augusto, escutando escondidos. Tora abriu a boca para protestar, mas a garota lhe lançou um olhar feroz.

— Para mim, isso tem relação com aqueles ataques.

— Essa história de novo, Victor? — Bruno perguntou, parecendo irritado, de dentro da tenda.

Victor era o guerreiro do conselho que às vezes substituía Feron no treinamento de combate. Tinha a pele bem morena, o cabelo liso sempre preso num rabo de cavalo e músculos enormes.

— Sim, essa história de novo! — ele retrucou, num tom ainda mais agressivo. — Ele já foi atacado pelo menos três vezes. Outro guerreiro poderia ter morrido por causa disso.

— Parece que você se esquece da nossa missão — Augusto respondeu sem levantar a voz, mas com uma frieza dura.

— Segurança em primeiro lugar. Não é isso o que você sempre diz? Que a gente tem que proteger uns aos outros?

— E ele é um de nós, Victor — o líder afirmou.

— Mas se os espectros estão atrás dele, estamos colocando todo o clã em risco. Outros já foram expulsos por muito menos.

— Isso é totalmente diferente! — Ilca protestou, indignada. — E você sabe o que Augusto acha...

— E eu já disse que discordo dessa teoria. Ele é medíocre, não tem nada de especial. — Victor pareceu pausar para respirar fundo. — Quando você chegou, Caeli, todos nós percebemos que você podia ser...

— Você e suas comparações estúpidas! — Bruno cuspiu as palavras.

— Chega. — O tom de Augusto foi final. — Chamei vocês aqui porque Amanda me alertou sobre a possível presença de espectros nos arredores. Caeli, pela manhã quero que lidere um grupo para fazer runas de desencontro ao redor do círculo de proteção, uma medida extra. Se a situação piorar, vamos ter que avaliar uma mudança de acampamento — propôs ele, e alguns murmuraram em concordância.

– Victor, não sei qual é o seu problema com o garoto, mas não quero mais ouvir essas sugestões absurdas. O Ulrik fica.

Assim que ouviu as palavras, ainda escondido atrás da tenda, o sangue subiu à face de Ulrik, fazendo suas bochechas queimarem. Ele sentia o olhar dos outros três, mas não queria encará-los; apenas voltou a caminhar em direção à praça como se nada tivesse acontecido.

– Eu bem que gostaria de ter visto a cara do Victor – Úrsula confessou, rindo. – Que ele não me ouça, mas adoro quando pater dá uma de líder malvado e coloca os idiotas nos seus devidos lugares!

– Úrsula – Tora a repreendeu. – O assunto é sério.

– O quê? – Ela se virou para Ulrik. – Ulrik, o Victor é um imbecil desses que não gostam de estranhos... Sério, você não ligou para o que ele disse, né?

– Não, claro que não. – Ulrik sorriu sem graça, dando de ombros. – Tirando a parte sobre eu ser medíocre e um risco pra todo mundo.

Leona colocou uma mão em seu ombro, e o sangue nas veias do garoto gelou.

– Victor é só um guerreiro e, pelo que ouvimos, a opinião dele não importa muito – Leona lhe assegurou, cheia de determinação nos olhos escuros. – Ninguém aqui gosta de mim, e isso nunca me impediu de ficar.

– Acho que isso é um exagero, dizer que ninguém... – Ulrik começou.

– Quero só treinar e cumprir meu destino. Não preciso da aprovação de ninguém – Leona afirmou, de um jeito tranquilo e duro ao mesmo tempo. – Vaguei um ano até encontrar um guerreiro que me trouxesse para o clã, e sei que muitos me acham esquisita.

– Foi você quem disse, não a gente...

– Úrsula! – Ulrik e Tora gritaram ao mesmo tempo.

Leona sorriu e se virou para a outra garota.

– Você é uma das poucas pessoas que sempre me levaram a sério.

– Veja bem, eu te acho mesmo meio esquisita – Úrsula pontuou. – Mas também é a melhor atiradora de facas que já conheci, e para mim é isso que importa.

Leona deu um empurrão em Úrsula, e Ulrik deu mais um. De repente, a conversa que tinham ouvido pareceu perder importância, e a estranheza de estar com Leona se dissipou no ar como neblina.

Os quatro novatos se sentaram num tronco na praça. Pouco depois, os guerreiros do conselho chegaram, sem dar o menor sinal de terem notado que os garotos haviam entreouvido a conversa. A grande fogueira central fora trocada por várias tochas menores; o verão havia começado, e a noite estava quente. Os insetos faziam uma orquestra no bosque claro à frente, e o coro era invadido aqui e ali pelo pio profundo das corujas.

Quando Augusto foi até o centro, todos se calaram.

– Ilhas de Fogo. Um filhote de dragão está queimando várias cidades em volta do vulcão de Jaga. Não há relatos de espectros, mas é de se esperar que apareçam para tentar capturar a criatura – Augusto anunciou. – Vamos enviar um grupo de doze guerreiros e precisamos das seguintes habilidades: pelo menos dois animae voadores; um guerreiro oito ou mais em estratégia para liderar; alguém com experiência em runas pra queimaduras; todos com nota sete ou mais em armas de longa distância e uma pessoa dez em arco e flecha. Para lidar com dragões, é preciso mais agilidade do que força. Também vamos levar isso em consideração ao escolher a equipe.

Os guerreiros com as habilidades necessárias se levantaram, incluindo Heitor.

– Faz só dois meses que você voltou de uma missão longa, Heitor. A viagem até as ilhas pode demorar sessenta dias, e prefiro mandar os que não partem há algum tempo – disse o líder. O guerreiro de cabelo vermelho resmungou qualquer coisa, mas se sentou. – Aquiles, você vai liderar – Augusto anunciou, e Ulrik sentiu um misto de coisas. O guerreiro era um de seus treinadores favoritos, e sentiria falta dos seus ensinamentos de magia; por outro lado, liderar uma missão era uma grande honra, então ficou feliz por ele. – Catharina, quais são suas últimas notas?

– Estratégia seis, agilidade oito, força seis e magia sete – a garota de cabelo castanho e encaracolado informou. Terminara o treinamento pouco mais de um ano antes; será que já havia sido enviada para alguma missão? – Luto com uma espada fina, tenho nota sete em lançamento de facas e sei usar a runa pra tratar queimaduras.

– Muito bem, você está no grupo.

A garota deu um soco no ar, e sua pantera-negra chiou. Alguns dos mais experientes riram, mas Ulrik acenou com a cabeça e Catharina sorriu de volta. Pela primeira vez, o garoto se imaginou sendo selecionado para uma missão; a sensação devia ser de puro orgulho. Augusto e Aquiles escolheram o restante da equipe conforme as habilidades necessárias.

O líder passou para a próxima missão.

– Garganta da Escuridão. O informante disse que onze pessoas já foram mortas na vila de Montina. Alguns descreveram ter visto uma nuvem de pássaros pretos sobrevoando a montanha, mas sabemos muito bem do que se trata. – Augusto encarou os guerreiros com o olhar duro e o maxilar cerrado. – Segundo nossas estimativas, são cerca de vinte espectros. Um caçador disse ter visto uma criatura com muitos braços nas cavernas, o que se encaixaria na descrição de um multo. – Um murmúrio baixo tomou conta da praça; Augusto levantou uma mão, e todos se calaram novamente. – Essas criaturas deveriam estar extintas, mas é melhor ficarmos preparados. E se realmente houver um... Bom, isso significa que um espectro de nível dois o criou – afirmou, e a reação dos presentes foi mais inflamada. Augusto esperou alguns segundos antes de continuar. – Para essa missão, precisamos de animae resistentes, já que a equipe vai atravessar os cânions e vai precisar levar muitos suprimentos. Quero vinte guerreiros, alguns com notas altas em força, pelo menos um com experiência em matar monstros inanis e todos com pelo menos cinco missões completas.

Feron seria o líder. Ele havia participado da Batalha do Rio Negro – a maior do século, e a que havia lhe rendido as cicatrizes no rosto – e, quando jovem, tinha estado numa missão para matar um ghoul. Ulrik aprendeu ali que aquele era outro tipo de monstro; seu corpo era revestido por um couro áspero, tinha dentes grandes e bebia sangue humano. Do restante do grupo, Ulrik conhecia apenas o guerreiro chamado Petrus e seu rinoceronte Titan.

– Onde estão Nathalia e Runi? – Augusto perguntou, varrendo a multidão com os olhos. – Eles disseram que queriam partir nas próximas missões.

– Pedi para um grupo colher ervas no bosque ao fim da tarde – Ilca respondeu. – Achei que tivessem vindo direto pra cá.

Augusto franziu as sobrancelhas.

– Quem mais estava nesse grupo?

– Karen e Silas.

– Algum deles retornou? – o líder questionou, e cabeças se viraram de um lado para o outro analisando os arredores.

Ninguém respondeu. Os guerreiros não estavam ali.

– Se dividam em grupos de vinte. Vamos procurar os quatro.

CAPÍTULO 18

# Terror no Bosque Branco

— Mica, você pode ficar no meu grupo — Úrsula sugeriu para a outra novata.

Micaela abriu a boca para responder, mas não disse nada. Mordeu o lábio, olhou de um lado para o outro e apertou as mãos.

— A gente precisa de mais gente para ajudar Ilca e Victor a cuidar das crianças e dos idosos — Caeli informou. — Podemos contar com você, Mica?

Os ombros da garotinha relaxaram; ela concordou com a cabeça e correu de volta para as barracas.

Úrsula encarou Caeli com desconfiança. Ulrik sabia que ela estava dividida entre agradecê-lo ou gritar que Mica era tão capaz quanto os outros, mas havia preocupações maiores naquele momento.

Os guerreiros acenderam suas tochas e seguiram os líderes bosque adentro. Enquanto todos estavam juntos havia bastante luz, no entanto, conforme os grupos partiram em diferentes direções, os pontos brilhantes foram se afastando como vagalumes até serem engolidos pela escuridão.

A luz das chamas refletia nos troncos claros e finos das bétulas-das-nuvens. Se as pessoas de Pedra Branca achavam que os caules escuros da Floresta Sombria eram assustadores, era porque ainda não haviam estado no Bosque Branco numa noite sem lua: as árvores pareciam flutuar na escuridão como seres fantasmagóricos, e as sombras dançavam no ritmo tremeluzente do fogo. A mistura do branco e preto brincava com os olhos, desenhando rostos e monstros voadores na penumbra.

Os guerreiros do grupo de Ulrik eram experientes e andavam de forma silenciosa. Cada vez que o garoto pisava num galho ou chutava uma pedra, todos se viravam assustados e o olhavam com reprovação. O suor escorria livre por sua testa e suas mãos tremiam, contudo, se acalmou quando as encostou no pelo macio de Nox.

Seus sentidos estavam mais alertas do que nunca e se misturavam aos de seus animae. Era o coração dele que estava acelerado ou o de Lux? Por que o perfume adocicado que a brisa quente trazia parecia mórbido? Se os lobos já haviam caçado tantas vezes entre aquelas árvores, por que o local parecia estranho e inóspito? Havia algo errado e, mesmo sem enxergar, Ulrik sentiu os lábios dos animae se contraindo para exibir os caninos.

Seu grupo varria o bosque como um enorme arado luminoso; guerreiros caminhavam a poucos metros uns dos outros, vasculhando o solo, as copas e a vegetação. O garoto estava olhando para cima quando um galho girou sob seus pés. Escorregando, caiu de cara no chão; sua tocha voou para longe, deixando-o no breu. Nox choramingou.

– O que foi isso? – Valentine, a guerreira loira do conselho, gritou.

– Eu escorreguei – Ulrik resmungou, esfregando a barriga dolorida por ter caído diretamente sobre o galho culpado pelo incidente.

– Novatos... – alguém murmurou em desaprovação.

O garoto apoiou as mãos para se levantar e percebeu que o solo estava úmido. Colocou-se de joelhos enquanto Valentine e Oryx, seu antílope, se aproximavam. Ulrik bateu uma mão na outra para tirar a terra, mas elas estavam grudentas...

Valentine trazia uma tocha na mão, e suas feições iluminadas se contorceram quando olhou para o novato imundo. Ulrik avaliou as próprias mãos, estavam manchadas de vermelho. Com o corpo inteiro tremendo violentamente, seu estômago devolveu o jantar.

O objeto claro no qual tropeçara não era um galho. Era um braço.


Seus piores pesadelos não se comparavam ao que presenciara naquela noite.

Os grupos entraram e saíram do Bosque Branco trazendo braços, pernas, troncos e cabeças. Os corpos dos guerreiros e de seus animae haviam sido destroçados e espalhados por todos os lados. Augusto ordenou que as pessoas se concentrassem em achar todas as partes e que os animae vasculhassem a área à procura de inimigos. Quanto mais trabalhavam, mais cobertos de sangue ficavam.

Que tipo de maldade era aquela? O que os espectros pretendiam com tal ato? Pela primeira vez, Ulrik compreendeu o perigo real que os seres malignos representavam. Alguém que arrancava membros e os espalhava pelo bosque como num jogo de caça ao tesouro era capaz de tudo. Mesmo em meio ao mar de tristeza que o inundava, a raiva encontrava espaço para se sobressair quando pensava no irmão. O que haviam feito com o corpo de Otto?

Fez uma promessa a si mesmo. Caçaria os responsáveis até o fim do mundo. Nox rosnou e mostrou os dentes, refletindo sua ira.

A pira foi acesa na hora mais escura da noite, mas as últimas brasas só se apagaram depois do nascer do sol. A luz da manhã revelou o tom verde-vivo que cobria a montanha no verão, refletiu-se no riacho espelhado ao norte e tornou mais real a tragédia sem precedentes. Mesmo os guerreiros mais experientes pareciam incrédulos. O cabelo comprido e dourado de Úrsula estava duro e manchado de vermelho, e ela tinha o rosto inchado de quem tinha chorado até as lágrimas secarem. Tora fechara os olhos e murmurava palavras inaudíveis, aparentemente rezando. Bruno estava sentado num dos troncos, a cabeça afundada nas mãos. Apoiado no cabo do machado, Heitor olhava para o bosque como se tentasse entender. Mica finalmente apareceu; a garotinha tinha fugido e se escondido assim que vira a primeira parte de um corpo ser trazido.

Os guerreiros se entreolharam; estavam com as roupas cobertas de sangue e uma expressão de tristeza no rosto. Parecia que haviam participado de uma batalha, mas a verdade é que nenhum deles estivera ao lado de seus companheiros para defendê-los.

Como uma massa de mortos-vivos, caminharam juntos até o riacho para lavar corpo e alma. Aproveitaram-se dos rostos molhados para chorar, despindo-se de suas máscaras fortes e roupas sujas. Ulrik também tirou a túnica e as calças. Depois de tanto sangue, ossos e tripas, ninguém ali se importaria em expor o corpo vivo e inteiro.

– O que a gente faz agora, Augusto? – Heitor foi o primeiro a se pronunciar depois do banho coletivo.

– Preciso de algumas horas com o conselho, e depois a gente se reúne para discutir juntos o que fazer – disse o líder. Era doloroso olhar para ele; havia uma derrota profunda impregnada em cada um de seus traços. – Por enquanto, comam e descansem. E não quero ninguém no bosque até segunda ordem.

Os guerreiros do conselho se dirigiram até a tenda de Augusto, e os outros se dispersaram. Úrsula encarou os amigos com a expressão séria, depois marchou em direção à parte de trás do acampamento.

Leona, Tora e Ulrik demoraram alguns segundos para compreender a intenção da garota, mas a seguiram assim que se deram conta do que ela faria.

– A gente não devia estar aqui – Tora sussurrou quando chegaram atrás da tenda.

– Você pode ir embora se quiser – Úrsula respondeu, com mais indiferença que petulância. – Mas *eu* preciso saber o que eles acham que aconteceu.

– Shiuuu – Leona chiou, impaciente.

Os quatro se puseram a ouvir com atenção.

– Tem certeza, Augusto? – Ilca perguntou, preocupada.

– Várias coisas estão fora do lugar, e os cadeados dos baús foram quebrados. Alguém vasculhou minha tenda.

– Alguém ou alguma coisa. – Bruno suspirou. – Não pode ser coincidência entrarem aqui bem enquanto a gente se ocupava das buscas.

– Roubaram o ouro? – Valentine questionou.

– Não, nada de valor foi levado.

– O que mais tem de valor aqui além do ouro? – foi a vez de Caeli se pronunciar.

– Alguns objetos antigos – Augusto respondeu, sem dar mais detalhes.

– Se quiser nossa ajuda, vai ter que dar mais detalhes – Victor protestou, com sua arrogância habitual.

O silêncio se estendeu por longos segundos, e os quatro novatos se entreolharam. Com gestos, Tora tentou dizer que deveriam ir embora, mas os outros três discordaram veementemente com a cabeça.

– O líder dos guerreiros é guardião de alguns segredos.

– Quais? – Victor insistiu.

– Não posso dividir essa informação com vocês.

– Não acho que você deva carregar esse peso sozinho – Amanda disse.

– Não devo, e não carrego – Augusto informou, com firmeza. – Um entre vocês sabe sobre esses segredos; eu não arriscaria levar essas informações para o túmulo caso alguma coisa acontecesse comigo.

– E como você escolheu essa pessoa? – Victor elevou a voz. – Tem alguém melhor que os outros, é isso?

– Não, mas eu tinha que escolher um, e apenas um. Algumas tradições devem ser mantidas para segurança de todos. – O tom do líder foi final. – Preciso que vocês montem guarda ao redor da minha tenda.

– Eu posso começar – Caeli se propôs.

– Não, você e Amanda vão percorrer o círculo de proteção e procurar por falhas. – Augusto soava cansado. – Se a gente não descobrir como as criaturas entraram, vamos ter que nos mudar.

– Eu posso começar a guarda então – Victor se ofereceu.

– Você e Valentine. Quero sempre dois de vocês aqui – o líder explicou. – Fiquem dentro da barraca, não na porta. E entrem por trás; tem uma pequena fresta escondida que fica bem aqui...

Os quatro novatos tiveram apenas alguns segundos para correr na ponta dos pés antes que Augusto abrisse a fenda. Entraram num corredor entre duas barracas, de onde não arriscaram sair.

– O que vocês acham... – começaram Ulrik e Tora ao mesmo tempo.

– Se a gente soubesse quais são os objetos que Augusto guardava na barraca, daria pra imaginar quem procurou por eles – Ulrik explicou.

Tora discordou com a cabeça.

– Você não ouviu o que Bruno disse? A morte dos guerreiros e a busca na tenda devem estar conectadas. – Tora olhou por cima do ombro e baixou o tom de voz para um sussurro. – Talvez alguém tenha danificado o círculo de proteção de propósito.

Os outros o encararam por vários segundos, pesando e avaliando a hipótese. As runas eram feitas de cinzas, mas seu poder mágico impedia que fossem danificadas ao acaso. Seria necessário ter a intenção de fazer isso – e os espectros não podiam se aproximar do círculo, por razões óbvias.

– Você tem razão – Úrsula disse, também sussurrando. – Mas não está curioso para saber quais são esses segredos que só o líder sabe?

– Curiosidade por curiosidade não é uma virtude, Úrsula – Tora respondeu. Ela torceu o nariz, juntou as mãos e fez uma reverência. – Você é tão madura – Tora repreendeu, estreitando os olhos.

– Acho que Tora tem razão – Leona concluiu, pensativa.

– Que realmente sou muito madura?

– Que o importante é saber quem entrou na barraca do Augusto – Leona disse, ignorando a piadinha.

– E o que a gente vai fazer? – Ulrik perguntou para os outros três.

– Nada. – Todos fitaram Tora. – A gente não devia nem estar sabendo disso.

– Mas, agora que sabemos, não podemos ficar de braços cruzados. – Leona afirmou. – Temos que ajudar.

– A gente pode prestar atenção – Tora sugeriu. – Se notarmos algo suspeito, contamos para o Augusto.

Os outros ainda tentaram argumentar, mas ao final se deram por vencidos. O amigo estava certo: não havia muito mais a fazer sem revelar que estavam escutando conversas secretas do conselho.

Ulrik suspirou. A chama do ódio ainda queimava alto. Fingiu que concordou, porém, sabia que só se sentar e observar estava longe de ser suficiente para apagar aquela ira.

CAPÍTULO 19

# Recomeço

– Ah, não – Ulrik lamentou ao ver quem se aproximava da arena.

Já devia estar esperando por aquilo; Feron partira ao amanhecer para liderar a missão de Montina, e alguém teria de assumir o treinamento de combate direto.

– Bom dia, novatos – Victor cumprimentou. Ele tinha a pele morena, cabelo liso e comprido preso num rabo de cavalo, olhos amendoados e maxilar largo. – Acredito que já saibam que o bosque deve ser evitado até segunda ordem do conselho – começou, e todos concordaram com a cabeça. – E, por causa do incidente, quero que treinem defesa pessoal sem armas. Vocês têm que saber se defender em qualquer circunstância.

– Sem armas? – Rufus protestou. – Mas sem armas a gente não tem nenhuma chance contra os espectros!

– Não com essa atitude. O que vai fazer se perder seu machado durante a luta? – o treinador indagou, com rispidez. – Pedir para o espectro esperar enquanto você vai ali pegar de volta?

O rosto do novato ficou quase da cor de seu cabelo. Arthur e Marcus riram.

– Você é filho de um de nossos melhores guerreiros. Não vou tolerar comentários assim dos que cresceram no clã – continuou o treinador, e Úrsula revirou os olhos ante a insinuação. Victor se virou então para Tora, Ulrik, Celer e Leona. – E não se preocupem, estranhos, é normal ficarem para trás. O que não significa que vão ser maus guerreiros; Caeli é a prova viva.

Leona e Ulrik trocaram um olhar, encarando o leão branco e os lobos. A hiena de Victor perderia a luta contra qualquer um dos animae dos estranhos. Os dois sorriram com cumplicidade.

– Vamos praticar em duplas. Que tal separar os grupinhos? – ele sugeriu, vendo Leona parar diante de Úrsula e Ulrik se aproximar de Tora. – Tive uma ideia excelente: vamos testar as habilidades dos estranhos contra a dos nativos. Leona e Diana, Tora e Arthur, Marcus e Ulrik, Celer e Rufus. Mica e Úrsula, não sobrou nenhum estranho pra vocês, então lutem entre si.

– Mas a Mica é muito menor do que eu! – Úrsula se queixou.

– Na vida real a gente não escolhe o tamanho do inimigo; temos que lidar com o que a vida nos dá. Micaela, sei que você é capaz – Victor a incentivou, apontando para a garotinha de olhos dourados. – Armas no chão. Não deixem seus animae entrarem no combate, vamos treinar isso depois.

Ulrik se colocou diante de Marcus como já havia feito diversas vezes. Mas parecia diferente sem as lâminas entre os dois. Parecia mais real. O oponente estralou os dedos enormes e Ulrik, mesmo não sendo tão musculoso quanto ele, fez questão de sustentar o olhar assassino do nativo.

– Vou contar até três. Se preparem – Victor anunciou. – Um, dois... Ulrik não ouviu o três.

Algo acertou seu queixo e ele foi arremessado para trás, caindo de costas na terra escura da arena. Mesmo tonto, se esforçou para se colocar em pé. Ainda tentava entender o que acontecera quando Marcus o alcançou e acertou um soco em seu ventre. O garoto perdeu o ar e se ajoelhou, encolhendo-se para manter o café da manhã no estômago. Marcus desferiu mais um soco, atirando o oponente no chão antes de o acertar com um chute nas costelas. A dor intensa fez Ulrik gemer. Sua visão escureceu, e a última coisa que viu foi o outro garoto caindo ao seu lado.


– Acorda! – Alguém o chacoalhava. – Ulrik, acorda! – Um tapa no rosto fez com que ele escancarasse as pálpebras. Os olhos pretos de Victor estavam muito próximos aos seus. – Tira seus animae de cima dele – o treinador exigiu, entredentes.

Ulrik se levantou devagar, segurando a costela machucada, e observou a cena. Marcus estava no chão; Nox babava em cima dele, os caninos enormes à mostra a poucos centímetros do rosto do nativo. Lux rosnava, com os pelos das costas eriçados, impedindo que o lince de Marcus se aproximasse. O garoto apreciou a cena por alguns segundos, saboreando o olhar aterrorizado do trapaceiro, porém reagiu ao perceber que uma veia saltava perigosamente no pescoço de Victor.

– Nox, Lux – chamou. Os animae recolheram os dentes expostos e se sentaram ao lado de Ulrik, como sentinelas prontos para atacar se alguém o ameaçasse. O amor pelos lobos fez seu coração inflar e ficar mais leve.

– Você vai pagar por isso – Marcus prometeu, levantando-se, e seu lince chiou enquanto mostrava as presas.

– Eu disse... – Victor colocou o dedo indicador com força no peito de Ulrik – ...nada de anima.

– Eles perceberam que o Marcus trapaceou – Ulrik respondeu.

Victor sorriu com desprezo.

– No mundo real, os espectros não vão esperar até o três, garoto. Não, vão estar à espreita, calculando o melhor momento para te atacar pelas costas.

Ulrik não conseguiu mais se conter e imitou a atitude do treinador, forçando o indicador no peito de Victor.

– E, no mundo real, Nox e Lux não vão ficar de fora assistindo.

O ódio, antes velado, veio à tona. Uma guerra entre o novato estranho e o guerreiro nativo havia começado. Ulrik abaixou o dedo primeiro e se afastou.

– Dispensados – Victor decretou, deixando a arena. – E recomendo que os feridos passem para ver Ilca.

Ulrik observou o treinador ir embora e depois encarou os novatos. Diana tinha um grande arranhão no rosto, Leona mancava e Arthur se apoiava em Marcus para caminhar.

Ulrik se virou ao ouvir palmas e uma risada.

– Vocês foram ótimos! Eu e Mica nem treinamos, só assistimos às lutas de vocês. A cara de terror de Marcus quando Nox pulou em cima dele... – Úrsula se apoiou nos joelhos para rir.

— Aquela desgraçada me atacou logo no um! — Leona vociferou.

— Albin arranhou o rosto dela? — Ulrik perguntou.

— Não, eu arranhei — ela respondeu, ainda irritada. — E teria feito muito mais se Victor não tivesse ficado nervoso com você e mandado parar tudo.

— Mas o nosso guru... — Úrsula apontou para Tora com um enorme sorriso no rosto. — Você foi a real estrela do combate!

— Por que, o que ele fez? — Ulrik questionou, curioso, olhando de Úrsula para o amigo.

— Arthur partiu pra cima dele antes do três e pareceu criar asas! Voou por cima da cabeça de Tora... — Ela começou a gargalhar e quase não conseguiu terminar a frase — ...e aterrissou metros à frente.

Os outros três riram também; nem Tora conseguiu conter o sorriso.

— Mas o que você fez com ele, afinal? — Leona quis saber enquanto começaram a voltar para as barracas. — Me ensina?

Tora voltou a ficar sério para responder.

— No vale onde eu nasci existe um tipo de combate com as mãos livres. É quase uma dança, onde o movimento e a força do oponente são usados para defender e contra-atacar. A gente aprende também a pedir força ao espírito da terra. Hoje invoquei e senti a energia dos terriuns fluindo no movimento... Posso ensinar o básico para vocês depois, não é difícil.

— Estou achando interessante, de verdade, e quero essa aula extra de combate... Mas agora preciso ir até a tenda de Ilca — Ulrik informou. — Esse chute na costela está me matando, acho que pode ter quebrado algo.

— Eu também vou. Aquela... — Leona respirou fundo e passou a mão no cabelo claro, sujo de terra. — A Diana me deu um soco e caí de joelhos, quero colocar um pouco do bálsamo no machucado.

Os dois caminharam em direção às montanhas. Era a primeira vez que estavam sozinhos.

— Você é da província de Sur, né? — o garoto puxou conversa. — Fico imaginando o deserto... Deve ser uma visão incrível.

Ela levantou uma sobrancelha, como se fosse repreendê-lo por falar de seu passado, mas pareceu se dar conta de que não tinha como negar suas origens.

– É impossível imaginar como é até estar lá – Leona respondeu. – Nunca vi nada mais bonito que o céu estrelado do deserto em noites sem lua.

O silêncio pesou, e Ulrik vasculhou a mente à procura de algo mais.

– Deve ter sido difícil deixar sua família para trás.

A garota o encarou com um ar indiferente.

– Na verdade, essa não foi a parte difícil... Eu nunca tive família; não como vocês se estruturam. O povo do deserto não funciona assim.

Ulrik se amaldiçoou por não saber mais sobre as outras culturas. Entraram na tenda de Ilca, mas a curandeira não estava. Leona deu alguns passos determinados até a estante e pegou um pote de vidro. Enrolou a calça até a altura do joelho, de onde um fio de sangue escorria pela pele clara, mergulhou três dedos no bálsamo de lírio-do-deserto e o espalhou sobre o ferimento.

– Que foi? – ela perguntou, levantando a cabeça.

O rosto de Ulrik esquentou. Tinha sido flagrado observando a amiga.

– Estava só me perguntando se... será que devia passar um pouco disso na minha costela também?

Leona se levantou com o pote na mão.

– Deixa eu ver – ordenou.

– Como assim?

– Quero ver o machucado. Aí te digo o que fazer.

Ulrik encarou os olhos escuros e brilhantes dela. Talvez o céu estrelado do deserto fosse daquele jeito. Duvidava muito que conseguisse transmitir a mesma serenidade de Leona, mas obedeceu, tirando o colete de couro e levantando a túnica clara. Ela se abaixou para olhar melhor, e seu pescoço ficou à mostra quando o cabelo deslizou numa cascata de fios claros.

– Uma runa para dor deve ser suficiente – ela concluiu. – Mesmo que tenha quebrado algo, nessa região não tem muito o que fazer.

A garota pegou um pote de pedra com terra, e a respiração de Ulrik se acelerou. Ela sujou o dedo indicador e se abaixou para fazer a runa sobre suas costelas. O coração do garoto batia tão forte que teve medo de que Leona pudesse ouvir. Ele fechou os olhos, sentindo a novata desenhar devagar e com cuidado o seis espelhado. A terra estava fria, e, apesar da dor, uma sensação maravilhosa se espalhou por seu corpo; era difícil dizer se a runa já estava funcionando ou se o simples toque dela...

Abriu os olhos. Leona o observava e tinha um sorriso felino nos lábios. Ela sabia o efeito que causava nele e parecia não se importar. Mais que isso, a forma como o encarava sugeria que parecia interessada.

Ulrik deu um passo à frente, chegando um pouco mais perto; precisava ter certeza antes de tentar qualquer coisa... Os olhos dela, sempre tão seguros, arregalaram-se um pouco em surpresa, mas Leona não se afastou. Pelo contrário, diminuiu ainda mais a distância entre eles, a ponto de os corpos quase se encostarem. Ulrik sentiu um frio na barriga. Ela tinha cheiro de terra, sangue, bálsamo e alguma outra coisa, algo particular. A mão direita da garota deslizou da costela até a cintura de Ulrik e ficou ali, imóvel. A vontade de beijá-la era quase insuportável. Ele pousou a mão na nuca dela, entrelaçando os dedos no cabelo cor de areia, e ela respondeu fechando os olhos...

— Olá, garotos!

A voz de Ilca o atravessou como um raio, e os dois se afastaram. A expressão de Leona estava de volta ao normal, sua voz firme como sempre.

— Hoje teve treino de combate, e todo mundo se machucou um pouco... Usei bálsamo no meu ferimento e fiz uma runa de dor em Ulrik — a garota explicou, e depois o encarou. — Vem aqui pra Ilca ver sua costela.

Ele hesitou; não queria que a guerreira tocasse o local onde, poucos segundos antes, a mão de Leona havia repousado. Mas foi a novata quem puxou a túnica.

— Acho que não tem nenhum osso quebrado.

— Ótimo, Leona, a runa está muito bem-feita. — Ilca sorriu com carinho. — Você está cada dia melhor.

As duas dispensaram o garoto; Leona ficaria para ajudar a outra pelo resto do dia. O momento mágico ficara para trás.

Frustrado, Ulrik pensou que talvez não se repetisse nunca mais.

CAPÍTULO 20

# A primeira missão

O verão no clã havia sido menos divertido do que Ulrik antecipara. Tomar banho e se refrescar no rio era o melhor momento do dia, contudo, treinar e trabalhar sob o sol intenso era exaustivo. Alguns novatos chegavam a desmaiar por causa do calor; muitos tinham se queixado, mas os guerreiros mais experientes diziam que era importante. Os espectros não sentiam frio ou calor, e por isso mesmo era necessário treinar o corpo para se habituar a condições extremas.

Agora, os dias estavam mais curtos e o vento, mais frio. As folhas esbranquiçadas das bétulas-das-nuvens adquiriam aos poucos um tom vermelho-escuro, e logo se desprenderiam para formar um tapete colorido sobre a terra escura.

No treinamento de estratégia daquela manhã, Bruno anunciara as notas dos novatos. Depois de seis meses de aprendizado, Ulrik conseguira cinco em estratégia, seis em agilidade, cinco em força, sete em magia, seis em armas à distância e... *três* em combate direto. Victor fazia de tudo para prejudicar sua vida, e por mais que fingisse não se importar, o garoto sabia que dependeria dele para se tornar um guerreiro.

Todos bateram palmas quando o treinador anunciou que o conselho havia aprovado a passagem de Diana. A garota esbelta de cabelo escuro havia encarado quase quatorze meses de treinamento, e ficou à beira de lágrimas com a notícia. Gray, sua raposa cinza, começou a correr e a pular de alegria. Ulrik nunca tinha se dado bem com aquela novata, mas isso não o impediu de ficar feliz por ela. O clã ganharia mais uma guerreira para combater os inimigos malignos.

– E parece que vai ter uma distribuição de missões hoje! – a futura guerreira revelou enquanto os novatos deixavam a arena. – Talvez amanhã mesmo eu esteja na estrada, a caminho da minha primeira missão... – Os olhos escuros da garota brilhavam de expectativa.

– E daqui a poucos meses talvez a gente parta juntos em alguma missão! – Arthur respondeu, e Úrsula fingiu ter uma crise de tosse. O garoto loiro e baixo estreitou os olhos, fulminando a provocadora. – Você se acha muito esperta, né, Úrsula?

– Eu? Não – ela respondeu, indiferente. – Só acho que você é muito otimista.

Ulrik riu e olhou em volta. Os dez novatos contornavam o acampamento em direção à praça, e ele se lembrou do dia em que chegara ao clã. As tendas verdes, as mesas improvisadas com troncos, os animae de diferentes regiões, as pessoas portando armas assustadoras – tudo tinha parecido estranho e desconexo. Mas naquele momento, fazia tanto sentido e era tão familiar que o garoto não conseguia se imaginar vivendo em outro lugar. Vivendo outra vida.

Alguns dos guerreiros já portavam suas capas para afugentar o frio do começo do outono; Ulrik deixara a dele na barraca, e escolheu se sentar perto da fogueira. Diana, Marcus e Arthur preferiram um lugar bem longe dos estranhos.

O fato de todos estarem felizes por Diana não significava uma trégua entre os grupos. Os treinamentos de Victor ficavam cada vez mais sanguinários, e Ulrik suspeitava de que o treinador desse aulas extras para os três novatos nativos. Contudo, ele, Leona e Úrsula também estavam usando o tempo livre para aprender a *dançar com a terra*, como Tora dizia, ou aperfeiçoar as técnicas de suas armas. Os treinamentos com os outros guerreiros, em especial com Bruno e Caeli, eram cada vez mais interessantes. Ulrik se sentia mais preparado dia após dia, e ver Diana se tornar uma guerreira significava que ele também estava mais próximo daquele momento.

O céu do cair da tarde estava iluminado em tons de rosa e laranja. As cores se refletiram no cabelo cor de areia de Leona quando ela caminhou em sua direção, sentando-se ao seu lado. A garota se acomodou de forma a deixar o braço encostado no dele, e aquele simples contato já fez o sangue de Ulrik borbulhar. Ele se virou de leve e inspirou fundo, sentindo o perfume que o cabelo da garota emanava.

Depois daquele dia na tenda de Ilca, os dois não tinham mais ficado a sós, mesmo com um esforço evidente de ambos. Ela se propusera outras vezes a cuidar de algum ferimento de Ulrik, mas sempre havia mais alguém na tenda. Tentaram sair em dupla para colher ervas, porém, por causa dos ataques no Bosque Branco, era inadmissível que dois novatos se afastassem e ficassem fora de vista de algum responsável. Escapadas à noite também estavam fora de questão pelo mesmo motivo. Ele dividia a tenda com Tora; ela, com Úrsula. O garoto não notara antes como era difícil ter um pouco de privacidade no acampamento. Tentava se contentar com aqueles pequenos gestos, com os momentos breves de contato, entretanto, por vezes tinha a impressão de que aquilo deixava tudo ainda mais difícil.

– Hoje é uma noite importante – Augusto começou, e todos se calaram. – O conselho concluiu que um dos novatos está pronto para nos ajudar a lutar contra os inimigos. – O líder caminhou até a garota sob os gritos de aprovação dos demais guerreiros. Diana se levantou, Augusto lhe entregou uma faca e envolveu a mão dela com as suas. – Diana, que os espíritos de luz estejam sempre ao seu lado para que as trevas nunca nos envolvam. Que o bem que existe em seu coração seja a maior arma contra o mal que enfrentamos. Que a grandeza de sua missão console seu coração frente às perdas e aos ferimentos que não tardarão em chegar. – Os olhos de Diana se encheram de lágrimas, e Ulrik se comoveu com a profundidade das palavras do líder. – Você promete dar tudo de si, inclusive a própria vida se necessário, para livrar este mundo do maior mal que o assola?

– Prometo – a garota respondeu, com a voz rouca.

– Vida plena, guerreira.

Todos aplaudiram, e a nova guerreira abriu um enorme sorriso. Os novatos já haviam dado os parabéns, e permaneceram sentados enquanto os outros se levantavam para cumprimentar a garota.

– Vocês acham que ela vai ser escolhida para a missão de hoje? – Leona perguntou, sem disfarçar que daria tudo para estar no lugar da outra.

– Depende – Úrsula explicou. – Se for uma missão muito perigosa, não.

– Segurança em primeiro lugar – Mica completou, ficando de pé. – Vou cumprimentar Diana de novo!

Micaela era a única dos novatos que circulava bem entre os dois grupos; os três nativos a adoravam e também faziam de tudo para protegê-la. Rufus, apesar de também ter nascido entre os guerreiros, compartilhava da opinião de Úrsula e evitava a presença dos esnobes.

– Para onde será que vão mandar os guerreiros hoje? – Rufus divagou, tentando parecer apenas curioso, contudo, a preocupação era perceptível em seu tom.

– Não sei, e não faz diferença pra gente – Celer disse, sem se dar conta de que Heitor, pai de Rufus, provavelmente partiria. – Mas se já tivesse terminado o treinamento, gostaria de ir para algum lugar na costa. Nunca vi o mar.

– Uma viagem dessas demoraria mais de um mês até a costa leste, e umas sete semanas até a oeste – Úrsula respondeu. – Eu preferiria ir até as Montanhas do Norte e quem sabe ter contato com os vísios.

Ulrik já ouvira outras pessoas mencionarem o povo das montanhas, mas ainda não sabia muito sobre eles.

– Como eles são, afinal? Tipo gigantes?

– Não – Rufus rebateu, achando graça. – Os vísios não são gigantes, só que podem chegar a três metros de altura. Dizem que cada um tem a força de quinze seres humanos, e suas costas são largas o suficiente para esconder umas cinco pessoas.

– E o rosto? – Ulrik indagou, tentando formar a imagem por completo.

– Eles têm o rosto monstruoso... – Rufus começou.

– Não têm, não – Úrsula retrucou. – Pater diz que têm o rosto parecido com o nosso, mas com maxilares mais largos e olhos pequenos.

– E Feron diz que são horríveis. – Rufus completou.

– Mas pater é o líder.

– E Feron é mais velho.

– Então vamos ter que resolver isso amanhã na arena – Úrsula concluiu.

Todos riram, mas se calaram em seguida – os cumprimentos a Diana haviam terminado, e Augusto recomeçou a falar.

– Um viajante informou que quatro espectros estão aterrorizando Cartana, uma pequena vila perto daqui. Parece que são espectros jovens, de nível cinco, e essa missão deve ser resolvida facilmente com cinco guerreiros.

Alguns fizeram menção de se levantar e Diana já estava em pé, mas o líder ergueu uma mão, solicitando paciência.

– Caeli sugeriu que enviássemos os novatos nessa missão, para observar a ação dos guerreiros e aprender mais sobre a realidade das batalhas.

O coração de Ulrik veio à garganta. Ele queria ir. Naquele momento, queria ir mais do que qualquer coisa. Aquele era seu destino, lutar contra os seres que assassinavam sem piedade, que haviam esquartejado os quatro guerreiros no bosque e possivelmente levado seu irmão da Floresta Sombria. O tempo parecia ter parado; os segundos haviam se transformado em horas, e a vontade ardia em seu peito enquanto esperava pela resposta de Augusto.

– Nunca enviamos novatos em missões pelo risco que correm, além do risco que oferecem aos outros guerreiros, que têm que se preocupar com eles além de lutar. Mas dado o incidente de três meses atrás... – Seus olhos verdes se encheram de tristeza. – Sempre fiz de tudo para proteger o acampamento, só que nem sempre é suficiente para impedir os ataques. Todos precisam estar bem preparados caso tenham que enfrentar seres malignos antes da hora. Por isso, decidi permitir que os novatos partam.

Ulrik cerrou os pulsos e deu um soco no ar, enquanto os outros celebravam baixo ao seu redor. A boca de Diana pendia aberta em indignação.

– As regras vão ser rígidas. – Augusto lançou um olhar reprovador frente à comemoração dos garotos. – A segurança vem em primeiro lugar e, portanto, vocês *não* vão lutar contra os espectros – afirmou. Os novatos protestaram, Diana sorriu, e o líder levantou uma mão para silenciá-los. – Vocês vão acompanhar a missão a fim de observar; só vão entrar em combate se não houver outra opção. Se a batalha se desenrolar mal de alguma forma, vocês devem fugir e voltar ao acampamento.

– E abandonar os outros lá? Mesmo se a gente puder ajudar? – Úrsula perguntou, soando indignada. – É obrigação de um guerreiro lutar e ajudar uns aos outros, pensar na melhor formação e...

– Vocês ainda não são guerreiros. São novatos, e a única obrigação que têm é obedecer. – Augusto encarou Úrsula com autoridade. – Quem não estiver de acordo com as regras pode ficar no acampamento.

Todos os novatos se calaram.

– Como expliquei, essa missão exige no máximo cinco guerreiros; visando a segurança de nossos jovens, porém, decidi enviar dez.

Um murmúrio percorreu a praça. Não era comum enviar forças extras nas missões, pois os recursos do clã eram escassos e deviam ser utilizados da maneira mais eficiente possível.

– Augusto, cinco guerreiros experientes são mais do que suficientes para garantir a segurança de todos e cumprir a missão. Eu mesmo posso ir e me assegurar de que tudo corra bem – Caeli sugeriu, tentando acalmar os ânimos.

– A decisão não está aberta a discussão, Caeli. Cartana é perto; em cinco dias, todos vão estar de volta. – A afirmação fez os protestos cessarem. – Quero guerreiros com no mínimo três missões completas, nota oito em combate direto e armas à distância, alguém dez em cura e, para liderar...

– Eu quero liderar – Heitor anunciou, ficando de pé.

– Não. – O líder se aproximou do guerreiro forte de cabelo vermelho. – Você sabe que a gente não manda membros da mesma família juntos em missões.

Outros três guerreiros se revoltaram, e uma discussão estourou.

– Isso é totalmente diferente, Augusto! – uma guerreira loira vociferou. – Eles não são guerreiros, são nossas crianças!

Arthur se escondeu no meio da multidão, envergonhado pela atitude da mãe.

– Ana, os riscos são os mesmos – o líder respondeu, com firmeza, mas sem levantar a voz. – Se alguma coisa der errado...

– Se alguma coisa der errado, sou o melhor guerreiro para defender meu filho! – o pai de Marcus berrou.

– E esse é exatamente o problema, Jaguar – Augusto insistiu. – Durante uma luta, todos precisam estar focados em derrotar o inimigo, não em proteger uma pessoa específica.

– Augusto – Caeli chamou, calma. – Nessa missão, a prioridade vai ser a proteção dos novatos de qualquer forma. Mas os riscos de algo dar errado são mínimos.

O líder suspirou. Ulrik não sabia da existência da regra de não enviar familiares nas mesmas missões, contudo, o que Caeli dissera fazia sentido.

– Tudo bem – Augusto concordou por fim. – Mas é o Bruno quem vai liderar.

Alguns criticaram a decisão; guerreiros do conselho raramente partiam e parecia um exagero enviar Bruno para uma missão tão simples. Augusto escolheu o restante dos guerreiros, e logo os ânimos se acalmaram.

Todos aproveitaram o calor da fogueira para conversar, beber e rir. Amanda, a treinadora de camuflagem e sobrevivência, contou histórias sobre uma missão ao norte em que haviam se deparado com os vísios. Segundo seus relatos, o povo da montanha não parecia muito receptivo. Depois foi a vez de Valentine, que também fazia parte do conselho, falar sobre histórias antigas de monstros meio humanos e meio animais conhecidos como lâmias.

A noite caiu, cada vez mais escura e gelada. Quando o fogo no centro da praça se extinguiu, deixando apenas brasas para trás, Heitor obrigou os novatos a irem dormir.


O grupo partiu cedo. Contornaram o acampamento, andando algum tempo pela beira do riacho antes de seguir para o sul. Ulrik ainda não passara por aquela parte da região, um vale coberto de relva. O sol brilhava forte, os animae corriam pelo mar verdejante e brincavam entre si. O clima era de liberdade, expectativa e união. A inimizade com o grupo de nativos perdera importância; partiam juntos numa missão e estavam unidos pelo inimigo em comum.

– É uma pena vocês não poderem lutar – Diana lamentou, numa voz provocativa e com a expressão sagaz, o cabelo preto balançando ao vento. – Mas pelo menos vão ter a oportunidade de ver meu mangual em ação pela primeira vez.

– Não sei, Diana... Como tem dez guerreiros para uma missão simples, talvez você nem precise fazer nada – Úrsula insinuou.

Diana estreitou os olhos, e Ulrik viu os lábios de Leona se curvarem para cima.

– É, Diana, talvez você nem precise fazer nada... Seria muito melhor assim – Micaela concordou. – Assim você não se coloca em perigo.

– Mica, são só quatro espectros! – Marcus assegurou. – Que perigo poderiam oferecer contra nós?

– Subestimar seu inimigo é o primeiro passo para a derrota – Tora respondeu. Úrsula, Leona e Ulrik trocaram um olhar e, ao mesmo tempo, fizeram uma reverência. Ele balançou a cabeça, mas o resto do grupo riu.

– A gente devia fazer um manuscrito com as frases do Tora – Ulrik sugeriu.

– Muito engraçado – Tora respondeu, com tom de superioridade.

– Não, estou falando sério! – Ulrik replicou, sorrindo para o amigo. – Suas frases soam exatamente como as do guru da minha vila.

Tora enrubesceu.

– Era isso que você achava que seria antes de saber que era um guerreiro? – Rufus perguntou.

– Sim – Tora confessou, e Magnus emitiu um miado triste. – Afinal, eu desconhecia a existência dos guerreiros, mas sonhava com o dia em que encontraria meu anima.

– Eu achava que ia ser um viajante – Celer revelou.

– E não é que você está mesmo viajando? – Úrsula respondeu, e todos riram.

– E eu achava que seria um caçador, como... – Ulrik começou, porém, parou antes que falasse demais.

– Como seu pai?

– Mica – Rufus a repreendeu. – Você sabe que a gente não deve fazer perguntas sobre o passado dos estranhos.

– O que eu faria com essa informação, Rufus? Contaria para os espectros? – Ela colocou as mãos na cintura, indignada.

– Não voluntariamente. Mas você poderia ser capturada e torturada.

– Nunca vou ser capturada, sou a melhor em camuflagem.

Os dois continuaram discutindo; o grupo de novatos se separou, e Ulrik e Leona ficaram no final da fila.

– E você, Leona? O que achava que ia ser antes de saber que era uma guerreira?

– Nunca tive certeza... Tive vontade de ser uma nômade do deserto como mater, ou uma exploradora como pater – ela divagou. – Mas sempre me interessei por assuntos de cura.

– Achei que você nunca tinha tido uma família – Ulrik disse, antes de pensar direito. Ela o encarou, surpresa – Desculpe, não quis soar ríspido nem te ofender...

– Não, você não me ofendeu. – Ela riu e balançou a cabeça. – Só não esperava que você ainda se lembrasse... Faz meses que te contei isso.

– Lembro de tudo que a gente já conversou. Principalmente desse dia.

Ela o encarou e respirou fundo, como se também precisasse se controlar. Ulrik sentiu o coração se acelerar e o rosto ficar quente. Tudo o que mais queria era parar ali mesmo e beijar Leona, e ver aquele anseio refletido na expressão dela o faria perder a cabeça. Não estava nem mais pensando na missão ou nos espectros. Precisava de uma distração.

– Me conta mais sobre o povo do deserto?

Leona explicou que na região das dunas havia grandes cidades, dentro e fora do deserto. Tinham desenvolvido tecnologias de reciclagem de água, e assim os povoados se mantinham como verdadeiros oásis mesmo nos meses mais secos. Na estação chuvosa, lagoas de águas límpidas surgiam no meio das dunas. Aqueles que viajavam pelo deserto – como era o caso da família de Leona – usavam roupas especiais para o calor e o frio do deserto.

– Mas a gente tem outro conceito de família. Não é preciso ter um laço de sangue, um ritual de união... Família é o grupo com quem a gente decide estar junto. Viajar junto. E é lógico, as pessoas têm filhos, mas todo mundo cria os pequenos e muitas vezes os idosos são os que mais se assemelham aos pais na forma que vocês têm. E a família muda o tempo todo. Nesses dezesseis anos, minha família mudou completamente conforme novas pessoas chegaram, outras foram embora, outras morreram... A família se transforma o tempo todo, como as dunas.

Era difícil tentar imaginar uma dinâmica familiar tão diferente. E então, com um estalo, Ulrik compreendeu o distanciamento inicial de Leona: pela primeira vez, a garota estava cercada de pessoas com seus núcleos familiares imutáveis, sem ser acolhida como membro. Ele mesmo não tinha família ali, mas já previa que aquele vazio o fosse acompanhar. Esperava encontrar amigos, porém, nada seria família da mesma forma como eram mater, pater, Otto e Abella.

Leona continuou. Sabia de suas origens, e convivera até os dez anos com a mulher que havia lhe dado à luz. E ela contara para uma Leona pequena e atenta que, em certa expedição, conhecera um homem que estava atravessando o deserto rumo ao sul. Durante uma tempestade de areia de uma semana, ele permaneceu naquela família e se apaixonou intensamente pela mãe de Leona. Assim como chegara, a tempestade havia passado, e os dois tinham seguido cada um seu caminho. Leona herdara o olhar felino e a marca de nascença do pai que nunca conhecera.

— E então, quando você tinha dez anos, ela foi embora e vocês nunca mais se viram?

— Isso. — Leona provavelmente percebeu o olhar triste de Ulrik. — Mas nós não éramos tão próximas. Lógico, senti falta dela, assim como sentiria se Augusto fosse embora. Mas seria diferente se Ilca decidisse partir, entende? — perguntou, e ele assentiu. — E quando deixei minha família, fazia sentido. Era minha vez de partir, buscar novos rumos. Fazia poucos meses que eu tinha perdido uma garota que era como se fosse minha irmã.

Ele viu a dor nos olhos dela e a sentiu refletida em si mesmo. Sabia o ponto exato no peito onde a perda de um irmão doía. Sabia do vazio que ficava. Sabia que, às vezes, era bom poder falar sobre aquilo, mesmo que fosse desconfortável. Era como drenar o pus de uma ferida.

— O que aconteceu?

– Ela caiu num túnel. – Leona disse, e ele franziu as sobrancelhas. – Um túnel de vermes gigantes.

Não era a resposta que ele estava esperando.

– Vermes gigantes?

– Eles vivem em certas áreas do deserto que a gente tinha que atravessar de vez em quando... São enormes; se movimentam por baixo da areia e cavam túneis largos o suficiente para comportar quatro ou cinco elefantes, como o anima de Augusto. Os bichos não são perigosos por si só, mas às vezes o solo cede e as pessoas caem lá dentro. – Ela pausou por um momento. – E, quando isso acontece, todo mundo precisa correr porque as bordas do buraco vão ruindo. É praticamente impossível se aproximar para tentar um resgate...

– Sinto muito.

Leona se virou, os olhos perdidos nas chapadas que se elevavam à frente. Ulrik parou de encarar a garota, certo de que ela não queria mais falar sobre o assunto.

Mas ela segurou a mão dele. Apenas por alguns segundos, segurou, apertou seus dedos e depois soltou. Mais uma vez, Ulrik desejou estar em outro lugar – qualquer outro lugar, desde que estivessem sozinhos.

– Vamos subir essa trilha e montar o acampamento em cima da chapada. – A voz de Bruno o tirou do devaneio. – Tomem cuidado, o caminho é íngreme e perigoso.

Ulrik olhou para cima. Um paredão vermelho se erguia verticalmente diante do grupo, que tinha uma bela subida pela frente. A trilha era estreita; tiveram de caminhar um atrás do outro, anima na frente e guerreiro atrás. Prosseguiam com cuidado, só que de vez em quando alguém pisava numa pedra solta e era amparado pelos outros. Rufus era o mais desastrado; havia feito várias pedras rolarem sobre Leona, que lançava olhares irritados em direção ao garoto.

Depois de três horas de subida, chegaram esbaforidos ao topo. Enquanto Ulrik tentava recuperar o fôlego, admirou a beleza e a grandeza da paisagem. Uma pedra se projetava para fora da chapada, como se flutuasse no ar, talvez quase mil metros acima do vale. O sol estava se pondo. A luz avermelhada banhava a ravina e o bosque mais à frente, e fazia brilhar o riacho e a neve sobre os Dentes de Ferro. Dali não era possível ver o acampamento dos guerreiros, pois estava bem escondido atrás do bosque e da enorme sombra das montanhas, mas Ulrik sabia exatamente onde ficava o lar do clã.

— Incrível, né? — Bruno perguntou, aproximando-se.

— É. Realmente incrível.

— Esse local se chama Pedra do Sol — o guerreiro revelou. Ulrik sorriu, ponderando que não havia nome melhor. — Venham, vamos montar acampamento aqui.

Os guerreiros desamarraram as fitas de couro que prendiam os sacos de pano às costas. Depois descarregaram Peregrino e Ramus; os animae haviam ajudado a levar as barracas e parte da comida. Mica se ofereceu para buscar galhos na floresta, Bruno cercou o local com runas de desencontro, e os outros prepararam o acampamento na área de grama macia.

Quando Mica voltou com lenha nos braços, meia hora depois, assaram um pouco da carne salgada e comeram boa parte do suprimento de pão — todos estavam cansados e famintos. Como precisariam de apenas algumas horas para alcançar Cartana, não havia motivos para racionar os mantimentos; poderiam se reabastecer na vila.

Enquanto comiam, Ulrik observava os outros guerreiros. Pais e filhos compartilhavam a refeição e conversavam. Mica e Úrsula eram as únicas novatas nativas que tinham partido sem a companhia da família. Sabia que os pais de Mica haviam morrido muito tempo antes, assim como a mãe de Úrsula e a de Rufus, mas não conhecia a história toda. A probabilidade de que tivessem perecido em batalhas era grande.

Pensou em Lia e Carian e, pela milésima vez, tentou adivinhar o que mater dissera a pater após a partida dele. Contara que o filho era um guerreiro? Ele teria acreditado? Teria ficado orgulhoso ou decepcionado? Havia também a possibilidade de que Lia não tivesse dito nada e Carian achasse que ele desaparecera como Otto. A ideia era insuportável, e o garoto precisou afastar aquele pensamento.

— Bruno, se os espectros estão aterrorizando a cidade, as pessoas de lá agora sabem que eles existem? — Celer perguntou.

Ulrik tentou se concentrar no assunto, mesmo sabendo qual seria a resposta.

Bruno terminou de prender o cabelo castanho num rabo de cavalo antes de responder. Olhou para Celer com seriedade.

– Não necessariamente. Os espectros se revelam apenas para suas vítimas. Gostam de agir traiçoeiramente, atacar pessoas desprevenidas, e isso é muito mais fácil se a população não souber que existem.

– Mesmo trabalhando tanto, a gente nunca vai conseguir exterminar os espectros como fizemos com os multos, né? – Leona perguntou.

– Podemos tentar, mas eles vão continuar renascendo – Bruno explicou. – Conseguimos extinguir os monstros porque eles não têm espírito, e por isso não voltam.

– Não têm espírito? Como eles nascem então? – Ulrik questionou, perturbado com a ideia.

– Não nascem, são criados pelos espectros. – Bruno fitou os estranhos, todos com expressões confusas. – Vocês sabem que temos magia em nosso sangue, e é magia da mesma essência que os espíritos dos elementos tem. Magia cíntilans. – Todos concordaram com a cabeça; haviam tido aulas sobre aquilo com Aquiles. – Os espectros também são seres mágicos, mas de essência inanis. Quanto maior o nível de um espectro, maior seu poder, mais magia ele tem. É preciso ser um espectro de nível dois para criar um multo. Essas criaturas normalmente são feitas de partes de cadáveres, humanos ou não, que são agrupadas e depois ganham vida com magia.

Ulrik sentiu o estômago revirar. Focou em respirar o ar fresco da noite para tentar fazer a náusea passar.

– Fico sempre me perguntando... Como descobrimos esse tipo de coisa? – Mica perguntou. – É algo que nenhum espectro revelaria.

– Bom, está descrito nos pergaminhos antigos, e é um conhecimento que vamos passando de forma estruturada de uma geração de guerreiros para a próxima. Mas como exatamente foi descoberto, não sei dizer. Algum guerreiro que viveu nos Tempos de Guerra e Paz talvez tenha presenciado um ritual... Ou pode ter sido através dos veros. Os espíritos da água são os que mais sabem sobre os mistérios do mundo, e por vezes recorremos a eles em busca de respostas.

Ulrik queria perguntar mais sobre aqueles espíritos, mas Mica falou primeiro:

– Será que nosso esforço faz sentido, então? Essa guerra nunca vai acabar, a gente mata os espectros e eles voltam.

Foi Tora quem respondeu:

– Que valor teria a luz sem as sombras, a felicidade sem a tristeza, o bem sem o mal? – Seu olhar era sempre profundo. – Estamos aqui para impedir que o mal domine, para manter o equilíbrio.

– Falou bem, novato – Bruno concordou, enfiando um pedaço de pão na boca e limpando as migalhas da barba curta. – E, amanhã, vão sentir isso na pele quando nos assistirem lutar.

CAPÍTULO 21

# A batalha da Pedra do Sol

Ulrik acordou sem saber ao certo o porquê.

Um arrepio desconfortável percorreu sua espinha, seus pelos do braço se eriçaram e Nox e Lux se levantaram. Havia algo errado; os animae sentiam, e o garoto também. Ele ficou de pé, o corpo dolorido sentindo falta do colchão, porém alerta e sem fazer ruído algum. Tora se mexeu na penumbra e o encarou. Ulrik colocou o dedo indicador nos lábios, pedindo que o companheiro fizesse silêncio. Os dois escutaram, mas o único som eram os estalos da fogueira que ainda queimava alta do lado de fora.

Um vulto passou entre a fogueira e a tenda. Pela sombra, era possível ver que seus pés não tocavam o chão.

Ulrik pegou a espada e a retirou da bainha com cuidado. Tora também levantou, erguendo a catana. Os dois saíram da barraca pisando com leveza, evitando galhos e folhas, tentando acalmar a respiração acelerada.

Ulrik olhou em volta, vasculhando o acampamento iluminado pela luz do fogo. Uma guerreira chamada Bárbara deveria estar de vigia, mas os cadáveres da mulher e de seu coiote jaziam degolados no chão. A visão fez os joelhos do novato tremerem. Ele deu um sinal para Tora, indicando que fossem para trás da barraca. O que deveriam fazer? Gritar e acordar todos? E se houvesse mais espectros ao redor, esperando um sinal para atacar? Os dois trocaram olhares intensos, numa conversa silenciosa de gestos e acenos de cabeça, e por fim decidiram acordar os guerreiros um por um, sem estardalhaço.

Tora foi pela direita e Ulrik pela esquerda. A barraca onde dormiam Marcus e Jaguar estava próxima. Ulrik olhava para baixo a cada passo, para não tropeçar; depois se virava na direção de onde vira o espectro, para garantir que não fora avistado. Lançou olhares para Tora e viu que o amigo se escondera atrás de uma grande pedra.

Quando percebeu onde o espectro estava, seu sangue gelou. A criatura abria uma das tendas com suas unhas duras e longas. Era a tenda de Leona e Úrsula. O ser maligno certamente as mataria enquanto dormiam.

– Psiu – Ulrik chamou por impulso, sem raciocinar.

Arrependeu-se logo depois, mas era tarde demais. O espectro se virou na direção do garoto. Era tão horrível quanto aquele que vira pouco antes de chegar ao acampamento, entretanto, tinha traços diferentes. Olhos amarelos. Era esguio, com um queixo anguloso e a pele de um tom cinza doentio.

O espectro se lançou na direção do novato a uma velocidade que ele não esperava, com braços à frente e boca aberta, expondo os dentes pontiagudos. Ulrik rolou na grama, evitando o ataque no último instante. Sua mente estava a mil; não conseguia decidir se era mais arriscado lutar sozinho ou gritar pelos outros sem saber se havia mais inimigos. Nox agarrou a criatura com os dentes, fazendo-a perder o equilíbrio, e o garoto parou de pensar e começou a agir. Brandiu a espada pesada, mas o ser era rápido e desviou.

– *Nós vamos te matar, garoto dos lobos* – anunciou, com a voz estranha e arranhada.

*Nós?* Suas suspeitas estavam confirmadas. O bando poderia atacar a qualquer momento, e era melhor que estivessem preparados.

– Tora! – Ulrik gritou, com a certeza de que o amigo saberia o que fazer.

Depois ergueu a espada e correu, mas o espectro girou e o garoto se desequilibrou. Seus animae atacaram, fincando os caninos e as garras nas costas da criatura, que chiou como um gato raivoso.

Chacoalhando-se, o espectro deu uma cotovelada em Nox, que ganiu e o soltou. Lux continuava agarrada nele pelos dentes. Ulrik tentou outro golpe de espada, porém a criatura ganhou altitude rápido e saiu de seu alcance.

O espectro riu de seus movimentos desajeitados; o garoto não conseguira acertá-lo nenhuma vez. A loba ficou pendurada pelos dentes, e o ser maligno subiu até estar a vários metros do chão.

Em seguida afastou o braço, preparando-se para fincar as unhas em Lux.

Ulrik arregalou os olhos. Tinha deixado o arco na tenda, mas a faca que Heitor lhe dera estava presa ao cinto. Nos seis meses de treinamento, nunca conseguira acertar o alvo; naquele momento, porém, errar não era uma opção.

A lâmina voou de sua mão, girando, e se fincou no tórax do espectro. Desnorteado pela dor, ele perdeu altitude enquanto tentava descravar o metal mágico do corpo. Fumaça negra com odor de frutas podres jorrava do ferimento.

Lux se soltou quando o ser estava próximo ao chão, e Ulrik correu a toda velocidade na direção da criatura. Havia uma pedra no meio do caminho, que o garoto usou como degrau para saltar. Flutuou no ar por alguns segundos e impulsionou os músculos das costas, ombros e braços para balançar a espada com precisão.

O barulho surdo indicou o local onde a cabeça horrenda atingiu o chão.

Ulrik se ajoelhou, exausto, e Nox e Lux vieram ao seu encontro. Antes que pudesse abraçar seus animae, foi puxado para cima pela túnica.

— O que acha que está fazendo? — Heitor perguntou, furioso, os olhos verdes fulminando os dele. — Por que não chamou a gente antes?

— Eu não queria chamar a atenção, e ele estava entrando na barraca de Leona e Úrsula... — começou a explicar.

— A Bárbara morreu! Quem você pensa que é, garoto? — Ana, a guerreira loira que era mãe de Arthur, indagou, indignada. — Como ousa desobedecer às ordens de Augusto?

— Tem mais... — tentou dizer, mas foi novamente interrompido.

— A gente perdeu uma guerreira, e podia ter te perdido também. Eu esperava mais de você, Ulrik — Bruno disse, decepcionado.

O novato teria ficado ofendido se não houvesse algo mais urgente no momento.

— Tem outros espectros! — exclamou, e todos enfim fizeram silêncio. — Ele disse que tem mais espectros por aqui.

– Corram – Bruno ordenou, e os novatos sabiam do que estava falando.

– Não dá... – Úrsula respondeu com a voz rouca.

As nuvens estavam passando em frente à lua, lançando sombras estranhas sobre o rosto ainda furioso de Heitor. O guerreiro estava assustador, e sua enorme cicatriz reluzia como na noite em que entrara pela janela do quarto de Ulrik.

– Úrsula, sem discussão! – ele vociferou. – Vocês têm que obedecer às ordens de Bruno!

– Eu quis dizer... – Ela estava pálida como a lua e olhava para cima. – ...que a gente não tem mais tempo.

Não havia nuvem alguma, na verdade. Vários vultos sobrevoavam o acampamento em círculos, como urubus à espreita da morte. Talvez quarenta ou cinquenta deles.

Alguns espectros já estavam na entrada da trilha, e outros se posicionaram logo antes do limite da floresta à frente. Os guerreiros estavam presos; a chapada terminava num precipício de todos os lados e as únicas saídas estavam bloqueadas pelas criaturas.

As mãos de Ulrik tremeram na espada.

– Formação em círculo! – Bruno gritou.

– Animae na frente! – Heitor instruiu. – Arthur, as garras do Alae devem visar os olhos dos espectros! – O garoto loiro parecia assustado, a águia pousada no bracelete de couro. – O mesmo vale pra Celeste, Mica, ela deve usar o bico!

– Armas de longa distância em mãos! – Ana ordenou, e Ulrik se amaldiçoou por não ter trazido o arco. – Envie o Alae agora, Arthur.

– Mater, ele vai morrer no meio de tantos espectros! – o garoto choramingou.

– Não, ele vai saber se virar. Agora! – ela exigiu, e o novato acariciou a cabeça da águia antes de lançar o braço para cima.

– Atirar! – Bruno comandou.

Flechas cortaram o ar com um zunido e um espectro caiu, atingido na cabeça pelo tiro de Ferraz, pai de Diana. Outro gritou, ferido, e os arqueiros recomeçaram. Frente ao ataque dos pássaros e das flechas, os espectros chiaram e mergulharam como um enxame enfurecido.

Era a cena mais assustadora que Ulrik já vivenciara.

Seu coração martelava forte no peito, e o garoto quase ficou sem ar. Passou por sua cabeça que aqueles poderiam muito bem ser seus últimos minutos de vida.

Ulrik desferiu o primeiro golpe de espada no braço de um espectro e ouviu machados, manguais, lanças, flechas, adagas e facas cortarem o ar na esperança de atingirem algum dos tantos espectros que voavam ao redor do grupo.

Muitos caíram nas primeiras investidas, e aparentemente nenhum dos guerreiros estava machucado. Com a ajuda dos animae, o grupo não tinha vinte, e sim quarenta lutadores. Quarenta e um, já que Ulrik tinha dois deles, e ao pensar nos números seu peito se encheu de esperança. Quarenta e um contra aproximadamente cinquenta. Ele brandiu a arma mais uma vez; o golpe não foi certeiro, mas a espada rasgou o abdômen de um espectro que se aproximava e o fez cair no chão. Nox e Lux atacaram o pescoço do ser e arrancaram sua cabeça medonha.

Ramus usou a galhada para lançar um espectro ao chão com tanta ferocidade que ossos se quebraram com estalos arrepiantes. Tora era rápido com a catana, cuja lâmina fina cantava ao cortar o ar.

– Não quebrem o círculo! – Bruno gritou.

A formação era a melhor arma que tinham. Nenhum espectro conseguia os atingir por trás, e muitos animae eram grandes o suficiente para impedir que atacassem os guerreiros sem serem atingidos. Em pé, Nigris, o urso de Bruno, tinha quase três metros de altura, e a força de suas patas dianteiras era o bastante para derrubá-los quando se aproximavam. Sagitta corria rápido, desviando das investidas dos seres malignos e os levando ao encontro de Albin e Magnus. Guepardo, leão e tigre trabalhavam juntos para trazer os espectros ao chão.

Formação em círculo.

Aquele era o segredo.

Não quebrar a formação.

– Ahhhh! – Micaela berrou quando uma das criaturas chegou perto demais.

A garota estava muito longe de estar preparada; Ulrik percebeu, aterrorizado, que ela tinha fechado os olhos e apenas segurava a pequena adaga à frente enquanto um espectro se aproximava. Daquele jeito, seria morta em pouco tempo.

– Mica, dentro do círculo! – Heitor orientou, empurrando-a entre os outros.

Os espectros investiram novamente, de uma só vez, e alguns guerreiros gritaram ao serem arranhados. Havia gente ferida. Aquilo pareceu demais para a garotinha que, num surto de pânico, empurrou os guerreiros para fugir. Micaela correu em direção à floresta, jogando-se no chão quando um espectro passou num rasante, e enfim alcançou a proteção das árvores. Ela saberia se esconder. Era a melhor em camuflagem.

Contudo, o círculo havia se quebrado. Vendo a oportunidade, os espectros desceram e se infiltraram entre os guerreiros, impedindo que voltassem à formação.

O grupo estava exposto. A luta ficou mais difícil, e todos tiveram que redobrar os esforços. Dois ou três espectros atacavam de uma só vez um mesmo guerreiro enquanto deixavam outros livres, e eles tinham que correr para lá e para cá para evitar que alguém fosse morto. As pessoas começavam a ficar cansadas, mas continuavam combatendo bravamente.

Leona lançou uma faca que se fincou perfeitamente na testa de um espectro. Úrsula atirou uma flecha que fez um deles cair, e Diana terminou o serviço esmagando o crânio da criatura com seu mangual. Alae perfurou os olhos de outro ser com as garras e Fofa fez sua cabeça rolar pelo chão com apenas um golpe da pata. Trabalhavam em conjunto.

Apesar de terem perdido a vantagem da formação em círculo, o inimigo atacava sem muita organização. Os espectros levantavam voo ao menor sinal de perigo, e por isso os guerreiros pareciam estar vencendo.

Ulrik se distraiu por um momento e sentiu uma dor aguda no braço. Um espectro o havia arranhado, mas logo Lux chegou e o lançou ao chão.

– *Você!* – o espectro exclamou com a voz estridente quando o rosto de Ulrik foi iluminado pelo fogo. – *Você não deveria... Você deveria estar...* – balbuciou, confuso, com os olhos amarelos arregalados.

– Morto – Ulrik completou a frase, com o corpo inteiro formigando.

Como se tivessem lido seus pensamentos, Nox e Lux morderam e seguraram os dois braços do espectro, estendendo-o no chão. Ulrik parou de pé na frente dele e, por um momento, esqueceu-se completamente da batalha ao redor.

– Qual é seu nome? – ele exigiu saber.

O espectro se recompôs da surpresa e sorriu. Uma onda quente de raiva percorreu o corpo do garoto, que enfiou a espada no ombro da criatura devagar, querendo infligir o máximo de dor possível. O espectro gritou conforme, milímetro a milímetro, o metal cortava sua carne.

– Qual é seu nome? – repetiu Ulrik, entredentes.

– *Welick* – respondeu, entre gemidos.

– Você foi até a Floresta Sombria e caçou um garoto parecido comigo há quatro anos? – Sentia que a verdade estava próxima de ser revelada.

Os olhos amarelos do ser se arregalaram, mas ele pressionou os lábios rachados, recusando-se a responder. Então Ulrik passou a espada sobre o rosto horroroso com força suficiente para fazer um corte profundo. Ele gritou, chiou e se contorceu enquanto a ferida emanava fumaça preta. Ulrik ouvia os outros guerreiros gritando, porém nada mais importava naquele momento.

– *Sim!* – confessou. – *Sentimos que havia um de vocês lá, achei que era apenas um, não sabia que eram dois...*

– Um o quê? Um guerreiro?

Ulrik não o esperou responder, decepando uma de suas mãos.

– *Arrghhhhh!*

– ULRIK! – alguém urrou atrás dele, mas o garoto estava ocupado demais.

– O que você fez com meu irmão? – Ulrik brandiu a espada, como se fosse amputar uma das pernas do espectro.

– *Não, não! Eu falo...* – A criatura estava com a respiração pesada e difícil. O garoto aproximou a lâmina de seu tórax, mostrando que não hesitaria em feri-lo novamente. – *Fui até a floresta, sabia que havia um de vocês naquela região... Esperei por dias. E certa tarde o menino veio na minha direção, pude senti-lo... Cheguei por trás para que ele não me visse...*

Antes que terminasse a frase, sua cabeça horrenda saiu rolando pela relva.

– O que você acha que está fazendo? – Heitor gritou enquanto empurrava o garoto, derrubando-o no chão ao lado do corpo decapitado do espectro.

Ulrik não conseguia acreditar no que via. Tremeu por inteiro. Estava prestes a saber, a descobrir como o irmão havia morrido e o porquê, encontraria um sentido para a maior tragédia de sua vida, mas Heitor acabara com tudo. Ulrik se levantou num salto e se jogou sobre o outro guerreiro.

– Você matou o espectro! – Ele tentava desferir socos em Heitor, só que era muito menor e mais fraco. – Ele ia me contar tudo e você...

Heitor acertou um tapa com as costas da mão no rosto de Ulrik, que caiu novamente.

– Chega! Se recomponha agora! – Heitor vociferou, também tremendo. – Você está colocando todo mundo em risco!

Ulrik voltou a si. Os outros guerreiros. Lembrou-se das regras.

Um grito cortou o ar.

– Rufus! – Heitor exclamou antes de se virar e correr para a luta.

Havia apenas dez ou quinze espectros ainda lutando; o restante estava espalhado pelo chão em pedaços, as cabeças horrendas decapitadas com caretas de ódio e dentes expostos. A fumaça escura que se soltava dos corpos inertes deixava o campo de batalha enevoado, e era possível ver apenas borrões dos que continuavam lutando.

Mas a cena terrível, que se passava ao lado da fogueira, estava bem iluminada e visível. Um espectro. Rufus...

Uma espécie de fogo gelado tomou o corpo de Ulrik. O garoto ruivo estava suspenso no ar, com as unhas do ser maligno cravadas em seu ventre. Um fio de sangue escorria da boca do novato ferido, cujos olhos arregalados transbordavam surpresa.

– NÃÃÃOOO! – Ulrik gritou, correndo na direção de Rufus.

Mas Heitor já havia chegado ao local e cortado a cabeça do maldito espectro que segurava seu filho. Ulrik se voltou para a batalha central, como se aquilo pudesse mudar os fatos. Extravasou seu desespero, sua raiva e sua culpa, transformando tudo em concentração. Só enxergava a batalha, nada mais existia no mundo. Cortou a cabeça do restante dos espectros, uma a uma, com a ajuda dos outros guerreiros. Não pensou, não parou, e teve a impressão de que só voltaria a respirar quando todos os seres estivessem mortos.

Porém, a luta logo chegou ao fim. Cedo demais.

Ele parou de cabeça baixa, arfando. Seus braços estavam pesados, e deixou a espada cair no chão. Tentava respirar com as mãos apoiadas nos joelhos, mas os pulmões estavam apertados e doloridos.

– Não! Não! Meu filho... – Os soluços de Heitor cortavam o ar da noite.

Ulrik mexeu as pernas, sem ter ciência de fazê-lo, e caminhou até o local onde os guerreiros se agrupavam. Rufus estava apenas ferido, o grupo ia levá-lo até o acampamento, e Ilca ia tratá-lo com folhas e runas e bálsamos até que se recuperasse. Era isso.

Tinha que ser só isso.

Entretanto, viu o novato assim que se aproximou. Uma de suas pernas estava em um ângulo anormal. A túnica clara estava embebida em sangue, e os furos no colete de couro eram visíveis. Seu tórax não se movia, como deveria. Ele estava branco, pálido... sem vida.

Todos choravam, incrédulos. Mas Heitor era o pior... Estava debruçado sobre o filho e soluçava, murmurando palavras incompreensíveis. A visão tirou todas as forças que restavam a Ulrik, e ele se ajoelhou. Sentiu o calor úmido das lágrimas escorrendo pelo rosto e afundou as mãos no cabelo escuro e melado de sangue.

Um pensamento começou a se formar em sua mente. Algo insuportável, algo com que não conseguiria nunca lidar, algo impossível e ao mesmo tempo inegável...

– A culpa é sua! – Ana, a mãe de Arthur, gritou. Todos se viraram para encarar Ulrik. – Você abandonou a luta! A culpa é sua! – O rosto dela estava contorcido de dor.

A mulher loira tentou se lançar na direção do garoto, mas Bruno a segurou pela cintura.

– Agora não, Ana.

Ela tentou se debater, contudo, Bruno a abraçou e sussurrou algo em seu ouvido.

Ulrik viu uma luz à frente e levantou os olhos; Leona e Mica emergiam da floresta com folhas de estrela-da-manhã nas mãos. Os rostos molhados de lágrimas brilhavam à luz da tocha que a garotinha segurava.

Leona se ajoelhou; Albin estava deitado no chão, o pelo antes tão branco agora manchado com o vermelho vivo do sangue. Ela amassou algumas folhas e as pressionou sobre o ferimento no tórax do leão. Ulrik se levantou e correu para ajudar.

– Você abandonou a gente – sussurrou a garota, sem se virar para encará-lo.

– Eu quero ajudar.

Ulrik percebeu que a novata queria mandá-lo embora dali, mas a razão acabou falando mais alto.

– Pressiona essas folhas em cima do ferimento, preciso tratar os outros. – Ela se levantou sem nem ao menos lançar um olhar na direção de Ulrik.

Nox e Lux permaneceram ao seu lado. Ele amassou mais algumas das folhas que Leona havia deixado no chão e substituiu as que já estavam muito escuras por causa do veneno de espectro.

– Não morre, Albin – ele suplicou. – Por favor, não morre.

Lux lambeu o rosto do leão, que grunhiu.

Leona voltou e tentou tratar o braço arranhado de Ulrik.

– Não – Ulrik disse. Olhou para cima, e dessa vez os olhos de ambos se encontraram. – Eu mereço a dor. Eu merecia morrer... Eu. Não Rufus.

Era isso que sentia. Ademais, a dor pulsante do ferimento amenizava a dor de dentro.

– Só obedece. Não tenho forças para discutir.

Ulrik se calou. As mãos dela estavam geladas quando apertou as folhas de estrela-da-manhã sobre o machucado e enrolou seu braço com uma faixa de tecido.

– Vem – Leona ordenou, e ele a seguiu.

O alce de Rufus emitia sons dolorosamente similares a gritos humanos. Mesmo assim, quando Leona o puxou até o local onde Albin estava, o anima a seguiu. Ela sussurrou, pedindo para Ramus se abaixar. Os outros novatos se aproximaram e ajudaram Ulrik e Leona a erguer o enorme leão para colocá-lo nas costas do alce. Leona também montou e ajeitou seu anima com carinho.

Heitor pegou o corpo de Rufus no colo, e os braços sem vida do garoto penderam para os lados. O pai o abraçou junto ao peito e soluçou encostando o rosto no do filho, as faces encharcadas de sangue e lágrimas. Ajudado pelos outros guerreiros, enfim montou em Peregrino para que pudessem partir.

Bruno pegou o corpo de Bárbara nos braços e o colocou nas costas de Nigris. Recolheram o que podiam e colocaram fogo nos restos dos espectros. O sol despontou atrás da floresta, iluminando o caminho que deviam seguir. A beleza do vale inundado de amarelo parecia alheia às trevas dentro do peito de Ulrik. A luz do amanhecer clareou os estragos da batalha: flechas quebradas e barracas rasgadas, guerreiros mancando e animae machucados. E, muito além dos estragos visíveis, corações partidos.

Ulrik nunca mais pensaria naquele local como Pedra do Sol. A partir daquele momento, ali seria para sempre a Pedra da Morte.

CAPÍTULO 22

# A revelação

Ulrik deixou que todos passassem na frente antes de começar a descida penosa pela trilha íngreme; não queria que os outros fossem obrigados a olhar para ele. Alguns guerreiros simplesmente o ignoraram, como se o garoto não existisse, mas Ana e Jaguar lançaram olhares ferozes cheios de promessas de vingança. A culpa pela morte de Rufus era dele, e todos sabiam.

– Não é sua culpa. Você sozinho não ia conseguir impedir que Rufus fosse atacado. – Tora ficara para trás também e pôs a mão no ombro do amigo. Ulrik balançou a cabeça, repelindo a tentativa de consolo. – E todos vão perceber isso quando a dor diminuir. Nesse momento é mais fácil projetar a raiva em alguém, muitas pessoas lidam com a perda dessa maneira, é...

– Tora, para. Por favor – Ulrik pediu. Não queria ouvir, não queria pensar, queria apenas caminhar.

Tora se calou e assentiu, mas permaneceu ao seu lado. Percorreram o caminho inclinado, que era ainda mais perigoso na descida, e Ulrik escorregou várias vezes. Seus joelhos estavam trêmulos sob o peso da culpa; se Tora não estivesse lá para segurá-lo, era provável que tivesse caído do precipício. Talvez desejasse ter caído. Ninguém olhava para trás, ninguém se importaria se o responsável pela tragédia desaparecesse de vez. Na verdade, seria melhor para todos.

O trajeto de volta pareceu mais longo que o da ida; Ulrik estava cansado e arrastava as pernas pesadas. Ainda assim, preferiria andar para sempre a chegar ao clã. Não queria escutar os relatos do que havia acontecido, não queria reviver tudo. E, principalmente, temia o olhar dos outros guerreiros quando soubessem o que fizera. Contudo, passos desolados e hesitantes continuavam sendo passos, e no final da tarde o grupo atravessou o familiar riacho do acampamento.

Bruno chegou primeiro, e logo as pessoas avistaram o corpo de Bárbara. Uma brava guerreira que morrera lutando, alguém que jurara dar a própria vida se fosse necessário. Os familiares choraram. Era triste, porém, era rotina. Depois, Heitor chegou.

Um novato havia morrido. O clã perdera uma de suas crianças.

Muitos não conseguiram conter as lágrimas, cobrindo a boca com as mãos para abafar os soluços. Quando o guerreiro ruivo e forte desmontou de Peregrino com o filho morto nos braços, gritos de "não" cortaram o ar. Heitor pousou o corpo de Rufus na relva da praça, arrumou seus braços e pernas com carinho, e deu instruções aos guerreiros que se aproximavam para providenciar o necessário para o funeral.

Augusto correu na direção do grupo com o rosto marcado por rugas fundas de desespero. Abraçou a filha, mergulhando o rosto em seu cabelo dourado, surpreendendo até mesmo a própria garota.

— O que aconteceu? – perguntou, com olhos fixos no corpo inerte de Rufus.

— Fomos atacados... – Úrsula respondeu e engoliu em seco.

— Mais ou menos cinquenta espectros, na Pedra do Sol, no meio da noite – Ferraz completou, abraçado à filha Diana.

— A gente cercou o acampamento com runas de desencontro – Bruno anunciou, encarando Augusto. – Para terem nos encontrado, com certeza sabiam que estávamos lá.

— Por que os novatos não voltaram? – Augusto questionou, sem direcionar a pergunta a ninguém em específico.

O momento que Ulrik temia estava chegando. O ar pareceu borbulhar e tensionar com as acusações prestes a se romperem.

— É tudo culpa desse estranho! – Jaguar anunciou, apontando para o garoto.

Úrsula caminhou até o acusador, que era ainda mais forte que o filho, Marcus, e colocou um dedo em seu peito.

— Jaguar, como você pode ser tão idiota? – ela cuspiu a pergunta. – É um guerreiro experiente e está colocando a culpa num novato?

Se não fosse por ele, eu e Leona estaríamos mortas também. E talvez muitos outros!

– Ele abandonou o grupo! – Jaguar gritou, dando um tapa na mão da garota para afastar o dedo insolente de seu colete de couro. Úrsula era alta, mas perto dele parecia uma boneca de pano.

– Ele foi o primeiro a lutar! Ulrik foi o primeiro a ouvir os espectros chegando, nos defendeu e nos acordou! E provavelmente matou mais deles do que você!

Ana empurrou a novata, fazendo-a cair no chão.

– Ele ficou *torturando* um espectro! – A guerreira loira fitou Ulrik com desgosto. – Esse garoto tem problema! Por puro prazer, segurou aquele espectro e...

– Não – Ulrik se pronunciou pela primeira vez, e todos se viraram para escutá-lo. Nesse ponto, a maior parte dos guerreiros já estava na praça ouvindo o relato. – Não foi assim, ele me disse uma coisa...

– Sim, eles têm o hábito de provocar! E um guerreiro não pode se deixar levar pela... – Ana continuou, mas Ulrik a interrompeu de novo.

– Não foi isso – explicou com a voz trêmula. Só queria que todos entendessem. – O espectro me reconheceu. Ela matou meu irmão quatro anos atrás e achou que eu fosse ele!

Tora, Úrsula e Mica arregalaram os olhos. O único que conhecia aquela história era Bruno.

– Ulrik, calado. – A voz de Augusto ressoou poderosa no silêncio que se seguiu. – Vem comigo. Vocês também, Heitor e Bruno.

Os três seguiram o líder e entraram em sua tenda. Augusto se sentou numa pedra atrás da mesa onde repousava o mapa e os outros se acomodaram à sua frente.

– O que aconteceu exatamente, Ulrik? Quero todos os detalhes.

Os olhos verdes de Augusto estavam sérios, mas não exibiam o desprezo dos demais.

– Eu estava lutando – ele começou, pousando a mão na cabeça de Lux para ganhar forças – quando um deles me reconheceu. Olhou para mim e ficou confuso, balbuciando que eu não deveria estar ali... Aí entendi que ele tinha matado meu irmão.

– Talvez ele tenha te confundido com outra pessoa – Augusto sugeriu.

– Augusto, ele era meu gêmeo *idêntico*. – Sentiu a garganta apertar, sem saber se conseguiria continuar. – A gente saiu para caçar e ele desapareceu. Eu ouvi os gritos, e mesmo depois de meses de busca, nunca o encontramos. Não achamos nem sequer vestígios de animais ou de luta, nada que indicasse o que poderia ter acontecido. E o arrepio que senti aquele dia... Bom, foi exatamente essa sensação que me acordou ontem.

Bruno concordou com a cabeça; já tinha ouvido Ulrik falar sobre o irmão.

– Quando percebi que tinha sido aquele espectro, Nox e Lux o prenderam. E eu... eu machuquei a criatura mesmo – confessou, envergonhado e de cabeça baixa. – Me desculpa. Eu precisava saber. Perguntei se ele tinha caçado meu irmão naquela floresta e ele confirmou.

– Ele pode ter dito isso só para te provocar – Bruno sugeriu.

– Ele realmente me reconheceu; por que ia fingir surpresa se não soubesse nada sobre meu passado? – Ulrik respirou fundo e tentou se lembrar de outra coisa que a criatura dissera. – Ele falou que esperou por dias porque tinha sentido que havia um de nós lá...

Augusto e Bruno trocaram um olhar.

– Heitor – Ulrik suplicou, o arrependimento palpável na voz –, se eu pudesse voltar atrás... daria minha própria vida se isso fizesse com que Rufus voltasse. – O garoto piscou, tentando lutar contra as lágrimas que tentavam cair.

O guerreiro apenas balançou a cabeça, incapaz de responder.

– Prometi que não cometeria os mesmos erros de meus antecessores e acabei tropeçando nas mesmas pedras – Augusto disse, com pesar. – Heitor, nunca vou me perdoar pelo que aconteceu. Enviar novatos numa missão, e ainda por cima acompanhados da família...

– Você não tinha como saber que o grupo seria atacado – Bruno o defendeu.

– Exatamente. Eu não tinha como saber, então devia ter imaginado que o pior poderia acontecer. – Ele deu um soco na mesa. – Como pude ser tão estúpido?

– Augusto, eu assumo a responsabilidade pela morte...

– Não, Ulrik. – Augusto o fulminou com os olhos. – O único culpado aqui sou eu. Não deixe ninguém te convencer de que teve alguma responsabilidade por essa tragédia.

– Mas as regras existem para isso. Eu cometi um erro e...

– Sim, e isso só mostra que você ainda não está pronto. – Augusto queria ajudar, no entanto, aquilo doeu tanto quanto o tapa que Heitor havia lhe dado. – Você é apenas um novato, Ulrik. Mesmo que estivesse lutando com os outros, não poderia ter evitado que alguém fosse ferido.

Contudo, Augusto não sabia de todos os detalhes. Não estava lá para saber que Heitor abandonara a luta naquele momento por causa do garoto, e ele sim teria conseguido evitar a morte do próprio filho.

– Heitor, imagino que queira se despedir e ajudar nos preparativos da pira. Pedi para nos acompanhar porque achei que seria bom ouvir a versão de Ulrik, mas agora pode ir. – O líder se virou para o outro guerreiro. – Você também, Bruno.

Heitor acenou com a cabeça e deixou a tenda, com Bruno logo atrás. Augusto encarou o novato por alguns segundos.

– Ulrik, você conhece a história da criação dos guerreiros e os conceitos de gerações?

– Sim – respondeu. Ouvira várias vezes que o primeiro guerreiro tinha dividido a magia em seu sangue com dez pessoas, essas dez com outras cem e as cem com mil.

– Há muitas coisas... *diferentes* sobre você. Seus dois lobos, o ataque do lagarto, a servente possuída na hospedaria, a luta nos Dentes de Ferro quando você e Heitor chegavam ao acampamento... E essa história sobre seu irmão é mais uma pedra no topo da pilha. Os espectros perseguem o poder, e tenho uma teoria que explicaria isso – afirmou, e o coração de Ulrik bateu mais forte. – Acho que você é descendente da primeira geração.

O garoto deixou a informação se assentar antes de perguntar:

– Como Caeli?

– Caeli é um grande guerreiro e seu poder é inegável, só que não existe nenhuma outra evidência de que ele descende de Raoni – o líder explicou, com as mãos cruzadas sobre a mesa.

Algo naquela teoria incomodava o garoto.

– Seria uma honra para mim, mas acho que você está errado – Ulrik concluiu. – Ouvi dizer que há muito tempo não tem descendentes da primeira geração no clã, e... – ele hesitou. Sabia que não devia falar de seu passado, contudo, a informação que estava prestes a dar não colocaria a segurança da família em risco. – Meu avô foi um guerreiro. Ele viveu aqui com vocês.

Primeiro, Augusto franziu as sobrancelhas e levou a mão ao queixo, pensativo. Depois, suas feições foram mudando, como se a compreensão tentasse se sobrepor à incredulidade.

– Sua mãe... – Os olhos verdes do líder estavam cheios de emoções mistas. – Sua mãe se chama Lia?

Ulrik se assustou.

– Sim, como você...

– E seu avô se chama Eugênio?

– Se chamava – o garoto corrigiu. – Ele morreu alguns anos antes do desaparecimento do meu irmão.

Augusto baixou a cabeça e mergulhou o rosto entre as mãos.

– Você conhecia meu avô?

– Sim, Ulrik. Eugênio foi um grande guerreiro. Talvez um dos melhores do último século. – Augusto ergueu a cabeça. As lágrimas brilhavam em seu rosto. – E era meu pai.

## CAPÍTULO 23
# História de família

O choque durou longos segundos. Talvez minutos.

Então o líder se levantou e puxou o garoto num abraço apertado. Ulrik deixou a descoberta se assentar aos poucos: Augusto era seu tio. Ele não era mais um guerreiro sem história e sem família.

— Nunca fiquei tão feliz por estar errado — o guerreiro revelou, segurando-o pelos ombros. Ulrik o encarou: as semelhanças entre ele e Lia eram evidentes; o cabelo dourado e ondulado, os olhos de um verde profundo, os lábios finos e o sorriso largo. — Você não é descendente da primeira geração e sim da segunda, como seu avô. A magia no seu sangue ainda é forte, e foi isso que fez com que os espectros o perseguissem.

— Mater. — Ulrik engoliu em seco. — Os espectros podem ir atrás dela também.

— Dizem que quando somos jovens nossa magia pulsa de uma forma diferente. Uma energia caótica e intensa, porque ainda não definimos nosso destino... Lia escolheu outro caminho, e isso vai ajudar a camuflar sua mãe dos espectros. Mas se for preciso, tenho certeza de que vai saber se defender... Ela sempre foi durona. — Ouvir seu tio falar daquela forma fez o coração de Ulrik ficar mais leve. Era como se sua família não estivesse mais tão distante. — Onde você morava?

— Pedra Branca, uma pequena vila a oeste de Urbem. — Não aceitaria contar aquilo a mais ninguém, no entanto, sabia que Augusto manteria o segredo tão bem quanto ele próprio.

Passaram os próximos minutos falando sobre Lia, Abella e Carian; o líder parecia matar as saudades da irmã ouvindo um pouco sobre sua vida.

– Quando vamos contar pra Úrsula? – Ulrik perguntou, sorrindo ao imaginar a reação da garota.

– Na hora certa, não agora. – Augusto retribuiu o sorriso; parecia tão ansioso quanto ele para fazer a revelação à filha. À prima de Ulrik.

– Por que avô Eugênio decidiu deixar o clã? – Ulrik fez a pergunta que passara por sua mente muitas vezes.

O homem tinha uma perna de madeira, provavelmente amputada devido a um ferimento de batalha, mas aquilo não o obrigaria a partir ou a deixar de ser um guerreiro.

A expressão de Augusto se transformou. Ficou séria. Triste.

– Ele não decidiu. Pater foi expulso.

– Não... – Ulrik suspirou, incrédulo. – O que aconteceu?

Augusto balançou a cabeça.

– Você já ouviu falar da Batalha do Rio Negro? – perguntou, e Ulrik assentiu. Ouvira dizer que Feron adquirira as cicatrizes no rosto naquela batalha. – Aconteceu há vinte e sete anos. Havia uma missão difícil ao sul; um mensageiro trouxe a notícia de que duas vilas tinham sido atacadas, e pelas descrições estimavam que poderia haver até trinta espectros na região. O líder da época, Otávio, escolheu um grupo para partir e seu avô Eugênio para liderar a missão. Sua avó Nica também estava nesse grupo.

– Eu achava que membros da mesma família não eram enviados juntos em missão – Ulrik disse.

– Normalmente não são, mas esse caso era difícil, e pater e mater eram grandes guerreiros. Muitos dos mais experientes haviam partido numa expedição anterior, por isso o líder não tinha muitas opções.

Ulrik concordou com a cabeça e o tio continuou:

– A maior parte dos espectros é de terceiro ou quarto nível. Assim como a magia varia no nosso sangue dependendo de nossa ascendência, o poder desses seres depende de sua experiência e de outros fatores que desconhecemos – Augusto explicou. – Mas os ataques a essas vilas estavam sendo liderados por um espectro de segundo nível chamado Wicary.

– Já ouvi esse nome – Ulrik pontuou. Lembrou-se de como Úrsula se descontrolara e desobedecera às ordens a menor menção a ele. – Bruno falou dele durante um treinamento.

– Eu sei – o líder afirmou, com pesar. – Wicary é antigo e muito mais sábio do que a maioria dos outros espectros. Ele chamou a atenção do líder da época de propósito e vigiou o grupo que partiu; sabia que eram trinta guerreiros. Mais do que isso: sabia que a esposa do líder da missão estava entre eles. – Os olhos de Augusto ficaram mais escuros. – Quando o grupo chegou às margens do Rio Negro, uma emboscada o esperava. Um bando de trezentos espectros.

– Trezentos? – Ulrik ficou enfurecido ao pensar no líder maligno que tramara aquilo. – Os guerreiros não tinham a menor chance de vencer!

– Não, não tinham. E quando viram o tamanho do bando, *deveriam* ter batido em retirada.

– E por que não foram embora?

– Porque Wicary e outros espectros capturaram sua avó Nica, voaram com ela e a soltaram de mais de quarenta metros de altura. – A voz do líder, sempre tão firme, tremeu no fim da frase. – Seu avô, dominado pela tristeza e pelo desejo de vingança, ordenou o ataque. A luta avançou por um dia inteiro, com as perdas aumentando dos dois lados. Os espectros acreditavam que venceriam facilmente, só que muitos abandonaram a batalha ao ver a força dos oponentes. Feron lançou uma flecha e atingiu Wicary. O grande espectro, ferido, preferiu fugir a se arriscar, e o bando se dissipou. – O líder deu um longo suspiro. – Vinte e um dos trinta guerreiros morreram, mas todos lutaram bravamente até o fim.

Ulrik fechou os olhos e imaginou a cena: corpos humanos e de espectros por toda parte, o sangue escorrendo até as águas do rio e as tingindo de vermelho, guerreiros e animae chorando a morte de seus companheiros.

– Foi a maior e pior batalha dos tempos modernos. Os nove guerreiros restantes fizeram o funeral ali mesmo, nas margens do Rio Negro, pois não conseguiriam trazer tantos corpos de volta ao clã.

O tio não tivera a oportunidade de se despedir da própria mãe. O garoto sabia bem o que era aquilo; também não pôde rezar e nem soprar as cinzas do irmão sobre a terra.

– O que aconteceu com avô Eugênio?

– Ele ficou gravemente ferido; sua perna foi dilacerada e precisou ser amputada. Mas isso não amoleceu o coração de Otávio, e o julgamento foi duro. Ele queria que seu avô fosse executado, afinal, vinte e um guerreiros morreram. Por sorte, o clã votou pela expulsão. – A tristeza de Augusto deu lugar à raiva. – Seu avô tinha culpa, só que Otávio também. Ele caiu no plano de Wicary; inclusive deu mais uma arma ao inimigo ao escolher sua avó para acompanhar aquela missão.

Augusto terminou a frase com um soco na mesa. Ulrik estava abalado pela intensidade e tristeza da história de sua família. Vivera todos aqueles anos na ignorância. Como gostaria de ter sabido mais quando convivera com o avô...

– Lia tinha apenas seis anos e quis ir embora com pater. Eu tinha doze e decidi ficar. Ele entendeu, e seus olhos não me repreenderam nem me julgaram. Prometi ao meu velho que um dia seria líder, que faria do clã um lugar melhor e que assumiria todas as consequências de minhas decisões – afirmou Augusto, e Ulrik sentiu um imenso orgulho do tio. – E chegou a hora de cumprir essa promessa. Cometi o mesmo erro que Otávio, arrisquei a vida de todos os novatos, e o resultado está aí. Mas não deixarei que ninguém seja acusado no meu lugar.


O funeral de Rufus não poderia ter sido mais triste; os trovões e relâmpagos da tempestade que se aproximava deixaram a cena ainda mais dramática. Os guerreiros conviviam com a morte – velha conhecida que batia à porta das famílias a cada missão e era recebida com tristeza, porém com compreensão. Entretanto, a partida de Rufus era diferente. O novato não deveria ter estado na Pedra do Sol, não deveria ter lutado com tantos inimigos antes de estar preparado, não deveria ter ido antes da hora.

Os guerreiros haviam montado uma pira enorme, a forma que encontraram de homenagear Rufus e Bárbara. Bruno encostou a tocha nos galhos finos e a pira se acendeu em poucos segundos, quebrando a escuridão da noite. Em Pedra Branca, era sempre o guru quem fazia as runas de passagem e declamava a Oração da Despedida. No clã dos guerreiros, porém, todos tinham poder para fazer aquilo. Daquela vez, Ilca começou a proclamar os versos e foi logo acompanhada pelo coro de todas as vozes graves dos guerreiros.

*Da Luz viemos, e à Luz tornamos.*
*Luce, criadora do mundo e da vida, ilumine essa travessia.*
*Que essas cinzas nutram a terra e essa alma brilhe no céu.*
*Descanse agora. Nos vemos na próxima vida.*

O coro foi triste e ao mesmo tempo belo. Ulrik se lembrou dos poucos funerais a que havia assistido, da voz do guru soando solitária enquanto todos se despediam em silêncio, e decidiu que a cerimônia do clã era muito melhor. As pessoas tinham a oportunidade de dizer as palavras sagradas que ajudavam a alma da pessoa falecida e, ao mesmo tempo, confortava a das que ficavam.

Todos assistiram à cremação com o rosto encharcado, os olhos inchados e o coração despedaçado. Ramus, o alce de Rufus, soltava gritos que se confundiam com os de Heitor. O anima vagaria pelo mundo sozinho e provavelmente morreria de tristeza – muitas vezes, esse era o destino dos animais que perdiam sua outra metade cedo demais, sabendo que estariam sozinhos e incompletos pelo resto daquela vida.

Úrsula estava estranha e distante. A todo momento, Tora lançava olhares furtivos em direção à amiga. Ulrik preferiu não se aproximar, porque tinha a impressão de que ela não queria falar com ninguém, nem mesmo com ele. Leona estava do outro lado, perto de Ilca. Para onde olhava, o garoto encontrava apenas expressões de desprezo.

As chamas queimaram por pouco mais de uma hora e, quando o grupo tomou a direção do acampamento, Ulrik ficou de novo para trás.

– Oi – Mica disse, aproximando-se.

– Oi. – Ulrik olhou para a garota e se lembrou de que ela era uma das melhores amigas de Rufus.

Em silêncio, os dois caminharam juntos por alguns minutos.

– Estava pensando aqui... A gente tem muitas coisas em comum.

– Ah, é? – Ulrik forçou o interesse para distrair a novata. – Que coisas?

– Primeiro, nós dois nos sentimos culpados pela morte de Rufus.

– Mica... – Ulrik estacou e se virou para encarar a garota. – Você não tem por que se sentir culpada!

Ela deu um sorriso sem graça, e seus olhos dourados brilharam com lágrimas.

– Eu fugi da luta. Quebrei a formação em círculo. – Ela suspirou e baixou a cabeça. – Fiquei com medo. E agora eu acho... não, eu *sei* que nunca vou ser uma boa guerreira.

– Não, as coisas não são assim. – Ulrik balançou a cabeça, pousando a mão no ombro dela. – Não é vergonha ter medo ou assumir que não está preparada. Os outros guerreiros sabem que você precisa de mais tempo...

– Mas você não precisa. Você já sabe lutar, eu vi.

Ulrik sorriu de um jeito triste.

– Eu achava que sabia – ele assumiu. – Mas essa luta não se combate só com lâminas e força. Também não estou pronto ainda, Mica.

– Sinto muito pelo seu irmão – disse a novata. Ulrik não queria falar sobre o assunto, mas concordou com a cabeça para agradecer. – Essa é outra coisa que temos em comum: nós dois perdemos pessoas que amamos.

– Quem você perdeu?

– Pater – Mica revelou, com tristeza. – Eu tinha cinco anos quando ele morreu.

– Sinto muito. Sei que esse é o destino de muitos no clã...

– Não foi durante uma batalha, esse é o problema. – Ela balançou a cabeça, sem graça. – Ele... comeu um cogumelo venenoso.

Ulrik compreendia a desolação na voz dela. Aquele era um jeito estúpido de morrer; todos os guerreiros aprendiam a identificar o que era perigoso comer na floresta. Perecer lutando era uma honra, mas perder a vida daquela forma devia ser uma vergonha no clã.

– E sua mãe?

Mica piscou algumas vezes antes de responder.

– Nunca a conheci. Ela morreu como a mãe da Úrsula, dando à luz. – A garota conseguia falar do assunto com menos dificuldade; nunca tivera a oportunidade de amar a mãe. – Ela foi até a floresta, colher ervas. E aí algumas horas depois, foi encontrada morta, apoiada numa árvore com um bebê nos braços.

O bebê era a garota que estava à sua frente.

– Sinto muito – Ulrik repetiu. E sentia mesmo; nunca ouvira uma história tão cheia de tragédias.

– Não costumo tocar nesse assunto, mas tive vontade de conversar quando ouvi você falar do seu irmão. – Ela o encarou, os olhos dourados cheios de compreensão. – Imagino como deve ser difícil para você, que não pode falar de nada disso por causa da regra de manter o passado em segredo. – A garota fez uma pausa e depois continuou. – Só queria que soubesse que estou aqui se precisar.

Por muitas vezes ele havia sentido falta de falar do passado, de contar as proezas de Carian com um arco e flecha ou conversar sobre seus amigos da escola. Provavelmente teria se aberto com a garota se não tivesse descoberto o parentesco com Augusto e Úrsula. Agora, porém, o segredo não era mais só dele.

– Obrigado, Mica. Você é uma boa amiga.

Ela hesitou por um instante, depois se foi. Ulrik permaneceu na praça por mais um tempo. Era difícil acreditar que aquilo tudo realmente acontecera. Pensou no rosto de Rufus. Nas conversas que haviam tido. Em como ele sempre acolhera os estranhos.

Logo, grossas gotas de chuva começaram a fustigar seu rosto já úmido, como se a notícia da morte de um novato houvesse enfim chegado aos céus. Como se a própria deusa Luce chorasse pela alma que se fora cedo demais.

CAPÍTULO 24

# Magia de sangue

Um antigo ditado já dizia: o tempo é o melhor remédio.

Mas não demorou muito para Ulrik entender que o tempo só servia para amenizar a dor. A ferida da morte de Rufus, assim como a do desaparecimento de Otto, ainda latejava, no entanto, a dor não era mais insuportável. Com a culpa, porém, era outra história: o sentimento pesava cada vez mais, e talvez só melhorasse com perdão. Este, contudo, ele não estava nem perto de conseguir.

O outono avançou com força, úmido, e as bétulas-das-nuvens se despiram de suas folhas avermelhadas deixando os galhos nus como ossos expostos. Os treinamentos nos dois meses que se seguiram ao incidente foram mais duros que o normal; os guerreiros queriam que os novatos estivessem preparados. Movidos pelo choque de realidade, os próprios jovens almejavam ainda mais partir em missão o quanto antes.

Muitos continuavam encarando Ulrik com desprezo, em especial Marcus e Arthur, contudo, a velha rixa entre nativos e estranhos se amenizara; depois de estar cara a cara com o inimigo real, querer machucar uns aos outros parecia infantil. Leona se dirigia a ele somente quando necessário, sempre com indiferença. Mas o que doía mais era o comportamento de Úrsula, principalmente depois de ter descoberto que a garota era sua prima.

Ela andava distraída e com os olhos desfocados. Às vezes, lançava olhares furtivos ao garoto, abria a boca para dizer alguma coisa e desistia. Ulrik achava até que a prima talvez o considerasse responsável.

– O que você tem? – ele questionou a certa altura, irritado, quando os dois esperavam na arena.

– O que *eu* tenho? – Úrsula indagou, de um jeito debochado. Ela o encarou como se estivesse prestes a explodir em acusações, a dizer o que estava entalado na garganta, mas por fim apenas balançou a cabeça. – Eu tenho o que todo mundo tem.

– Desculpa – Ulrik respondeu, envergonhado. Cada um reagira de um jeito diferente à tragédia, e só podia assumir que aquela era a forma da amiga de lidar com a situação. – Está todo mundo triste ainda, foi uma pergunta idiota.

A expressão dela se suavizou.

– Não, eu é que tenho que pedir desculpas. – Ela baixou a guarda. – É só que... são tantas coisas...

– É, eu sei. Mas pelo menos estamos juntos. – Ulrik a confortou, dando um pequeno empurrão descontraído na outra novata.

Ela o fitou de um jeito esquisito.

– Somos amigos, certo? – Úrsula perguntou.

Ulrik franziu as sobrancelhas e sorriu. *Mais que amigos*, pensou.

– Claro. Melhores amigos – disse apenas. – Eu, você, Tora e Le... – ele estava prestes a incluir a outra garota, mas se deteve no meio do nome.

Não poderia ser melhor amigo de alguém que não queria nem mesmo olhar para a cara dele.

– Ela é uma idiota – Úrsula sussurrou, observando a garota de cabelo claro ao longe.

– Não, ela tem razão – o garoto respondeu, suspirando. – O Albin quase morreu.

– E se você não estivesse lá, seria ela quem teria morrido. Ela e eu.

– Achei que vocês fossem amigas – Ulrik provocou.

– E eu achei que ela não fosse uma ingrata.

Antes que pudessem continuar a conversa, Caeli chegou à arena, e os novatos se reuniram ao redor dele.

– Hoje o treinamento é teórico – ele informou, e todos resmungaram. – Mas nem por isso menos importante; vamos falar sobre a magia dos espectros.

O tema era interessante. O grupo formou uma roda e os novatos se sentaram em troncos e pedras. Caeli começou reforçando que era possível utilizar magia de três maneiras: através de invocação, usando objetos mágicos ou tendo magia no sangue. Os espectros, assim como os guerreiros, tinham magia circulando dentro de si; no caso deles, porém, além de estar presente em quantidades muito maiores, ela era do tipo inanis. E, de acordo com Caeli, era isso que os permitia voar.

– O veneno das unhas deles também é mágico? – Celer perguntou.

– Não, é uma peçonha que o corpo das criaturas produz, assim como acontece com cobras e aranhas – o treinador respondeu.

– Por sorte, a natureza nos abençoou com a estrela-da-manhã – Leona divagou. – Nenhuma outra planta é capaz de sugar o veneno dos espectros do sangue.

Além de voar, os seres malignos tinham outros poderes. Podiam criar ilusões, principalmente mudando sua forma para que não fossem identificados. Os mais poderosos eram capazes até de fazer uma pessoa comum acreditar estar em outro lugar. E também podiam possuir seres humanos e animais, usá-los como marionetes de acordo com sua vontade.

– Só que eles não conseguem possuir guerreiros, certo? – Ulrik perguntou, lembrando-se de algo que Heitor lhe explicara na viagem.

– Correto – Caeli confirmou. – Por causa da magia em nosso sangue, é muito difícil nos possuir.

– Mas não impossível – Úrsula complementou. – Já ouvi histórias de espectros de segundo nível que conseguiram fazer isso, e uma de um grupo de criaturas que fez isso de forma coletiva.

Ser controlado por uma daquelas criaturas já parecia terrível o bastante. Sofrer aquele abuso vindo de várias...

– Essas situações são muito raras – o treinador explicou. – Os espectros usariam muita energia e ficariam expostos demais ao tentar possuir um guerreiro.

– Acho importante a gente saber se defender mesmo assim – Úrsula replicou.

Caeli suspirou.

– Não quero perder muito tempo com essa parte, mas vou explicar o básico – ele cedeu, e os novatos se empertigaram. – Pelos relatos que já ouvi, vão sentir caso um espectro tente possuir vocês. Começa com uma dor de cabeça forte, uma sensação de que ela vai explodir. Em seguida, uma presença tenta forçar a entrada, empurrando sua consciência para a escuridão – explicou. Todos pareciam tensos, tentando imaginar a situação. – E a única coisa que podem fazer é empurrar de volta.

– Como assim, *empurrar de volta*? – Tora questionou.

– Nunca fui possuído, então só consigo repetir o que me contaram – o treinador lamentou. – Mas acho que vão saber afastar o perigo se precisarem.

Passaram então para a parte de identificação de pessoas possuídas. Atitudes inesperadas, conversas irracionais e perguntas incomuns estavam entre os indícios. A verdade era que os espectros podiam dominar a mente dos humanos, mas não conseguiam compreender seus sentimentos e tampouco imitar suas atitudes.

– DDD: Diferente, desconexo e distante – Caeli repetiu. – É uma forma fácil de se lembrar das três principais características. Se for alguém que conhecem, vão notar coisas que aquela pessoa nunca disse ou fez antes. Para confirmar as desconfianças, podem comentar sobre o inverno passado, ou falar da colheita do trigo, ou até mesmo da sensação de encontrar seu anima; os espectros desconhecem esses assuntos cotidianos e vão dar respostas sem sentido. E o último sinal é o olhar desfocado e a falta de empatia.

– Tem alguma runa que impeça a possessão ou que ajude uma pessoa dominada? – Leona quis saber.

O treinador cerrou o maxilar e estreitou os olhos dourados na direção da novata.

– Na teoria, tem runas para quase tudo – ele anunciou, de um jeito sombrio. – "Para unir, a água; para afastar, o fogo; para melhorar, a terra; para mudar, o ar." Quando alguém estiver possuído, vocês podem fazer essa runa de fogo. – Ele desenhou no chão uma espécie de X com uma seta nos cantos e um olho no centro. – Ela vai forçar a mente do espectro para fora; mas lembrem que ninguém fica dominado por muito tempo, e às vezes pode ser mais útil fingir não ter notado a possessão e dar informações falsas – propôs Caeli, e os novatos concordaram com a cabeça. – Porém, para ficar imune, impedir que algo o possua, seria necessária uma runa de ar... E estas são perigosas demais.

– Mas a gente usa runas de ar nas nossas armas – Leona protestou.

– Usar uma runa de ar num objeto é muito menos perigoso do que numa pessoa. O ar é exigente. – Como se convocado, um vento gelado zuniu, fazendo esvoaçar o cabelo longo e liso de Caeli. – E as consequências de uma runa errada na pele podem ser graves.

– Os espectros também usam runas? – Tora indagou.

A pergunta era interessante. A pouca magia no sangue dos guerreiros os permitia usar magia por invocação de uma forma rápida e eficaz. Já os espectros tinham poderes maiores, não precisavam de tais ferramentas. Mas o que aconteceria se resolvessem utilizá-las?

– Não – o treinador assegurou.

Os novatos passaram o resto do dia ajudando a extrair peles de animais caçados enquanto os animae se alimentavam; o inverno chegaria dali a três semanas, e o valor do material iria parar nas nuvens.

Ulrik viu Heitor de relance enquanto trabalhava. O guerreiro continuava miserável; andava de cabeça baixa, evitava conversas e passava a maior parte do tempo em sua barraca. Não aparecia nem mesmo para a distribuição de missões. Era fácil se sentir melhor quando estava treinando ou ocupado em ajudar, mas sempre que cruzava com o pai de Rufus seu coração se partia em mil pedaços. O novato tentava ao menos se manter fora do caminho do pai enlutado; a última coisa que ele iria querer era ter de ficar olhando para o principal responsável por sua perda.

Antes mesmo de terminar com as peles, Ulrik foi convocado por Augusto para ajudar a separar moedas para as próximas missões. Aquela era a única luz no meio das trevas dos últimos dois meses: ter descoberto que o líder era seu tio. Passavam muito tempo juntos, como se Augusto quisesse ensinar a ele tudo o que não havia aprendido por ter nascido fora do clã.

As horas que permanecia com o tio passavam rápido, e logo a noite caiu. Úrsula, Tora e Ulrik preferiram tomar sopa na praça, onde uma enorme fogueira queimava alta. Parecia que todos os guerreiros haviam tido a mesma ideia – e só havia um tronco livre, ao lado dos novatos nativos.

– Sabe quando você perguntou se os espectros usavam runas, estranho? – Marcus se virou para Tora. Era muito raro que ele se dirigisse ao outro grupo de novatos de forma espontânea. – Caeli disse que não, mas tem uma lenda sobre isso.

– Vou dormir – Arthur anunciou, levantando-se. – Não quero ouvir essa história.

O amigo o observou partir e depois encarou os novatos que ficaram.

– Ele não consegue dormir quando falam desse mito. – A luz da fogueira iluminou os traços fortes de Marcus, lançando sombras cambaleantes em seu rosto moreno.

Ulrik se arrepiou, Úrsula revirou os olhos e Tora se sentou mais para frente.

– Para de enrolar, Marcus – a garota protestou. – Se você não contar logo, eu conto.

– Como Caeli disse, tem runas para quase qualquer coisa – o nativo começou. – A magia dos espectros tem limites, apesar de ser muito mais concentrada do que a nossa. Quando Inna entendeu como os guerreiros usavam as runas, passou a fazer experimentos macabros. Foi o único espectro de primeiro nível de que se tem relato, e só por isso já é possível imaginar o tamanho do poder dele. – Seus olhos pretos encararam os de Ulrik. – Os humanos usam os elementos da natureza como base para a transformação por causa da sua energia intrínseca. O grande espectro foi além: decidiu usar o próprio sangue.

– Runas de sangue? – Tora indagou, indignado.

– Runas de sangue – Marcus confirmou. Depois arranhou a garganta e continuou com um tom mais formal: – Foi na Batalha de Todos os Povos, há quinhentos anos, que os guerreiros se depararam com a arma inédita e mais terrível de Inna.

A fogueira estalou alto e todos pularam, até mesmo o narrador da história.

Ulrik se perguntava que arma era aquela, e ao mesmo tempo não tinha certeza se queria realmente saber.

– A batalha se alongara por dias a fio. Os guerreiros tinham matado muitos espectros e pela primeira vez estavam em maior número. E bem nessa hora, quando parecia que o bem venceria, o mal fez o chão tremer – Marcus continuou. – Todos pararam de lutar, atônitos pela vibração do solo. Então, no meio do campo de batalha, uma mão surgiu de dentro da terra. Depois outra, e mais outra. O cheiro de podridão era avassalador, mas não mais aterrorizante que a visão que tiveram em seguida. Corpos em decomposição brotaram como flores malditas, a carne repleta de vermes e ossos expostos.

— Essa é minha parte preferida — Úrsula disse, tomando para si a narrativa. — Os guerreiros avançaram sobre as aberrações, cortavam membros, furavam abdomens vazios, mas, mesmo sem cabeça, as criaturas continuavam a atacar. A força de seus braços finos era descomunal; quebravam pescoços e perfuravam a carne como se os corpos dos guerreiros não passassem de galhos frágeis. Como matar seres que já estavam mortos?

— Viram que uma runa vermelha brilhava no peito de cada morto-vivo — Marcus continuou, lançando um olhar mal-humorado para Úrsula. — Alguns tentaram cortar os símbolos, animae arrancaram o desenho das carcaças, porém, a magia parecia impregnada em cada osso, em cada pedaço de carne podre. Parecia que tudo estava perdido.

— E o que aconteceu? — Tora indagou, aflito. — A gente venceu essa batalha, não venceu?

— O desespero assolava humanos, mas sílfios, vísios e os espíritos dos elementos vieram ajudar. Contudo, mesmo os seres mágicos mais poderosos de magia cíntilans não conseguiam acabar com aqueles monstros. Inna surpreendeu fazendo algo ainda pior: desenhou a runa de sangue nos corpos ainda quentes dos que haviam caído naquela batalha, obrigando os guerreiros a lutar com criaturas que tinham a face de amigos e familiares.

— Não... — Ulrik suspirou.

— Tudo parecia perdido e então... — Marcus fez uma pausa dramática. — ...os monstros caíram mortos, como deveriam estar. A noite virou dia. Os milhares de espectros fugiram. Inna estava enfim morto e sua magia de sangue se desfez assim que a vida se esvaiu de seu corpo.

Os segundos se alongaram enquanto todos digeriam a história.

— Mas isso tudo é mesmo verdade? Inna, a Batalha de Todos os Povos? — Ulrik questionou.

— Em toda lenda há um pouco de verdade. — Foi Bruno quem respondeu. Ele não estava longe do grupo, e provavelmente ouvira toda a conversa. — Inna existiu e foi poderoso, e essa batalha realmente aconteceu. Mas se o pior do passado pode ser atribuído a esse espectro, é difícil dizer. Corpos renascidos como mortos-vivos por uma runa de sangue que nenhuma pessoa viva já viu? Pouco provável. De qualquer forma, são excelentes histórias de terror.

A noite estava escura e gelada, assim como os pensamentos de Ulrik. Havia enfrentado apenas espectros de níveis inferiores e, mesmo depois de algumas semanas, aqueles seres ainda causavam pesadelos. Imaginou como seria ter lutado numa batalha como aquela, cheia de surpresas horríveis, centenas de mortos e um inimigo que ninguém sabia como derrotar. Só de pensar, sentiu uma pontada do medo que devia ter dominado todos os guerreiros naquele dia.

Encarou o fogo, pensando nos séculos de terror causados por Inna, e por um segundo visualizou os olhos do espectro de primeiro nível. Afugentou um calafrio, e mais uma vez agradeceu aos guerreiros do passado.

Lenda ou não, naquela noite Ulrik sonhou com um céu escuro, encoberto por espectros, e mortos-vivos surgindo do chão.

CAPÍTULO 25

# Crime

— Vocês vão caçar — Victor anunciou ao chegar à arena.

Todos protestaram. Lutar, defender-se e treinar os animae para o combate era mais importante; os novatos já sabiam caçar bem o suficiente para se virarem durante uma missão.

— Parem de choramingar — o homem de pele morena e olhos amendoados ordenou. — Minha tarefa é buscar lenha. Estão me vendo reclamar?

Victor lançou um olhar duro na direção dos garotos, colocou o enorme machado sobre o ombro com facilidade e entrou no bosque.

— Você vem com a gente — Úrsula disse, puxando Ulrik pela túnica de lá.

Ele se virou para Leona, mas a garota e seu leão branco se embrenharam entre os troncos claros sem olhar para trás.

— Mica... — Ulrik começou, perscrutando a arena com os olhos à procura da garotinha.

— Já chamei; ela disse que o Celer a convidou primeiro — Úrsula informou, irritada. — Com a coruja vendo as presas do alto e o guepardo correndo, vamos ter é sorte se sobrar um rato para a gente. Vamos logo.

Ulrik, Tora e Úrsula entraram no Bosque Branco, e seus animae se dispersaram. Os três estavam acostumados a caçar juntos, então já tinham uma estratégia. Nox e Lux se dividiam e corriam na frente para farejar presas maiores. Magnus era o parceiro de Lux; Fofa caçava com Nox. Ulrik e Tora ficavam atentos aos rastros e sons de presas menores. Úrsula atirava.

A manhã estava fria. A neblina começava a se dissipar, e os primeiros raios de sol formavam desenhos entre os troncos claros. Os novatos caminharam, procurando por sinais de lebres, doninhas ou pássaros, mas o bosque estava silencioso.

– Não tem nada por aqui – Tora concluiu.

– Talvez os animais já tenham migrado – a garota sugeriu, vasculhando o alto das árvores.

– Nem todos os animais migram, Úrsula. Os pássaros sim, mas era para ter veados, doninhas e outros.

– Então você também sabe tudo sobre animais, guru?

– Não, não sei tudo, só que você deveria ao menos saber que...

– Shiu – Ulrik pediu para se calarem. – Não estou gostando nada disso.

– Ulrik, somos grandes o suficiente para lidar com nossas próprias discussões. Se não está gostando, você que se retire – a prima replicou.

– Não, quis dizer que não estou gostando desse silêncio. – Ulrik olhou em volta, mas a neblina o impedia de ver muito longe. – Acho que a gente devia ir embora.

– Não podemos voltar de mãos vazias – Úrsula protestou.

Os amigos continuaram andando, as folhas secas caídas se quebrando sob seus pés. Pararam de conversar, como se houvesse algo importante a ser ouvido no silêncio do bosque. O som de um bater de asas fez com que se sobressaltassem; uma coruja alçou voo do alto de uma árvore.

– Celeste – Tora observou.

– Mica e Celer não devem estar longe – Úrsula supôs, estreitando os olhos. – E se a coruja avistar algo antes da gente, a Sagitta chegará na presa em segundos.

Uma brisa soprou, fazendo Ulrik se arrepiar. Por puro instinto, sacou a espada da bainha. Os outros dois o imitaram – Tora com a catana e Úrsula com a flecha no arco, todos prontos para lutar.

– Você ouviu alguma coisa? – Tora questionou num sussurro.

– Não – ele respondeu de costas para os amigos. – *Senti* alguma coisa.

Não precisaria descrever a sensação familiar para os outros dois; o arrepio desagradável na pele, o coração acelerado, a certeza de que havia algo ruim por perto.

Um grito agudo e aterrorizado rasgou o ar gelado.

– Mica! – Úrsula berrou, e disparou mata adentro.

Tora e Ulrik a seguiram, correndo entre as bétulas-das-nuvens. A ursa, o tigre e os lobos apareceram ao mesmo tempo, vindos de diferentes direções.

– Úrsula! – Tora alcançou a garota e a segurou pelo braço para que parasse. – A gente precisa avisar o clã!

– Não dá pra parar agora! – a garota rebateu, com a voz angustiada. – Ela pode ter sido capturada!

Ulrik abriu a boca para argumentar a favor da prima, mas o amigo foi mais rápido.

– E as chances de achar a Mica são maiores se todo o clã estiver procurando. Se a gente tivesse pedido ajuda aquele dia, talvez Rufus ainda estivesse vivo.

A frase atravessou o peito de Ulrik e ressuscitou a culpa que ele tentara enterrar. Tora estava certo. Com um gemido de frustração, Úrsula mudou a direção da corrida e os três seguiram para o acampamento. Começaram a gritar assim que avistaram a praça entre as árvores.

– Socorro! Ajuda!

Alguns guerreiros ouviram os novatos e correram em sua direção, incluindo Bruno e Augusto.

– O que aconteceu? – o líder inquiriu, alarmado.

– Pater, a Mica gritou no bosque, estava esquisito porque não tinha nenhum animal lá, a gente veio o mais rápido possível... – Úrsula explicou afoita.

– Todos na praça! Todos na praça! – Augusto não esperou que Úrsula desse mais detalhes.

A instrução do líder foi reproduzida por outros guerreiros, e, em poucos minutos grande parte do clã já estava no local.

– Vocês – disse, olhando para os três novatos – ficam aqui. Digam para os outros fazerem o mesmo quando retornarem.

– Pater, a gente quer ajudar!

– O melhor jeito de fazer isso é não atrapalhando. Se todos voltarem, peça para os lobos uivarem – Augusto ordenou a Ulrik. Seus olhos estavam sérios e escuros. – Não ousem me desobedecer, ou vão ficar em treinamento pelo resto da vida.

Os amigos se sentaram nos troncos, indignados. Os grupos entraram no bosque de forma organizada. Em segundos, o acampamento estava às moscas.

— O que acham que aconteceu? — Úrsula perguntou, mordiscando as unhas.

— Tinha alguma coisa no bosque — Ulrik respondeu. — Alguma coisa ruim.

— Mas como os espectros estão atravessando o círculo de proteção? — Úrsula questionou, enfiando os dedos no longo cabelo loiro, visivelmente exasperada. — Isso nunca tinha acontecido antes!

Ficaram quietos enquanto tentavam responder à pergunta da garota. Alguma coisa ou *alguém* estava danificando as runas de afastamento. Era a única explicação.

— O clã nem parou de sangrar ainda, não vai aguentar um novo golpe. — Tora suspirou. — Que a deusa nos ajude.

Com uma estocada no coração, Ulrik se lembrou: Leona. Ela estava sozinha.

Se houvesse muitos espectros, a novata não teria a menor chance. Ulrik se levantou, e estava prestes a dizer que ajudaria na busca quando viu um vulto correndo em direção ao bosque bem ao longe, depois da arena de treinamento.

— Tem alguém atrasado ali.

Úrsula e Tora olharam para o local apontado e protegeram os olhos com as mãos; o sol do meio da manhã os impedia de ver melhor.

— Quem é? — Úrsula perguntou. — E por que está entrando no bosque tão ao sul?

— Que diferença faz? O pessoal pode estar em qualquer lugar agora — Tora respondeu.

A conversa foi interrompida pelo primeiro grupo, que saiu do bosque. Bruno carregava Celer no colo, imóvel.

— Ele está...? — Úrsula começou, porém, foi incapaz de terminar a pergunta.

A túnica de lã clara de Bruno estava manchada de sangue.

— Vivo, mas desacordado — o guerreiro informou, sem parar de caminhar. — Ele tem uma ferida grande nas costas. Não parece feita por garras de espectros.

– Um animal? – Tora sugeriu, correndo para acompanhar os passos rápidos de Bruno.

– Acho que não. – O guerreiro cerrou o maxilar. – Talvez Ilca possa dizer o que é.

– A Mica estava com ele – Úrsula constatou, aflita. – Nenhum sinal dela?

Bruno apenas balançou a cabeça de um lado para o outro e entrou na tenda da curandeira. Os novatos voltaram à praça correndo e, aliviados, viram que Leona, Arthur e Marcus estavam de volta.

– Só falta a Mica. – Diana estava no grupo que voltara da busca e encarava o bosque ansiosa. – Logo ela...

– Ela sabe se esconder. Ninguém nem nada vai encontrar a Micaela se ela não quiser – Ulrik assegurou, tentando acalmar os outros e a si mesmo.

O tempo se arrastava, e a preocupação crescia rápido. Parecia que iria chover; nuvens escuras se aproximavam com velocidade, o vento soprava forte, e o cheiro no ar era úmido e terroso. Nenhum dos outros grupos aparentava estar prestes a voltar. Tora rezava, Diana balançava um pé sentada num tronco, Arthur roía as unhas, Marcus estalava os dedos, Leona andava de um lado para o outro e Úrsula se irritava com a mania de cada um deles.

Quase duas horas depois, Amanda voltou liderando um dos grupos. Seu falcão, Glider, estava pousado na braçadeira de couro. Com o outro braço, a guerreira envolvia o ombro da garotinha de feições delicadas e cabelo escuro.

– Mica! – todos gritaram, correndo para recebê-la.

Nox e Lux uivaram alto. O som era profundo; poderia parecer um lamento ao ouvido de leigos, contudo, Augusto ficaria feliz ao escutá-lo.

– O que aconteceu? – Úrsula perguntou, segurando Mica pelos ombros. – Você não tem nada? – questionou, girando a novata à procura de ferimentos.

– Ela está em choque – Amanda explicou. – Não abriu a boca até agora, e acho melhor Ilca examiná-la antes de começar o interrogatório.

Úrsula passou a mão no cabelo liso da novata e segurou uma de suas mãos.

– Eu posso levar ela até lá.

Os outros voltaram aos poucos. Augusto fez perguntas a todos, e Bruno contou sobre o ferimento de Celer; linear, do ombro direito até a parte inferior das costas, como se a carne tivesse sido dilacerada num só golpe. A cicatriz seria grande, e ele precisaria de algumas semanas para se recuperar, mas ficaria bem.

Caeli emergiu do bosque sozinho e se aproximou do líder com discrição. Ulrik não estava longe e pôde ouvir o que ele disse.

– Fui checar o círculo de proteção. – Tinha uma expressão grave no rosto. – Achei uma runa danificada.

Augusto acenou com a cabeça e se virou.

– Preciso saber o que a Micaela viu.

– Ela tomou um chá calmante e está dormindo, você vai ter que esperar. – Ilca acabara de chegar à praça. – Tentei arrancar algumas respostas, porém, a garota está assustada demais. Talvez em uma hora esteja melhor.

O líder suspirou, porém aquiesceu. Ordenou que todos os guerreiros construíssem um novo círculo de proteção, apenas no raio do acampamento, e até mesmo os novatos e idosos deveriam ajudar. Demorariam muitas horas e teriam de abandonar outras tarefas, mas pelo menos passariam a noite em segurança. De manhã, o conselho decidiria o que fazer em relação ao ataque.

Augusto se retirou para sua tenda, provavelmente para refletir sobre os próximos passos. Nos últimos meses, ele e Ulrik haviam discutido muito sobre estratégia e, mesmo ciente de que poderia levar uma bronca, o garoto foi atrás dele. Já tinha intimidade suficiente para ao menos oferecer ajuda ao tio.

Quando Ulrik entrou na tenda, Augusto estava parado de costas para a entrada.

– Augusto, precisa de ajuda? – Ulrik indagou, mas o tio não se mexeu. – Talvez queira alguém para discutir, ou uma bebida quente, qualquer coisa...

O líder se virou. Seu rosto, sempre duro e controlado, estava contorcido numa expressão que o garoto nunca vira.

Desespero.

Ulrik viu um buraco cavado no chão, onde um velho baú repousava aberto.

– Alguém a roubou.

– Roubou o quê? – Ulrik questionou, num sussurro, perturbado com o descontrole de Augusto.

– Alguém sabia, alguém entrou e cavou no lugar certo... – Ele levou as mãos à cabeça. – Eu disse que devia ter alguém de guarda sempre, mas eles ouviram o que tinha acontecido e abandonaram os postos...

– Augusto, o quê...

– Era parte do plano! – Seus olhos verdes se arregalaram. – O ladrão sabia que a gente ia atrás dos novatos. Depois do Rufus, é óbvio que ninguém se preocuparia em ficar na minha tenda.

Ulrik precisava fazer alguma coisa. Sabia que era grave, e o tio parecia aturdido demais para agir.

– Vou chamar os guerreiros do conselho.

– Não! – O tio o segurou pelo braço. – Deve ter sido um deles. Não posso confiar em ninguém... Preciso ir atrás dela. Pode ser que já esteja longe, nas mãos dos espectros. Eles vão tentar abri-la. Pela deusa, e se eles conseguirem? O que vai ser desse mundo se conseguirem?

Os pelos do braço de Ulrik se eriçaram. Várias conversas anteriores e acontecimentos vieram à mente.

*O líder dos guerreiros é guardião de alguns segredos*, Augusto havia dito no dia em que sua tenda fora vasculhada pela primeira vez.

*Então construíram uma caixa...* A história que Adélia contara numa de suas primeiras noites na praça.

*Alguém a roubou. Os espectros vão tentar abri-la. O que vai ser desse mundo se eles conseguirem?*

As peças foram se encaixando rápido.

– A caixa das almas... – Ulrik sussurrou, tentando absorver a imensidão do problema. – Ela existe. Você é o guardião. E alguém a roubou.

Não precisava de uma confirmação verbal de Augusto. A atitude do líder já dizia tudo que o garoto precisava saber.

– Não posso confiar em ninguém, só que preciso de ajuda. Bruno, Heitor? Talvez Amanda... O que o traidor espera que eu faça? Que eu chame o conselho... mas provavelmente é um deles... – balbuciou, como se os pensamentos estivessem fluindo mais rápido do que as palavras chegando à boca. Ele parou por alguns segundos. Depois olhou para o sobrinho. – Vou sair eu mesmo, sem alarde, à procura da caixa. Eles não devem estar longe. Vou pedir para não me incomodarem por algumas horas, dizer que preciso pensar, assim o traidor não vai ter tempo de alertar os espectros. Ulrik, você agora é o único que sabe o que aconteceu. Arrumo uma desculpa para sua ausência também... Você viria comigo?

– Eu? – Seu coração deu um salto – Claro. Vou fazer o que puder para te ajudar, tio. – A palavra escapou. Era a primeira vez que chamava Augusto de tio.

– Prepare suas coisas, a gente sai em dez minutos.

O garoto concordou e saiu correndo.

– Ulrik – Augusto chamou, e ele se virou antes de deixar a tenda. – Precisamos recuperar a caixa; ela não pode ser aberta de maneira alguma. A paz do nosso mundo depende disso.

Um misto de sentimentos encheu seu peito. Medo. Determinação. Orgulho.

Um relâmpago cortou o céu enquanto Ulrik atravessava o acampamento correndo, acompanhado dos lobos. Um trovão retumbou, com uma profundidade rouca, assim que ele entrou em sua tenda. Começou a separar as coisas que precisaria na viagem, mas sua cabeça rodopiava com o que acabara de descobrir.

*A caixa das almas existe,* pensou.

– Espada – disse alto, prendendo a arma no cinto.

*Alguém a roubou. Algum guerreiro... Por quê?*

– Capa de viagem. – Colocou-a sobre os ombros.

*Os inimigos vão tentar libertar Inna.*

– Uma túnica de lã extra.

*Inna realmente se alimentava de corações humanos?*

– Folhas de estrela-da-manhã.

*Vários tipos de monstros andavam pelo mundo quando o grande espectro dominava.*

– Um cantil de couro de veado.

*Devo dizer algo para a Tora e Úrsula ou simplesmente partir sem explicações?*

O garoto apertou bem as botas e amarrou o colete de couro. Nox e Lux estavam agitados, observando o menino enquanto ele tentava juntar tudo o mais rápido possível; os dez minutos se esgotavam, e não queria se atrasar. Ulrik fechou o saco de pano e o prendeu com uma tira de couro para que pudesse carregá-lo nas costas. Grossos pingos começaram a bater contra o teto da barraca, e ele amaldiçoou o tempo; seria difícil viajar sob a chuva gelada.

Mas pelo menos estaria com seu tio. Augusto era sua família agora, o maior guerreiro do clã, e juntos fariam algo histórico. O garoto cerrou o maxilar e fechou os olhos. Estava pronto. Era um guerreiro. E faria qualquer coisa para manter o mundo em paz, mesmo que o custo fosse a própria vida.

Saiu da barraca, e as gotas geladas fustigaram seu rosto. Monten, o elefante de Augusto, emitiu um bramido alto e triste, como se soubesse que tempos difíceis viriam pela frente.

De repente, Ulrik foi jogado no chão, dando de cara na lama.

– Vai para onde? – O rosto forte de Victor surgiu em meio à chuva, cheio de ódio e triunfo.

– Foi você! – Ulrik acusou. Só isso explicaria o fato de o guerreiro tentar impedi-lo de partir. O garoto cogitou chamar os outros, mas, estendido no chão, viu que muitas botas o circundavam.

– Como ousa acusar um membro do conselho? – Victor vociferou, indignado. – Nós sempre fizemos tudo pelo clã, sempre protegemos nosso líder! Várias pessoas *viram* você saindo da barraca dele!

– Sim, eu estava lá! Só que Augusto estava comigo!

As pessoas em volta se enfureceram, gritando insultos.

– Você acha que isso é uma brincadeira, garoto? Acha que é engraçado?

Ulrik sentia-se confuso – não só pela pergunta, mas também pela tristeza transbordando dos olhos inchados e vermelhos de Victor. O guerreiro estava encharcado pela chuva, contudo, ainda era possível ver as enormes lágrimas brotando e cortando o rosto moreno. Talvez ele estivesse apenas preocupado com o sumiço da caixa e achasse que a culpa era do garoto mais uma vez.

– A gente vai encontrar, Victor. Vamos atrás de quem quer que a tenha roubado...

– De que diabos você está falando, seu novato estúpido? – Victor agarrou sua túnica de lã e o chacoalhou, fazendo com que a cabeça de Ulrik batesse no chão encharcado. – Você o matou! O Augusto está morto, e foi você quem o matou!

# PARTE
# 3

## CAPÍTULO 26

# O julgamento

A dor na cabeça era forte, Ulrik devia estar confuso por causa da pancada. O que Victor dizia não fazia sentido algum. Alguém o pôs em pé, e diversas mãos o envolveram. Puxaram seus braços para trás e amarraram seus pulsos. Todos gesticulavam e gritavam, mas sua visão estava embaçada pela chuva implacável e sua audição parecia abafada. Victor o balançou mais uma vez e, apesar de ver seus lábios se mexendo, não ouviu o que o guerreiro vociferava. Ele o chacoalhou de novo, e de novo, e por fim sua audição voltou a funcionar.

— Mande os lobos ficarem quietos ou a gente vai ter que fazer alguma coisa!

A realidade se impôs com tanta força que Ulrik ficou tonto.

— Augusto morreu?

Victor deu um tapa em seu rosto, e por pouco não o fez cair mais uma vez.

— Não ouse... não ouse pronunciar o nome dele! — Ele apontou para Nox e Lux. — Se eles não pararem, vamos abater os lobos!

Os animae estavam rosnando e mostrando os dentes, ameaçando morder qualquer um que chegasse perto, e alguns guerreiros andavam em círculos com cordas nas mãos tentando achar uma brecha para prendê-los.

— Não fui eu! — Ulrik gritou, enfim compreendendo que estava sendo acusado. — Eu não o matei!

— Ah, não? E para onde você ia então? — Victor levantou o saco com as coisas que Ulrik tinha preparado para viajar. — Nós te flagramos fugindo, moleque!

– Eu ia viajar com o Augusto, alguém roubou...

– Acha mesmo que a gente vai acreditar nisso? – Era Ana, mãe de Arthur, a primeira a responsabilizar Ulrik pela morte de Rufus.

– Nem tenta enrolar a gente, estranho! Você foi o último a entrar na barraca dele! – Marcus, o novato com quem nunca se dera bem, acusou. – Eu vi!

– Eu não neguei que estava lá, mas quando saí Augusto estava vivo!

Muitos começaram a falar ao mesmo tempo; para o terror de Ulrik, a maioria acreditava que ele era o culpado. Tinha feito tantos desafetos assim? Onde estavam seus amigos? Vasculhou o grupo, desesperado, e encontrou os olhos de Tora.

– Não fui eu! – gritou, e Tora assentiu.

Continuou perscrutando os arredores; seus olhos acharam os de Leona, mas não conseguiu decifrar o que a garota estava pensando. Quanto mais procurava, mais ódio encontrava. E então seus olhos cruzaram com dois olhos verdes, tão parecidos com os de Lia que por um momento pensou que mater estivesse ali. Todavia, eram de Úrsula; estavam vermelhos, inchados e fundos, num abismo infinito de tristeza.

– A gente vai matar seus animae, garoto. É meu último aviso.

A frieza do tom fez o sangue de Ulrik gelar nas veias. Os guerreiros esticaram as flechas nas cordas.

– Não! Nox, Lux, quietos!

Os lobos se acalmaram. Animae e humano se encaram de forma profunda, uma conversa de almas. Jaguar passou uma fita de couro em volta do focinho dos lobos, Caeli os fez deitar gentilmente e amarrou suas patas com uma corda. Ulrik notou as lágrimas quentes escorrerem pelo rosto gelado e encharcado pela chuva, sentindo-se traído, humilhado e abandonado.

– Você vai ser julgado depois do funeral e sentenciado à morte se condenado.

– Eu quero ir ao funeral.

Victor aproximou o rosto do de Ulrik. Podia sentir o calor de sua respiração.

– Só por cima do meu cadáver.

O garoto fechou os olhos. A raiva percorreu seu corpo inteiro, cada músculo tremendo com indignação. Ponderou gritar aos quatro ventos que Augusto era seu tio, e que tinha direito de ir ao funeral, e que nunca mataria alguém da própria família. Mas o líder não revelara o parentesco a ninguém, nem mesmo à filha, e agora aquilo soaria como mais uma grande mentira.

Jaguar o puxou pelo braço e o conduziu até uma barraca vazia na entrada do acampamento. Havia apenas uma grande estaca no chão, na qual Ulrik foi amarrado com brutalidade.

— Alguém vai vir te buscar na hora do julgamento, e você vai ter o direito de contar a sua versão dos fatos — o pai de Marcus explicou, e saiu.


Os braços presos atrás das costas formigavam, e o ombro de Ulrik ardia por causa da posição desconfortável. Estava com a respiração pesada e a mente perturbada; deveria formular sua defesa, mas era impossível se concentrar. Nox e Lux foram jogados como lixo na terra molhada dentro da barraca, sem conseguir se mexer, e Ulrik sentia a dor de seus animae. Os lobos ganiram, compartilhando o sofrimento do garoto.

Minutos antes, muitas vozes discutiam, contudo, naquele momento, o silêncio pairava sobre o clã. O funeral devia estar acontecendo.

*Adeus, tio. Que seu espírito encontre a luz e a paz na certeza de que vou fazer tudo que estiver ao meu alcance para cumprir a primeira e última missão que me deu.*

Ainda era difícil acreditar que ele estava morto. Que não apareceria mais na praça para anunciar as missões, que não lideraria mais o clã. Eles tiveram apenas dois meses para se conhecer de verdade, sabendo que eram sobrinho e tio. Havia tantas coisas que Ulrik não dissera a Augusto, e outras tantas que esperava ouvir do líder...

Não saberia dizer quanto tempo se passou antes que viessem buscá-lo. Quando saiu da barraca, porém, o crepúsculo caía e já não chovia mais.

Bruno veio conduzi-lo ao julgamento. Soltou os nós que prendiam o garoto à estaca, mas não liberou seus punhos.

— E os lobos?

— Vão ter que esperar aqui.

– Não fui eu, Bruno. Eu juro.

– Acredito em você – o guerreiro sussurrou enquanto caminhavam entre as tendas verdes, seguindo na direção do bosque. – Já sabe o que vai dizer?

– O que acha que eu deveria dizer?

– A verdade. *Toda a verdade.*

Chegaram à praça lotada, e Ulrik foi forçado a se sentar num tronco no meio do círculo. Não havia muita ordem, consequência da falta de um líder.

– Muito bem, garoto, vamos acabar logo com isso – Victor anunciou, e todos se calaram. – Os guerreiros não merecem sofrer mais pela desgraça que você infligiu.

– Seu papel é guiar o julgamento, não condenar o garoto – Bruno alertou.

Victor encarou o outro guerreiro e estreitou os olhos, mas continuou:

– Eu não estava na praça no momento em que tudo aconteceu, mas Valentine e Marcus viram quando você saiu da tenda do Augusto. O que estava fazendo lá?

– Fui oferecer ajuda, saber se ele precisava de alguma coisa.

– E por que ele precisaria da *sua* ajuda? – Ana perguntou com deboche.

Como explicar aquilo sem contar que o líder era seu tio? Sem colocar o resto da família em risco?

– Nos últimos meses, Augusto requisitou minha ajuda muitas vezes, e eu queria ser útil. – Era verdade, e os guerreiros sabiam.

– Por quê? – Caeli questionou. – O que fez nosso líder dirigir uma atenção especial a você?

– Eu acho... – Ulrik hesitou. – Acho que ele se sentia responsável pelo incidente na Pedra do Sol, e sabia que muitos me consideravam culpado. Augusto não queria que eu fosse prejudicado, queria ajudar no meu treinamento.

Não deixava de ser verdade. O líder via como outros guerreiros olhavam para o sobrinho e o tratavam, e chamava a atenção de alguns. Não pelo parentesco, e sim pelo grande senso de justiça que sempre tivera.

Alguns assentiram.

– O que aconteceu quando você entrou na tenda do Augusto? – Ilca indagou. Estava pálida pela desolação, e em seus olhos havia uma curiosidade genuína.

– Ele estava perturbado, balbuciando palavras sem sentido. Queria ajudar, perguntei o que tinha acontecido, e ele disse... – Mesmo que aquilo soasse como uma grande mentira, alguém sabia da verdade. Ulrik se lembrava de ter ouvido Augusto dizer que dividira seus segredos com um dos membros do conselho. – Ele disse que alguém tinha roubado a caixa das almas.

Vozes explodiram na praça como uma sinfonia de trovões. Victor o encarou com fúria; a impressão de Ulrik era de que o guerreiro não o deixaria contar a história toda.

– Eu disse que ia chamar alguém do conselho, mas Augusto me impediu por desconfiar que um dos membros fosse um traidor! – gritou, por cima das vozes, e muitos cuspiram insultos de volta. – E me pediu ajuda para recuperar a caixa antes que ela fosse aberta pelos espectros! – Mesmo se Ulrik morresse ao amanhecer, os guerreiros tinham que saber.

Victor se levantou, caminhou até o meio do círculo e desferiu um soco no estômago do garoto.

– Se esse monte de baboseiras fosse verdade, você seria a última pessoa a quem Augusto confiaria essa missão depois do que aconteceu com o Rufus!

– Um de vocês sabe da verdade! Um de vocês sabe! – Ulrik gritou, sem ar, ignorando a dor.

– Chega de mentiras, Ulrik, você só está piorando a situação – Caeli disse com pesar antes de o amordaçar.

A confusão continuava na praça. A multidão estava em pé; alguns brandiam as armas, prontos para linchar o garoto se Victor permitisse.

– Chega! Todos sentados! – A voz de Bruno ecoou mais alta.

Aos poucos os guerreiros se acalmaram e Ulrik foi içado e colocado com cuidado sobre o tronco central. Tora e Bruno o ajudaram, os únicos que acreditavam em sua inocência. Ambos estavam com o olhar cheio de desespero. O novato seria condenado, era isso que os dois pensavam. E, se o condenassem, seria executado.

Quando o silêncio se instalou, Victor continuou:

– Confio em vocês pra tomar a decisão certa e honrar a memória do maior líder que esse clã já teve. Vamos votar. – Sua voz não estava mais firme; tremia de emoção. – Aqueles a favor da condenação seguida pela decapitação do novato Ulrik, por favor, se levantem.

Ulrik fechou os olhos, pedindo a Luce que iluminasse as mentes dos guerreiros para que enxergassem a verdade. Pedindo justiça.

Ao abri-los, viu um sorriso estampado no rosto de Victor. Seu coração bateu forte e desesperado, como um animal tentando fugir do abate. Suas mãos tremeram, e sua respiração se acelerou.

Viu com o canto dos olhos que a grande maioria dos guerreiros estava em pé. O garoto não se preocupou em identificar aqueles que haviam votado por sua morte – já não importava mais.

– A sentença vai ser aplicada amanhã, ao nascer do sol – Victor anunciou.

Ulrik encarou o guerreiro; seu rosto não expressava compaixão, nem raiva, só a satisfação e o alívio de quem vencera uma grande batalha. De quem eliminara o inimigo.

– Heitor, você vai fazer as honras. Pode afiar o machado.

Um arrepio frio percorreu a espinha de Ulrik e fez formigar sua nuca. Todos se levantaram, e Victor segurou o garoto pelo braço enquanto o conduzia até a barraca. O guerreiro o prendeu novamente à estaca solitária, apertando tanto as cordas em volta de seu peito que Ulrik mal conseguia respirar.

– Eu e Heitor vamos montar guarda. Nem pense em tentar fugir; não vou hesitar um segundo sequer em te matar antes da hora marcada. – Apertou um pouco mais a mordaça que Caeli havia colocado em Ulrik. O gosto metálico do sangue inundou sua boca. – Você nunca mais vai contar essas mentiras.

A noite fria avançou, mas Ulrik não conseguia dormir. Suas roupas estavam molhadas da chuva e do suor frio que emanava de cada poro. Estava com o corpo muito dolorido, e os tremores constantes só pioravam a situação.

Aquelas eram suas últimas horas de vida. O coração batia forte, porém, de que adiantava se os batimentos estavam contados? Pela manhã, o machado desceria sobre seu pescoço, e seu corpo imóvel e decapitado repousaria no chão gelado. O pensamento revirou seu estômago, e um gosto amargo lhe subiu à boca. O serviço seria feito por Heitor, justo o guerreiro que revelara seu destino. O guerreiro a quem se afeiçoara nos primeiros dias de viagem.

Ulrik não veria Lia e Carian novamente, e seus pais nem mesmo chorariam sua morte. Um soluço escapou dos lábios abertos e amordaçados, mas o calor da lágrima em nada amenizou o frio da alma. Não beijaria Leona; Úrsula nunca saberia que os dois eram primos; não ouviria mais verdades profundas de Tora; não partiria numa missão de verdade; não veria mais o sol se pôr... O que aconteceria com seu espírito? Sentiria alguma dor? O medo o corroía por dentro, misturado à raiva pela injustiça e à vontade avassaladora de viver, de ter feito tudo diferente.

Será que alguém havia acreditado na história da caixa das almas? A quem Augusto confiara o segredo? Aquela pessoa teria de tomar providências; a caixa já devia estar muito longe, e se conseguissem abri-la... Por mais egoísta que fosse o pensamento, era satisfatório pensar que os guerreiros que o tinham sentenciado se arrependeriam quando o mundo caísse sobre suas cabeças. Condenando o garoto, haviam condenado a si mesmos.

A escuridão era total, e a chuva caía novamente. Dois pares de olhos brilhantes o encaravam do chão, um dourado e um azul. Se ao menos seus lobos pudessem ir até ele, se ao menos pudesse abraçá-los, teria algum conforto. Os lobos emitiram um gemido baixo; sofriam por não poder consolar o garoto, e também ansiavam por seu toque. O que aconteceria com seus animae? Eles os sacrificariam? O pensamento fez com que uma nova onda de medo e raiva o invadisse.

Houve uma movimentação do lado de fora. Primeiro um ruído seco seguido do som molhado de algo pesado batendo no chão encharcado. Depois, uma conversa apressada e sussurrada, baixa demais para ser compreendida.

*Não vou hesitar um segundo sequer em te matar antes da hora marcada*, Victor afirmara ao amarrar Ulrik na estaca. Ouviu a barraca sendo aberta, mas era impossível enxergar qualquer coisa. Não veria nem mesmo os olhos de seu assassino antes de morrer.

CAPÍTULO 27

# Do outro lado

Nox e Lux tentaram rosnar com os focinhos amarrados, e o coração de Ulrik voou rápido como um pássaro querendo escapar. A hora havia chegado. Ulrik abriu a boca amordaçada para gritar, assim os outros talvez viessem em seu auxílio e ele teria mais algumas horas para viver. Mas, antes que pudesse fazê-lo, uma mão firme foi colocada sob seu rosto. Sentiu depois a dureza gelada do metal deslizando rente ao braço; seu assassino estava passando a lâmina em sua pele, aterrorizando-o antes do golpe fatal.

O garoto se debateu; talvez não pudesse evitar a morte, porém, não se entregaria sem lutar. Começou a emitir ruídos abafados na esperança de que alguém o escutasse.

– Shiuuu – seu assassino ameaçou, e ele tentou gritar mais alto. – Eles vão te ouvir, seu idiota!

Ulrik parou de se mexer, chocado demais para fazer qualquer coisa. A mão relaxou e o liberou, retirando a mordaça, e ele respirou o ar fresco a grandes golfadas.

– Levanta os braços – Úrsula ordenou com uma calma fria.

– Úrsula... – Ulrik começou com a voz trêmula. – Eu não matei o Augusto, juro, estava falando a verdade...

– Eu sei – ela sussurrou. A tristeza emanava dela feito calor. – Vamos fugir. Agora fica quieto antes que eu te mate sem querer.

O garoto obedeceu, anestesiado pela notícia, enquanto as mãos de Úrsula percorriam seus braços até achar os pulsos. Ela forçou a faca entre a pele do garoto e a corda e, com movimentos determinados, começou a cortá-la. O atrito da superfície áspera da contenção fez com que seus pulsos começassem a sangrar, mas não se importou. Havia muito mais em jogo do que algumas gotas de sangue.

Ulrik esfregou os punhos quando a corda arrebentou e mexeu os braços, fazendo uma careta de dor. A garota passou para as que prendiam seus pés.

— Eu faço isso, solta os lobos — ele sussurrou, e Úrsula obedeceu.

Quando conseguiu se libertar, ela já terminava de libertar Nox e Lux.

— Vem, Ulrik. Não faz barulho.

Os dois deixaram a barraca e contornaram o acampamento adormecido pela parte de trás, as botas chapinhando na água da chuva que se acumulava no chão. Ulrik seguia os passos de Úrsula sem saber ao certo para onde iriam. Depois de alguns minutos, alcançaram a entrada do bosque e andaram entre as árvores na direção de uma fonte de luz, onde um grupo e alguns cavalos esperavam.

Ulrik arregalou os olhos ao ver as pessoas iluminadas pela tocha: Tora, Leona, Bruno e Heitor. Bruno o segurou pelos ombros.

— Ulrik, você sabe onde ela está? — Vendo a expressão confusa do novato, o guerreiro se explicou. — A caixa das almas, você sabe para onde ela foi levada?

— Não. Talvez Augusto soubesse, mas ele não me disse antes de... — Ulrik olhou para baixo; saber que não morreria no dia seguinte o obrigava a enfrentar todos os problemas que estava pronto para deixar para trás. — Então você era a outra pessoa que sabia sobre a caixa?

Bruno o encarou com intensidade e assentiu.

— Não disse nada no julgamento porque não podia me revelar. Tem um traidor entre nós, e fingir que não sei de nada é a melhor forma de descobrir quem é — explicou, como se pedisse desculpas.

— Vocês precisam achar a caixa antes que ela seja aberta — afirmou Heitor. — Vamos tentar convencer os outros aos poucos de que a história da caixa das almas é verdadeira. Vou procurar provas nos pergaminhos antigos, pedir para que os mais velhos recontem as histórias, e quem sabe trazer pelo menos dúvida...

— Ninguém pode desconfiar que a gente ajudou na fuga, ou são nossas cabeças que vão rolar — Bruno falou. — E precisamos delas no lugar para descobrir a verdade e enviar reforços. Se conseguirem recuperar a caixa ou descobrirem seu paradeiro, voltem pra cá e a gente dá um jeito.

— Mas não sei nem por onde começar a procurar. — Ulrik sentiu um peso no estômago ao considerar a grandeza da missão.

— O importante agora é se afastarem o máximo possível do clã. Assim que perceberem que você fugiu, vão te caçar durante alguns dias — Heitor explicou, e Ulrik ouviu com atenção. — Cavalguem a noite toda e mais um dia, e não durmam em hospedagens nas próximas três noites. Apaguem seus rastros, entrem com os cavalos em riachos, passem sobre regiões pedregosas.

— E quando estiverem longe e em segurança, procurem os veros — Bruno sugeriu.

Úrsula encarou o guerreiro, surpresa.

— É muito difícil encontrar os espíritos da água. Poucos guerreiros conseguiram falar com eles.

— Vocês têm um bom motivo — Bruno afirmou, confiante. — Procurem em grandes rios ou lagos. Os veros sabem de tudo, veem através das águas, são os únicos que podem dizer onde a caixa está.

— Mas eles vão pedir alguma coisa em troca, não vão? — Tora indagou.

Bruno assentiu, como se apreciasse a pergunta.

— A verdade. Nunca mintam para os veros, ou pode ser a última coisa que farão. Eles não se esquecem e não perdoam.

— Agora é hora de ir — Heitor anunciou, e os ajudou a montar nos cavalos. — A chuva vai ajudar a esconder os rastros hoje, tirem proveito disso.

— Heitor. — Ulrik encarou o guerreiro pela primeira vez desde o dia em que haviam voltado da missão. — Eu sinto muito. Se pudesse mudar qualquer coisa...

— A culpa não é sua, garoto dos lobos. Você já tem uma missão grande demais sobre os ombros, deixe esse peso para trás. — Heitor deu alguns tapinhas carinhosos nas costas de Ulrik. — A gente se vê em breve.

Úrsula bateu os calcanhares no flanco do cavalo e os outros a imitaram. A escuridão era quase total, mas o urso, o leão, o tigre e os dois lobos guiavam o caminho com sua visão noturna aguçada, rasgando o bosque em direção à liberdade e ao perigo. A chuva castigava o rosto de Ulrik, e o vento gelado fazia seus olhos arderem. O garoto estava assustado, seu corpo doía e recebera uma missão quase impossível.

Mas estava vivo e com seus amigos.

CAPÍTULO 28

# A busca

Seguiram o conselho de Heitor: viajaram noite adentro e avançaram determinados pelo dia úmido.

Naquele momento, o sol começava a se recolher, fazendo as nuvens esparsas resplandecerem num rosa intenso.

Dada a intensidade da tempestade durante as primeiras horas de chuva, era pouco provável que os outros guerreiros conseguissem ir atrás deles; mesmo assim, haviam cavalgado parte do caminho por dentro de um riacho e tomado um tempo maior para atravessar uma colina rochosa, tudo para não deixar rastros.

A chuva dera uma trégua horas antes, e o solo naquele local estava seco. Mas as roupas de Ulrik não, e ele galopava tremendo de frio, ofegando por causa das dores na perna. Os cavalos pareciam estar no limite, bufando de cansaço.

– Úrsula! – Tora gritou, fazendo os outros desacelerarem. – A gente precisa parar, ou vamos matar os cavalos.

A garota se virou, com o cenho franzido de preocupação. Mirou o horizonte, e o desejo de seguir viagem estava estampado em seus olhos inquietos. Contudo, assentiu, sabendo que Tora tinha razão.

– Vamos procurar um lugar para montar acampamento.

Beiravam um riacho límpido, que serpenteava no meio de uma floresta de pinheiros. Ali havia boa cobertura e água; seria perfeito para descansar.

Úrsula escolheu um ponto onde as árvores se erguiam mais afastadas umas das outras e desmontou. Os outros a imitaram, todos emitindo gemidos de dor. Leona se deixou cair na relva amarelada, queimada pelo frio; Albin se esparramou ao lado dela, exausto. Tora anunciou que iria procurar lenha, e Úrsula levou os cavalos até o riacho para beberem água. Quando os prendeu numa árvore, os animais logo começaram a abocanhar tufos de plantas que cobriam o chão.

Não tinham levado barracas, já que seriam pesadas demais, mas carregavam algumas peles. Ulrik as desenrolou e jogou uma delas sobre Leona; a garota sorriu, com os olhos fechados, ao se acomodar.

Ulrik encontrou um ninho vazio cuja palha serviria como estopim para a fogueira e agradeceu por estarem num local onde aparentemente não havia chovido tanto. Seria impossível fazer fogo daquela forma mais rudimentar se tudo estivesse úmido. Úrsula passou o arco para Tora, que era o melhor naquela técnica. Ele torceu a corda da arma em volta de um graveto e o apoiou entre um pedaço de lenha no chão e uma pedra que segurava na outra mão. Então puxou o arco para frente e para trás, fazendo o graveto girar rápido. Depois de alguns minutos e muita fumaça, uma brasa se formou. Tora a colocou com cuidado no meio do ninho, soprou-a com delicadeza, e quando as chamas pareciam fortes o bastante, os quatro passaram a adicionar a lenha pouco a pouco. Uma hora depois, o fogo queimava alto. Os garotos se aninharam ao redor da fogueira, felizes por poderem se aquecer e secar as roupas.

– Vou caçar – Ulrik anunciou, desamarrando o arco e a aljava presos à sela. Precisavam economizar os mantimentos que haviam levado.

– Ótimo, não tenho forças para isso – Leona agradeceu, deitada perto do calor das chamas.

– Eu vou com você – Úrsula disse, levantando-se. E não perdeu a oportunidade de provocá-lo: – Minha mira é muito melhor.

Os dois caminharam em silêncio, com Fofa, Nox e Lux à frente tentando farejar possíveis presas.

O segredo que Ulrik guardara durante aqueles dois meses parecia carregar o ar; sua importância era leve, como uma verdade agradável prestes a ser revelada, contudo, sua omissão tinha quase o mesmo peso de uma mentira imperdoável. Ulrik precisava falar logo ou enlouqueceria. Será que a garota acreditaria?

– Úrsula – ele chamou, tocando seu ombro, e a encarou por alguns segundos. – Preciso te contar uma coisa. Augusto estava guardando essa revelação para o momento certo...

A garota suspirou e pôs as mãos na cintura.

– Eu já sei que você é filho da irmã de pater – ela respondeu, dando de ombros, como se o fato não tivesse muita importância.

– Você sabia? – Ulrik perguntou, surpreso, e também aliviado por não ter de explicar tudo. – Seu pai te contou?

– Não – ela revelou. – Eu e Tora nos escondemos atrás da barraca quando ele te chamou para conversar no dia em que Rufus morreu. A gente ouviu tudo. Inclusive a decisão de me deixar de fora.

– E você não me disse nada?

Ela parou e o encarou, boquiaberta.

– Nem vem, nem tenta inverter a situação. Você que não me disse nada! – Havia uma nota de decepção e acusação em sua voz. – Fiquei esperando você me contar. Achei que ia sair dali direto me procurando, ou talvez guardar o segredo por um ou dois dias, no máximo. Ao invés disso, vocês seguiram sozinhos curtindo essa nova família, se aproximando. Se conhecendo. Sem mim. E aí eu fiquei pensando... – A voz dela ficou embargada. – Eu fiquei pensando que talvez pater quisesse ter tido um *filho*. Que você podia ser para ele algo que eu não pude.

Aquela revelação pareceu ter partido o corpo inteiro de Ulrik em pedacinhos minúsculos. Ele sabia que a prima poderia ficar chateada por ter sido excluída, mas nunca, nunca imaginaria que aquilo a faria questionar o amor de Augusto por ela. O orgulho que o homem tinha da filha era tão nítido, tão óbvio, que Ulrik o enxergava em cada ação do antigo líder. Quando Úrsula o desafiava, Augusto batia de frente, como fazia com qualquer outro guerreiro, porém, acabava deixando transbordar o quanto estava feliz por vê-la se posicionar. Ele às vezes ficava espiando o treinamento, quase hipnotizado, e tentava sem sucesso conter o sorriso quando Úrsula acertava o alvo com uma flecha. Todas as gargalhadas que ouvira Augusto dar tinham sido arrancadas pela novata.

– Úrsula... – como traduzir aquilo em palavras? Como fazer com que ela nunca mais duvidasse de que era perfeita e nem questionasse o que Augusto sentia por ela? – Ninguém poderia tomar o seu lugar ou fazer com que ele quisesse que você fosse diferente. Porque não tinha nada mais importante no mundo para ele do que você. Nada mais importante do que te fazer feliz... Sabe como eu sei disso? – Ulrik estava chorando, assim como Úrsula. – Porque quando disse que chegaria o momento certo de te contar que éramos primos, ele sorriu e me olhou como se quisesse me embalar para presente e te entregar.

Úrsula gargalhou, soluçando ao mesmo tempo. Ulrik também. Ele a abraçou e se sentiu inundado pelo mesmo tipo de amor que sentia por Otto. Ela repetiu muitas e muitas vezes que sentia falta de Augusto. Que queria vê-lo de novo uma última vez. O garoto também se permitiu chorar a morte do tio. Chorar nos braços de quem dividia a mesma dor, consolar um ao outro. Ulrik sabia como o luto se comportava dentro de uma família, e era exatamente daquele jeito. Eles eram primos. Agora, Úrsula era sua única família no clã.

A parede feita de segredos não ditos foi ruindo, e ele prometeu a si mesmo que não deixaria mais nada ficar entre eles. Contudo, ainda havia algo que queria esclarecer.

– Úrsula, como você sabia que não fui eu?

– Que não foi você o quê? – ela perguntou, confusa, e depois compreendeu. Sua expressão se suavizou. – Eu te conheço, Ulrik. Estava perdida no início, não tinha ideia do que poderia ter acontecido. Mas, no julgamento, quando você contou sobre o roubo da caixa, sobre pater ter te chamado para partirem juntos, eu acreditei em cada palavra. – Úrsula esquadrinhou os arredores, procurando por uma presa ou talvez apenas evitando encará-lo. – Estava decidida a falar tudo no julgamento: que você era meu primo, que alguém tinha vasculhado a tenda no dia das mortes no Bosque Branco. Só que quando você disse que havia um traidor ali no clã e vi que todos estavam contra você, compreendi que alguém tinha te incriminado.

– E como foi que decidiram me ajudar a fugir?

– Bruno. Ele sabia da caixa, sabia que alguém precisava procurá-la. Ele conversou com Tora, pois não queria que você viesse sozinho, e Tora disse que teria que me chamar também. Bruno não gostou nada da ideia, achou que eu talvez estivesse contra você. Eu entendo... Eu estava mesmo desnorteada, o conselho me entrevistou antes do julgamento e eles viram como eu estava abalada – Úrsula engoliu em seco, como se a morte de Augusto ainda estivesse entalada na garganta. – Mas Tora insistiu, e no fim ele concordou.

– E a Leona? – A pergunta estava queimando em seu peito.

Por dois meses, a garota sequer lançara um olhar na direção de Ulrik. Tinha ficado furiosa por causa da batalha com os espectros na Pedra do Sol, e o garoto achava que os dois nunca voltariam a ser amigos.

– Ela se escondeu quando viu que eu estava conversando com Tora e escutou o plano. Quando terminamos, a *esquisita* apareceu e disse que vinha com a gente. Eu falei que não, só que ela ameaçou contar tudo para o resto do clã se ficasse para trás. – Úrsula franziu as sobrancelhas finas. – Pensei seriamente em matar essa garota, mas Tora me proibiu.

Ulrik sorriu com a piadinha, e eles voltaram a caminhar.

– Até agora não entendi porque ela quis vir – Úrsula continuou. – Nós duas não estávamos nos falando desde que voltamos da Pedra do Sol, e sei que ela ainda estava brava com você...

– Ela veio porque achou que eu não era culpado e quis ajudar – as palavras escaparam antes mesmo que Ulrik pudesse pensar. – Ela pode ser teimosa, mas sempre faz o que é certo.

Úrsula revirou os olhos e voltaram a atenção para a caçada. Depois de mais alguns metros, os animae pararam, encarando um ponto à frente. Um veado se alimentava; seria carne demais para os quatro guerreiros, mas os cinco animae terminariam com o restante em segundos.

Fofa e os lobos estavam cansados, então em vez de enviar os animais atrás da presa, Úrsula ajustou a mira e atirou. A flecha atravessou o tórax do veado, onde devia estar seu coração, e ele caiu morto sem nem um gemido.

– Você é realmente muito boa – Ulrik afirmou, com as sobrancelhas arqueadas em admiração.

– É você que está falando, não eu – ela respondeu, com um sorriso, e piscou um olho.

Tudo havia voltado ao normal entre eles – tão normal quanto a situação permitia.

Meia hora depois, estavam de volta ao acampamento, com Fofa arrastando o veado com a boca. Leona limpou parte da carne e tirou os pedaços mais macios para os guerreiros.

– A gente precisa definir para onde vamos seguir – Tora sugeriu, enquanto esperavam a carne assar.

– Temos que nos afastar mais. Bruno disse que esse deveria ser nosso único objetivo por enquanto – Leona respondeu. – Os guerreiros ainda devem estar atrás da gente.

– Sim, essa é a prioridade, mas podemos traçar uma rota que nos leve mais rápido até a próxima missão – Tora explicou. – Úrsula, cadê o mapa?

A garota se levantou, correu até os cavalos e trouxe o objeto bem embalado num pedaço de lona. Tora o desenrolou.

– Acho que a gente deve estar mais ou menos por aqui – Tora supôs, apontando para uma floresta da província de Lagus.

Ulrik observou o mapa e os arredores e fez algumas contas. Tinham seguido para o leste e para o sul, por um dia e meio de viagem, cavalgando rápido pela maior parte do percurso.

– Não. Para chegar até aí a gente precisaria de uns três dias de viagem. Acho que estamos aqui. – Ulrik apontou para uma outra floresta, de proporções muito menores.

– E onde fica o clã? – Leona perguntou.

– Aqui – Ulrik colocou o dedo num ponto do mapa.

Os outros três o fitaram, surpresos com aquele talento para a navegação.

– A gente ainda está perto demais – Leona concluiu. – Precisamos continuar.

– Calma. – Ulrik tocou o braço dela e sentiu os dedos formigarem. – Os guerreiros só devem ter descoberto que a gente fugiu no início da manhã. Tentamos não deixar rastros e viajamos fora das estradas, nosso grupo tem uma boa vantagem. Vamos comer e descansar por umas duas ou três horas.

Os outros concordaram.

– A gente precisa seguir na direção de algum rio ou lago para achar os veros – Tora disse, e começou a procurar um corpo d'água no mapa.

– Tem um aqui – Úrsula apontou.

– Mas aí a gente precisaria usar a estrada – Ulrik respondeu.

– E esse? – Tora apontou para outro mais ao norte.

– Perderíamos muito tempo e energia para atravessar as montanhas.

– Esse. – Leona escolheu um grande lago, mais ao sul. – Esse parece bom.

Ulrik o examinou com cuidado.

– Só algumas colinas no caminho, quatro dias de viagem, bosques e florestas para dar cobertura. – Ele colocou o dedo indicador no ponto onde estavam e o do meio no lago para onde iam. Em seguida, girou o dedo médio para o leste e o norte, como um compasso, apenas para garantir que não havia nenhum outro mais apropriado dentro do semicírculo. – Esse é perfeito, Leona. Lago dos Sete Rios, aí vamos nós.

CAPÍTULO 29

# Veros

O vento fazia o cabelo escuro de Ulrik esvoaçar. Os fios soltos chicoteavam seu rosto, e ele os segurou para tentar enxergar o lago ao longe. Os quatro guerreiros estavam sobre a mais alta das colinas, e a visão era de tirar o fôlego: um mar de morros que subia e descia, com seus vales encobertos por uma neblina espessa. Os topos arredondados pareciam flutuar na névoa branca e, por mais bonito que o efeito fosse, não os ajudava muito já que escondia o lago procurado.

Os amigos haviam cavalgado por quatro dias, descansando e comendo pouco, e chegaram às colinas no meio da noite anterior. Como o local era aberto demais, sem a cobertura das árvores, preferiram não fazer fogo e comeram, frio, o resto do pato da última refeição. As duas noites anteriores tinham sido menos geladas, efeito da menor altitude da região, mas mesmo assim o calor dos primeiros raios de sol da manhã era bem-vindo.

Leona foi a segunda a acordar; levantou-se, espreguiçando-se, e caminhou até o local de onde Ulrik admirava a paisagem.

– Acha que estamos perto? – ela perguntou.

– Pelos meus cálculos, o lago deve ficar logo ali – Ulrik respondeu, apontando para o fim das colinas, de onde um vale parecia se estender. – Mas é impossível ter certeza com tanta neblina.

A garota tremeu quando uma brisa fria atravessou o ar; Ulrik passou um dos braços por cima do ombro dela para ajudar a aquecê-la. Arrependeu-se no mesmo momento.

No entanto, para sua surpresa, Leona não se afastou; pelo contrário, aproximou-se ainda mais, aninhando-se em seu peito. Ulrik a envolveu com o outro braço também; a garota estava de costas para ele, e seu queixo tocava o cabelo dela. O guerreiro afundou o rosto nas mechas claras e inspirou. O cheiro era uma mistura de relva fresca, suor, terra e algo só dela. Leona tremeu mais uma vez em seus braços, mas naquele momento não havia brisa alguma.

Ulrik a apertou mais forte contra si, e ela virou a cabeça. Ele passou o rosto no da garota, e nada mais importava. Não existia lago, veros, espectros ou caixa das almas. Existia apenas o presente, apenas os dois; estavam no céu, sobre as nuvens, e ela era mais uma vez o anjo de luz que ele vira quando chegara ao clã à beira da morte.

Ulrik tinha plena consciência de cada parte do seu corpo: das pernas, que tremiam ligeiramente; dos braços, que envolviam a garota de seus sonhos; do peito, onde ela repousava. Será que Leona conseguia sentir o coração do garoto batendo mais forte do que deveria?

Mas os outros se mexeram sobre as peles em que haviam dormido, e a magia do momento se quebrou. Os dois não estavam sozinhos. Ulrik a soltou e se virou a tempo de ver Úrsula abrindo os olhos verdes, preguiçosa. Tora acordou com o ruído e ficou em pé imediatamente, aproximando-se para examinar o vale.

– Você acha que o lago é ali? – Tora indagou, estreitando os olhos.

– Acho. – Ao longe, uma linha azul serpenteava em direção às colinas. Ulrik apontou para o local. – Aquele deve ser um dos rios que desemboca no lago.

– Qual é o plano?

– Não tenho um – Ulrik admitiu. – A gente vai até lá e tenta chamar os veros.

– E o que você vai dizer para eles? – dessa vez foi Úrsula quem perguntou.

– Toda a verdade.

Comeram o resto do pão que ainda tinham e fizeram uma fogueira para cozinhar os pequenos ovos que Tora encontrara num ninho. Depois juntaram as coisas, limparam os rastros do acampamento e partiram.

O sol brilhava e a neblina começava a se dissipar, e manchas de água esverdeada apareciam entre brechas na bruma. Estavam no caminho correto e, se tudo corresse bem, ao fim do dia saberiam o paradeiro da caixa das almas.

Alcançaram o topo da última colina algumas horas depois, quando o sol estava alto no céu e o lago já era totalmente visível. Enorme, tinha braços invadindo o vale, cada um deles se afinando até se perder de vista em diferentes direções. Ulrik os contou, e de fato eram sete. Os rios tinham cores distintas – alguns com a água verde e leitosa, outros de um azul tão escuro quanto o céu da noite, e uns límpidos e transparentes. Todas aquelas cores e texturas se juntavam para formar um lago de contorno verde e centro azul, mais claro onde os rios chegavam e bem escuro no centro profundo. Parecia um lugar mágico; se realmente fosse possível encontrar espíritos da água, aquele seria o local ideal.

O grupo desceu e seguiu pelas margens de um dos rios até chegar ao lago. Ali havia uma praia de pedrinhas arredondadas e água rasa.

– E agora? – Úrsula transformou em palavras a dúvida que o assolava.

Ulrik arranhou a garganta.

– Veros? – ele chamou baixo, e os outros três riram.

A cena tinha mesmo certa graça. Parecia absurdo tentar conversar com a água.

– Talvez funcione se você chamar um pouco mais alto – Leona sugeriu.

– Veros! – Ulrik colocou as mãos ao redor da boca e gritou de novo: – Veros!

– Talvez você tenha que *entrar* na água. – Mais uma vez, o palpite veio de Leona.

Ela podia estar certa. Ulrik tirou os sapatos, a capa, o colete de couro, a túnica de lã e a camisa de algodão. Só restaram as calças, que preferiu manter. Caminhou descalço sobre as pedras porosas aquecidas pelo sol do meio do dia. Tocou com o pé na água, estava gelada. Quando já havia entrado até os joelhos, gritou mais uma vez.

– Veros!

Os outros gargalharam. Ulrik se virou e percebeu que *ele* era a piada.

– Talvez... você tenha... que mergulhar – Leona sugeriu, gargalhando sem ar enquanto dizia cada palavra com dificuldade. Ela se abaixou e abraçou o próprio corpo, rindo cada vez mais.

Ulrik caminhou até onde a garota estava e a observou com um sorriso malicioso nos lábios.

– Ou talvez eles estejam esperando que todo mundo entre.

Leona arregalou os olhos e se preparou para fugir, mas Ulrik já estava perto e a agarrou pela cintura. Percebeu então como tinha ficado mais forte com os oito meses de treinamento intenso.

– Não! Ulrik, eu te proíbo! – ela ordenou furiosa, tentando se debater e chutar, em vão.

Quando a água bateu em sua cintura, o garoto soltou a guerreira, que caiu com um grande *splash*.

Úrsula ria tanto que seus olhos estavam cheios de lágrimas. Leona se virou para Ulrik, o cabelo claro grudado no rosto, e os dois concordaram com o plano sem precisar dizer nada. Saíram correndo do lago, e logo alcançaram a outra garota. Ela xingou, os ameaçou de morte, debateu-se, mas alguns segundos depois também foi jogada na água gelada com outro *splash*. Os três encararam Tora – o último guerreiro seco, porém, ele já havia tirado os sapatos e a túnica e colocado os pés dentro da água.

– A humilhação e essas atitudes infantis não são necessárias, já entendi e vou entrar voluntariamente – disse, com a expressão madura de sempre. – Só preciso de alguns segundos para me acostumar com a temperatu...

Os outros três se abaixaram e espirraram água em Tora. Até mesmo ele os amaldiçoou, e em pouco tempo os quatro estavam brincando e nadando no enorme lago verde e azul.

– Vocês estavam mesmo precisando de um banho – Úrsula concluiu.

– Você não, *você* estava cheirando a óleo de lavanda – Tora rebateu, de um jeito irônico que não era dele. Todos riram novamente.

A água estava gelada demais, visto que o outono já chegava ao fim, e depois de alguns minutos Ulrik tremia dos pés à cabeça. Eles saíram e se sentaram na praia de pedrinhas, e logo o sol começou a esquentá-los e a secar suas roupas.

– E agora? – Ulrik repetiu a pergunta que Úrsula fizera meia hora antes. – Tora, o que você acha?

Tora encarou o lago por alguns instantes, tentando desvendar seus segredos mais profundos. Depois fechou os olhos, concentrado. Parecia estar olhando para dentro, como se todas as respostas estivessem em sua mente e só precisasse de calma para procurá-las. Os amigos costumavam provocá-lo, chamando o garoto de guru, mas Ulrik sentia um respeito profundo por ele. Confiava em sua intuição, admirava sua busca por sabedoria. Agradeceu mentalmente por seus caminhos terem se cruzado.

– Os veros estão aqui e podem nos ouvir. São os espíritos da água e estão em todos os rios, lagos e mares – Tora explicou, paciente. – Quantas conversas eles ouvem, todos os dias, todas as horas? Quantas pessoas devem estar suplicando pela atenção deles neste momento? Acho que eles só aparecem se estiverem realmente interessados. Se houver alguma verdade valiosa para ser compartilhada.

Ulrik considerou as palavras do amigo e decidiu fazer uma nova abordagem:

– Meu nome o Ulrik, sou um guerreiro e esses são meus amigos e nossos animae. – Ele observou por um momento os animais, que corriam no raso enquanto brincavam uns com os outros. – Viemos até aqui buscando ajuda, porque algo terrível aconteceu e só vocês têm as respostas de que precisamos. A paz do nosso mundo está ameaçada, e todos os povos vão sofrer as consequências se essa guerra explodir. A gente quer evitar isso, e estamos dispostos a pagar o preço que for.

Os guerreiros esperaram por alguns instantes, mas nada aconteceu.

– Talvez você deva dar todos os detalhes da história – Leona sugeriu.

– Não – Ulrik respondeu no mesmo tom, ainda se dirigindo ao lago. – Se os espíritos quiserem ouvir os detalhes, vão aparecer.

Os quatro ficaram fitando o lago por um tempo, mas nada acontecia. Até que, de repente, não muito longe de onde estavam, bolhas perturbaram a superfície espelhada – primeiro calmamente, depois com ferocidade. A água parecia ferver, e subiu, subiu e subiu até formar um jato de água de mais de dois metros. Aos poucos o jorro tomou forma e, segundos depois, os garotos estavam boquiabertos, olhando para algo extraordinário.

Era uma forma quase humana, embora muito mais alongada, com braços e dedos finos, cabelo muito longo que flutuava no ar e olhos penetrantes. Feita de água e nada mais. Ulrik podia ver a paisagem através da criatura, e parecia sem palavras.

*Quem luta com a mente*
*está sempre um passo à frente.*

A voz dela parecia borbulhar como um riacho, mas as palavras soavam claras o suficiente.

*Eu sou Amana Kaiwanna.*
*Muito prazer, guerreiros e animae.*
*No lago vivem também outros veros,*
*por todos falo e trago cumprimentos sinceros.*

Ulrik não sabia como lidar com aquele povo misterioso, então, se curvou para demonstrar respeito. Viu outras formas emergirem ao longe, outras perturbações na água, no entanto, estavam longe demais para que pudesse ver suas feições.

— Amana Kaiwanna, você sabe algo sobre a notícia terrível que trazemos?

*Seres malignos têm a língua solta e a cabeça nos ares.*
*Seus atos vis se espalham pelos cinco mares,*
*mas a informação nunca é pouca, e quero saber mais.*
*Contem-me tudo, não deixem nada para trás.*

O espírito os encarou com olhos atentos e ameaçadores, e a mensagem de Bruno ressoou na mente de Ulrik. *Nunca mintam para os veros.*

— Amana Kaiwanna, fomos roubados – Tora explicou. – Nosso líder era o guardião da caixa das almas, que contém o pior e mais poderoso espectro de todos os tempos. A gente não sabe para onde a caixa foi levada e nem por quem, mas nossa missão é recuperá-la e levá-la de volta ao clã dos guerreiros. Antes que a caixa seja aberta. Antes que seja tarde demais.

*Os veros são sábios e são contra a maldade,*
*mas a informação é preciosa e seu preço é a verdade.*

– E quais verdades você requer, espírito das águas? – Úrsula perguntou, apreensiva.

*Do corajoso, seu maior medo.*
*Do sábio, seu grande segredo.*
*Do justo, o perdão.*
*Do leal, a pior traição.*

– Você obviamente é o sábio. – Úrsula encarou Tora, e os outros dois murmuraram em acordo.

– E você, a leal – Leona concluiu, olhando para Úrsula, que levantou as sobrancelhas em surpresa. – Úrsula, você sempre esteve ao lado de Ulrik, mesmo depois da batalha da Pedra do Sol, e até quando ele foi acusado de matar seu pai.

– E você é a justa – Ulrik anunciou para Leona. – Você faz o que é certo mesmo quando não é fácil e se enfurece com qualquer injustiça.

– E você, o corajoso – Tora terminou, fitando Ulrik.

Os quatro se entreolharam, e o ar ficou pesado. Estavam constrangidos e perceberam que, mesmo se conhecendo muito bem, mantinham segredos trancados a sete chaves dentro do coração.

– Bom, vou ter que falar mais cedo ou mais tarde, então por que não ser o primeiro? – Tora engoliu em seco. – Tem uma coisa que nunca contei para vocês. Que nunca contei para ninguém. Eu... – Sua pele clara ficou ainda mais pálida. Seus olhos, vidrados. – Eu não sou um guerreiro.

Úrsula riu, meio nervosa, mas os outros permaneceram sérios.

– Sério, Tora, isso não é uma brincadeira.

Ele encarava o chão.

– Quando os guerreiros vieram me buscar, eu estava meditando com Magnus embaixo de uma cerejeira. Eu sabia meu destino, não tinha dúvida alguma. Queria ser um guru; estudaria os mistérios da vida e conversaria com os espíritos, veria o que os outros homens não veem e usaria meu conhecimento para fazer o bem. Até que Caeli se aproximou, explicou que ele era um guerreiro e que eu poderia ser um também. Mas eu sabia que não era.

Os três o encararam, assustados. Desistir de seu destino era algo impensável, provavelmente impossível para qualquer pessoa. Era como renunciar a si mesmo, como não beber a água fresca da fonte quando a sede era maior que a razão, como não chorar quando a dor era insuportável, como não se encolher na noite mais fria. Ia contra todos os instintos mais básicos do ser humano.

– Mas você tem a *marca*, Tora – Ulrik protestou. – Eles sempre pedem para ver a marca...

Tora enrolou a calça até a altura da coxa. Uma mancha clara na forma grosseira de estrela reluzia em seu joelho esquerdo.

– Quando Caeli me perguntou se eu tinha uma marca em forma de estrela, eu mostrei isso. – Ele suspirou e baixou os olhos. – Só que é uma cicatriz, não uma marca de nascença.

Ulrik ficou surpreso com a revelação. Sabia que ter a marca da estrela não era estritamente necessário. Alguns nativos, como Aquiles, não nasciam com ela, e ainda assim eram grandes guerreiros. Mas nunca tinha ouvido falar de um estranho que entrara no clã sem a marca... Ponderou se aquilo já acontecera outras vezes.

Úrsula colocou uma mão no ombro de Tora.

– Por isso você não consegue fazer magia tão bem. Por isso já sabia um pouco de magia de invocação... – ela concluiu, e o amigo aquiesceu. – Então por que você decidiu ir com Caeli?

– Eu acho que... fiquei curioso, fascinado com todas aquelas verdades esquecidas e aqueles segredos. Vi que ele conhecia o mal, a tristeza, a dor e o sofrimento de uma forma que eu nunca conheceria se ficasse na minha vila. Entendi que se vivesse como um guerreiro, um dia seria um guru melhor – respondeu, envergonhado. – Eu menti. E hoje não sei mais o que sou.

– Talvez você seja as duas coisas – Leona propôs, com um sorriso consolador. – Um guru guerreiro. Um guerreiro guru.

– Isso não existe – Tora retrucou. – Ninguém pode ser duas coisas ao mesmo tempo.

– Por que não? – Úrsula o desafiou. – Tem guerreiros que caçam, guerreiros que curam, guerreiros que viajam. E quer saber? Seria ótimo ter um guerreiro guru, alguém que enxergue melhor as verdades e oriente a gente. Você vai ser o primeiro.

– Mas eu não nasci para ser um guerreiro.

– Ei. – Ulrik deu um soquinho no ombro do amigo. – A gente é o que escolhe ser. É isso o que meu guru preferido diria se estivesse no meu lugar.

Tora enfim deixou um sorriso tímido escapar.

Ulrik olhou de relance para o espírito da água; seus contornos estavam mais nítidos, e ela parecia satisfeita em ouvir aquela história. Sentiu uma pontada de raiva. Por que a veros os obrigava a dizer coisas que haviam enterrado fundo no coração?

Depois de uma breve pausa, Leona começou:

– Posso ser a próxima. Você disse *do justo, o perdão*. Só pode estar se referindo a algo que fiz e que é imperdoável – ela disse, tentando parecer forte. A garota inspirou coragem e expirou a verdade, de uma só vez: – Eu matei um homem.

O silêncio se estendeu por longos segundos. Os outros não sabiam o que dizer diante da situação, chocados demais com a revelação repentina.

– Sinto muito e peço perdão ao seu espírito, onde quer que ele esteja.

Outro silêncio se seguiu, e quando Ulrik não podia mais suportá-lo, fez a pergunta que lutava para sair de seus lábios:

– Por quê? O que aconteceu?

Leona balançou a cabeça.

– Isso não importa. O que está feito não pode ser desfeito.

– É claro que importa! – Úrsula exclamou. – Os motivos não mudam os fatos nem apagam nossos erros, mas definem que tipo de pessoa a gente é.

Leona encarou o chão e mordeu o lábio.

– Quando Albin veio até mim, entendi que não poderia ficar no deserto. Não falo só da sensação horrível de tentar descobrir meu destino e não conseguir... – Ela e Ulrik se encaram, cientes de que eram os únicos a ter passado por aqueles dias de incerteza. – Falo mais da questão prática de que um leão não poderia viver ali. As patas dele ficavam feridas por causa da areia escaldante, e Albin precisaria de água e caça em abundância. Isso as dunas não podiam oferecer. – Os outros assentiram. – Então, fui embora. Tracei o caminho pensando em parar em alguns oásis, mas não sabia que um deles tinha sido engolido por uma tempestade de areia. Fiquei dois dias sem água e comida, sabendo que a sede me mataria no dia seguinte. – Os outros se aproximaram da guerreira, comovidos, e Úrsula segurou uma das mãos da garota. – Pareceu sorte quando encontrei um viajante e seu camelo. Supliquei por um gole de água e alguma comida. Ele armou acampamento e até me emprestou uma pele para passar a noite. – Leona explicou de um jeito triste e culpado, e passou a mão na juba de Albin. – De madrugada, acordei com uma faca no pescoço. Meu primeiro pensamento foi que ele poderia ter achado que eu ia roubar as coisas, tem saqueadores no deserto. O homem disse que me mataria se o leão tentasse atacar, então pedi em voz alta que Albin ficasse quieto. Comecei a conversar e dizer que não queria nada dele, que podia ir embora naquele momento. E aí... – Leona hesitou. – Aí o homem tentou levantar minha túnica, e entendi o que ele pretendia fazer. Não pensei. Não calculei o risco. O empurrei com força, e Albin avançou em seu pescoço.

Muitas coisas ficaram mais claras naquele momento. Leona sempre desconfiada, caçando sozinha. Num lugar cheio de pessoas desconhecidas. Cheio de homens. Dormindo em barracas que não ofereciam proteção alguma. Quem poderia julgá-la depois do que havia passado?

– Leona, você só se protegeu. Nada disso foi sua culpa, nada! – Úrsula assegurou à amiga, indignada. – Você não deve perdão a esse monstro.

– Mas Amana Kaiwanna disse... – Ela encarou o espírito, que sustentou seu olhar.

– Acho que ela quer que você perdoe a si mesma – Tora explicou.

O choque a deixou em silêncio por alguns segundos. Então, Leona desabou num choro sentido.

A garota, sempre tão reservada, começou a soluçar como uma criança. Os amigos a abraçaram. Ulrik sussurrou que tudo ficaria bem, que ela tinha feito o que era preciso. Que os três estavam ali, juntos com ela. Aos poucos, ela se acalmou.

Ulrik sentiu que era sua vez de falar.

– Meu maior medo... – Ele encarou os três, constrangido. O que estava prestes a dizer parecia infantil, mas era verdade. – Meu maior é medo é que os outros se machuquem por minha causa. É perder as pessoas... minha família, vocês. – Parou, mas sentia que ainda havia mais a ser dito. – Meu irmão, o Rufus, o Augusto. Tudo isso parece ser minha culpa de alguma maneira, porque eu poderia ter evitado essas mortes se tivesse feito alguma coisa diferente. É insuportável. Não sei se aguento perder mais alguém.

Foi a vez de Úrsula ficar com os olhos marejados.

– Ulrik – ela começou, com o tom consolador de uma mãe que precisa dar uma notícia ruim ao filho –, isso faz parte da vida de um guerreiro. Você vai ver muitas pessoas queridas morrerem ao longo dos próximos anos. É inevitável.

– Sei que a morte é inevitável, mas não posso aceitar mais mortes estúpidas. Quando tudo isso terminar, preciso voltar e avisar pater e mater sobre tudo que aconteceu, impedir que os dois tenham o mesmo destino de outros que morreram por não saber...

– Quando a gente se junta ao clã dos guerreiros, abdica da vida anterior – Tora falou com a voz calma, mas os olhos cheios de preocupação. – Voltar à sua cidade só vai colocar sua família em risco.

– Eles mataram meu irmão antes mesmo que eu me tornasse um guerreiro, minha família sempre esteve em risco. O risco existe em todo lugar, e as pessoas precisam saber dele para poderem se defender. Se eu soubesse antes, se meu irmão soubesse, tudo poderia ter sido diferente.

Ficaram em silêncio. Os outros nunca entenderiam, e não valia a pena tentar explicar – não naquele momento. Os guerreiros viam as pessoas morrerem em lutas, com as armas certas, defendendo-se. Lutando por escolha própria. Nenhum deles perdera alguém para a ignorância, por não saber do mal que existe em todo lugar, pegos de surpresa e indefesos. Ulrik se forçou a pensar no que estava acontecendo naquele momento e olhou para Úrsula. Seus olhos estavam consumidos pelo desespero.

– Úrsula, só falta você – Leona disse.

Ela abriu a boca algumas vezes, mas nenhum som saiu. Mesmo depois do incentivo dos outros, mesmo depois de muitos minutos.

E quando ouviram sua voz, as palavras ditas não eram as que o espírito esperava.

— Não consigo.

Uma grande onda se ergueu do lago e a envolveu. Todos gritaram e sacaram as armas, mas de que serviria o metal contra um monte de água?

Um redemoinho suspendeu a guerreira a dois metros do chão. Através da água límpida, podiam ver o rosto de Amana Kaiwanna, feroz e impassível. Bolhas saíram de sua boca.

*Se não pode viver com a verdade,*
*que sentido tem a vida?*
*Prefere morrer com lealdade,*
*ou contar tudo à pessoa traída?*

— Você já sabe! — Úrsula exclamou, desesperada. — Por que quer que eu fale? Não, não posso, por favor...

O espírito não respondeu, mas cobriu a cabeça da guerreira com água. Ela se debateu em vão; quanto mais alto nadava, mais alto a água chegava. Os quatro assistiam a cena, desesperados e impotentes, vendo o rosto de Úrsula se contorcer com o esforço de prender a respiração. Ela se afogaria em breve.

— Amana Kaiwanna! — Ulrik gritou. — Por favor, só mais uma chance, por favor! Ela vai dizer a verdade, eu sei que vai.

A veros o encarou; a água baixou até o pescoço de Úrsula, que tossiu e respirou em grandes golfadas.

— Úrsula, é só dizer a verdade! O espírito disse que foi uma traição, certo? Talvez algo que você tenha feito para algum de nós... — gritou Ulrik, e o rosto dela se contorceu. Ela acenou, assentindo. — Seja lá o que for, vamos resolver juntos. Nada vai mudar...

— Não tem como ter certeza disso, Ulrik.

— Por favor. Qualquer coisa que você diga é melhor do que assistir à sua morte — Tora suplicou. — E a gente precisa achar a caixa. Augusto morreu pensando nisso, e só assim você pode honrar a memória dele.

Isso pareceu convencê-la. A guerreira fechou os olhos, com uma expressão atormentada no rosto. Depois olhou diretamente para Ulrik.

– No dia em que você foi acusado, antes do julgamento, eu não sabia o que tinha acontecido. Não desconfiei de você nem por um minuto, eu sabia que você nunca seria capaz... Mas eu precisava ajudar o conselho a descobrir quem tinha assassinado pater. Eles me fizeram várias perguntas e fui respondendo, sem pensar. E eu não sabia que havia um traidor entre eles, Ulrik, eu não tinha a menor ideia! Acabei falando coisas que não devia...

– Não importa mais, Úrsula. Agora a gente já está bem longe, e quem quer que tenha armado tudo não pode fazer mais nada contra mim.

– Pode, sim.

Ulrik ficou preocupado. Uma ideia passou por sua cabeça, mas ele a repeliu instantaneamente. Úrsula não faria aquilo...

– Úrsula, o que exatamente você disse?

– Eu contei... – ela balbuciou – ... contei sobre a conversa que Tora e eu escutamos. Que você era meu primo, filho da irmã de pater. Que ela se chama Lia, e que vocês viviam perto de Urbem...

Ulrik sentiu a cabeça rodar. Estava fora de si, e a partir dali passou a ver tudo de longe, como se fosse um pássaro assistindo de cima a uma cena improvável. Uma garota suspensa no ar, presa num redemoinho de água. Um rosto de água que parecia satisfeito e feliz. Três guerreiros assistindo a tudo boquiabertos e com armas em punho.

– Augusto achava que o traidor era alguém do conselho... – Ulrik disse, tentando montar as peças daquele quebra-cabeça terrível.

– Eu sei! Agora eu sei, mas não sabia quando eles ficaram me bombardeando de perguntas!

– E agora essa pessoa sabe que eu estou atrás da caixa e onde encontrar minha família – concluiu, aterrorizado.

O redemoinho se desfez e Úrsula caiu no chão, encharcada e miserável. A garota rastejou até os pés de Ulrik e suplicou.

– Me perdoa. Por favor, me perdoa. Você é a única família de sangue que tenho agora.

– Não, não sou – afirmou o garoto. Os olhos dela se arregalaram com a dor, e ela fechou os punhos em volta das pequenas pedras da praia como se tentasse se agarrar ao último vestígio de felicidade. – Você também tem um tio, uma tia e uma prima de quatro anos. E entregou os três de bandeja para os nossos inimigos. Você traiu sua própria família. – As ondas de raiva dentro dele pareciam cada vez mais fortes. – O que acha que o Augusto ia pensar disso?

– Ulrik. Por favor... – Ela chorou e chamou por ele, mas o primo a ignorou.

– Amana Kaiwanna, demos todas as verdades que você pediu, e agora precisamos da verdade sobre a caixa. – Ulrik dirigiu toda sua atenção ao espírito.

A veros falou novamente, com a voz mais definida e os olhos mais penetrantes:

*Enfim, a verdade prevalece.*
*Quem paga o preço, a informação merece.*
*Sigam por três dias na direção em que o dia amanhece,*
*Até que as montanhas fechem o caminho a leste.*
*Na primeira cidade ao sul, a resposta vão achar.*
*Bastará apenas pelo ladrão perguntar.*
*O primeiro vai se calar, o segundo mentirá,*
*o terceiro terá medo, mas no fim vai confessar.*

*Não perguntem pela caixa, perguntem pelo ladrão,*
*e lembre-se de que seu inimigo é mestre da ilusão.*
*Um grupo de viajantes, uma velha, um artesão,*
*qualquer um, qualquer coisa, mas alguém vai saber quem são.*
*Não se esqueçam de que cada passo tem uma razão,*
*descubram o que eles queriam ali ou sua viagem será em vão.*

Ela flutuou em direção ao centro do lago e começou a afundar nas águas. Mas antes que se fosse, o próprio lago pareceu borbulhar algumas palavras a mais.

*Aquele que caça também será caçado,*
*e com as piores armas torturado.*
*Se o guerreiro resistir, a paz vai reinar,*
*mas se ele cair, o mal vai voltar.*

CAPÍTULO 30

# A feiticeira de Carrancas

Ulrik montou no cavalo assim que as águas voltaram ao normal. Começou a seguir na direção apontada por Amana Kaiwanna, ignorando a garota ainda esparramada ao chão e incapaz de se levantar. Leona e Tora ajudaram Úrsula a montar, e segundos depois o garoto ouviu alguém galopando para alcançá-lo.

Leona colocou o cavalo baio na frente do dele, obrigando-o a parar.

– Como você tem coragem de tratar a Úrsula desse jeito? – a guerreira gritou, furiosa.

– Como *eu* tenho coragem? *Eu*? – Suas mãos tremiam de raiva. – Você se esqueceu do que ela fez?

– Não, mas parece que *você*, sim! – Leona o fulminou com os olhos escuros. – Ela te defendeu quando todos te acusaram pela morte de Rufus. Te ajudou a escapar quando todos acharam que tinha matado Augusto. Ela te seguiu, sem plano e sem direção. E continua te seguindo sem questionar nada, mesmo com todo seu desprezo!

– Ela colocou a vida da minha família em risco! Deu todas as informações de que o traidor precisava! – Ulrik gritou. – E, mesmo assim, você está do lado dela!

– É óbvio que estou do lado dela!

– Claro. – Ele riu de um jeito sarcástico. – Por que será que sempre que tem uma briga você faz questão de ficar contra mim?

– Porque às vezes você é um idiota, e eu não tenho a menor paciência para lidar com isso.

Ele estava a ponto de explodir. Parecia até que Leona não queria enxergar o tamanho do problema que Úrsula havia causado. O quanto aquilo impactava sua vida. Cerrou os dentes para não deixar escapar coisas que o fariam se arrepender depois, mas não foi forte o suficiente.

– Nisso você tem razão. Eu sou um idiota mesmo. Idiota de pensar que tinha alguma coisa aqui... Mas agora já entendi, ficou claro.

Os olhos dela se contraíram, e ela apertou os lábios como se também precisasse se controlar para acabar com a briga. Logo sua expressão voltou ao normal, e Leona abriu caminho para que ele prosseguisse.

Nenhum dos outros falou com Ulrik pelo resto do dia. Estavam do lado de Úrsula e contra ele. Era melhor assim, pois não queria mais discutir o assunto. Cavalgou sempre à frente, rumo a leste como o espírito da água indicara, nunca olhando para trás.

Havia duas grandes cordilheiras ladeando o vale que atravessavam. Conforme avançavam, as montanhas pareciam se aproximar uma da outra e se unir no horizonte. Ulrik ouviu a voz da veros em sua mente: *Até que as montanhas fechem o caminho a leste.* Agora entendia exatamente o que dissera, e era possível estimar quanto tempo de viagem ainda tinham.

A noite começava a cair e teriam de parar em breve. Ulrik viu alguns pinheiros que ofereceriam uma boa cobertura para dormirem e, quando chegou ao local, desmontou.

– O que acha que a gente deve fazer quando chegarmos à vila? – o amigo perguntou descendo do cavalo ao seu lado.

Ulrik ficou grato por Tora fingir que nada havia acontecido. A alguns metros de distância, as duas garotas tentavam montar uma tenda com galhos e as peles.

– A gente precisa fazer o que o espírito disse: perguntar pelo ladrão. Mas ainda não sei a melhor forma de fazer isso. – Cavalgando sozinho, Ulrik tivera tempo de refletir sobre o assunto. – "Oi, bom dia, você viu um grupo de espectros passar por aí?", que tal?

Tora sorriu de leve.

– Talvez isso não funcione, mas a gente pode perguntar por um grupo de viajantes estranhos. – O amigo suspirou. – Uma mente descansada pensa melhor. Vamos dormir.

E assim fizeram depois de comer a maior parte do que restava dos mantimentos; teriam de caçar na manhã seguinte para poderem seguir viagem. Ulrik achou ter ouvido um animal se mexendo por perto, entre as árvores, mas estava exausto demais para procurar.

A viagem seguiu da mesma maneira por mais seis dias. O tempo ficava mais frio e mais seco conforme se aproximavam das montanhas, e a paisagem foi mudando pouco a pouco conforme os rios ficavam para trás. O terreno tornou-se mais pedregoso, a grama menos verde e as fazendas no caminho desapareceram; por isso, decidiram que não havia problemas em usar a trilha principal.

Cavalgavam durante o dia e à noite paravam para descansar. Ulrik discutia os planos principalmente com Tora, e Leona falava apenas quando tinha algum comentário ou ideia muito importante sobre como poderiam encontrar a caixa e o que fariam em seguida.

No restante do tempo, Ulrik ignorava completamente as duas garotas. Leona jogava o mesmo jogo de silêncio e mau humor que ele, e era fácil deixar a raiva borbulhando na superfície para evitar pensar na família em risco. Com Úrsula a situação era diferente; às vezes via pelo canto do olho ela o fitar, abrir a boca para dizer alguma coisa e depois desistir. Escutava a garota chorar antes de dormir todas as noites, um choro abafado de quem parecia verdadeiramente arrependida. Aquele era o único momento em que a convicção de Ulrik oscilava, mas em seguida se lembrava de que as lágrimas dela não protegeriam Carian, Lia e Abella se os espectros chegassem em Pedra Branca antes dele.

No sétimo dia, alcançaram o sopé da montanha, enorme e imponente, um paredão de pedra escura que os obrigava a seguir para sul. Assim como o espírito das águas descrevera, não havia trilha alguma para continuar a leste. Ao final da tarde, quando o céu assumiu tons de laranja e rosa, avistaram ao longe as luzes de uma pequena vila. Teriam de procurar uma hospedagem para passar a noite.

A vila era muito diferente de Pedra Branca. As casas eram de madeira, e o estado precário de muitas mostrava que se tratava de um local antigo. Nas ruas poeirentas, havia construções desmoronadas e abandonadas, muitos gatos pelas ruas e pouca luz vinda da lua. O paredão de pedra se erguia a leste, impenetrável, como se ali acabasse o mundo. A oeste era possível ver os contornos escuros de colinas e bosques.

Diante de uma casa alta e bem iluminada, uma placa dizia "Hospedagem dos Viajantes – Vila de Carrancas". Havia um estábulo ao lado, onde os guerreiros amarraram os cavalos.

– Acho melhor a gente não entrar com os animae – Tora sugeriu, e se abaixou para encostar sua cabeça na de Magnus.

– Você tem razão – Leona concordou, acariciando a juba branca de Albin. – Eles podem caçar e descansar nas colinas durante a noite.

– Mas e se eles estiverem aqui? – Ulrik perguntou, e todos entenderam que se referia ao grupo de espectros que procuravam.

– Fofa pode ficar de guarda aqui fora. Deve ter um monte de ursos na região, ninguém vai achar estranho – Úrsula respondeu com a voz baixa, sem olhar diretamente para o primo. – Se a gente estiver em perigo, eles vão voltar. Os animae sentem quando tem algo errado.

Sem precisar dizer palavra alguma, os guerreiros mandaram os animais se esconderem no bosque ao longe. Lux rosnou por ter sido dispensada; desde a noite em que tinham sido amarrados esperando a pena de morte, a loba branca procurava ficar sempre ao lado de Ulrik. Ele sentiu o vazio característico de quando precisava se separar dos lobos, mas sabia que era necessário.

Leona abriu a porta da frente da hospedagem, e foram recebidos por uma agradável onda de calor. O ambiente estava iluminado por uma grande lareira e lamparinas a óleo que pendiam das grossas vigas de madeira do teto. Três mesas do restaurante estavam ocupadas, e uma senhora de cabelo branco e avental sujo veio receber os novatos.

– Jantar? – a velha perguntou.

– Sim. E vamos precisar de dois quartos – Ulrik respondeu.

– Só tenho um quarto disponível, com seis camas.

– Tudo bem, vamos ficar com ele – Leona respondeu, sem esperar que os outros dissessem qualquer coisa. – E a gente também gostaria de tomar um banho quente.

A velha a encarou, meio mal-humorada, mas no fim assentiu com a cabeça.

Os quatro se sentaram na mesa redonda num dos cantos do restaurante, onde poderiam conversar com mais privacidade. Ulrik observou o salão à procura de alguma informação útil ou de alguém que pudesse ajudá-los. Na mesa mais próxima, cinco homens bebiam e riam alto, todos com os olhos úmidos e o rosto avermelhado. Estavam com os machados encostados nas cadeiras; parecia um grupo de lenhadores relaxando depois de um dia difícil de trabalho. Outra, no centro do restaurante, estava ocupada por dois homens e uma mulher, os três com a expressão cansada, roupas sujas e cabelo desgrenhado. Levavam grandes sacos de pano com diversos mantimentos, característicos de comerciantes. E, no canto oposto, um homem jantava sozinho.

Uma jovem magricela de cabelo oleoso trouxe os quatro pratos numa bandeja: batatas assadas com galinha. O cheiro de comida fez a boca de Ulrik salivar e seu estômago roncar. A garota os serviu sem dizer nada e com os olhos baixos.

– Com licença – Leona começou –, estamos procurando alguns viajantes, um grupo que nunca esteve aqui antes.

Ulrik cerrou os punhos e inspirou fundo. Não tinham entrado num acordo como abordariam o assunto ou qual seria a melhor forma de começar a busca, e a guerreira não consultara ninguém antes de fazer a pergunta. Ela e Úrsula deviam ter discutido a estratégia durante a viagem, assim como Ulrik e Tora fizeram.

Mas a servente pareceu não escutar, e simplesmente continuou colocando os talheres na mesa. Quando esvaziou a bandeja de madeira, ela se virou para partir, e Leona colocou uma mão em seu braço. A jovem a encarou com os olhos esbugalhados.

– Ei, acho que você não ouviu – a guerreira disse, ainda de forma educada, mas Ulrik já conseguia perceber um toque de frustração em sua voz. – Perguntei se um grupo de viajantes diferente passou por aqui.

A mulher que estava com outros dois homens se levantou e caminhou até a mesa dos novatos.

– Ela é surda – a comerciante de cabelo enrolado e desgrenhado revelou, entredentes. – Deixa a menina trabalhar ou eu vou chamar a Celina, e ela vai chutar o traseiro de vocês para fora daqui.

Leona afastou a mão, olhou da mulher para a garota.

– Desculpa, eu não imaginava...

A jovem, no entanto, não viu as desculpas, pois já estava de costas; a comerciante voltou para sua mesa sem lançar nem mesmo um olhar a Leona.

– Que imbecil... – Leona disse para si mesma.

Úrsula tentou consolar a amiga dizendo que não tinham como saber, mas ainda havia tempo para se desculpar com a garota. Tora apoiou a ideia, e acrescentou que a atendente devia passar constantemente por aquele tipo de situação com forasteiros. Muitos provavelmente nem se importavam em reconhecer o erro. Ulrik teve vontade de se juntar ao coro, mas ficou quieto.

Os quatro comeram em silêncio. Quando a velha veio trazer o vinho quente, Leona explicou que tentara falar com a garota, fez um pedido de desculpas sincero e perguntou qual seria a melhor maneira de transmiti-lo diretamente à atendente. A mulher respondeu que a filha conseguia ler lábios se as palavras fossem ditas devagar, e já não parecia mais tão mal-humorada.

— Ei, Celina — um dos comerciantes chamou.

A velha começou a conversar com o grupo. Ulrik estava concentrado nas próprias batatas, mas Tora o cutucou para que prestasse atenção no que os desconhecidos diziam.

— Mas eles não trouxeram nenhuma mercadoria? — o homem mais velho perguntou.

— Estavam com uns pacotes, mas quando perguntei se estavam vendendo alguma coisa, me disseram que já estava tudo vendido.

— Achei que a gente tivesse um acordo! — o segundo homem protestou, batendo na mesa. — Há dez anos saímos da nossa rota para trazer tudo de que você precisa, Celina. Se começar a comprar coisas de outros comerciantes, não vamos mais nos dar ao trabalho!

— Alberto, eu não ia comprar nada — a velha se explicou. — Eles eram de fora, meio esquisitos, perguntei só por curiosidade.

— E o que estavam fazendo aqui, afinal? — a mulher de cabelo enrolado perguntou.

— Não sei, não saio por aí me metendo nos assuntos alheios — Celina informou. Depois levantou as sobrancelhas. — Mas sabem como é, as fofocas correm por aqui... Não que me interesse, meus clientes é que querem falar e sou obrigada a ouvir por educação — explicou, com cuidado, e baixou a voz para um sussurro. — Parece que foram falar com a feiticeira.

O coração de Ulrik se acelerou. Ele encarava a mesa dos comerciantes, mas um movimento mais ao fundo desviou sua atenção.

Olhou para o homem sentado sozinho, concentrado em sua refeição, e teve a impressão de que ele os observava poucos segundos antes. Os comerciantes continuaram a conversa aos sussurros, e os novatos não conseguiram ouvir a conclusão da história. Minutos depois, o grupo começou a negociar fervorosamente o preço de uma saca de farinha.

— Ela disse que eles foram falar com uma feiticeira – Tora sussurrou.

— Uma feiticeira... Será que é um espectro disfarçado? – Ulrik perguntou, confuso.

— Não – Úrsula respondeu, de cabeça baixa, e todos a encararam. Depois de alguns segundos de silêncio, a garota olhou para o rosto ansioso dos outros guerreiros. – O quê?

— Fala logo o que é uma feiticeira! – Leona sussurrou, impaciente.

— Vocês não sabem?

— Obviamente não, Úrsula – Tora protestou, tamborilando os dedos na mesa.

— Feiticeiros são filhos de espectros com humanos.

Ulrik sentiu o queixo cair, e logo depois contorceu o rosto em repugnância.

— Mas como... como eles fazem isso? – Tora parecia surpreso e enojado.

— Que nem a gente – Úrsula respondeu, como se não houvesse nada de absurdo naquilo.

Leona afastou o prato e colocou as mãos na boca. Seu rosto adquiriu um preocupante tom verde.

— Úrsula – Tora a chacoalhou, tentando afastar a apatia que a dominara nos últimos oito dias. – Como um humano aceitaria fazer isso com um espectro?

— Ah... não, eca! – ela respondeu, entendendo o que o guerreiro queria dizer. – Você acha que alguém aceitaria por vontade própria? A pessoa nunca sabe que esteve com um espectro... – explicou, mas os demais continuaram com a expressão confusa. – Eles se passam por uma mulher inocente perdida na floresta que precisa de ajuda, por um homem valente que se apaixonou à primeira vista, ou qualquer baboseira clichê desse tipo. – Vendo que outros continuavam com as sobrancelhas franzidas, explicou mais claramente: – O espectro cria uma ilusão; o humano não consegue ver sua forma real.

Perturbado, Ulrik fez uma anotação mental para nunca se aproximar de mulheres inocentes perdidas na floresta.

– Por que os espectros fariam isso? – Leona perguntou, parecendo nauseada.

– Isso eu não sei. – Úrsula balançou a cabeça. – Mas não é algo que acontece com frequência. Feiticeiros são muito raros.

Ulrik levantou a cabeça para responder e viu que o homem ao canto os observava. Tinha o cabelo castanho, uma barba que começava a crescer e olhos castanho-claros, quase dourados. Por um momento o garoto se perguntou se aquela pessoa não podia ser um espectro disfarçado, mas sabia que sentiria a presença maligna se fosse o caso. O homem se levantou, jogou algumas moedas de cobre na mesa e saiu pela porta da frente, deixando a brisa gelada da noite penetrar no salão.

– Ei, viajantes, os banhos estão prontos – a dona da hospedagem anunciou ao ver que já haviam terminado de comer. – Coloquei algumas pedras quentes nos tonéis, mas a água não vai ficar morna para sempre. E já vou avisando que se tomarem um banho gelado, o preço vai ser o mesmo!

A velha resmungou mais algumas coisas, e os guerreiros decidiram se retirar. O dia seguinte seria longo: sairiam em busca da feiticeira.

Deixaram a hospedagem depois de tomar um desjejum com linguiças, ovos e pão. Além do mapa, Úrsula também roubara dinheiro da tenda de Augusto na noite da fuga. Ela deu uma moeda de prata para a senhora, suficiente para pagar pelos gastos do quarto e das refeições e ainda render provisões para os próximos dias de viagem. Os cavalos estavam descansados e tinham sido bem alimentados, e os garotos prendiam os mantimentos nas selas enquanto discutiam a estratégia.

– Acho que a gente pode cavalgar pela cidade procurando a feiticeira – Ulrik sugeriu.

– Claro, chefe – Leona respondeu.

Seu corpo inteiro tremeu com a resposta.

– Eu não sou o chefe, só estou dando uma sugestão – ele explicou, com a voz um pouco mais alta do que pretendia. – Mas se você tiver uma ideia melhor, é só dizer.

– Acho que a gente devia simplesmente perguntar onde é a casa dela.

– Não sei se é uma boa ideia... – Ulrik discordou.

– Claro que não. Típico – Leona disse, montando e se virando para Úrsula.

– Tudo bem – a voz de Ulrik soou firme, mas por dentro estava borbulhando. – Se quer sair perguntando por aí, vamos perguntar. – E por alguns segundos, a raiva o fez desejar que tudo desse errado apenas para que pudesse dizer "eu avisei".

Cavalgaram pelas ruas observando a vila à luz do sol. Não tinha a aparência assombrada da noite anterior, mas as casas caindo aos pedaços ainda passavam uma sensação de abandono. As ruas eram estreitas e sujas, de terra batida, e duas vezes Ulrik vira ratazanas enormes atravessarem a via. Os animae ainda não haviam voltado, e era melhor assim – mesmo sem eles, o grupo já destoava do comum por ali. Pessoas assustadas corriam para dentro todas as vezes que viravam alguma esquina.

Ulrik se esforçava para parecer preocupado; quanto mais procuravam por alguém na rua, mais as pessoas se escondiam. A ideia de Leona parecia estar indo por água abaixo quando encontraram um velho senhor mascando fumo diante de uma das casas de madeira.

– Bom dia – Leona cumprimentou, desmontando para falar com o idoso.

– Opa – ele respondeu com um resmungo, ainda mascando. Tinha as costas encurvadas e a expressão de poucos amigos.

– A gente ouviu dizer que tem uma feiticeira em Carrancas. O senhor sabe onde ela mora?

– A feiticeira? – o velho perguntou alto, e muitos rostos apareceram nas janelas das casas ao lado. – Morreu.

– Morreu? – Úrsula quase se engasgou. – Ela morreu?

– Morreu – o velho confirmou, fechando os olhos e assentindo. – Morreu de morte matada.

– Ela foi assassinada? – Tora indagou de cima do cavalo.

– Aham. Isso mesmo, assassinada – o homem repetiu. O olhar dele ficou confuso por um segundo, depois voltou a se focar no horizonte. – Os forasteiros foram até lá e queimaram tudo.

– Que forasteiros? – Leona perguntou. – Como eles eram?

– Cinco viajantes esquisitos. Muito esquisitos. – O velho arranhou a garganta e cuspiu no chão. Úrsula saiu do caminho a tempo de salvar as botas. – Eles queriam falar sobre uma caixa ou algo assim.

Leona e Ulrik trocaram um olhar. Ele balançou a cabeça quase imperceptivelmente; não tinha a menor intenção de discutir o assunto da caixa das almas com aquele velho desconhecido.

– E o senhor sabe para onde esses viajantes foram depois? – Leona perguntou, tentando disfarçar a ansiedade na voz.

– Hum. – O velho olhou para cima e coçou o queixo. – Eles falaram alguma coisa sobre umas ilhas... Ilhas da Fumaça, eu acho.

– Ilhas de Fogo! – Úrsula exclamou.

– Sim, isso! – O velho abriu um sorriso desdentado.

– Obrigado pelas informações – Ulrik agradeceu. O velho concordou com a cabeça, ainda sorrindo, mas o sorriso não alcançava seus olhos. – A gente precisa ir agora.

– Eu queria fazer mais algumas perguntas – Leona disse com a voz calma, mas os olhos em chamas.

– Acho que a gente já descobriu o suficiente – Ulrik explicou. Leona levantou as sobrancelhas, mas não disse nada. – E é um longo caminho até as Ilhas de Fogo.

– Sim, vamos – Tora confirmou, encarando as duas garotas. – A gente precisa de mais suprimentos e, se quisermos mais informações, vamos saber onde encontrar esse gentil senhor novamente.

Os quatro trocaram olhares, e uma estranheza se instalou entre o grupo dividido. O combate foi silencioso; Úrsula e Leona se deram por vencidas e os guerreiros foram embora, acenando e agradecendo.

– O que foi isso? – Leona perguntou depois que se afastaram o suficiente, colocando o cavalo à frente do de Ulrik.

– O velho estava mentindo – ele respondeu, como quem diz o óbvio.

– Ah, é? Você lê mentes agora? – a guerreira indagou com ironia.

Ulrik mordeu o lábio para conter a enxurrada de coisas que queria dizer a ela naquele momento.

– Não, só lembrei o que a veros disse. Que a segunda pessoa mentiria. Esqueceu? – Mesmo se segurando, o tom da pergunta final foi provocativo.

– Além disso, acho que ele estava possuído – Tora anunciou. – Não repararam como os olhos dele focavam e desfocavam?

– Você só está falando isso para defender seu amigo.

Leona provavelmente sabia que a explicação fazia sentido, porém, preferia ignorar o fato a assumir que Ulrik podia estar certo. Ele estava prestes a jogar tudo aquilo na cara da garota quando algo se mexeu nos arbustos perto dali.

Um par de olhos dourados surgiu entre as folhas. Era o homem que estava na hospedagem no dia anterior. Havia prestado atenção na conversa deles e agora os estava seguindo.

– Ei, você! – Ulrik disse. – A gente precisa...

Queria dizer que eles queriam conversar, mas o sujeito se levantou e correu até desaparecer numa pequena rua à direita. Os quatros amigos pararam de discutir e imediatamente começaram a galopar atrás do homem.

Ele virou numa esquina no fim da rua, fazendo voejar a capa preta. Os guerreiros atravessaram a vila galopando rápido, e um campo recém-colhido se abriu diante deles. O homem corria mais rápido do que deveria ser possível, e por sorte Ulrik o viu entrando numa casa ao longe, no topo da colina mais alta.

Cavalgaram até a porta enquanto os animae os alcançaram, como se soubessem que enfim precisariam ajudar naquela busca. Os garotos desmontaram e se aproximaram da porta.

– Esse homem estava na hospedagem ontem, não estava? – Leona perguntou.

Ulrik assentiu e bateu na porta.

– A gente sabe que você está aí, não vamos sair daqui até você abrir a porta!

Seu desejo foi realizado. Uma mulher muito alta com um volumoso cabelo ruivo encaracolado apareceu na entrada, e o garoto a encarou confuso por alguns segundos.

– O que é isso? – ela perguntou, claramente irritada pela falta de educação.

– Desculpa, não sabia que tinha mais alguém na casa – ele disse, envergonhado por ter sido tão ríspido. – Preciso falar com o homem que acabou de entrar.

Ela o olhou, intrigada. Era provavelmente uma das mulheres mais bonitas que Ulrik já vira, e o que mais se destacava eram seus olhos cor de mel.

– Acho que você se enganou, querido. Eu vivo sozinha, e a porta estava trancada. Ninguém entrou aqui. – Sua voz era melodiosa e agradável. – Tenham um bom dia – acrescentou, e começou a fechar a porta.

Nox rosnou e Ulrik colocou o pé no batente, impedindo que se fechasse, enquanto entendia tudo.

– É você – o garoto afirmou, observando os olhos dourados da mulher. – Foi você que vi ontem na hospedagem, e agora nos espionando... Você é a feiticeira.

A mulher cerrou o maxilar e endureceu a expressão.

– Sim, era eu, e daí? Vão cuidar da própria vida! – Ela tentou empurrar Ulrik para fora da casa, mas os dois lobos entraram em ação: pulando na porta, jogaram a mulher no chão.

– A gente não vai embora até conseguir as respostas que viemos buscar. – Apesar de ter a passagem aberta diante de si, Ulrik aguardou. – Podemos entrar? Por favor?

A feiticeira se levantou limpando o vestido vermelho-escuro de seda.

– Acho que não tenho outra escolha – ela disse com um sorriso irônico.

A sala estava escura e tinha cheiro de ervas e perfumes. Havia móveis entalhados com cuidado, um lustre de cristal com muitas velas, tapetes com estampas de dragões e flores. Ulrik pensou que a decoração das casas dos grandes lordes e dos palácios devia ser daquele jeito. Uma coruja estava empoleirada num galho na parede, e sua expressão consciente indicava que devia ser o anima da feiticeira.

– Sentem-se. – A mulher se acomodou numa poltrona vermelha e apontou para dois sofás de veludo preto. – Eu sou Yael Waverick e gostaria de saber o nome dos guerreiros impertinentes que bateram à minha porta.

– Tora, Úrsula, Leona e Ulrik – Tora disse, apontando para cada um.

– E seus animae?

– Albin, Fofa, Magnus, Nox e Lux – Leona respondeu, mas depois franziu a testa. – Isso era relevante?

– Não, só fiquei curiosa. – Yael sorriu. – Os nomes que escolhemos para nossos companheiros dizem mais sobre nós do que imaginam.

– Yael Waverick, sabe por que estamos aqui? – Ulrik queria ir direto ao ponto.

– Se não soubesse, seria uma péssima feiticeira – respondeu, evasiva.

– A gente precisa saber para onde os espectros levaram a caixa das almas.

– Não posso ajudar, sinto muito – Yael rebateu. Ulrik continuou encarando a feiticeira, e ela balançou a cabeça. – Acha mesmo que eles me revelariam isso?

– Não, mas acho que você sabe mesmo assim.

– Estou lisonjeada, obrigada – ela disse, e Ulrik ficou a ponto de perder a paciência com a falta de respostas e a ironia. Nox e Lux mostraram os dentes. – Garotos, não quero me envolver nesse assunto. Essa guerra é dos humanos, não minha.

– Então imagino que não tenha dito nada aos espectros que estiveram aqui? – Tora perguntou, com a voz calma e a expressão neutra.

Yael o encarou e estreitou os olhos.

– Eles me ameaçaram – ela respondeu entredentes.

– E por isso foi obrigada a dizer o que queriam, eu entendo – Tora continuou. – Mas ao dar uma informação ao nosso inimigo, você já se envolveu nessa guerra. Se não quiser tomar partido e favorecer um lado, precisa nos contar o que disse a eles.

Yael se levantou e caminhou pela grande sala. Parou na frente da coruja e acariciou a cabeça do pássaro.

– Eles vão descobrir. Me desculpem, mas não posso me arriscar.

– Você é humana de que lado, materno ou paterno? – Úrsula perguntou baixo, e a feiticeira se virou.

– Materno – ela respondeu, levantando o queixo e os olhando de cima.

– Se os espectros abrirem essa caixa, pode ser o fim da raça humana – Úrsula pressagiou.

– Mater já morreu há muito tempo, queridinha – Yael revelou com um sorriso frio.

– Sinto muito. Mas o que ela diria se estivesse aqui? Não pediria que nos ajudasse?

A garota pareceu tocar num dos pontos fracos da feiticeira. Yael sustentou o olhar da garota por alguns segundos e suspirou.

– Pelos espíritos dos elementos, como você é irritante... Tudo bem – cedeu por fim. – Apenas o que disse a eles, nem uma palavra a mais.

Os guerreiros assentiram. Ulrik sabia que as revelações da mulher seriam importantes, mas por que os espectros precisariam dos conselhos dela? A ansiedade e o temor pulsavam em seu corpo em iguais proporções.

– A caixa das almas é o objeto mágico mais poderoso já fabricado neste mundo. Sua magia reside na vida; foi a vida que a selou, é a vida que a mantém fechada, e só a vida pode abri-la. Seu cadeado é o espírito; sua chave, a carne. – Os quatro esperaram calados enquanto a feiticeira escolhia as palavras com cuidado. – Só o sangue pode liberar o conteúdo da caixa. Não o sangue de qualquer pessoa, mas o de um guerreiro. Não de qualquer guerreiro, e sim o do mais antigo a ter seguido esse destino.

*Adélia, mãe de Feron*, Ulrik pensou.

Parecia uma ironia do destino que a pessoa que abrira seus olhos poderia ser a chave para libertar Inna da prisão. Mas havia também outros idosos no clã, talvez cinco ou seis. E quando alguém ficava velho demais para lutar, tinha a opção de ir embora. Talvez a "chave" nem estivesse mais na segurança do acampamento.

– Então os espectros precisam descobrir quem é o guerreiro mais velho e tirar algumas gotas de sangue dele? – Leona perguntou, indignada. – De um guerreiro que provavelmente nem consegue mais se defender?

– Não. – Yael sorriu, cúmplice. – O sangue deve ser pingado com a intenção de abrir a caixa; se o guerreiro não desejar fazer isso, sua seiva de nada vai adiantar.

– Então nunca vão conseguir – Úrsula concluiu, aliviada. – Nenhum guerreiro faria isso, nem mesmo os mais velhos e fracos.

– Não subestime a crueldade de seus inimigos. Se capturarem esse guerreiro, podem torturá-lo até que ceda. – Os olhos dourados da feiticeira faiscaram. – Todos têm um limite.

Ulrik imaginou do que os espectros seriam capazes. Precisavam proteger a chave, não podiam permitir em hipótese alguma que os seres malignos a encontrassem primeiro.

– Quem é esse guerreiro? – Ulrik perguntou, urgente. – Onde ele está agora?

– Eles me fizeram essa pergunta, e não soube responder. Isso foi tudo o que eu disse – ela falou, passando o indicador nos lábios grossos. – E é tudo o que posso revelar a vocês.

O tom era final. A feiticeira não diria mais nada sobre o assunto, e não parecia valer a pena insistir.

– Quantos anos você tem, Yael? – Tora perguntou com uma curiosidade genuína.

Ela sorriu.

– Mil e mais alguns.

– Mil anos? – Leona quase se engasgou. – Você deve ser a mais antiga, então...

A feiticeira revirou os olhos.

– Infelizmente, não. Há alguns outros feiticeiros com mais séculos vividos. Mas, diferente de mim, são espertos demais para serem encontrados.

A mulher se levantou e os outros fizeram o mesmo.

– Obrigado, Yael Waverick – Ulrik agradeceu. – Você foi justa, e os guerreiros não vão se esquecer disso.

Ela acenou com a cabeça e o encarou por alguns segundos.

– Posso fazer um pedido, guerreiro?

– Claro. Só não prometo que vou atender antes de saber o que é...

A feiticeira, que até então havia se mostrado forte e determinada, hesitou.

– Se de alguma forma isso te ofender, me desculpe... É que eu sempre tive curiosidade... Posso encostar neles?

Ulrik sabia que ela se referia aos lobos. Mais uma vez aquele pedido esquisito se apresentava, e de novo o garoto sabia como respondê-lo; Nox e Lux abanaram as caudas, gratos por serem consultados e felizes em aceitar.

O garoto acenou com a cabeça e Yael arquejou. Ela se agachou, e os lobos vieram ao seu encontro.

– Oh! – A feiticeira enfiou as mãos na pelagem macia dos animae e seus olhos se encheram de luz. – É maravilhoso! Eles são... É ainda melhor do que esperava.

Ulrik observava a cena, curioso.

– Por que você pediu para encostar neles?

– Não consegue adivinhar? – Yael questionou, e ele negou com a cabeça. – Não sou humana, Ulrik. Não tenho anima.

Ele franziu as sobrancelhas.

– A coruja... – Ele apontou para o animal empoleirado no galho, que o olhava com a característica expressão consciente dos animae.

A mulher pareceu envergonhada, como se tivesse sido pega em flagrante por um pequeno delito.

– Ela está possuída – Yael confessou. Então suspirou e estalou os dedos. A expressão do animal ficou selvagem e assustada, e o pássaro voou para se esconder dentro da casa. – Feiticeiros podem possuir animais e pessoas, como os espectros. Consigo ver e ouvir através de meus bichos, mas não há uma ligação real entre nós. É apenas uma imitação patética para poder me misturar às pessoas.

– Sinto muito – Ulrik disse com sinceridade, vendo atrás dos olhos dourados a sombra de uma vida solitária.

– Eu também. Dentre todos os povos inteligentes que habitam este mundo, vocês são os mais fracos. Já pensaram sobre isso? – ela disse. – Com exceção dos guerreiros, os humanos não têm magia. Vivem pouco, esquecem a própria história em questão de décadas, morrem e se matam pelos motivos mais banais. Habitando esse mundo entre os poderosos espíritos dos elementos, sílfios, vísios, feiticeiros e espectros, as pessoas seriam apenas moscas inconvenientes, totalmente insignificantes para os outros... Não fossem pelos seus animae. – Yael deixou a última frase suspensa no ar por alguns segundos. – São criaturas sagradas, e a ligação que os humanos têm com eles vale mais do que qualquer magia no sangue. Talvez por isso sejam tão desprezados e ignorados pelos outros povos. Não há ninguém nesse mundo que não almeje algo assim e que não se pergunte por que a deusa Luce deu esse presente justamente para essa raça... – Ela se virou para observar os lobos e os acariciou atrás das orelhas. – Já fiz esse pedido a outras pessoas, mas nenhuma delas me concedeu tal honra. Obrigada.

Era o agradecimento mais cheio de ofensas que Ulrik já recebera.

– Por que pediu isso só para Ulrik? – Úrsula perguntou.

– Você teria permitido que eu encostasse no seu anima?

Ulrik esperava que a prima fizesse alguma brincadeira ou observação insolente, porém, ela não era mais a mesma depois do encontro com a veros.

– Não – a garota respondeu. – Mas quero entender como sabia que *ele* permitiria.

– Você tem apenas *cara* de sonsa, guerreira. – Yael sorriu com malícia. – Seres mágicos conseguem enxergar a magia que emana de cada criatura. E há muito a ser visto, muito mais do que vocês imaginam... Outros seres e pessoas já encostaram nesses animae.

– A magia deles foi modificada? – Ulrik questionou, arrependido por ter sido tão irresponsável.

– Não, não, fique tranquilo. Esse contato fica como se fosse uma memória para eles. E essa memória é visível para seres com grande poder – Yael informou. – Nunca me esquecerei disso, Ulrik, e gostaria de retribuir o gesto. Eu não deveria, mas vou dar a vocês um conselho adicional sobre o objeto que buscam. – Seus olhos dourados faiscaram, e todos se aproximaram com a certeza de que ela sussurraria algo secreto e importante. – Deixem esse trabalho para guerreiros mais experientes. Fiquem longe da caixa das almas.

CAPÍTULO 31

# Multos

— Foi o pior conselho que alguém já deu! — Ulrik protestou.

Os quatro haviam cavalgado o dia todo sob o peso das revelações da feiticeira. A tarde fora úmida; a garoa persistente grudava nas roupas como poeira e, unida ao vento do fim do outono, congelara os garotos até os ossos.

A fogueira à frente era uma benção e a única salvação para os dedos rígidos de frio. Haviam montado acampamento num bosque no vale e discutiam o que fazer. Os problemas anteriores e a discussão com Úrsula ainda não tinham sido resolvidos, mas a passagem por Carrancas os lembrara da importância da missão. Brigas de família teriam de esperar.

— Ela tem mais de mil anos, deve saber do que está falando — Tora respondeu com tranquilidade.

— Então qual é sua sugestão? Mandar uma carta para os guerreiros avisando que alguém mais experiente deve ir procurar a caixa? — Ulrik perguntou. — E aí quem sabe aproveitar o tempo livre para viajar pelo mundo bem tranquilos?

— Nesse caso, eu adoraria conhecer o mar — Leona respondeu.

Isso era o tipo de coisa que Úrsula diria se ainda fosse a mesma. Mas continuava calada, falando apenas quando os outros pediam sua opinião.

— Tudo muito engraçado, mas o assunto é sério — Tora os repreendeu, como se estivesse falando com crianças. — Tenho uma teoria sobre a chave. Yael se referiu ao guerreiro mais *antigo*, não ao mais velho.

– Para mim parece a mesma coisa – Leona disse.

– Eu acho que pode haver mais de uma interpretação – Tora sugeriu. – Talvez o guerreiro mais antigo seja aquele com a descendência mais próxima da primeira geração.

Úrsula encarou a fogueira e a remexeu com um graveto. Os estalos do fogo quebravam o silêncio absoluto do bosque. Fofa se levantou e foi se deitar mais perto da garota, recostando-se em suas costas como se ela precisasse de apoio.

– Se você estiver certo, *eu* posso ser a chave – Úrsula concluiu.

– Tenho a mesma descendência que você – Ulrik argumentou.

– Mas eu sou mais velha.

O gosto amargo de bile subiu à sua boca ao mesmo tempo que uma ideia se formava em sua mente.

– Mater é a mais velha – Ulrik anunciou, um arrepio gelado subindo pelas costas. – A gente precisa ir pra Pedra Branca.

– Sua mãe pode ter a marca da estrela, mas ela nunca se tornou uma guerreira. E Yael disse especificamente que era o mais antigo a *ter escolhido* o destino de guerreiro – Tora falou.

– E faz todo o sentido, porque muita coisa muda na nossa magia depois da escolha – Úrsula disse. – A caixa foi fechada por Tereza, uma guerreira. E agora só pode ser aberta por alguém que tenha o mesmo tipo de magia que ela...

Sim, fazia sentido. O coração de Ulrik se desacelerou e sua mente ficou mais clara.

– Dizem que Caeli pode ser da primeira geração – Leona os relembrou.

Ulrik tentou organizar as ideias. A caixa tinha sido roubada pelos espectros e eles pretendiam abri-la para libertar Inna. Agora sabiam que precisavam do sangue de um guerreiro para isso. O guerreiro mais antigo... Talvez interpretassem a informação de uma forma mais literal e fossem atrás dos mais velhos, mas não era possível ter certeza. Talvez não soubessem que Úrsula agora era a guerreira com a descendência mais antiga... Com tantas possibilidades, os espectros teriam de voltar até o clã.

Armariam um grande ataque para capturar os guerreiros que poderiam ser a chave da caixa. E, com a ajuda do traidor, provavelmente haveria muitas mortes.

– A gente precisa voltar. É para lá que vão levar a caixa. – Ulrik disse, e os outros concordaram. Provavelmente já tinham chegado à mesma conclusão. – Vamos ter que proteger Úrsula, Caeli e todos os idosos. Assim vamos estar cobertos.

– E se o clã não acreditar em nada disso? – Leona perguntou.

Ulrik passou involuntariamente a mão no pescoço; sabia o destino que o esperava se não conseguissem convencer os outros de que aquela história era real.

– Forças e espíritos malignos estão ajudando nosso inimigo, então deve ter algum tipo de força do nosso lado. É nisso que a gente precisa acreditar. – Tora os fitou com olhos perfurantes e sábios. – Quando não existir mais nada, ainda existirá a fé.

Ulrik sorriu para Úrsula; com certeza aquela era uma das pérolas de sabedoria que deveriam colocar no livro de frases de Tora. No entanto, o olhar da prima estava fixo nas chamas, vazio e triste. O peito do novato se apertou, e pela primeira vez se arrependeu do que dissera no dia da briga. Desejou que as coisas voltassem a ser como antes, mas sabia que não seria tão simples assim.

Os quatro comeram em silêncio o pato que haviam capturado, cada qual perdido nos próprios pensamentos, dúvidas e medos, ouvindo a sinfonia que a madeira úmida fazia ao queimar.

Ulrik jogou um osso na direção de Lux; o lobo se aproximou, mas só farejou o objeto e rosnou. O garoto estava prestes a dizer que ela poderia muito bem sair para caçar se não estava satisfeita quando os outros animae se levantaram todos de uma vez, encarando a escuridão do bosque.

Os guerreiros os imitaram de imediato. Sabiam que os animais sentiriam qualquer perigo antes deles. Pelo canto do olho, Ulrik viu que Úrsula já tinha uma flecha pronta no arco.

– Formação em círculo – Ulrik sussurrou, lembrando-se do combate da Pedra do Sol.

Os quatro ficaram de costas um para o outro, com a fogueira bem no meio do círculo. Seus animae se posicionaram ligeiramente à frente.

Os batimentos de Ulrik estavam acelerados, e a adrenalina que antecedia a batalha corria por suas veias e amplificava seus sentidos.

Vasculhou a escuridão com os olhos; a chama tremeluzente da fogueira fazia as sombras dançarem e os corações saltarem. Com a respiração instável e rápida, tentou escutar alguma coisa que indicasse a presença de inimigos, mas o silêncio reinava na noite. Talvez o que quer que houvesse alertado os animais já tivesse ido embora.

De repente, Fofa se colocou sobre as patas traseiras, enorme e ameaçadora, e emitiu um rugido que fez o bosque tremer. Todos logo entenderam o porquê: um cheiro pútrido dominou o local, fazendo as narinas de Ulrik arderem e seus olhos lacrimejarem. Teve de cerrar os dentes para controlar a ânsia de vômito.

Uma vez, em Pedra Branca, quando Ulrik ainda se chamava Theo, ele e o irmão haviam encontrado a cova onde jazia o cadáver de uma vaca e decidido cavar para ver o que restava do animal. O cheiro que sentia ali era igual ao da ocasião. Cheiro de morte.

Os guerreiros ouviram algo se mexendo atrás das árvores, mas a luz da fogueira não chegava até a fonte do ruído.

– Fiquem juntos e perto do fogo – Úrsula ordenou. – A gente não tem a menor chance se a luta for no escuro.

Nox latiu, e todos se sobressaltaram. Os lobos nunca ladravam daquele jeito, e aquilo soou como um mau presságio.

– São espectros? – Leona perguntou, empunhando duas facas.

– Acho que não – Tora respondeu. – Espectros voam.

Os outros entenderam o que ele queria dizer: o ruído que ouviam no meio das árvores era de passos, que pareciam cada vez mais próximos.

– Tem mais de um – Úrsula anunciou, com a voz aguda. – Ouvi passos vindo da frente e de trás.

– Tem uns três ou quatro. – Ulrik disse, escutando com atenção.

Os guerreiros permaneceram estáticos por um bom tempo, com as armas em mãos e prontos para atacar. O tempo passava, as criaturas se mexiam, mas nada acontecia.

– O que eles estão esperando? – Úrsula perguntou.

– Talvez estejam com medo – Leona sugeriu, com uma pontada de esperança.

– Estão cansando a gente. – Ulrik tentou ver a estratégia do ponto de vista do inimigo. – Talvez essa dança dure horas.

– Não sei se vou conseguir aguentar isso – Úrsula disse com mais força na voz. – Vamos atacar.

– Não – Tora replicou. – Você mesma disse que a gente não tem chance no escuro.

– Nox... – Ulrik sussurrou, colocando a mão na cabeça do lobo preto. – Faz eles virem na nossa direção.

Nox se enfiou entre as árvores, e seu pelo escuro se dissolveu nas sombras. Alguns segundos se passaram. Depois mais alguns minutos. E se Nox fosse ferido? Mais alguns minutos. E se o matassem? A sensação de Ulrik era a de ter uma pedra entalada na garganta, e os olhos do garoto marejaram; não suportava nem mesmo pensar na ideia. Mais alguns minutos. Teriam de entrar na escuridão cedo ou tarde.

Dez ou quinze minutos já haviam se passado desde que Nox partira, e os seres continuavam a andar na escuridão, infestando o ar com o cheiro pútrido de morte. Ulrik tinha certeza de que os guerreiros também emanavam um odor específico. O de medo.

– Acho que já estou chegando no meu limite – Tora confessou, com a voz trêmula.

Ele, que sempre era o ponto de equilíbrio, que sempre se controlava em meio ao caos, que era o porto seguro de todos, começava a perder a cabeça.

Então, um berro cortou a floresta. Não um grito humano, e sim um barulho estridente e áspero, como metal rasgando pedra, do tipo que fazia os pelos do braço se arrepiarem. Ulrik tremeu ao imaginar o que poderia emitir um som como aquele.

Os passos das criaturas na escuridão pareciam agitados e descontrolados. Outro grito cortou o ar, agora mais próximo de onde os guerreiros estavam. Ulrik entendeu o que Nox estava fazendo: circulando por fora, obrigando os seres desconhecidos a se aproximarem. Enviou Lux para fazer o mesmo.

Duas coisas aconteceram ao mesmo tempo.

Ulrik ouviu um barulho seco e o ganido de um lobo – Lux fora atingida, e ele sentiu uma dor quase física ao ouvir o animal choramingar.

E Ulrik viu uma das criaturas pela primeira vez.

Era como se tivesse mergulhado num lago congelado; seu corpo inteiro doeu com dezenas de agulhadas. Soube imediatamente com o que estavam lidando: multos. Monstros com vários pares de braços, feitos com partes de cadáveres.

O ser tinha a pele amarelada e cheia de fissuras e costuras, a cabeça lisa e arredondada e o rosto esquelético sem nariz nem lábios, deixando os grandes dentes sujos e quadrados à mostra. Era enorme, com quase três metros de altura.

Leona atirou uma faca que se fincou com precisão na cabeça da criatura. Ela gritou e Ulrik teve de fazer força para não tampar os ouvidos. O monstro levou uma das seis mãos ao cabo da faca e a desenterrou da testa, fazendo um líquido amarelado feito pus escorrer do ferimento. O estômago de Ulrik se contorceu; o cheiro era insuportável. Mesmo assim, correu com a espada na mão em direção ao bicho e lanhou o braço mais baixo do lado direito. O multo gritou, e com as costas de outra mão deu um tapa no estômago do garoto, que voou e aterrissou a alguns metros de distância. O ar sumiu dos pulmões de Ulrik, que precisou de alguns segundos para conseguir se levantar.

Mais três criaturas haviam se juntado à luta; Ulrik viu um deles pegar Leona pelo braço e a jogar para longe. Úrsula corria em volta da fogueira atirando e rolando enquanto um deles tentava agarrá-la sem sucesso; eram grandes, mas a garota era mais ágil. Sua mira era infalível. As flechas se fincavam na cabeça dos monstros, porém sem o efeito que tinham nos espectros. Os multos simplesmente puxavam os projéteis e os atiravam no chão, como se não passassem de um mero incômodo.

Depois de um tempo, os seres malignos começaram a ignorar os guerreiros e a se lançar sobre os animae de forma organizada. Albin pulou com a boca aberta, pronto para atacar um deles, e o demônio gritou como se estivesse mortificado. Um outro multo, porém, pegou o leão no ar pelas patas traseiras antes que Albin atingisse o alvo. A criatura que fora atacada segurou a cabeça do leão com os braços superiores, para que o animal não o mordesse, e com o par de mãos de baixo segurou as duas patas dianteiras do leão. Ulrik entendeu, aterrorizado, o que os monstros pretendiam fazer: puxar Albin pelas extremidades para rasgá-lo ao meio.

— Nox, Lux! — ele gritou com toda a força dos pulmões.

Os lobos correram rápido para ajudar o anima preso, de cabeça baixa e cauda esvoaçante. Lux saltou, mesmo machucada, e Nox a imitou. Os lobos atacaram o monstro que segurava a cabeça de Albin e o morderam várias vezes; nos braços, no pescoço, no rosto.

O efeito foi instantâneo. A pele nojenta parecia derreter onde fora mordida, como se a saliva dos animae fosse feita de ácido. As costuras que mantinham juntas as diversas partes de corpos começaram a rasgar. Os rosnados dos lobos se misturaram aos gritos estridentes da criatura, e todos os guerreiros entenderam o que estava acontecendo.

Úrsula lançou mais algumas flechas sobre o multo que já perdera um dos braços; enquanto ele tirava as que haviam se fincado em sua pele, Fofa o atacou por trás. A ursa era tão grande quanto o demônio, e seus dentes eram fortes. O efeito das mordidas fez com que o monstro perdesse o controle e permitiu que Albin também atacasse. Logo a criatura estava se desfazendo.

Leona imitou a outra guerreira e distraiu o maior dos multos com facas. Ulrik, Tora, Magnus, Nox e Lux o atacaram de uma só vez. Mesmo sendo enorme, o monstro não conseguiu se defender; depois de pouco tempo, mais um se transformou num amontoado de líquido amarelo fedorento e partes apodrecidas de corpos humanos.

Restava apenas um, e Ulrik se virou para atacá-lo.

Mas o monstro se lançou sobre Úrsula, agarrou a garota com uma das mãos, e envolveu seu torso com os seis braços repugnantes.

– *Longe* – o monstro advertiu, com a voz áspera e estridente.

O rosto dela estava pálido.

– Matem ele – Úrsula pediu, com a voz trêmula.

O multo a apertou, e ela gritou antes que o ar abandonasse seus pulmões. Seus olhos verdes foram se arregalando, e seu rosto começou a adquirir uma cor arroxeada.

– Para! – Ulrik ordenou, olhando pela primeira vez nos olhos totalmente vazios da criatura. – Se você não parar agora, os animae vão atacar.

O monstro afrouxou os braços. Úrsula respirou fundo pela boca e tossiu.

– Solta a garota, agora! – Ulrik mandou.

– *Levar garota* – o monstro anunciou.

– Se você der um passo, eles vão atacar.

– *Atacar? Matar garota.* – E apertou Úrsula mais uma vez, como se quisesse demonstrar o quão frágil a humana era em seus braços. Ela gritou de novo.

– Ei... – Ulrik começou, na esperança de conseguir negociar. – Se você soltar minha amiga, a gente deixa você ir embora. Não vamos atacar.

A criatura deu dois passos para trás.

– *Guerreiro mentiras. Guerreiros assassinos.*

Ulrik arregalou os olhos, incrédulo. Assassinos, eles? Mesmo assim, controlou a vontade de enviar Nox para cima do monstro. A vida de Úrsula era mais importante.

– Te dou minha palavra – Ulrik prometeu, e o multo o encarou com desconfiança. – Talvez entre os seres malignos isso não valha nada, mas para um guerreiro vale muito. É sua melhor opção.

– *Não atacar.*

– Não vamos atacar. Palavra de guerreiro.

O monstro fitou os garotos e seus animae como se medisse suas chances e, sem aviso, arremessou Úrsula com força para o alto. Ulrik acompanhou com os olhos o corpo da garota, que voou como se o tempo tivesse desacelerado mil vezes; ela passou por cima deles e aterrissou num pinheiro, fazendo um *crac* horrível. Ulrik correu na direção da prima sem olhar para trás, mas ouviu os passos pesados do monstro ecoarem pela noite.

– A gente manda os animae atrás dele? – Leona perguntou.

– Não! – Ulrik respondeu, ajoelhando-se ao lado da garota. – Úrsula. Úrsula – sussurrou, como se ela estivesse dormindo.

Os outros chegaram e agacharam ao lado dela. Leona aproximou o ouvido do rosto machucado da amiga.

– Ela está respirando – concluiu, aliviada, e começou a tatear o corpo da garota. – Acho que não tem nenhum osso quebrado. O certo seria imobilizar o pescoço com alguma coisa, mas não estou vendo nada que dê para usar... Vamos deitá-la com cuidado.

Ulrik se sentou na terra escura e úmida com as pernas cruzadas e apoiou a cabeça de Úrsula em seu colo. Leona e Tora arrumaram seus braços e pernas.

– Úrsula, acorda. Por favor. – Sua garganta queimou. *E se ela morrer?* Ulrik fez um esforço enorme para não deixar um soluço escapar. – Ela vai ficar bem, não vai? – perguntou, olhando para Leona.

– Não sei – a garota respondeu, com os olhos cheios d'água. – Ela bateu a cabeça. E forte. Vou fazer o possível.

Leona afastou o cabelo claro do próprio rosto, sujou os dedos com terra e começou a desenhar. Fez primeiro a runa para estancar o sangramento do grande corte na testa de Úrsula. Depois, começou a runa para aliviar a dor.

– Tora, traz um tecido limpo e um cantil de água – Leona solicitou.

O garoto desapareceu por alguns segundos e voltou com os itens pedidos.

– Os cavalos de Úrsula e de Ulrik se soltaram durante a batalha – Tora informou, ansioso.

– Por que você não vai procurar os dois enquanto a gente cuida dela? – Leona sugeriu, colocando a mão no braço dele.

– Mas e se vocês precisarem de mim aqui?

– Aí a gente te chama.

Tora encarou o corpo estendido de Úrsula por alguns segundos. Ulrik sabia que o garoto estava dividido entre a emoção e a razão. Se não encontrassem os cavalos, demorariam mais de um mês para chegar ao clã... No entanto, a vontade de permanecer perto da amiga também falava alto.

– Precisamos dos cavalos. Se qualquer coisa acontecer, a gente grita. Por favor, Tora – Ulrik pediu, e o amigo assentiu com a cabeça.

Ulrik molhou o pano com a água do cantil e começou a limpar o ferimento na testa de Úrsula. O corte era profundo.

– Tenho uma caixa de curativos no alforje do meu cavalo. – Leona se levantou e foi até lá.

Voltou com algumas coisas nas mãos, incluindo uma agulha.

– Ela precisa de pontos? Não dá só para fazer a runa de cicatrização? – Ulrik perguntou.

– As runas não fazem milagres – Leona repetiu o que Ilca dissera muitas vezes nos treinamentos. Era estranho como parecia difícil se lembrar até do óbvio em momentos difíceis. – A gente precisa tratar o ferimento da melhor forma possível.

– Vai doer?

Leona o fitou de um jeito diferente. Depois tocou o rosto de Ulrik, os dedos gentis ainda sujos de terra.

– Ela está desacordada, não vai sentir nada.

Ulrik terminou de limpar o rosto da prima enquanto Leona lavava as mãos e passava vinagre na agulha. Usando tripa de carneiro, Leona deu os pontos, nove no total, e Úrsula continuou apagada. Em seguida, a guerreira passou bálsamo de lírio-do-deserto sobre o ferimento e enrolou uma faixa de pano na cabeça da garota para proteger a sutura. Depois desenhou várias runas de cicatrização, tanto perto do corte quanto em outras partes do corpo.

– Quando o sol nascer, vou procurar algumas ervas que vão ajudar a limpar melhor o corte – Leona disse, e sua expressão ficou mais séria. – Mas o que a gente faz se ela não acordar amanhã?

– Ela vai acordar – Ulrik disse, mais alto do que planejado. – Desculpa, eu... Se ela não acordar amanhã, a gente espera mais um dia aqui.

– E se mesmo depois de mais um dia ela não acordar?

Ele respirou fundo. Aquilo tudo estava prestes a fazer com que entrasse em ebulição.

– Aí eu carrego a Úrsula no meu cavalo. – Pensou que havia a possibilidade de Tora não encontrar os animais. – Carrego ela nas minhas costas se precisar! – gritou, a voz lutando para sair da garganta apertada.

Ulrik esperava que Leona gritasse de volta, dissesse algo para alimentar a raiva que estava crescendo em seu peito ou saísse andando sem falar nada. O que não esperava é que a garota se aproximasse, sem desgrudar seus olhos dos dele, colocasse a mão em seu rosto e o beijasse. Foi um beijo rápido e leve, com gosto de suor e terra.

– Vai dar tudo certo – ela sussurrou.

Ulrik assentiu com a cabeça. *Vai dar tudo certo*, repetiu mentalmente. Começou a se acalmar. Conforme seu corpo esfriava, os próprios ferimentos começaram a doer. Olhou para o rosto impassível de Úrsula e, quando sua mente começou a tentar imaginar um mundo sem ela, agarrou-se novamente naquela mesma frase.

– Vai dar tudo certo – disse em voz alta.

Leona o encarou por alguns segundos e passou as mãos em seu cabelo.

– Vou ajudar o Tora, ok?

Ulrik concordou com a cabeça e observou enquanto ela se afastava com as calças marrons de algodão rasgadas e sujas, a túnica de lã clara manchada de sangue e o cabelo cor de areia desgrenhado e cheio de folhas. Linda.

– Úrsula – Ulrik chamou mais uma vez. Já havia amanhecido fazia um tempo. – Acorda. Por favor.

Ulrik repetira aquela frase muitas vezes durante a noite. Havia vertido pequenos goles de água na boca da prima, colocado duas peles sobre ela para que não sentisse frio e até cantado a música que mater costumava cantarolar para ele e Otto quando eram pequenos. Mas nada parecia surtir efeito.

– Úrsula – Ulrik sussurrou em seu ouvido, acariciando o cabelo dourado da prima.

E se ela morresse?

A pergunta se enraizara em sua mente; ocupara um espaço e se recusava a sair dali. Os dois nunca tinham feito as pazes. Úrsula passara dias infeliz e a culpa era toda dele. Ela não podia morrer, não agora.

– Por que você não acorda? Aposto que é mais uma das suas piadas. Talvez já esteja acordada e queira me torturar. – Uma mão invisível parecia ter envolvido sua garganta. – Se for o caso, você tem toda razão. Fui um idiota. Não, um *grande* idiota. O maior idiota de todos os tempos! – Ele a encarou durante algum tempo, mentalizando com todas as forças o desejo de que a garota melhorasse. – Se você acordar, prometo que vai ser diferente. Nunca mais vou brigar com você, nunca mais. – O garoto contraiu os olhos, mas foi impossível impedir que as lágrimas rolassem por seu rosto sujo e gelado. – Não vou conseguir continuar sem você. Acorda, por favor.

Por alguns segundos, nada aconteceu. De repente, porém, Úrsula franziu as sobrancelhas e passou a mão no rosto.

– Para de chorar em mim, pelo amor de Luce – a guerreira sussurrou com a voz fraca e rouca.

Ulrik riu e chorou ao mesmo tempo.

– Obrigado. Obrigado, obrigado. – Plantou um beijo no cabelo dela, que gemeu de dor. – Achei que nunca mais ia poder falar com você. Tora, Leona!

Os dois vieram correndo e se ajoelharam.

– Consegue se levantar? – Leona perguntou para a amiga. – Acho que te faria bem sentar e beber um pouco de água.

Com a ajuda de Tora e Ulrik, Úrsula se sentou com as costas apoiadas no mesmo pinheiro onde aterrissara na noite anterior.

– Estou um pouco tonta... Ai! O que é isso? – perguntou, tateando a faixa na cabeça. – E o que aconteceu? Vocês mataram todos os desgraçados?

Tora contou em detalhes tudo que havia acontecido.

–Vocês deixaram ele ir embora? – Úrsula perguntou, incrédula.

– Dei a minha palavra.

– Sua palavra? Ulrik... – Ela balançou a cabeça. – Um dia você vai se arrepender de ter deixado esse multo escapar. Mesmo que o bicho desse a palavra dele, te mataria assim que você virasse as costas.

– E se eu fizesse o mesmo, não seria tão diferente dele – Ulrik respondeu.

– Deve ter sido a pancada na minha cabeça, porque parece que nosso guru mudou de voz. – Úrsula disse de olhos fechados; aparentemente ainda estava tonta, mas bem o suficiente para fazer piadinhas.

– Engraçadinha – Tora protestou, mas sorriu.

– Por que vocês colocaram essa faixa na minha cabeça? – Ela levou a mão à testa mais uma vez. – Ai!

– Para de colocar a mão, precisei dar uns pontos.

– Na minha testa? – Ela arregalou os olhos verdes. – Quantos pontos?

– Nove.

– NOVE? – perguntou, indignada. – Vou ficar com uma cicatriz enorme!

– Cicatrizes são marcas das batalhas que você travou. Mostram do que seu corpo e seu espírito são capazes. Deixam qualquer guerreiro ainda mais belo – Tora a consolou, sorrindo.

– Mesmo na testa? – Úrsula indagou, arqueando as sobrancelhas.

– Claro.

Ela tirou uma faca da bainha.

– Então vem aqui! Depois que eu terminar com a sua cara, vai ter uma fila de guerreiros e guerreiras querendo ficar com você.

Todos riram como havia muitos dias não faziam. Estavam juntos de novo, juntos de verdade. E, naquele momento, era fácil acreditar que tudo ficaria bem.

## CAPÍTULO 32
# De volta

A viagem de volta demorou pouco mais de uma semana. O trajeto ocorreu sem outros problemas; nada de espectros ou de multos no encalço do grupo.

Depois de tantos contratempos, Ulrik se perguntava se aquela onda de tranquilidade era um bom ou um mau sinal. Era a calmaria que antecedia a tempestade? Será que os espectros estavam planejando a melhor maneira de atacar o clã e capturar os guerreiros que poderiam ser a chave? Será que sabiam quem era a pessoa certa? O garoto tinha quase certeza de que ainda não haviam conseguido abrir a caixa, porque o mundo parecia... o mesmo. Mas talvez já tivessem raptado pessoas. Talvez o clã já estivesse totalmente destruído.

Apesar do frio, aqueles pensamentos faziam gotas de suor brotarem na testa de Ulrik enquanto atravessavam o Bosque Branco. Mordeu mais uma vez o lábio, puxando a pele com os dentes, e contraiu o rosto com a dor. Pousou um dedo ali e viu que já saía sangue. Precisava parar com aquele novo hábito antes que a boca ficasse toda ferida.

Se o clã ainda estivesse inteiro, havia outra preocupação. Como reagiriam à chegada dos fugitivos? Será que Bruno e Heitor teriam sido capazes de convencer os outros da inocência de Ulrik? Da existência da caixa das almas?

As bétulas-das-nuvens, com seus galhos nus e brancos, contrastavam com o solo preto coberto por folhas em decomposição. A cortina de névoa fina era a última barreira a ser trespassada. Depois disso, acreditando neles ou não, o caos cairia sobre o clã.

Os quatro haviam praticado a história e decidido que Úrsula deveria contá-la; como filha de Augusto, teria mais credibilidade. Também tinham resolvido que Ulrik se entregaria sem resistir. Estavam prontos para todas as perguntas, preparados para convencer mesmo os mais desconfiados ou para lutar caso tudo fosse por água abaixo.

Contudo, não estavam preparados para a cena devastadora com a qual se depararam.

– Cadê todo mundo? – Leona questionou, esfregando os olhos.

Era a melhor pergunta que podia ser feita. As tendas, os animais e mesmo a arena de treinamento haviam desaparecido. Não fosse pela falta de grama nos locais onde as barracas costumavam ficar, seria impossível dizer que, algumas semanas antes, centenas de pessoas moravam ali.

– Ah, não – Úrsula lamentou, balançando a cabeça. – Eles mudaram o acampamento de lugar.

O choque pareceu fincar os pés de Ulrik no chão; sentia-se imobilizado, como as árvores do bosque que tinham acabado de atravessar. O clã sofrera muitas perdas e ataques suspeitos nos últimos meses; os guerreiros destroçados no bosque, a emboscada misteriosa dos espectros na Pedra do Sol e por último a perseguição a Celer e Mica que culminara no roubo da caixa e na morte de Augusto.

Ulrik se lembrou de ter ouvido Caeli dizer que o círculo de proteção fora danificado. O conselho provavelmente optara por mover o acampamento para aumentar a segurança.

– A gente precisa descobrir para onde eles foram – Tora afirmou. – Úrsula, como são escolhidos os locais de instalação do clã?

– Não sei, só o conselho participa da discussão. Eles sempre deixam algum tipo de pista para os guerreiros que estão fora em missão, mas...

– Mas o quê? – Leona perguntou.

– Mas somos fugitivos, traidores. Talvez não queiram que a gente os encontre.

Ulrik foi esmagado pela imensidão do problema. Estavam sozinhos, buscando uma caixa que poderia estar em qualquer lugar, que se abriria somente com o sangue de um guerreiro que não sabiam quem era e que provavelmente estava no clã, cuja localização desconheciam.

Era como se o garoto tivesse decidido atravessar um rio a nado e, no meio do caminho, descobrisse que era na verdade um oceano. Como se precisasse atravessar o mundo a pé. Como se fosse necessário suportar em seus braços o peso da montanha à frente. Era uma missão impossível.

– Tudo isso... encontrar a caixa, impedir que ela seja aberta... – Ulrik suspirou e afundou o rosto nas mãos. – A gente nunca vai conseguir.

Leona se aproximou e acariciou suas costas.

– Vamos fazer uma coisa de cada vez. Nosso foco agora é chegar ao clã.

Ulrik encarou seus olhos de contornos felinos – tantas vezes ferozes, mas naquele momento, gentis. Sim, uma coisa de cada vez. Encontrar o clã primeiro; aquilo parecia possível.

– Precisamos achar algum tipo de rastro – Tora afirmou.

Os outros concordaram, e cada um partiu numa direção.

Ulrik foi para norte, onde antes havia a plantação de milho. Os guerreiros tinham queimado tudo, e ele caminhou atento pelo terreno escurecido, as cinzas grudando em suas botas de couro. Que tipo de sinal os guerreiros teriam deixado? Estava se perguntando aquilo pela centésima vez quando algo colorido chamou sua atenção. No meio do terreno havia algumas espigas de milho arranjadas num círculo, como um girassol. Uma flecha também fora fincada no solo.

– Úrsula! – ele chamou, e a garota virou a cabeça ao longe. – Encontrei uma coisa!

Os três foram correndo até Ulrik. Fofa chegou antes e começou a farejar as espigas.

– O que acha que isso significa? – o garoto perguntou à prima. – Talvez tenha alguma relação com girassóis?

– Não, acho que não. – Ela deu a volta no desenho, observando-o com atenção. – Os guerreiros deixam mensagens simples.

– Então talvez as espigas sejam o sol – Leona cogitou.

Os outros concordaram.

– E a flecha? – Ulrik perguntou, contornando o desenho e se abaixando para ver a montagem de todos os ângulos.

Ficaram em silêncio por alguns segundos.

– Tão simples e tão engenhoso! – Tora disse de repente, sorrindo, e os três se viraram para escutá-lo. – Não é a flecha, é o chão.

– Sem charadas, guru – Úrsula falou, impaciente. – Fala de um jeito que nós, pobres mortais, também consigamos entender.

O garoto estreitou os olhos e balançou a cabeça, mas respondeu:

– A flecha está apontando para o chão. Para baixo. – Ele olhou para os outros e percebeu que ainda não tinham compreendido. – Sol, para baixo. Pôr-do-sol.

– Oeste! Eles foram na direção oeste – Ulrik concluiu. – Isso já ajuda muito.

– Deve ter outras pistas. Vamos continuar procurando. – Úrsula sugeriu, e eles se separaram novamente.

Ulrik procurou perto do lago; Leona, no local onde as barracas costumavam ficar; Úrsula vasculhou a área na direção das montanhas; e Tora analisou os arredores do bosque e da antiga arena de treinamento.

Úrsula foi a primeira a chamar, assim que achou um desenho no chão. Na grama, provavelmente traçada com uma faca, havia uma forma que parecia uma tenda acompanhada do número vinte. Supuseram que era uma referência ao local onde o clã estivera vinte anos antes.

– Mas isso não adianta nada – Úrsula protestou. – Só me lembro dos últimos quatro locais onde a gente morou... Pater nunca mencionou onde o clã estivera antes.

Leona encontrou, onde costumava ser a tenda de Ilca, algumas pedras e galhos, uns desenhos na terra e outra flecha fincada no chão.

– Parece um mapa – Tora disse, e apontou para o projétil. – E aqui deve ser o novo local.

– As pedras devem ser montanhas e os galhos, florestas – Leona concluiu.

– E essas linhas? Acham que são as estradas? – Ulrik indagou.

– Não, os guerreiros não viajariam nem se instalariam perto de estradas. Devem ser rios. – Úrsula abriu o mapa. – Mas tem várias áreas a oeste que se parecem com esse desenho. A gente vai ter que escolher alguma e torcer para que a Luz esteja ao nosso lado.

– Também achei uma pista na arena – Tora anunciou, e todos o seguiram.

O espaço estava coberto de folhas para esconder o chão de terra; não havia mais pedras marcando o contorno, nem troncos em locais estratégicos para que os novatos pudessem saltar durante as simulações de batalha ou alvos para treinar a mira. Mas era ali que os quatro tinham passado boa parte dos seus dias de treinamento. Quanto tempo se passara desde que haviam fugido? Um mês? Talvez mais, talvez menos; Ulrik tinha parado de contar os dias muito tempo antes.

Os lobos caminhavam ao seu lado, e Lux lambeu sua mão direita. Ela parecia entender o garoto muito bem, saber que seu coração estava apertado ao pensar nos meses em que treinara ali, quando sua única preocupação era ficar pronto o mais rápido possível. Ulrik acariciou a cabeça da loba, que soltou um gemido baixo. Lux também sentia saudades de tudo aquilo.

— Ali, bem no centro. — Tora apontou para outra flecha.

O grupo se aproximou da pista e começou a discutir. Havia um desenho feito com pedrinhas, com uma flecha fincada no meio.

— É um animal? — Úrsula perguntou.

— Acho que é um crocodilo — Tora respondeu.

— Só tem crocodilos a sul, eles gostam de águas quentes — Leona explicou.

— Então deve ser um lagarto — Tora concluiu.

Era um lagarto. Com certeza era um lagarto.

— Mas o que isso quer dizer? Tem lagartos para todo lado! — Úrsula protestou, exasperada. — Para qual guerreiro vocês acham que eles deixaram essa mensagem?

— Para mim.

Ulrik sabia muito bem o que aquele lagarto com uma flecha nas costas significava, e que fora Heitor quem deixara a pista. Aquilo acontecera nove ou dez meses antes, mas o garoto se lembrava como se fosse ontem do lagarto preto e amarelo que o atacara enquanto atravessavam a Floresta Sombria.

Ulrik tomou o mapa da mão de Úrsula e o percorreu com os dedos. Em segundos achou o vale indicado pela pista que Leona encontrara. O local ficava a noroeste de Urbem. E a apenas dois dias de viagem de Pedra Branca.


Ulrik não revelou seu plano aos amigos, mas sabia que Tora desconfiava dele. Viajaram por oito dias, passando por alguns lugares que já conhecia da primeira jornada com Heitor, e utilizaram a estrada para chegar mais rápido. Os espectros provavelmente já tinham alcançado o clá, e os garotos podiam apenas torcer para que ainda não tivessem colocado as garras num dos idosos ou em Caeli.

Havia dois caminhos possíveis para chegar ao novo acampamento, e no nono dia depois de partir do antigo local tiveram que decidir qual deles tomariam.

— A gente devia seguir para norte e dar a volta nessa montanha. — Tora mostrou o caminho com o dedo sobre o mapa.

— Não sei... — Ulrik observou o diagrama por alguns segundos. — Talvez a gente possa viajar um pouco mais pela estrada. Precisamos ganhar tempo.

— Ah, é? — Úrsula perguntou. — E depois, a gente atravessa a floresta por onde?

— Conheço um caminho por dentro da floresta; a gente passa por aqui e depois contorna a Cordilheira dos Ventos.

Os três guerreiros trocaram um olhar.

— Ulrik, ninguém aqui é idiota. — Leona disse. — A gente sabe exatamente o que você está tentando fazer.

— Como assim?

Os outros cruzaram os braços.

— A gente não vai passar por Pedra Branca. Na verdade, queremos ir pelo norte exatamente para passar longe de lá. — Tora colocou uma mão no ombro do amigo, mas Ulrik se afastou com a raiva borbulhando no estômago.

— Por que estão fazendo isso comigo?

— Não estamos fazendo isso com você, estamos fazendo por você. — Leona tentou se aproximar.

— Não, Leona. Se estivessem pensando em mim, vocês concorda-riam em passar por Pedra Branca — afirmou. Os três se olharam de novo, como se já tivessem discutido o que fazer caso Ulrik agisse daquela forma. — Fora que isso pode ajudar muito a gente! Vamos chegar mais rápido, podemos dormir na minha casa, e...

— Não, Ulrik. — O tom de Úrsula foi duro. — Sua casa agora é o clá. Isso colocaria todos nós em risco, mas você não enxerga porque está cego pela vontade de ver sua família.

– Estou mesmo. E é óbvio que você não entende! Você não sabe como é ter que abandonar sua família para se tornar uma guerreira.

– Realmente não. – A prima se aproximou e apontou o dedo no rosto do garoto. – Minha mãe morreu ao me dar à luz e meu pai foi assassinado por alguém do próprio clã. Então não sei como é nada disso. Como é ter a família vivendo em segurança em algum lugar sem ter que me preocupar se vão morrer no dia seguinte. Não sei como é, e mesmo assim daria tudo para estar no seu lugar agora mesmo.

Ulrik engoliu em seco.

– Úrsula, você sabe que eu não quis dizer...

– Não, não sei. – Seus olhos verdes faiscaram. – Você acha que nenhum de nós tem vontade de fazer outras coisas? Que Tora e Leona também não adorariam ver a família deles e fingir que está tudo bem?

– Não, eu...

– A gente está numa missão! – ela continuou. – E, como um guerreiro, você vai se dedicar a essa missão e deixar todo o resto de lado. – Os dois se olharam por um instante, e Ulrik viu nela a determinação e a autoridade de Augusto. Um dia a garota seria líder. Ela estava certa; Ulrik se deu por vencido e concordou com a cabeça. Só então, a expressão dela se suavizou. – Mas quando tudo isso acabar, talvez você possa sair escondido para dar uma espiada neles... – Úrsula sussurrou e deu uma piscadela.

Ulrik sorriu. Ninguém podia ser substituído; o buraco em seu peito pela falta de Otto nunca desapareceria, porém, a prima lembrava seu irmão de tantas maneiras que era cada vez mais difícil não pensar nele quando estava com Úrsula. Com frequência, Ulrik imaginava uma conversa entre o irmão e a prima, tentando adivinhar se os dois se adorariam ou se odiariam. Contudo, aquela era uma resposta que nunca teria.

Seguiram então pelo caminho a norte, por seis dias. O clima continuava esfriando, e o sol se punha cada vez mais cedo; o inverno já começara, e as capas de viagem não eram mais suficientes para suportar as baixas temperaturas. Mas o pior da estação ainda estava por vir, e Ulrik se perguntava como seria passar os dias de neve no clã sem o isolamento de paredes de pedra de sua casa em Pedra Branca.

A noite começava a cair; mesmo com pouca luz, os guerreiros continuaram cavalgando, com pressa de chegar. Os animae saíram para caçar, com exceção de Fofa, que gostava mais de fazer isso durante o dia e também comia frutas e insetos.

Minutos depois de partirem, Magnus voltou sem nenhuma presa e mostrou os dentes.

– O que foi? – Tora perguntou, preocupado.

Magnus rugiu e saiu em disparada. Tora entendeu que o tigre queria que os guerreiros o seguissem, e os quatro cavalgaram atrás dele entre os galhos baixos dos pinheiros. Os lobos e o leão branco surgiram de diferentes direções e se juntaram à busca. Quando Magnus reduziu a velocidade até parar, os garotos desceram dos cavalos, preparando as armas.

Magnus se arrastou perto do solo, como fazia quando queria surpreender uma presa. Os outros animae o seguiram e os guerreiros também, pisando devagar no chão coberto de musgo.

Caminharam por alguns minutos até um som tomar forma na penumbra. Vozes. Mas a língua falada era desconhecida, e o ruído desagradável. Ulrik se arrepiou, o calafrio, no entanto, não tinha nada a ver com a temperatura.

Espectros.

Nox e Lux estavam atentos, em posição de ataque. Úrsula colocou a mão no arco e tirou uma flecha da aljava, porém, Ulrik segurou seu ombro pedindo que esperasse.

Os espectros conversavam num idioma incompreensível. As palavras pareciam povoadas por muitos fonemas fortes, e as línguas se torciam e sibilavam como o som emitido pelas cobras. Os garotos se esforçavam em vão para compreender.

– Acho que são só dois. Vamos tentar capturá-los – Ulrik sugeriu, num sussurro quase inaudível.

Os inimigos estavam a menos de um dia de viagem do novo acampamento, forte sinal de que aqueles espectros poderiam estar envolvidos no roubo da caixa. Se os garotos tivessem sorte, poderiam descobrir seu paradeiro.

A conversa continuou, e o sibilar parecia cada vez mais próximo. Os garotos caminhavam devagar; mesmo assim, Leona fazia ruídos com os pés, remexendo as folhas.

– Úrsula, shiuuu – Leona protestou num sussurro.

– Não sou eu – Úrsula murmurou de volta.

Ulrik se virou. O ruído vinha de trás, e o guerreiro perscrutou a escuridão em busca de outros espectros ou mesmo de multos. Esperava não ter de ver outro monstro daquele na vida – nenhum deles esquecera o último encontro, mas estariam prontos caso fosse necessário enfrentar as criaturas novamente.

Contudo, não havia nada.

Talvez fosse apenas algum animal. Assim que os quatro se viraram para continuar, um grito de dor cortou o ar.

– Tora! – Úrsula gritou e se lançou na direção dele.

– Cobra – ele disse com o maxilar cerrado, já gemendo de dor.

Magnus encontrou a serpente e a destroçou com os dentes.

– Onde? – Úrsula perguntou com a voz aguda. – Onde ela te picou?

– Perna direita.

A guerreira rasgou a calça de Tora logo abaixo do joelho e tateou a perna até encontrar as marcas das presas.

– A gente precisa chegar ao acampamento o mais rápido possível – Leona disse. – Eu não trouxe o antídoto, foi a única coisa que esqueci...

Tora gritou de novo de dor, revirando-se no chão.

Os espectros certamente os haviam ouvido e poderiam atacar. Ulrik estava pronto, espada em punho, mas o som que escutou a seguir vinha da direção contrária à que espreitavam.

Um cavalo galopando.

– Quem está aí? – uma voz familiar perguntou entre as árvores.

Um homem de traços finos e cabelo escuro e comprido apareceu sobre seu cavalo. Caeli.

Não, ele não deveria estar ali. Deveria estar no clã, protegido, longe do alcance de qualquer espectro. Ulrik abaixou a espada e olhou ao redor com urgência.

– Caeli, a gente precisa sair daqui agora!

– O que vocês... – ele começou a perguntar, confuso, levando a mão às facas no cinto. – Vocês voltaram?

– Os espectros... A caixa... – Tora começou. – Eles podem estar atrás de você.

– Tora se machucou?

– Ele foi picado por uma cobra, precisa de cuidados o mais rápido possível – Leona respondeu.

Caeli desmontou e pegou Tora no colo.

– Úrsula, você é a mais leve. Vá com ele e não pare por nada – A garota montou no cavalo mais forte, e Ulrik e Caeli colocaram Tora diante dela. – Tem um atalho entre as montanhas, uma fenda estreita. Siga o curso do riacho na direção sul e depois vire para a direção oeste quando avistar uma cidade no sopé da montanha.

Caeli deu um tapa no cavalo, que saiu cavalgando rápido.

– Vamos, a gente precisa ir antes de perder os dois de vista – Ulrik disse, montando no cavalo.

– Não. Ulrik, se você voltar ao clã... – Caeli começou, mas não terminou. O garoto sabia bem o que queria dizer. – Além disso, estamos fazendo uma força-tarefa para expandir e melhorar o círculo de proteção. Se vocês ajudarem, talvez melhore um pouco a situação.

– Caeli, você não pode ficar aqui. Tem espectros por perto.

– Por Luce, quantos? A gente precisa correr ainda mais com o círculo... Vou começar com algumas runas de afastamento antes que a noite caia por completo. Me ajudem, rápido!

A preocupação começou a formigar no peito de Ulrik. Tora estava ferido, e Caeli podia ser a chave que os espectros buscavam. Como explicar tudo da forma mais rápida?

– A gente está procurando a caixa das almas – Ulrik começou, e o guerreiro abriu a boca para protestar. O garoto levantou uma mão, pedindo que o outro o deixasse terminar. – Sei que ainda não acredita nisso, mas precisamos que volte para ouvir toda a história. A chave para abrir a caixa é um guerreiro. E a gente acha que esse guerreiro possa ser você.

– *Eu*? – Caeli perguntou, franzindo as sobrancelhas.

– A chave é o guerreiro mais antigo. E talvez isso signifique o descendente de Raoni.

O homem balançou a cabeça, incrédulo, os olhos dourados vidrados de confusão. Precisou de alguns segundos para se recuperar.

– Tudo bem, vamos voltar juntos – Caeli cedeu. – Não por acreditar nessa maluquice, mas para proteger vocês.

– Dos espectros? – Leona perguntou.

– Não – o guerreiro respondeu. – Do clã.

Cavalgaram a noite toda, com o vento gelado fustigando o rosto e fazendo lacrimejar os olhos. Avistaram Úrsula ao longe quando os primeiros raios de sol surgiram tímidos pela manhã. Nem mesmo os tons róseos do céu conseguiram alegrar as cores apáticas do inverno; a grama da planície estava desbotada, e as árvores pareciam hibernar.

O cavalo da garota era rápido demais, e até mesmo Fofa ficou para trás. No meio da manhã já não era mais possível vê-la, e Ulrik não parava de se perguntar se Tora estava bem. Se estava vivo.

No fim do dia, quando as montarias já estavam quase mortas de exaustão, um conjunto de montes despontou no horizonte, perturbando a vastidão plana. Caeli apontou para um deles e explicou que o clã ficava no limiar de uma floresta, lá em cima. Não era possível ver o acampamento de baixo, estando na planície, mas, ao alcançar o topo, Ulrik viu as familiares barracas verde-escuras.

Um pequeno aglomerado de árvores se estendia na direção norte, onde nascia um riacho. A sul, a leste e a oeste, o cume da colina era nu, e a vista da planície abaixo acalmava o espírito.

Havia um grupo de pessoas perto de uma das tendas maiores e parecia estar acontecendo uma briga.

– Victor, não! – gritou uma voz feminina furiosa. Ilca.

– Ela traiu a gente!

– Ela é a filha de Augusto!

– Isso não me interessa, Ilca! Me deixa entrar!

– Não! E se você tentar, Catula vai atacar!

Ulrik, Leona e Caeli desmontaram e correram até o local.

– Ilca! Como ele está? – Ulrik perguntou, desesperado. – Ele está...

Não conseguiu terminar a frase. Uma pancada no estômago tirou todo o ar de seus pulmões, e apenas depois de alguns segundos o garoto entendeu o que acontecera.

– Victor! – Caeli gritou. – Saia de cima dele!

– Esse desgraçado assassinou Augusto, e vou matar esse moleque com minhas próprias mãos! – Os olhos escuros de Victor confirmavam sua intenção, e o guerreiro agarrou Ulrik pelo pescoço.

– Você, esquisita! – Era Marcus, o novato enorme de cabelo escuro, apontando uma flecha diretamente para Leona. – Ou você se rende ou eu atiro.

– O que você tem de músculos não tem de cérebro, Marcus – Leona afirmou, olhando friamente para o garoto. – Se vim até aqui é porque quero me entregar. Mas confesso que estou tentada a sair correndo só para o clã inteiro ver você errar um tiro atrás do outro...

Marcus lançou um olhar raivoso para a outra novata.

– Victor, solta o garoto. – A voz de Bruno estava calma, mesmo assim todos se viraram para ele.

– Você não pode estar falando sério – Victor protestou, sem afrouxar a pegada, e a visão de Ulrik começou a escurecer pela falta de ar. – Ele matou Augusto!

– A gente não tem certeza disso.

– Ele já foi julgado e condenado!

– Mas quero ouvir o que Ulrik tem a dizer. – Bruno foi firme. – É uma ordem! Solta ele ou vou ter que te prender.

Victor lançou um olhar de desprezo para Ulrik, mas finalmente se levantou. O garoto tossiu e engoliu grandes golfadas de ar.

– Leona e Ulrik, vocês estão presos – Bruno disse, encarando os dois. – O mesmo vale pra Úrsula e Tora.

– Algum guerreiro desapareceu ou foi raptado nas últimas semanas? – Ulrik questionou com urgência, alheio ao ódio que emanava do clã.

– Não – Bruno respondeu, tentando parecer calmo, mas seus olhos castanhos brilhavam com curiosidade.

Ulrik acenou com a cabeça para tranquilizar o guerreiro. Os espectros ainda não haviam atacado, todos estavam a salvo.

– Vamos ouvir vocês ao cair da noite – Bruno anunciou aos foragidos. – Podem comer e tratar dos seus ferimentos.

– Bruno, o estranho já foi condenado! – Victor vociferou. – A gente devia arrancar logo a cabeça dele, antes que ele fuja de novo!

– Vamos fazer um novo julgamento, nos padrões que respeitam os direitos dos acusados. Se você tivesse feito isso da primeira vez, ninguém estaria perdendo tempo agora. – Bruno o encarou com frieza. – Como líder, quero justiça. Os dois lados vão ter o direito de apresentar todas as informações que julgarem necessárias e fazer uso de testemunhas. – Bruno se virou para Ulrik e Leona. – O clã vai votar para decidir se são culpados ou inocentes, e também vai escolher a pena a ser aplicada de acordo com a gravidade de seus crimes.

Muitos guerreiros aplaudiram e lançaram olhares ameaçadores aos fugitivos.

A sorte não parecia mais estar ao lado deles.

CAPÍTULO 33

# Condenado

Úrsula foi levada à barraca, mas não sem reclamar.

– Eu quero ficar com Tora!

– Úrsula, você é uma prisioneira – Bruno disse, em alto e bom som, mas baixou a voz para um sussurro enquanto atava a garota à estaca. – Ele está em boas mãos, e vocês só têm uma hora antes do novo julgamento. Se preparem.

Ulrik encarou a prima.

– Como ele está?

– Desacordado – Úrsula revelou. O cansaço profundo estava explícito em sua expressão e em sua postura. – E a perna dele não parece nada bem.

Os três ficaram em silêncio por alguns segundos, desejando com todas as forças que o companheiro melhorasse. Leona os trouxe de volta à realidade.

– Ilca vai cuidar bem dele. E se Tora pudesse falar com a gente agora, diria que era para estarmos nos preparando, como Bruno recomendou.

Os outros aquiesceram e começaram a debater a defesa. Tiraram partes que não eram importantes e acrescentaram os mínimos detalhes em outras. Leona e Ulrik insistiram em que Úrsula fosse a porta-voz, mas aceitaram contar suas versões de algumas etapas críticas.

O frio intenso e a escuridão crescente anunciavam o cair da noite. Enfim, a tenda foi aberta e um rosto familiar apareceu.

– Heitor! – Úrsula exclamou.

O guerreiro de cabelo vermelho sorriu, a enorme cicatriz se contraindo sob a barba.

– É bom ver vocês de novo, garotos. Mas ninguém pode desconfiar do que aconteceu na noite em que escaparam – sussurrou enquanto desatava os nós das cordas que os prendiam às estacas.

– Não se preocupa, a gente pensou em tudo – Ulrik respondeu.

– Claro que pensaram.

Não havia nuvens no céu, e um manto de estrelas brilhantes iluminava o acampamento e a planície que se estendia além dele. O tempo estava frio, e uma gota de suor caiu dentro do olho de Ulrik, fazendo-o arder. Tentou passar a mão na testa, mas elas estavam atadas atrás das costas.

O lobo preto começou a morder as cordas para soltar as mãos de Ulrik. O garoto mentalizou um pedido: *pare*. Nox obedeceu imediatamente, e Ulrik refletiu sobre como a conexão com os lobos estava cada vez mais forte e clara. Cada preso ia com seu anima ao lado – todos aparentemente calmos, porém prontos para o ataque caso o plano não desse certo. A tensão podia ser sentida no ar, feito energia estática em noites secas.

O grupo chegou à nova praça, que já estava lotada. A disposição era a mesma do acampamento anterior: vários troncos formando um círculo para que os guerreiros pudessem discutir olhando uns para os outros.

Ulrik examinou a cena, sorvendo sua importância. Aquele amontoado de pessoas portava túnicas remendadas, coletes de couro, botas gastas e cabelo mal cortado. Os rostos eram, em sua maioria, familiares, embora houvesse um ou outro desconhecido. Então, reparou nos olhos e nos sentimentos que emanavam. Os olhos pretos e gentis de Ilca, os castanhos e determinados de Bruno, os azuis e gelados de Ana, os escuros e raivosos de Marcus, os dourados e calorosos de Mica...

A novata não resistiu e correu para cumprimentar os amigos.

– Mica! – Úrsula exclamou, abaixando-se para que a outra pudesse abraçá-la.

– Senti tanto a falta de vocês! Se soubesse que iam partir, eu teria ido junto! Para onde vocês foram? O que fizeram? – Ela estava sem ar depois de emendar uma pergunta na outra.

– A gente vai contar tudo durante nossa defesa – Leona respondeu, encarando a garota com carinho.

– Eu acredito em vocês – Mica assegurou. – Mas os outros não querem acreditar... Talvez seja melhor falarem que ficaram com medo e fugiram, não repetir aquela história sobre a caixa das almas... Ou eles vão condenar todos vocês à morte – suplicou.

– Não se preocupa, Mica – Ulrik a tranquilizou. – E Celer, como ele está?

– Recuperado, mas nunca descobrimos o que aconteceu no bosque. Alguma coisa o atingiu com força nas costas e ele desmaiou na mesma hora...

– Chega de conversa. – Victor puxou Mica pelo braço, e a menina se misturou à multidão. – E vocês, sentem-se ali – ordenou, apontando para os troncos no meio da roda.

Bruno se levantou e caminhou até o centro da praça.

– Podemos começar. Vou chamar primeiro aqueles que querem testemunhar contra os acusados, e em seguida vamos ouvir as testemunhas a favor e os próprios guerreiros.

– Bruno – Úrsula murmurou, e todas as atenções se voltaram para ela. – A gente queria saber como Tora está, já faz um tempo que não temos notícias...

O líder e a curandeira trocaram um olhar, e Ulrik sentiu o coração gelar.

– Ele vai sobreviver – Ilca garantiu, mordendo o lábio inferior.

Úrsula e Leona também haviam percebido a troca estranha de olhares; os três encaram o líder, como se exigissem a verdade.

– A gente não ia mentir para vocês – o guerreiro de cabelo castanho prometeu. – Ele vai sobreviver.

Ulrik soltou o ar preso nos pulmões. Tora estava bem e fora de perigo.

– Os guerreiros que quiserem testemunhar contra os fugitivos podem se levantar, por favor – Bruno solicitou, olhando para as pessoas sentadas nos troncos sob a luz das tochas e das fogueiras.

Victor foi o primeiro a se colocar em pé. Foi seguido por Ana, Ferraz e Jaguar, aqueles que estavam presentes no dia em que Rufus morrera. Até ali, nenhuma surpresa, mas Valentine se levantou também. A mulher de cabelo curto e loiro tinha rugas profundas ao redor dos olhos e fazia parte do conselho. Ulrik nunca tivera problemas com a treinadora de armas de ataque à distância, pelo contrário. O mais inesperado, porém, foi ver Heitor ficar em pé por último.

O líder acenou com a cabeça para o grupo de acusação, indicando que podiam começar.

— Gostaria de relembrar o que aconteceu na Pedra do Sol. Para mim, a história da morte de Augusto começa aí — Jaguar explicou. Ulrik não conseguia ver a ligação entre os dois casos, mas ouviu o pai de Marcus contar com detalhes sobre a viagem até o momento em que o grupo fora atacado no meio da noite. — Acordei ao som de batalha, todos nós sabemos o que é isso. E o novato, prepotente, lutava sozinho com o espectro sem ter chamado ninguém.

— Mais de cinquenta espectros surgiram e se abateram contra nós — Ana, mãe de Arthur, continuou a narrativa. — A gente perdeu a vantagem da formação em círculo e os guerreiros tiveram que redobrar os esforços. E todos fizeram isso, menos ele. — Ana apontou um dedo trêmulo na direção de Ulrik, o olhar cheio de desprezo.

— Ele estava torturando um deles. Gritamos pelo garoto várias vezes, mas ele não dava a mínima para o que estava acontecendo — Ferraz, pai de Diana, acusou. — Heitor abandonou a luta e decapitou o espectro que Ulrik prendia.

— Foi quando Rufus foi atacado. O resto do grupo estava lutando, e não pudemos evitar — Jaguar voltou a narrar, com lágrimas nos olhos. — Se fosse meu filho, rapaz, você não teria deixado aquela pedra com vida. A culpa foi sua.

Ulrik sabia. Sentiu um peso enorme no peito. Todos se viraram para Heitor, esperando que ele fechasse a história.

— Heitor, não quer dizer algumas palavras? — Ana perguntou, colocando a mão em seu braço forte.

— Não sobre esse assunto, Ana, obrigado.

— Mas foi seu filho... — Jaguar começou.

— Isso já está encerrado para mim — Heitor respondeu. — Augusto era um homem justo e assumiu a culpa por essa tragédia. O conselho nunca deveria ter aprovado essa loucura, dez novatos numa missão.

— Heitor, eu só sugeri que os novatos fossem porque achei que não havia risco — Caeli se defendeu. — Eu não tinha como adivinhar que vocês seriam atacados, se eu pudesse voltar no tempo...

– Ninguém pode, Caeli. – Heitor encarou o jovem guerreiro. – Como disse, esse assunto já está acabado para mim, e não culpo Ulrik pela morte do meu filho. – A voz dele tremeu nas últimas palavras. – Meu depoimento é sobre outro momento.

– Ulrik não está sendo julgado pela morte de Rufus – Bruno ressaltou com a voz grave. – Estamos discutindo o assassinato de Augusto e a fuga que se seguiu.

– Mas esses fatos demonstram o caráter do garoto.

– O caráter dele também não está em julgamento, Ferraz. Sempre existiram amizades e inimizades dentro do clã. – Bruno olhou para todos antes de continuar. – Vocês estão aqui para descobrir a verdade, para dizer se esse garoto matou Augusto.

Valentine arranhou a garganta.

– Estou de acordo e vou tentar expor fatos, não opiniões – a guerreira, que devia ter cerca de quarenta anos, assegurou. – Naquele dia, Augusto foi para a tenda dele depois de conversar com Ilca sobre o estado da Mica. Vi Ulrik indo atrás dele e permanecendo cerca de dez minutos lá dentro. Depois, saiu da tenda. – Valentine o encarou, como se tentasse ler a verdade em seus olhos. A mulher suspirou. – Não sei o que aconteceu. Só sei que quando abri a tenda, um pouco depois, Augusto estava morto. Tinha sido degolado e a faca estava no chão, ao lado do corpo. Gritei pelos outros membros do conselho e Victor saiu correndo do bosque.

– O que você estava fazendo no bosque, Victor? – Bruno perguntou. – As buscas já tinham terminado.

– Naquela manhã, ordenei que os novatos fossem caçar e fui recolher lenha. Perdi toda a busca; só fui saber do acontecido quando encontrei Valentine – o guerreiro explicou com indiferença. – Fui imediatamente até a barraca de Ulrik exigir explicações. O assassino estava prestes a fugir.

– Victor, se atenha aos fatos – Bruno o advertiu.

– O criminoso...

– Victor!

– O *garoto* estava se preparando para fugir. Para viajar com Augusto, ele alegou. Depois inventou essa história mirabolante de caixa das almas. – O guerreiro moreno levantou um dedo indicador, como se aquilo deixasse as evidências mais claras. – Mas Augusto nunca comentou nada disso com o conselho! Por que pediria a companhia justo de Ulrik, que havia se envolvido numa tragédia recente, e não a de um guerreiro experiente? Nada do que esse garoto disse faz sentido, porque é tudo mentira!

— Eu e Victor estávamos de guarda no meio da noite quando escutei um barulho — Heitor explicou. — Tinha deixado meu posto por alguns segundos para tirar água dos joelhos. Assim que voltei, senti uma pancada na cabeça e não vi mais nada.

— Nada disso teria acontecido se tivesse me avisado de que precisava sair.

— A gente já discutiu isso, Victor, eu estava apertado.

Apesar da seriedade do momento, Ulrik se segurou para não rir.

Quando as testemunhas de acusação acabaram, Bruno continuou:

— As pessoas que gostariam de apresentar fatos de defesa devem se levantar agora.

Ilca foi a primeira, seguida por Heitor. Alguns estranharam que ele quisesse ser testemunha tanto de acusação quanto de defesa, mas não havia nenhuma regra dizendo que era proibido.

— Gostaria de dar um testemunho de caráter — a curandeira começou com firmeza. — Não convivi tanto com os meninos, mas conheço Úrsula desde que ela nasceu. É impertinente e petulante, contudo, amava o pai mais do que tudo. — Úrsula se emocionou tanto que sequer conseguiu sorrir. — E quanto a Leona... Ela é como uma filha para mim. Sempre me ajudou em seu tempo livre, sempre me contou seus segredos, e sei inclusive que estava furiosa com Ulrik antes do assassinato de Augusto. Se essas duas o libertaram e fugiram, é porque tinham boas razões para acreditar na inocência do garoto. Ouçam com atenção o que elas têm a dizer.

— Nosso antigo líder me confiou um segredo antes de morrer. — Heitor foi até o centro da praça para que todos pudessem ouvi-lo. — Ulrik é sobrinho de Augusto. Vi a irmã do nosso antigo líder quando fui buscar o garoto, acho que muitos aqui ainda se lembram de Lia.

Um murmúrio tomou conta da multidão. Os membros do conselho se levantaram.

— Heitor, a gente não deve revelar fatos sobre o passado de um estranho! — Amanda, que também era parte do conselho, o repreendeu.

– Eu sei – Heitor retrucou. – Mas Úrsula já tinha contado isso ao conselho de qualquer maneira, e o garoto está sendo julgado pela morte do próprio tio. Achei que essa informação era crucial.

E ele estava certo. As expressões se suavizaram, e alguns passaram a olhar para Ulrik de forma diferente. Agora, não parecia mais tão improvável que Augusto o tivesse chamado para uma missão, que tivesse revelado coisas que não contara sequer para o conselho. Agora, a história do novato parecia mais real.

– Contem a sua versão dos fatos, garotos – Bruno ordenou.

Os três se entreolharam, e Úrsula começou. Contou em detalhes sobre a viagem até o lago onde convocaram um veros, sem revelar que a ideia tinha vindo de Bruno e de Heitor. Recitaram o último poema proclamado por Amana Kaiwanna, em que ela dizia onde a caixa estava.

– Como o espírito era? – Valentine perguntou.

– Inteiramente de água – Ulrik respondeu.

– Qualquer um saberia disso – Valentine retrucou, cruzando os braços e começando a demonstrar impaciência.

– Os olhos dela... – Úrsula disse quase sem fôlego. – Ela tinha os olhos mais ameaçadores e impiedosos que já vi.

– E seus traços se tornavam mais nítidos com cada... – Leona estacou no meio. Os três tinham combinado de não mencionar os segredos revelados à veros.

– Com cada o quê? – Amanda indagou, incentivando o trio a prosseguir. Era treinadora de camuflagem, e passara muito tempo com os quatro. Ulrik sabia que estava tentando ajudá-los. – Quanto mais verdade houver na história de vocês, melhor.

– É isso. Verdade – Leona respondeu, e Amanda franziu as sobrancelhas. – O espírito ficava mais visível a cada verdade que a gente contava.

– Que tipo de verdade? – Caeli questionou.

– Nossos segredos mais profundos – Úrsula respondeu.

– E o que vocês contaram a ela? – Caeli perguntou mais uma vez.

– Se eu dissesse, não seriam mais segredos – Úrsula replicou com um sorriso, e muitos riram. – São coisas muito íntimas e que não fazem diferença para a história.

Caeli abriu a boca para responder, mas foi interrompido por Valentine.

– Essa descrição é muito precisa. Eu conheci um veros uma vez e foi exatamente isso que senti. – Valentine corou. Pelo visto, aquele tipo de encontro era sempre desconfortável. – Pode continuar, Úrsula.

Ela narrou o que aconteceu na vila de Carrancas e enfim chegou na parte da feiticeira.

– A gente perguntou se ela tinha alguma ideia do paradeiro da caixa ou do que os espectros pretendiam fazer. – Úrsula pronunciou cada palavra devagar para que a audiência pudesse absorver uma a uma. – A feiticeira disse que não tinha ideia de onde a caixa estava, mas sabia como abri-la.

Era difícil adivinhar se os guerreiros estavam acreditando, porém, um fato era indiscutível: todos os olhos estavam presos em Úrsula; quando ela deixou a informação suspensa no ar por alguns segundos, as pessoas começaram a se mexer nos troncos, ansiosas pela continuação.

– Como? – Bruno não conseguiu se segurar. Era o único para quem Augusto revelara que a caixa existia.

– Com o sangue de um guerreiro específico. E ele tem que ser dado voluntariamente e com a intenção de abrir a caixa – Ulrik explicou.

Os ombros de Bruno relaxaram.

– E quem é esse guerreiro, garoto? Você? – Victor riu da própria piada. – Porque, se for, vamos ficar mais seguros assim que sua cabeça rolar.

– Não. – Ulrik o encarou. – A feiticeira disse que o único guerreiro capaz de abrir a caixa é o mais antigo.

– E temos duas interpretações pra "antigo" – Leona esclareceu. – A mais óbvia é o guerreiro mais velho...

Feron se levantou de um pulo.

– Mater!

Os três acusados se colocaram em pé também, e Ulrik olhou surpreso para Bruno.

– Perguntei se alguém tinha desaparecido e você me disse que não!

– Ninguém desapareceu – Bruno revelou, balançando a cabeça de um lado para o outro. – A Adélia deixou o clã.

– Como assim *deixou o clã*? – Úrsula perguntou.

– Mater disse que queria ir embora, viver uma vida mais tranquila.

– Feron arregalou os olhos escuros, parecendo ofegante. – Ela adorava viver aqui, achei estranho, mas tentei entender... Estava agindo de um jeito esquisito, e achei que era por causa da despedida.

— Ela estava possuída — Heitor concluiu, os olhos tomados pelo terror.

— Espectros não conseguem possuir guerreiros — Caeli retrucou.

— Um espectro muito poderoso e um guerreiro desatento e destreinado... — Bruno começou, depois suspirou. — Não seria impossível.

— A gente precisa ir atrás dela agora! — Feron suplicou.

— Os garotos precisam terminar a história para a gente saber se tem mais alguma pista importante — Bruno afirmou, tentando acalmar o homem. — Qual é a outra interpretação de "antigo"?

— Da mais antiga descendência — Úrsula revelou, encarando o líder. — Sabemos que eu e Ulrik viemos da segunda geração, e que Caeli... Bem, alguns dizem...

Caeli assentiu, a expressão transbordando compreensão. Também tinha consciência de que muitos pensavam que ele fosse descendente de Raoni.

Úrsula continuou. Contou sobre a batalha com os multos ao som de exclamações surpresas da plateia, e Leona narrou o que aconteceu depois que a amiga desmaiou.

— Você deixou a criatura escapar? — Ilca indagou.

— Dei minha palavra — Ulrik se justificou.

— Depois fomos até o acampamento antigo, vimos as pistas, achamos o lugar no mapa e viemos para cá — Úrsula falou rápido, tentando terminar logo a história. — Ouvimos alguns espectros conversando na floresta a leste, Tora foi picado, e por sorte encontramos Caeli. Fim.

A filha de Augusto se levantou, e alguns a imitaram.

— Vamos, o que estão esperando? — ela os urgiu à ação.

— Eles precisam votar — Ulrik relembrou.

— Sério? — Úrsula o encarou e se virou para Bruno. — Rápido, vamos acabar logo com isso.

— Bruno, sei que o comentário vem fora de hora, mas gostaria de dizer algumas palavras finais — Caeli solicitou. Úrsula puxou o cabelo, tamanha sua pressa, mas o líder consentiu o pedido. — Acreditei que Ulrik fosse culpado pelo assassinato de Augusto. Mas por que voltar então? Por que se dar ao trabalho de procurar o novo acampamento sabendo que poderia ter sido morto ao colocar os pés aqui? Sou um estranho; seres malignos não passavam de uma lenda para mim até descobrir que eram reais. Assim como a caixa das almas foi uma lenda durante quinhentos anos, e agora se mostra uma ameaça.

Um vento gelado soprou, fazendo a capa escura de Caeli esvoaçar. O acampamento, no alto da colina, era mais exposto às intempéries do tempo. As fogueiras tremeluziam, levando as sombras a dançarem, enquanto a certeza se firmava nos rostos desgastados dos presentes. Rostos que conheciam o mal do mundo e que sabiam que aquela história podia muito bem ser verdadeira.

Ulrik agradeceu mentalmente. As palavras de Caeli pareciam ter amaciado os guerreiros mais duros e poderiam muito bem salvar o pescoço do trio.

– Aqueles a favor da condenação de Ulrik pela morte de Augusto devem se levantar.

Alguns guerreiros que estavam em pé se sentaram e outros se levantaram. Victor, Ana, Marcus, Arthur, Ferraz, Jaguar, Mario e dez ou quinze outros. Mas eram minoria.

– Vocês não podem estar falando sério! – Victor gritou, se revoltando. – Como podem acreditar no conto de fadas que esses garotos inventaram?

– Victor, o julgamento acabou – Bruno explicou, com frieza.

O guerreiro forte e moreno caminhou até ele.

– Se eu soubesse que você seria enganado tão facilmente, nunca teria te escolhido como líder.

– Para mim foi fácil acreditar nessa história, porque sempre soube que era real.

– Do que você está falando? – O desprezo de Victor era sólido e palpável. – Além de estúpido também é louco?

– Augusto me contou sobre a existência da caixa das almas antes disso tudo acontecer. Depois da morte dele, eu enviei os garotos atrás dela.

Victor contorceu o rosto numa expressão intrincada de confusão e traição.

– Você sabia disso o tempo todo? – Amanda questionou, sem esconder a decepção na voz. – Por que não nos disse nada?

– Porque Augusto suspeitava de que houvesse um traidor no conselho – Bruno clarificou, com pesar. – Eu não podia revelar nada antes de
ter certeza de quem era.

Todos se viraram na direção de Victor. Ele arregalou os olhos e balançou a cabeça.

– Não... Não... Eu nunca trairia meus irmãos...

– Prendam ele.

CAPÍTULO 34

# Coragem

— Garotos — Ilca os abordou depois da confusão; foram necessários dez guerreiros para nocautear e amarrar Victor. O tom da curandeira estava pesado, como se carregado de tristeza. — A gente precisa conversar.

O coração de Ulrik disparou. *Tora.*

— Você mentiu! — Úrsula concluiu, aterrorizada, deixando a boca pender aberta por alguns segundos. — Você mentiu. Tora...

Ilca segurou a garota pelos ombros largos e fortes.

— Eu não menti, querida — ela assegurou. — Ele vai sobreviver.

Ulrik teve de apoiar as mãos no joelho, pois o alívio fez seu corpo tremer ainda mais que o medo.

— Pela deusa, Ilca... Do jeito que você falou, parecia que ele tinha morrido. — Úrsula enxugou o suor frio da testa e olhou de novo para a curandeira. — Desculpa pelo grito... Eu fiquei nervosa.

A guerreira continuava com o mesmo olhar de pesar.

— Ilca, o que aconteceu? — Leona perguntou, fitando a outra com preocupação.

— O Tora vai sobreviver. Mas... — ela hesitou.

— Mas? *Mas* o quê? — Úrsula perguntou, histérica de novo.

Ulrik prendeu a respiração, numa tentativa infantil de parar o tempo. Não queria ouvir o que vinha a seguir — tinha certeza absoluta de que eram notícias ruins. Muito ruins. Só aquilo explicaria as rugas de angústia na testa de Ilca, o apertar de mãos compulsivo e principalmente a hesitação de alguém normalmente tão direta e segura. O suspense era insuportável.

Leona tomou as mãos da curandeira nas suas.

– O que vai acontecer com ele?

Ilca olhou para baixo, fechou os olhos e inspirou fundo.

– O veneno da cobra que o picou é terrível, de um tipo que apodrece a carne. Se tivessem demorado mais tempo para trazer Tora até aqui, ele não teria sobrevivido. Mas eu não consegui reverter todos os danos.

– Que danos? – Leona inquiriu, como se precisasse guiar a outra por aquela travessia difícil.

– A perna dele... – Ilca engoliu em seco. – A perna dele vai ter que ser amputada.

Ulrik sentiu o chão se abrir sob seus pés. Estava caindo. Caindo.

– Não, Ilca, calma... – Úrsula balançou a cabeça várias vezes, e Ulrik percebeu que ela estava fazendo uma força colossal para manter o controle. Os olhos verdes reluziam com lágrimas contidas. — Você é uma curandeira incrível, a melhor que o clã já teve. E se você usar mais antídoto? Quer que eu vá pegar alguma erva? Eu vou, é só me dizer do que você precisa e eu reviro o mundo inteiro e trago para você... E deve ter alguma runa para isso! Caeli sempre diz que na teoria tem runas para qualquer coisa. Aquiles talvez consiga inventar uma nova, é só você explicar para ele!

Ilca encarava a novata com uma expressão de derrota e culpa, balançando a cabeça de um lado para o outro. Úrsula estava certa sobre uma coisa: Ilca realmente era uma curandeira excepcional. Se ela dissera que a perna precisava ser amputada...

Mas Ulrik não queria deixar a realidade fincar as garras ferozes em sua mente. Lembrou-se de um dos treinamentos que tiveram, sobre empurrar para fora a consciência do espectro caso ele tentasse possuí-lo. Fez isso. Empurrou para fora, repetia para si mesmo que nada daquilo estava acontecendo. Evitou se mexer, mesmo quando sentiu Leona segurar sua mão. Cerrou o maxilar, fazendo força para não pensar no que estava por vir.

Tora tinha apenas dezesseis anos. Lembrou-se do amigo fazendo a sua dança com a terra, sua agilidade e seu equilíbrio melhores do que a de muitos guerreiros experientes. Fechou os olhos. A imagem de Tora mancando sobre uma perna de madeira apareceu atrás das pálpebras e Ulrik novamente ficou sem chão.

– Úrsula – Leona chamou, com um tom sereno e firme. – Você é nativa, então sei que não preciso te explicar nada disso, mas vou falar mesmo assim porque todos nós precisamos ser fortes agora pelo Tora... Vai ser difícil, vai ser dolorido em muitos aspectos, só que ele está vivo e ainda vai ser um grande guerreiro, mesmo com uma perna amputada.

Ilca assentiu e começou a chorar.

– Eu... – A respiração de Úrsula estava acelerada. – Eu só quero que a gente avalie todas as opções antes... Isso é drástico demais, foi só uma picada. Não foi nem durante uma batalha. E eu cavalguei rápido, o mais rápido que pude! Ele chegou aqui inteiro, Ilca... – O tom dela começou a ficar histérico.

Bruno interveio.

– Quando a amputação precisa ser feita? – o líder perguntou.

– Hoje. O quanto antes – Ilca respondeu, abraçando o próprio torso. Impossível dizer se o frio vinha de fora ou de dentro. – Se a parte morta atingir o quadril, não vamos poder fazer mais nada.

– Não! Você não vai amputar a perna dele! – Úrsula gritou e depois se virou para o primo. – Ulrik, me ajuda... depois de tudo que ele fez...

Ouvir que o amigo ainda estava em risco clareou a mente de Ulrik. Era mais fácil pensar daquele jeito. Qualquer coisa para manter Tora vivo.

– Úrsula, ele pode morrer.

– Seu traidor! Ele é seu amigo!

Úrsula se jogou em cima de Ulrik. Heitor a pegou no ar e conteve seus braços. Sem dizer nada, levou a garota para longe dali, mas ainda era possível ouvir seus gritos.

– Ela está em choque, é compreensível. Quem nasce no clã cresce ouvindo as histórias de batalhas, achando que vai estar pronto para enfrentar qualquer coisa quando a hora chegar... mas nunca é bem assim – Bruno disse, passando a mão no rosto. Também estava abalado, todos estavam. Depois respirou fundo e se concentrou. O assunto era urgente. – Do que você precisa, Ilca? Quantos guerreiros para ajudar?

– Bruno... desculpa... – Ilca hesitou. – Não posso fazer a amputação. Não consigo.

– Como assim? – o líder perguntou, preocupado.

– Olhe. – Ela estendeu as mãos diante deles. Tremiam incontrolavelmente. – Eu vou acabar matando Tora. É necessário ter mãos firmes. Um só golpe.

As palavras fizeram um arrepio percorrer a espinha de Ulrik.

– Mas... – Bruno passou a língua pelos lábios, olhou para os lados e pela primeira vez o líder pareceu verdadeiramente perdido. Sem rumo.

– Tem outra pessoa capacitada o suficiente para isso, outra pessoa em quem confio plenamente – Ilca disse.

– Quem? – Ulrik e Bruno perguntaram ao mesmo tempo.

Ela se virou para Leona.

A garota de cabelo cor de areia cerrou os dentes e assentiu.

Enquanto Heitor afiava o machado com uma pedra, Ilca explicava os detalhes.

– Vamos precisar de pelo menos quatro pessoas para segurar Tora, uma em cada membro.

– Mas você disse que ele vai estar dormindo! – Leona protestou, aflita.

– Sim. Como expliquei, ele deve mascar a resina. Aquela do fruto verde de papoula, sabe qual é? – Ilca perguntou, e Leona aquiesceu. – Ele vai rir e querer se levantar, em seguida vai cair num sono profundo. Mesmo assim, seu corpo ainda pode reagir à dor.

– Mascar a resina, quatro pessoas segurando os membros. – Leona fechou os olhos, recitando os detalhes.

– Não se esqueça de desenhar as runas na coxa antes de começar. De estancamento e de dor. A de cicatrização só quando acabar, ou vai te atrapalhar na hora de fazer um corte reto.

– E onde eu corto?

– Logo acima do joelho, onde a pele ainda está com a aparência normal.

Ulrik pensou que poderia desmaiar a qualquer momento, mas como deixar Leona sozinha? Como não estar lá pra segurar a mão de Tora se ele precisasse?

– Contudo, só a runa não vai ser suficiente pra estancar o sangramento, então no fim você vai precisar usar o ferro quente – Ilca continuou. – Amanda vai deixar a ponta da espada dentro da fogueira. Tem que queimar a carne até o sangramento parar.

– E se ele acordar? – A voz de Leona tremeu.

– Você tem que continuar, querida. Mas se isso acontecer, você pode usar mais resina ou um copo de vinho.

– E depois que eu terminar com a lâmina quente?

– Aí pode me chamar. Vamos limpar a pele, cobrir o ferimento com algumas ervas especiais e enfaixar o membro – explicou Ilca, e Leona concordou. O suor escorria por sua testa, e a curandeira acariciou seu cabelo. – Você é tão corajosa! Se pudesse eu ficaria lá dentro, mas minha reação te atrapalharia.

– Eu sei, Ilca – a garota respondeu, embargada pela dor. – Eu sei.


O golpe. O sangue. O grito. O ferro em brasa.

Aquela era uma noite que Ulrik nunca esqueceria.

Permaneceu ao lado de Leona o tempo todo e, quando Tora acordou no meio do procedimento, fez com que ele bebesse o vinho. Segurou a cabeça do amigo para que não olhasse para baixo, murmurando que ficaria tudo bem.

Mas os gritos de dor ainda ecoavam em seus ouvidos. O vermelho do sangue era a cor que via atrás das pálpebras quando fechava os olhos. O cheiro da carne queimada impregnara suas narinas. Todos os detalhes gravados, incrustados para sempre em sua memória.

Amanhecia quando o procedimento acabou. Úrsula enfim se acalmou e foi ficar ao lado de Tora. Leona e Ulrik caminharam pela beira do riacho até estarem fora de vista, numa clareira entre as árvores. Entraram na água com a roupa suja e se deitaram de mãos dadas sobre os seixos do fundo, deixando a água congelante encharcar os corpos e fazer as almas tremerem. Ficaram ali por alguns minutos, vendo o céu da alvorada mudar de rosa para azul, e a água límpida para escarlate. A correnteza levou o sangue, o suor e as lágrimas. Mas a dor ainda maculava seus corações. Essa só o tempo levaria.

CAPÍTULO 35

# Enfim sós

Os guerreiros se reuniram na praça no fim da manhã.

Após a morte de Augusto, quando Bruno se tornou líder, Heitor entrou para o pequeno grupo que tomava as decisões mais difíceis. O conselho, com exceção de Victor, passou a noite debatendo, e agora queria compartilhar com o resto do clã as possibilidades de próximos passos.

– Interrogamos Victor, mas ele insiste em dizer que é inocente e não acho que vamos conseguir tirar alguma informação dele agora. Já tentei negociar, e não adiantou – Bruno explicou. – Precisamos começar as buscas pela caixa e por Adélia. Ela é forte e acreditamos que vai resistir a qualquer tipo de tortura, só que ela precisa ser encontrada o quanto antes.

– E tem mais uma coisa – Valentine começou. Seu anima, Oryx, bateu os cascos no chão. – Não temos certeza do significado de guerreiro mais antigo. Por isso vamos manter todos os guerreiros que consideramos em risco sob proteção, no acampamento.

– E quem são eles? – Aquiles perguntou, dando um passo à frente.

Aparentemente, o outro treinador de magia voltara da última missão enquanto Ulrik e os amigos estavam fora.

– Os idosos, Úrsula e Caeli – Bruno explicou.

– Essa história sobre minha possível ascendência... – Caeli começou, frustrado.

– Já discutimos isso. Você fica, Caeli – o líder retrucou. – Os que desejam partir para recuperar a caixa e resgatar Adélia podem se levantar, por favor.

A maioria dos guerreiros ficou de pé.

– Ulrik e Leona, achei que gostariam de participar das buscas – Bruno disse ao perceber que os dois tinham permanecido sentados.

– Se você não se importar, a gente prefere ficar – Ulrik respondeu, dando de ombros. – Com o Tora.

Era uma verdade, mas havia outras além daquela. Os quatro novatos tinham passado cinco semanas viajando, lutando, enfrentando inimigos e os próprios segredos, sendo continuamente esmagados pela grandeza daquela missão – tudo sem ajuda e apoio do clã. Estavam exaustos; além disso, tinham dado sangue, lágrimas e suor – tinham dado muito mais do que deveriam. Tora estava estendido naquela cama, sofrendo. Poderia continuar sendo um excelente guerreiro, porém, aquilo não significava que a recuperação física e mental dele seria fácil. Ulrik sentia que havia feito o suficiente. A responsabilidade não estava mais sobre suas costas, e isso o deixava grato.

– Tudo bem. – Bruno olhou para os outros. – Mas alguns de vocês que se levantaram devem ficar também; vamos precisar de mais guerreiros no clã.

– Bruno, por que a gente não tira vantagem do fato de que Victor está preso? – Ulrik sugeriu. – Os espectros não têm como saber que poucos guerreiros ficaram. Além disso, com mais gente participando das buscas, maiores são as chances de a gente acabar logo com isso.

– Ele tem razão. Por falta de opção, Ilca e eu vamos ter que ficar de um jeito ou de outro. Já são dois guerreiros do conselho – Caeli afirmou, contrariado. – Contando os novatos e os idosos, acho que mais uns quinze ou vinte guerreiros seriam suficientes. Vou pedir para Noctis sobrevoar o clã o tempo inteiro. Os olhos dele não deixam nada escapar.

Bruno concordou e escolheu os guerreiros que precisariam ficar – entre eles Catharina, que voltara da missão das Ilhas de Fogo, e Petrus, que fora à Garganta da Escuridão.

Depois da reunião, todos foram se preparar para partir. O pequeno grupo que permaneceria no acampamento foi designado para cozinhar. Aquela atividade cotidiana dava a Ulrik uma sensação de conforto, de que tudo ficaria bem. Fazia com que se lembrasse de como as coisas eram antes. O garoto se agarrou àquilo com todas as forças, sem deixar que a mente vagasse pelas tragédias recentes.

– Como foi a missão? – Leona perguntou para Petrus, o guerreiro alto, forte, negro e com a cabeça raspada.

– Não muito divertida – ele afirmou enquanto usava o machado para cortar uma cabra em pedaços. Ulrik precisou desviar os olhos da cena. – A gente teve que caminhar por sete dias no deserto, e em alguns momentos achei que não conseguiríamos chegar ao fim. Os animae ajudaram muito; Titan carregou quatro guerreiros nas costas todos os dias – disse, dando tapas fortes e carinhosos no tórax do rinoceronte.

– E tinha mesmo um multo na Garganta da Escuridão? – Ulrik indagou, curioso, lembrando-se de Augusto dizendo que uma daquelas criaturas fora avistada na região.

– Não. – Petrus levantou as sobrancelhas e apontou o machado pesado para os dois novatos, fazendo os músculos saltarem ainda mais. – Aparentemente, vocês ficaram com toda a diversão.

– Claro, porque foi muito divertido lutar com quatro multos ao mesmo tempo. Especialmente na hora em que um quase arrancou minha cabeça – Leona disse, e os outros riram.

– E você, Catharina, encontrou o dragão? – Ulrik ouvira falar deles em lendas, mas agora já não sabia mais o que era verdade ou não sobre criaturas mágicas.

– Ah, sim! – a guerreira de cabelo castanho respondeu sem sequer parar de descascar as batatas. – Mas era um dragão pequeno, com uns dez metros no máximo.

Ulrik arregalou os olhos.

– Um dragão de dez metros é pequeno? Quantos metros tem um grande, então?

Catharina sorriu. Era uma guerreira jovem, com dezoito anos, e seus olhos castanhos tinham um brilho e uma leveza que a distinguiam dos mais experientes. Talvez porque ainda não tivessem visto tantas tragédias. A pele morena dela estava bronzeada da viagem até as Ilhas de Fogo, o que só reforçava ainda mais a percepção de jovialidade.

– Esqueci que vocês são estranhos! As perguntas que fazem são hilárias... – Ela balançou a cabeça, e sua pantera-negra esfregou a cabeça em seu quadril. – Um dragão adulto pode atingir quantos metros, Petrus? Trinta?

– Dizem que podem chegar até a cinquenta – o guerreiro respondeu. – Mas acho muito difícil existir algum tão grande no mundo hoje. Tentamos matar todos enquanto ainda são pequenos.

– Eles devem ser lindos... – Leona divagou, jogando as batatas dentro do enorme caldeirão.

– Lindos? – O rosto de Catharina se contorceu. – Eles são horríveis!

Ulrik estava curioso para saber mais sobre a aparência das criaturas, no entanto, havia uma pergunta mais importante em termos práticos de batalha.

– Como se mata um dragão?

– É simples, mas não óbvio – Catharina explicou de um jeito sério. – A primeira coisa é evitar ficar no caminho das chamas; não existe nada mais quente que fogo de dragão. Se uma labareda te atingir diretamente, nem suas cinzas vão sobrar para contar a história. E o mais importante é saber que eles têm um único ponto fraco...

Catharina não terminou a frase – um dos caldeirões pendeu para o lado, e eles tiveram de correr para impedir que a comida caísse no chão. Petrus conseguiu colocar alguns galhos na parte de baixo, que sustentaram o peso do metal.

Os guerreiros terminaram os preparativos ao cair da noite e discutiram a estratégia depois do jantar. Partiriam na manhã seguinte, pois o tempo estava nublado e o céu escuro demais.

Leona e Ulrik passaram para ver Tora uma última vez antes de dormir. Ele sentia muita dor enquanto estava acordado, então Ilca continuava oferecendo resina de papoula para o garoto mascar. Leona fez mais algumas runas de dor na pele alva no amigo, todas desenhadas usando terra e com a maior perfeição possível. Magnus não saía da tenda para nada; Albin e os lobos traziam caças para o tigre e o urgiam a comer. Os animae, assim como os humanos, cuidavam de seus amigos. Úrsula quis passar a noite ao lado de Tora, e Ilca arrumou uma cama para a novata.

Ulrik caminhou entre as barracas verdes puídas até achar a 123.

– Como carregaram tantas coisas de um acampamento para o outro? – Leona perguntou, olhando ao redor.

– Perguntei isso para o Bruno durante o jantar – Ulrik respondeu, segurando a entrada da barraca aberta. – Eles compram algumas carroças e cavalos a mais e depois vendem tudo na cidade mais próxima quando a mudança acaba.

– Entendi.

Os dois passaram algum tempo se encarando num silêncio relativamente confortável. Ulrik pensou em como ela parecera um anjo no meio de sua alucinação causada pelo veneno do primeiro espectro com o qual havia trombado. Com seu cabelo ondulado cor de areia, olhos amendoados, pele perfeita, ângulos vívidos. Até seus traços transmitiam uma determinação impassível.

Muita coisa acontecera naquela viagem. Os dois haviam percorrido quilômetros juntos, tido discussões feias, lutado e quase morrido diversas vezes. Sentiram o medo de perder os amigos. Cuidaram uns dos outros. Parecia que já haviam vivido uma vida inteira juntos, e ainda assim tinha tantas outras coisas que não haviam tido a oportunidade de fazer. Uma conversa privada. Um momento de contemplação como aquele.

Tora estava na tenda de Ilca; Úrsula passaria a noite com ele. Ulrik queria sugerir algo, mas tinha medo. Cometera erros demais com Leona, falado coisas que gostaria de poder retirar. Queria recomeçar o relacionamento deles a partir daquele dia na tenda de Ilca, quando sentiu pela primeira vez que o interesse era recíproco.

– Posso dormir aqui com você? – ela perguntou num sussurro.

Ele colocou uma mão no rosto dela, sorriu e assentiu.

– Eu ia te perguntar a mesma coisa.

Abriu a tenda, e ela entrou primeiro. O garoto se sentou numa cama e ela o imitou, sentando ao seu lado. Leona se livrou das botas, desamarrou o colete de couro e se deitou. Ulrik fez o mesmo, mas tirou também a túnica. Puxou um cobertor grosso para aquecê-los e ficou na ponta do colchão, deixando o máximo de espaço possível entre os dois.

Leona colocou uma mão sobre seu peito. O coração dele se acelerou, e todos os seus sentidos se aguçaram. O contorno perfeito do rosto dela ainda estava visível na penumbra; seu perfume era fresco e delicado, a pele macia como seda. Ela se aproximou e Ulrik acompanhou o movimento, pousando os lábios nos dela. Tinham o gosto da maçã que a garota comera depois do jantar.

Ele pretendia beijá-la suavemente, como ela fizera após a batalha com os multos, por causa de tudo o que haviam passado juntos nas últimas horas: o novo julgamento, reviver cada momento da viagem atrás da caixa, Tora, o banho no riacho gelado. Tentou ser delicado por causa daquelas coisas, porém, não conseguiu exatamente pelo mesmo motivo.

Tudo fora intenso demais para um beijo leve. Ulrik apertou o corpo de Leona contra o seu, beijou-a com as mãos em seu cabelo, depois colocou uma delas sob a túnica da garota e acariciou suas costas. Leona arquejou; ele conseguiu sentir o coração dela batendo contra o seu, como dois pássaros desesperados para voar, como se não houvesse mais nenhum segundo, como se o sol não fosse nascer novamente. Ulrik a beijou intensamente, por cada beijo que não dera, por cada momento em que desejara que os dois estivessem a sós, por cada segundo que tinham passado em perigo, por cada vez que ela fora corajosa, por cada lágrima que derramara.

Por tudo.

Ela retribuiu com a mesma intensidade. Apertou o garoto contra si. Às vezes parava, segurava o rosto dele entre as mãos, acariciava seu cabelo e repetia seu nome. *Ulrik*. O nome que ela havia lhe dado. Que pertencia a ela. Como ele inteiro parecia pertencer.

Abraçaram-se por todos os abraços que haviam faltado naqueles meses.

Depois de um tempo, ela deitou a cabeça em seu peito. Ulrik se virou de lado, encostou o nariz no pescoço dela e inspirou tão profundamente que seus pulmões doeram. Ela estremeceu e riu.

– Leona... Você... – Ele se levantou lentamente, apoiando o cotovelo no colchão. Queria poder olhar para ela ali deitada, mas estava escuro demais. Então passou o polegar em sua sobrancelha, sua maçã do rosto e seus lábios. Ela estava sorrindo.

– Eu o quê, Ulrik? – ela sussurrou, num tom que era quase um pedido.

E aquilo fez o frio na barriga do novato aumentar ainda mais.

– Você... Isso... – Ele procurava as palavras certas. *Você é incrível. Preciso de você.* Sentiu o peito inflar, doer de agitação, e percebeu que estava completamente apaixonado. Já era difícil pensar em tudo aquilo; fazer as palavras saírem de sua boca parecia impossível. Fez o melhor que pôde: – Não quero que acabe. Nunca.

– Vem cá.

Ela segurou seu rosto e o puxou para baixo, pressionando os lábios dele nos seus mais uma vez. O beijou com ainda mais intensidade, respirando o mesmo ar, como se não quisesse que sobrasse nenhuma brecha entre eles. Quando Ulrik achou que seu coração não conseguiria bater mais forte, ela o envolveu com os braços e o puxou, fazendo com que se deitasse em cima dela.

Uma hora se passou, talvez cinco. O tempo pareceu parar. Antes de o sol nascer, os dois adormeceram, Ulrik envolvendo a garota de cabelo cor de areia em seus braços.

Dormiu um sono profundo, embalado pela tranquilidade do pensamento de que finalmente estava tudo bem. Nada poderia separar os dois agora.

CAPÍTULO 36

# Traição

Ulrik abriu os olhos ao nascer do sol e ouviu os cavalos galopando; os guerreiros partiam. O alívio de ter passado o bastão daquela missão incrivelmente difícil o inundou como água morna num dia frio; o pior já ficara para trás. Leona ainda dormia, com o cabelo quase branco cobrindo o rosto delicado; quem a visse daquele jeito acharia que ela sempre vivera em paz. Contemplou-a por muitos minutos. Como conseguira ficar longe dela por tanto tempo? Então prometeu a si mesmo, mais uma vez, que não se separariam de novo.

– Ulrik – Caeli abriu a tenda. – Desculpa, achei que você estivesse sozinho.

– Sim, eu... – Ulrik afastou o cobertor, levantou-se com cuidado e deixou a garota dormindo. – Depois de tudo que aconteceu ontem, a gente não queria ficar sozinho...

– Não se preocupe, você não me deve explicações – Caeli garantiu. – Preciso falar com você.

Ulrik enfiou a túnica grossa de lã clara, o colete de couro, o cinto e as botas de qualquer jeito. Lembrou-se de pegar a espada antes de deixar a barraca. O ar da manhã estava gelado, fustigando a pele ao primeiro contato. O céu vestia um branco absoluto e brilhante; aquele poderia ser o primeiro dia de neve do inverno.

Caminharam pelo topo da colina até o local de onde era possível ver a planície abaixo, como um mar calmo de relva marrom desbotada pelo frio.

– Quero te fazer uma pergunta, e gostaria que fosse sincero comigo – pediu Caeli. Ulrik encarou o jovem guerreiro, confuso pela gravidade do tom, e assentiu. O outro continuou: – Antes de virem para cá, vocês passaram pela sua vila natal?

– Não – Ulrik respondeu. Caeli tombou a cabeça para o lado, os olhos dourados cheios de desconfiança. – Juro por Luce que não!

O guerreiro pôs a mão em seu ombro.

– Tudo bem, acredito em você. Obrigado.

Caeli se virou e o abandou naquele lugar de imensidão vazia. O momento tinha sido esquisito.

– Ei, por que a pergunta? – Ulrik questionou, correndo em direção ao outro.

– Por nada... – Caeli desconversou. – Eu só precisava saber.

– Você está escondendo alguma coisa – Ulrik disse, segurando o homem pelo punho.

– Desculpa, mas não posso falar mais nada sobre isso – ele explicou, e parecia genuinamente sentir muito. – Fica tranquilo, não é nada demais.

Havia algo errado ali, Ulrik sentia no ar. Caeli parecia constrangido, e aquela pergunta...

– Aconteceu alguma coisa com a minha família, não foi? – o garoto insinuou, preocupado. O guerreiro tentou se desvencilhar, mas Ulrik apertou ainda mais os dedos em volta do pulso dele. – Se não me disser, vou embora agora averiguar por mim mesmo.

Caeli olhou para os lados, como se procurasse uma saída. O vento impiedoso fez esvoaçar seu cabelo comprido.

– Não aconteceu nada – ele assegurou. – Mas ela não devia estar aqui, Ulrik...

– Ela quem? – perguntou, ofegante.

– Eu nem tenho certeza se é ela mesmo... – Caeli tentou explicar – O Noctis viu alguém na planície, eu peguei um cavalo e me esgueirei para observar, para garantir que não fosse um inimigo disfarçado.

– Ela quem? – Ulrik quase gritou. Apertava o pulso do guerreiro com tanta força que seus próprios dedos já estavam anestesiados.

– Uma mulher. Ela se parecia muito com Augusto.

– Mater – o garoto sussurrou.

Os dois se encararam por algum tempo. O olhar de Ulrik era suplicante; o de Caeli, de quem sentia muito, mas não podia ceder.

Tinham consciência do que estava por vir, e a luta silenciosa já havia começado a ser travada.

– Eu preciso ir até lá.

– Não.

O desespero cresceu em seu peito. O que ela tinha ido fazer ali?

– Por favor – Ulrik implorou.

– Ulrik, isso é totalmente contra...

– Eu dei *tudo* pelo clã. – Ele estava prestes a explodir. – Mereço isso.

– Não posso permitir, e você sabe. – Caeli o encarou com uma expressão de pena no rosto.

– Se tiver que lutar com você para chegar à planície, é isso que vou fazer.

– Posso ir até lá e conversar com ela – o guerreiro sugeriu. – Levar uma mensagem sua, trazer uma mensagem dela para você.

– Caeli. Por favor. Se ela já está aqui, que mal pode acontecer?

O homem suspirou. Parecia prestes a ser vencido.

– Tudo bem – consentiu, enfim. – Vou te levar até lá, mas vamos ficar dez minutos e ela não vai colocar os pés no acampamento.

– Obrigado – Ulrik agradeceu, e teve de se conter para não abraçar o outro guerreiro.

– Só que a gente precisa avisar alguém antes de sair.

O garoto concordou. Já era irresponsável demais deixar o círculo de proteção, mais ainda levando uma das pessoas que poderia ser a chave para a caixa das almas.

– Quem?

– Um dos novatos, seus amigos – Caeli sugeriu. – Os outros guerreiros vão nos impedir.

Ulrik estava quase envergonhado. A escolha parecia óbvia para quem estava de fora. Porém, quando o assunto era sua família, seus melhores amigos não o apoiavam. Nem Leona nem Úrsula o deixariam partir. Elas e Tora já o tinham impedido de ir até Pedra Branca em outra ocasião.

A solução surgiu no instante em que os primeiros flocos de neve começaram a cair. Micaela saiu da tenda, olhando para o alto com os braços estendidos, festejando. Ela já tinha perdido os pais, e provavelmente entenderia a decisão de Ulrik.

– Neve! – ela comemorou.

– Mica! – Ulrik a chamou.

Ela ouviu com atenção. Mordeu o lábio, preocupada por ver os dois se arriscando, mas compreensiva em relação aos motivos.

– Se eu achar que estão demorando, vou fazer todos os guerreiros irem atrás de vocês – ela informou, com autoridade. – Então sejam rápidos, vou contar vinte minutos.

Ulrik a puxou num abraço e partiu com Caeli colina abaixo.

Suas mãos suavam. Sonhara com aquele reencontro incontáveis vezes, contudo, ao mesmo tempo acreditava que apenas uma coisa podia ter levado mater até ali. Más notícias.

Nox e Lux corriam na frente e voltavam, como se compartilhassem sua ansiedade.

– Cadê o Noctis?

– Sobrevoando a área, para garantir que não tenha nada errado por aqui.

– Falta muito?

– Não, é logo ali, antes daquelas árvores.

Ulrik estreitou os olhos e reconheceu de imediato o vestido azul-claro de inverno. Era ela, não havia dúvidas. Mais alguns metros e pôde discernir seu rosto. Os olhos verdes e amorosos. Como sentira saudades daquele olhar... Porém, como temia, ele estava cheio de uma angústia profunda.

– Theo. – Ulrik viu a palavra se formar em seus lábios, mas não ouviu o sussurro de Lia. Lágrimas rolaram, e o rosto dela se contorceu.

Sentiu a dor antes mesmo de saber que notícias Lia trazia, porque a tristeza estampada em seu rosto só podia significar uma coisa.

– Mater.

Ulrik estava a apenas vinte ou trinta metros, e se preparava para correr quando Caeli colocou o braço à frente do garoto numa atitude protetora.

De trás das árvores surgiu uma criatura enorme e repugnante. Ulrik sacou a espada, consciente de que a lâmina nada faria contra o monstro que já conhecia. Como não sentira o cheiro? Estava tão concentrado na ideia de rever mater que seus sentidos haviam falhado. Para seu terror, cada um dos seis braços do multo envolveu Lia, fazendo-a soluçar.

– *Palavra de guerreiro* – o ser maligno disse, a voz estridente e perturbadora.

Era o monstro que Ulrik deixara escapar naquela noite. As palavras de Úrsula ressoaram em sua mente: "*Um dia você vai se arrepender de ter deixado esse multo escapar*". Nox e Lux rosnaram, mas Ulrik não deixou que os animae avançassem com medo de que o monstro machucasse Lia.

– Solta ela agora! – ordenou. A criatura apenas riu, escancarando os dentes podres. – Solta ela e deixo você ir embora de novo!

Caeli estalou os dedos. O multo apertou a mulher com força, e ela gritou.

Ulrik olhou para o guerreiro e depois para o multo.

– O quê...

– Coloque a espada no chão – Caeli ordenou, com a voz fria. Ulrik o fitou, tentando compreender o que acontecia, e não obedeceu. O homem estreitou os olhos. – Eu disse. Coloque. A espada. No chão.

Ulrik estava paralisado; segurou a arma ainda mais firmemente entre os dedos. Caeli não precisou dizer nada: o monstro apertou mais uma vez, e um estalo doentio seguiu os gritos de Lia. Algum osso se quebrara.

Ulrik enfim deixou a lâmina cair na relva, toda a atenção voltada para a mulher que chorava nos braços da criatura.

– Mater! – Ulrik tentou se aproximar, mas o outro guerreiro o segurou pelo braço. O novato fez um movimento brusco para se desvencilhar e olhou com nojo para o traidor. – Eu confiei em você!

– Sim – Caeli sorriu, expondo os dentes brancos e alinhados. – Obrigado. Isso facilitou muito as coisas.

– Foi você? Você roubou a caixa?

– Eu não chamaria de roubo. Quero apenas devolver o item a quem pertence.

– Por quê? – Ulrik franziu as sobrancelhas, tentando dar algum sentido à inesperada revelação. – Por que um guerreiro ajudaria o inimigo?

Ele balançou a cabeça de um lado para o outro, e seu cabelo comprido acompanhou o movimento.

– Pensei que você descobriria sozinho. Depois de tudo que os quatro amiguinhos viram durante a viagem, realmente achei que você juntaria as peças. Cheguei a temer que meu disfarce fosse descoberto.

Ulrik sentiu o corpo todo pesar. Ele poderia ter descoberto tudo e em vez disso estava ali, sozinho com o traidor. O que deixara escapar?

Observou Caeli com outros olhos. Era esbelto e alto; seu cabelo preto brilhava como um espelho, seus traços eram delicados e perfeitos, seus olhos cintilavam quase dourados de tão claros. Uma sombra fez com que Ulrik olhasse para cima, e ele viu o anima de Caeli voar em círculos e descer até pousar no ombro do guerreiro. O homem estalou os dedos de novo, e a expressão do morcego se transformou em algo vago e selvagem.

– Feiticeiro – Ulrik sussurrou.

– Achei que a gente passaria o dia todo esperando essa mente medíocre funcionar.

– Mas você tem a marca da estrela – o garoto protestou, tentando justificar para si mesmo a falha de atenção.

– Tora também.

O triunfo em seu sorriso era insuportável. Ulrik se sentia estúpido e humilhado. Poderia ter descoberto tudo. Tinha todas as peças nas mãos. Se tivesse percebido antes...

– Augusto. – Seu sangue ferveu nas veias. – Você o matou.

– Augusto morreu? – Lia perguntou com a voz trêmula.

– Não, eu não o matei. Estava junto com os outros guerreiros do conselho o tempo todo.

– Então você deixou um espectro entrar! – o garoto ponderou. – Você danificou o círculo de...

– Chega de conversa, vamos ao que interessa.

O feiticeiro tirou algo brilhante do bolso da capa e colocou o objeto nas mãos de Ulrik. Ele se encaixava perfeitamente na mão do garoto, mas pesava muito mais do que o esperado para seu tamanho. Tinha o peso da vida, da paz... ou talvez da morte e do terror.

A caixa das almas.

Encontrar aquele item fora seu único objetivo desde a morte do tio. E agora ali estava ele, entregue em suas mãos pelo próprio traidor. Se nunca tivesse ouvido falar naquela caixa, ainda assim teria a certeza de que se tratava de algo mágico e poderoso. Era perfeitamente quadrada, e o metal escuro refletia a luz do sol como um cristal, dividindo-a em muitas cores. Como se fosse cravado de diamantes, como se fosse um céu estrelado. Que tipo de metal era aquele? Além disso, havia runas, todas desconhecidas para o garoto. Dezenas delas, pequenas, complexas, um emaranhado de linhas, todas interligadas em uma só. Ulrik girou o objeto nas mãos procurando uma fechadura ou abertura, mas não havia nada. Nenhuma fenda, nenhuma falha.

— O que você quer de mim?

— Finalmente uma pergunta relevante — Caeli disse. — Abra a caixa.

— Theo, não faça isso! Não importa o que você... — Lia começou, mas o multo colocou uma das mãos decompostas sobre a boca da mulher e a apertou um pouco mais, fazendo-a gemer de dor.

— Pare! — Ulrik urrou, e o monstro obedeceu. Encarou o feiticeiro, compreendendo que ele estava seguindo a teoria de Tora de que a chave era o guerreiro com descendência mais antiga. — Não vai funcionar. A Úrsula é mais velha que eu.

— Pingue seu sangue na caixa agora — Caeli ordenou, impaciente.

— Meu sangue não vai funcionar — explicou devagar, de repente muito ciente do líquido escarlate pulsando em suas veias.

— Se tem tanta certeza, por que não obedece? — Caeli colocou uma faca nas mãos do garoto. — Vamos acabar logo com isso.

Ulrik lançou um olhar de esguelha para Lia. Ela negou com a cabeça num gesto quase imperceptível.

— Não.

— Prefere ouvir todos os ossos do corpo dela se partindo, um a um?

O garoto hesitou. Precisava ganhar tempo.

— E Adélia? Onde ela está?

— Morta — Caeli afirmou, com indiferença. — Quando os espectros trouxeram a informação sobre o guerreiro mais antigo, deixei Wicary entrar no acampamento e possuir Adélia. — *Wicary*. O espectro de segundo nível que assassinara a avó de Ulrik, causando a expulsão de seu avô do clã. — Torturamos a velha, quebramos seus dedos, cortamos sua pele; quando ameacei arrancar um de seus olhos, ela cedeu. Levou apenas dois dias. — Ele sorriu com desdém. Despejava a história como se ansiasse por aquele momento havia anos. — Vocês se acham fortes porque nos subestimam. Não imaginam do que somos capazes. — Caeli lançou um olhar divertido na direção do garoto. — Mas você é diferente.

Foi a primeira vez que vi um guerreiro torturar um espectro. Você é mais parecido comigo do que pensa.

– Eu não me pareço em nada com você!

– Quando o sangue da velha não abriu a caixa, ficamos sem saber o que fazer – continuou o feiticeiro, ignorando o comentário do garoto. – Até antes de ontem, quando vocês trouxeram a solução.

As palavras doeram como uma bofetada. O arrependimento, como uma facada.

– Mas como a gente explicou, a chave é o guerreiro mais antigo. – Ulrik tentou colocar um pouco de razão na situação. – E eu sou mais novo que Úrsula.

Caeli fechou os olhos e inspirou profundamente, como se o ar tivesse um perfume agradável.

– Posso sentir o cheiro do seu sangue – ele revelou, escancarando os olhos dourados. – Consigo ver sua Luz, consigo sentir o poder e a intensidade da magia pulsando nas veias por baixo da sua pele. Soube quem você era assim que pisou no clã – afirmou. Ulrik pensou em como era triste saber daquilo. Ele e Augusto haviam demorado meses para descobrir que eram da mesma família. – Não importa sua idade, importa apenas sua ascendência.

O choque da revelação fez o sangue do novato gelar. Se Caeli estivesse certo... Precisava fazer com que o feiticeiro continuasse falando.

– Foi você que enviou os espectros para a Pedra do Sol – o garoto o acusou. – Você foi o responsável pela morte de Rufus.

– Era você quem eu queria morto. Um bisbilhoteiro, de descendência antiga, com dois lobos... – Seus olhos faiscaram com a raiva. – A recuperação da caixa vem sendo planejada há décadas, antes mesmo de meu nascimento, moleque. Os espectros tomaram o cuidado de identificar e capturar todos os descendentes de Raoni para que nada desse errado quando a caixa fosse aberta...

Por isso a linhagem da primeira geração se extinguira. Os espectros tinham capturado aqueles guerreiros. Ulrik ouviu passos e se virou. Uma garota vinha correndo na direção deles.

– Mica, o que você está fazendo aqui? – Ulrik perguntou, aterrorizado.

– Vocês estavam demorando e....

Ela estacou quando viu o multo. Gritou e se escondeu atrás de Ulrik.

– Caeli, mata esse monstro! – ela suplicou, afundando o rosto no peito do amigo.

Ulrik passou os braços ao redor da garota.

– A Mica não tem nada a ver com isso. Por favor, deixa ela voltar ao acampamento.

– Não posso fazer isso – o feiticeiro anunciou. – Vou ter que matar a menina.

Mica tremeu, o olhar confuso e amedrontado.

– Não. Você não precisa fazer isso. – Ulrik não conseguia esconder o desespero na voz, não suportaria assistir à morte de mais um amigo.

Mica chorou, cada vez mais forte, soluçando incontrolavelmente.

– Por favor, Caeli, por favor, não me mate – suplicou, mas o choro se transformou gradualmente numa gargalhada. Um riso compulsivo e descontrolado. Ela parecia estar perdendo a cabeça. – Não me mate de tanto rir.

Enxugou as lágrimas e se afastou de Ulrik, enquanto seus olhos dourados continuavam grudados aos dele.

– Patético.

– Não – o garoto arquejou.

A menina frágil, que tremia ao ouvir falar de espectros e outros monstros, que era tão adorável... Sua expressão estava mudada. Os traços delicados, os olhos dourados e o cabelo escuro ainda eram os mesmos, mas a mensagem que transmitiam era diferente. A fragilidade e a simpatia deram lugar ao desprezo, ao ódio e a outras tantas coisas que Ulrik não era capaz de traduzir em palavras.

Muitas memórias vieram à mente. As lágrimas nos olhos dourados de Micaela enquanto Adélia contava a história da caixa das almas. As vezes que a garota sumia por horas no Bosque Branco. O dia em que Mica empurrara os guerreiros e quebrara a formação em círculo na batalha da Pedra do Sol. A conversa depois do funeral de Rufus, em que Mica perguntara coisas sobre a família de Ulrik. O dia em que ela gritara no bosque e Celer fora ferido, deixando o caminho livre para que Caeli roubasse a caixa. Como podia ter sido tão ingênuo?

– Por que tanta demora? – Micaela questionou. – Os outros estão começando a desconfiar, procurando por vocês.

O corpo de Caeli se contraiu. Ele parecia... estar com medo.

– O Ulrik vai pingar o sangue dele agora – o feiticeiro informou, em resposta.

Ulrik precisava convencer a garota. Precisa fazê-la mudar de ideia.

– Mica...

Ela balançou a mão no ar, e Ulrik sentiu uma dor aguda no rosto. Levou a mão à face e tocou o líquido quente. Estava sangrando.

– Não fale comigo sem permissão. Acabe logo com isso.

A garota continuou o encarando, mas Ulrik estava paralisado, atordoado pela surpresa. Ela o havia atingido sem armas, sem ao menos encostar um dedo nele. Micaela se virou para Lia e novamente cortou o ar com a mão.

Lia gemeu e o sangue brotou da pele clara como um fio escarlate.

– Não! – Ulrik suplicou. – Não machuca ela, por favor. Por favor, Mica.

Ela estreitou os olhos dourados.

– Você é tão estúpido – Micaela cuspiu as palavras, ainda de um jeito infantil, contudo, maldoso. – É tão fácil te atingir através dos outros! Não aprendeu nada no clã?

Não havia o menor vestígio de compaixão em sua voz.

– Espera! – Ele levantou as duas mãos à frente quando viu a feiticeira se preparar para atacar de novo. – Que garantia eu tenho de que você não vai matar minha mãe depois que eu abrir a caixa?

– Garantia? – Micaela perguntou, debochada. – O que você quer como garantia?

– Deixa ela ir agora – Ulrik solicitou. – E aí faço o que estão pedindo.

– Ulrik, você me acha mesmo tão idiota? Assim que ela for solta, você vai tentar lutar. – Ela balançou a cabeça. – A única coisa que posso te dar como garantia é a minha palavra.

– Então diz isso em alto e bom som para que a deusa seja testemunha da sua promessa.

Ela suspirou, exasperada, e duas vezes ameaçou levantar a mão para desferir um novo golpe.

– Prometo pela deusa que não vou matar a mãe desse imbecil.

Os olhos dourados de Mica encararam um ponto atrás deles e a garota pareceu preocupada. Ulrik se virou; todos os guerreiros vinham descendo a colina, como búfalos enfurecidos.

– Agora, ou ela morre – a garota ordenou.

Ulrik colocou a caixa no chão, tirou uma faca do cinto e puxou a manga do casaco. Encarou a pele intacta, que resguardava a chave para abrir o objeto. Seu corpo inteiro tremia; estava tão dividido que sentia que o coração se partiria em dois a qualquer momento.

– EU DISSE, AGORA! – A voz da feiticeira, profunda, áspera e alta demais para ser natural, ressoou nos ossos de Ulrik. Ela deu mais um tapa no ar e o sangue espirrou do rosto de Lia, maculando a neve que começava a se acumular no chão.

Ulrik abriu um corte no antebraço esquerdo, desejando que não funcionasse, que a caixa permanecesse intacta. O sangue pingou devagar sobre o metal enquanto os dois feiticeiros observavam, ansiosos.

Segundos se passaram; o sangue manchou o objeto, mas nada aconteceu. O rosto de Mica se contorceu num ódio cru e ela se aproximou de Ulrik até estarem a um palmo de distância. A garota colocou um dedo no peito dele, que atravessou o colete de couro e a túnica e queimou sua pele.

– Ai! – Ele tentou se segurar, mas o grito de dor escapou.

– Você tem que *querer* abrir a caixa! Faz isso direito, agora. É meu último aviso.

Os guerreiros estavam chegando; Caeli mexeu as mãos e sussurrou algumas palavras na língua antiga. A primeira a se aproximar foi Diana; quando chegou a poucos metros dos feiticeiros, foi lançada para trás. Todos tentaram se aproximar, mas um a um bateram na barreira invisível.

– Ulrik! – Catharina gritou, e o garoto se virou. – Não faz isso!

– Ulrik, não confia neles! – Era a voz de Úrsula.

– Eles vão matá-la – Leona afirmou, com suavidade e tristeza. – Eles vão matá-la de qualquer jeito...

Todos berravam a mesma coisa; Diana, Aquiles, Petrus, Catharina; até mesmo os guerreiros idosos que haviam permanecido no acampamento estavam ali, tentando impedir que aquilo acontecesse. Mas ele não podia simplesmente assistir à morte de Lia sem tentar. Ainda havia uma chance, Micaela dera sua palavra...

O tempo parecia ter parado. As vozes ficaram abafadas, a visão embaçada. Ulrik se sentia alheio a tudo, como se visse a cena de fora. Não parecia que era ele quem estava ali; era impossível que aquilo estivesse acontecendo com o garoto que menos de um ano antes morava em Pedra Branca, vivia com a família e ansiava pelo dia que encontraria seu anima, acreditando que logo se tornaria um caçador. Não, aquela devia ser a história de outra pessoa.

Ulrik não sentiu dor ao pressionar o ferimento aberto, fazendo o fluxo de sangue aumentar. Desejou que desse certo daquela vez. Queria abrir a caixa para salvar a vida de Lia.

Uma coisa dependia da outra.

O líquido quente escorreu lentamente por seu braço até chegar à mão. As primeiras gotas penderam nas pontas dos dedos por alguns segundos, como se tentassem se segurar na beira de um abismo, como se não quisessem cair... mas a resistência foi logo rompida pelo rio vermelho que vinha atrás.

Ulrik sentiu o coração bater mais uma vez antes que o sangue atingisse a caixa.

Assim que a primeira gota a tocou, a cor do metal mudou. Ele primeiro ficou incandescente, alaranjado, e depois houve uma explosão de luz branca e intensa que jogou o garoto para trás.

Havia funcionado.

Ulrik se levantou depressa e pegou a espada no chão. Lux uivou um lamento tão profundo e desolado que fez lágrimas brotarem dos olhos do garoto. Sentiu um reflexo da imensa tristeza da loba e uma dor pungente no peito, como se Lux estivesse estirando o elo mágico que os ligava, como se quisesse abandoná-lo. Deixar de ser seu anima. Talvez fosse a decepção. Ou o medo do retorno de Inna.

Não teve tempo de ajudar Lux. Apesar dos olhos de Micaela e Caeli estarem grudados no objeto mágico, o multo encarava Ulrik diretamente. O monstro sorriu com os dentes podres, e a atitude fez o sangue do garoto gelar.

— Não — Ulrik sussurrou.

O multo tirou a mão imunda que estava sobre a boca de mater, e os lábios dela formaram uma frase. *Eu te amo*. Ulrik não conseguiu ouvir nada, porém; havia um zumbido forte em seu ouvido. Ele correu, correu o mais rápido que pôde, correu como nunca antes havia corrido, com Nox na frente e tão veloz quanto o vento.

Mas estavam longe demais.

A criatura abraçou Lia com força e ela cerrou o maxilar, como se sentisse o que estava por vir.

– NÃOOOO!

Cada estalo soou mais alto que o anterior, cada um enviando pontadas profundas de dor ao próprio garoto. Os ossos dela se quebraram como galhos finos e as pontas perfuraram sua carne; o sangue jorrou numa enxurrada instantânea.

Ulrik soube que Lia estava morta antes mesmo de cair no chão.

O guerreiro caiu de joelhos, soltando um grito que rasgou sua garganta. Gritou de novo, ainda mais forte, achando que a qualquer momento aquela erupção de tristeza e ódio o fariam explodir.

Desejou que o mundo acabasse, que o céu desabasse, que o chão se abrisse e engolisse tudo. E era exatamente o que parecia estar acontecendo.

CAPÍTULO 37

# A caixa das almas

O multo arremessou o corpo de Lia no chão, tirando dela a última coisa que lhe restava: a dignidade. Ulrik sempre vira os mortos serem tratados com respeito absoluto, e talvez por isso o choque tivesse sido tão grande. Era uma memória a mais sobre a pilha de tragédias que parecia não parar de crescer.

O monstro fugiu, embrenhando-se na floresta num piscar de olhos. Nox parou de correr e se voltou para Ulrik, hesitando, como se perguntasse se deveria ir atrás do algoz de mater. Bem no fundo, o garoto sabia que precisavam acabar com aquela criatura maldita de uma vez por todas, mas a dor que borbulhava na superfície o impedia de pensar em qualquer outra coisa. Precisava de Nox ao seu lado.

Arrastou os pés até Lia e se debruçou sobre o corpo mutilado pelas fraturas expostas. Era uma cena difícil; doía de olhar. Aquelas pontas de ossos haviam dilacerado não só a carne dela, mas também a alma de Ulrik. Assim como o sangue de mater escorria, a sanidade dele se esvaía entre as fendas da mente. Segurava a espada com força, tentando se apoiar em algo, como se aquilo pudesse amenizar a dor. Não adiantou e ele gritou como um animal, a voz irreconhecível até mesmo para si.

Queria morrer. Queria ir para onde Otto, Augusto e Lia tinham ido. Mater.

Os olhos dela estavam arregalados. Ulrik limpou as mãos na roupa e os fechou delicadamente. Usou a túnica para tirar o fio de sangue que escorrera da boca de Lia. Focou o olhar em seu rosto, mas a vista dele estava embaçada por causa das lágrimas. Assim, sem conseguir enxergar muito bem e fazendo um esforço para ignorar o mundo ao redor, conseguia imaginar que ela estava apenas dormindo.

– Ulrik! – Alguém o agarrou pela túnica. Ele se deixou cair no chão, de olhos fechados e sem resistir. Não se importaria se cortassem sua cabeça agora, como pretendiam fazer depois da morte de Augusto. Mas a pessoa apenas o chacoalhava. – Ulrik! – Um tapa em seu rosto. Doeu. Ele não estava morto. – Ulrik! – Mais um tapa, com mais força. Seu rosto ardeu. O garoto abriu os olhos e piscou várias vezes, expulsando as lágrimas. Úrsula estava em cima dele, o cabelo loiro colado à testa por causa do suor, apesar de aquele ser o dia mais frio do inverno até então. – Levanta ou vou começar a te socar!

Ele não se mexeu, e a guerreira cumpriu a promessa: um soco no estômago fez com que Ulrik retomasse a consciência. A dor física tomou o lugar da dor da alma por alguns segundos. Era melhor. Bem melhor.

Ele se ancorou na sensação e se levantou, usando a espada como apoio. Pela primeira vez, olhou em volta. A caixa das almas estava no chão, brilhando, e dela saía uma fumaça preta que se estendia até o céu, formando uma nuvem escura cada vez maior.

Os guerreiros estavam tentando se aproximar do objeto, conter o desastre de alguma maneira. A barreira invisível que Caeli conjurara parecia ter caído, mas, quando Petrus e Titan tentaram se aproximar, ele lançou um feitiço e os arremessou para trás. Fez o mesmo depois com Leona e Albin e os outros mais velhos que vinham atrás.

Com Micaela a situação era ainda pior. Diana estava estendida no chão com um corte grande no rosto e no torso, que fez Ulrik se lembrar do ferimento de Celer naquele dia em que o novato e Mica haviam sumido no bosque. Catharina e sua pantera tentavam distrair a feiticeira; quando Aquiles ameaçou se aproximar, porém, Micaela ergueu as mãos como se balançasse um chicote invisível e a magia o atingiu no braço. Uma marca vermelha surgiu na pele do guerreiro, mas não saiu sangue. Aparentemente, quanto mais próximos da feiticeira, pior o ferimento infligido por seu poder. A distâncias maiores a magia não tinha efeito; ainda assim, parecia impossível atacá-la.

O último fio de fumaça saiu da caixa e o objeto derreteu, deixando uma poça de metal brilhante no chão. Uma ventania começou; a nuvem escura pareceu ganhar vida e girou, formando um redemoinho. Depois se expandiu devagar, escurecendo o dia. Raios finos percorreram o céu escuro, como teias de aranha luminosas. Guerreiros pararam de lutar, hipnotizados pelo estranho evento que acontecia acima.

De repente, um enorme relâmpago iluminou a nuvem por inteiro e revelou olhos que fizeram os ossos de Ulrik gelarem. Olhos de um amarelo alaranjado, quase em brasa, injetados de sangue escuro. Suas pernas amoleceram, e ele precisou controlar o impulso de correr e se esconder. Sentira muito medo naqueles últimos meses, mas nada se comparava ao terror que pinicava sua pele e fazia os dentes baterem. Até mesmo a morte de Lia parecia ter se desvanecido da mente do garoto, porque não havia espaço para mais nada. Apenas para o medo visceral que criara raízes em algum lugar de seu ventre e agora brotava por todos os poros.

Nox e Lux ganiram. Alguns guerreiros gritaram; até mesmo os dois feiticeiros tinham os olhares assustados, apesar de haver também uma boa dose de admiração em sua expressão. Um urro feroz soou dos céus, e o mundo inteiro pareceu tremer.

Micaela gargalhou e abriu os braços, olhando para cima em puro deleite.

Úrsula aproveitou a distração da feiticeira e usou o arco. Micaela percebeu e tentou desviar a rota da flecha, mas acabou atingida no ombro. Ulrik sabia que Úrsula mirara no coração da garota que fingira ser sua prima por todos aqueles anos. Que havia sido responsável pela morte de Augusto e de muitos outros.

Mica gritou de dor e se curvou na direção do ombro ferido.

Úrsula lançou mais uma flecha e atingiu o outro ombro de Micaela, que não conseguiria mais ferir ninguém com aquele feitiço sinistro. Caeli reagiu e lançou Úrsula para trás antes que ela pudesse atacar de novo. Leona tentou atirar uma faca no feiticeiro, mas ele desviou o projétil com a mão. Catharina atingiu a perna dele com outra faca, fazendo o homem se ajoelhar. Ele sussurrou algumas palavras e as demais facas e flechas atiradas em sua direção bateram na nova barreira invisível conjurada.

– Acabou, vocês estão cercados – Catharina disse.

– Não – Micaela respondeu, sorrindo mesmo ferida. – Vocês estão.

Ulrik olhou para cima.

Dezenas de espectros surgiam de diferentes direções. Ao alcançarem a nuvem escura, começaram a voar em círculos, como abutres atraídos pelo odor de carniça. A nuvem continuou rodopiando, e parte da fumaça adquiriu contornos de um corpo. A forma era gigantesca, mas etérea demais para que fosse possível ver seus traços. Os olhos, entretanto, eram sólidos e reais, com pupilas tão escuras que pareciam feitas de vazio.

Eles focaram diretamente no garoto.

– *Warrprym.* – Sua voz era gelada e perfurante, como rajadas de vento no inverno. – Quinhentos anos preso, sozinho no vazio. Quinhentos anos de ira. Quinhentos anos para preparar minha vingança.

Ulrik estava ofegante. A espada tremia nas mãos. Olhou em volta e se deu conta de que não tinham a menor chance. Ali havia apenas novatos, idosos que havia muitos anos não partiam em missões e uns quinze guerreiros mais fortes. Engoliu em seco e, mesmo se esforçando, não conseguiu evitar o pensamento: estavam prestes a serem massacrados.

– Formação em círculo – Petrus gritou.

O homem provavelmente era o guerreiro mais experiente entre os poucos que haviam sobrado no acampamento. Ulrik se posicionou. Observou os companheiros e percebeu que, aterrorizados ou não, ninguém cairia sem derrubar também muitos espectros. Aquilo lhe deu as forças de que precisava.

– Matem todos – Inna disse.

Os espectros desceram. Facas e flechas voaram. Animae atacaram. Armas foram desembainhadas.

Ulrik arrancou a cabeça de uma das criaturas, e em seguida viu Caeli e Micaela se levantarem e fugirem. Alguém lançou uma flecha na tentativa de parar os dois, mas logo os feiticeiros se embrenharam na mata. Sabiam que os guerreiros não poderiam quebrar a formação e se aproveitaram da oportunidade.

O garoto pensou em enviar os lobos, no entanto, os guerreiros estavam em menor número e precisavam de toda a ajuda possível. Lux pareceu ler seu pensamento e deu um salto, agarrando um espectro e o puxando para o chão. Aquiles cortou a cabeça do ser com um golpe preciso.

As mãos de Úrsula trabalhavam rápido, buscando flechas na aljava e depois esticando o arco. Sua mira era precisa, mas, quando não conseguia acertar a cabeça, Diana estava a postos com seu mangual para terminar o serviço e Titan tratava de esmagar os espectros que caíam um pouco mais distantes. Ulrik ainda não vira o rinoceronte em ação e se admirou com a performance; os espectros não conseguiam perfurar sua carapaça dura, e o anima usava tanto o chifre quanto o peso para acabar com eles.

Os animae voadores também ajudavam muito, bicando ou fincando as garras nos olhos dos espectros. Fofa estava em pé e conseguia atordoar as criaturas e enviá-las ao chão com suas patadas.

Os novatos pareciam guerreiros prontos. Os golpes de espada de Marcus não eram tão precisos, mas ele compensava com a força e partiu algumas criaturas ao meio. Mesmo Arthur parecia menos aterrorizado e mais concentrado. Celer alternava o uso da adaga com o lançamento de facas, além de trabalhar muito bem com toda a força e a velocidade de Sagitta.

Ilca atirou algumas flechas e deixou o arco cair a seus pés quando dois espectros se aproximaram ao mesmo tempo. Talvez achassem que ela seria facilmente derrubada por conta da prótese, mas não poderiam estar mais enganados. Ela feriu o primeiro com a espada fina, e Catula agarrou a criatura pela cabeça com os dentes potentes de hiena. A cabeça do segundo espectro saiu rolando com o golpe perfeito da guerreira.

Depois de um tempo, Leona pediu cobertura para recuperar facas e flechas caídas no chão ou presas a corpos de espectros; precisavam fazer isso ou logo ficariam sem armas de combate à distância. A garota correu, com Albin ao lado afastando os espectros que tentavam se aproximar. Úrsula dirigiu seu foco para os que vinham acima da amiga enquanto Alae, águia de Arthur, ajudava.

– Aqui – Leona disse, entregando algumas facas para Ulrik. Depois entrou no meio do círculo e começou a encher as aljavas de flechas.

Continuaram lutando por muito tempo, alternando-se para recuperar armas de longa distância. Cada anima parecia conseguir fazer o trabalho de várias pessoas, dado que eram mais ágeis e fortes. Aquiles e Petrus gritavam ordens e ajudavam o grupo a se manter organizado, e isso permitiu que diminuíssem a quantidade de espectros sem causar baixas do lado dos guerreiros. Depois de mais de uma hora, Ulrik se permitiu acreditar que poderiam vencer.

Mas eram espectros demais, e agora pareciam mais organizados também.

Três deles desviaram dos animae e partiram para cima de Catharina de uma só vez.

– Cuidado, Catha!

– Vô, não!

O guerreiro de cabelo branco de cujo nome Ulrik não se lembrava empurrou a neta e se colocou entre ela e as criaturas. Foi atingido na garganta. O homem saiu da formação em círculo; quando Ulrik viu o corte, soube no mesmo instante que era um ferimento fatal. O guerreiro ainda derrubou mais dois espectros antes de ser atingido novamente e cair. Morto.

Catharina gritou, mas não quebrou a formação. Aquele sacrifício teria sido em vão se o grupo se desorganizasse; ainda assim, Ulrik sabia que a perda os desestabilizara.

Os espectros também perceberam.

Marcus foi atingido na perna, e a própria Catharina o puxou para dentro do círculo quando ele caiu. Um espectro conseguiu atingir Gray, porém foi logo atacado por Nox. Diana gritou ao ver o anima com o rasgo nas costas, mas logo o leão branco de Leona foi resgatar a raposa e a trouxe de volta pela nuca.

Ulrik ouviu gritos que vinham do outro lado do círculo e compreendeu que mais alguém morrera. Não podia olhar para trás, não podia lamentar mortes enquanto ainda estivessem lutando.

Agora sabia, contudo, que não resistiriam por muito mais tempo.

Foi quando uma águia enorme gritou ao longe, surgindo por cima da copa das árvores para se juntar à batalha. Era Núbila, o anima de Aquiles. Onde ela estava todo aquele tempo? O que estava fazendo além do bosque?

A resposta veio na forma de outro som. Cascos de cavalos. Bruno emergiu da linha das árvores, liderando a enorme comitiva.

Aquiles provavelmente enviara a águia gigante para trazer os outros de volta. Os guerreiros montados chegaram, e a formação se desfez. A balança se invertera; estavam em vantagem agora, e a melhor estratégia era lutar individualmente. O som das flechas zunindo, das lâminas cortando o ar e dos espectros caindo encheu os corações de esperança. O pequeno grupo ficara mais de uma hora lutando e não tinha conseguido acabar nem com um terço dos espectros. Com tantos reforços, porém, eliminaram quase todos os restantes em poucos minutos.

Ulrik respirou fundo e soltou um suspiro de alívio. Tinham uma chance real de acabar com aquilo. De vencer a batalha.

Inna urrou. Muitos dos guerreiros taparam os ouvidos. A nuvem escura se espalhou como se fosse líquida, estendendo-se até que não fosse mais possível ver suas bordas, envolvendo os combatentes numa escuridão quase total. A magia dele ficou densa no ar, estalando contra a pele, envolvendo Ulrik naquela sensação incômoda que indicava a presença do inimigo – mas mil vezes pior. Então, a fumaça se partiu, revelando um círculo ainda mais escuro.

E dela surgiu uma enxurrada de novos espectros.

Os cavalos se assustaram e muitos empinaram, jogando os cavaleiros no chão e galopando em direção ao acampamento.

– Não... Como...? – Ulrik sussurrou.

Úrsula parou ao lado dele.

– Por Luce... acho que ele está criando novos espectros – a prima falou, soando tão espantada quanto ele.

Mesmo Bruno não conseguiu disfarçar a preocupação quando viu centenas e mais centenas de espectros jorrando da abertura, parecendo desorientados e raivosos como vespas cujo vespeiro fora destruído. Prontas para contra-atacar.

– Formação em múltiplos círculos! – Bruno gritou.

Ulrik não achou que um dia precisaria lutar naquele tipo de formação. A única vez que os guerreiros que conhecia tinham precisado usá-la fora na Batalha do Rio Negro. Uma formação para combates de dimensões colossais.

Aqueles que estavam próximos se juntaram em rodas menores, uns de costas para os outros. Ulrik sabia que havia cerca de duzentos e cinquenta guerreiros ali, mas o número de espectros devia ultrapassar mil. Isso não seria um problema numa batalha comum, porque normalmente as criaturas eram desorganizadas.

Mas daquela vez parecia diferente. Os espectros formaram grupos, imitando a configuração dos guerreiros. Era como se Inna estivesse comandando peças num tabuleiro, reposicionando seus soldados e utilizando estratégia para eliminar o máximo de guerreiros possível.

A adrenalina se sobrepôs ao medo e os guerreiros se prepararam para o combate. Espadas em punho, flechas esticadas nos arcos, machados firmes, manguais girando. As expressões ferozes e determinadas. Só havia uma regra agora: *matar ou ser morto*.

Úrsula lançou uma flecha certeira na cabeça de uma das criaturas e o primeiro espectro sibilou e caiu, rodopiando em direção ao chão como uma folha morta. Leona atirou uma faca a uma distância impressionante e abateu mais um. Ilca, Ferraz, Arthur, Valentine e os outros arqueiros também atiraram, e mais alguns seres caíram do céu.

Eram espectros jovens, recém-criados, provavelmente de nível cinco. Pouco poderosos, e altamente vulneráveis à magia das armas dos guerreiros, o que talvez aumentasse as chances de vitória.

Sem aviso, os espectros desceram organizados e de uma vez, como uma nuvem de pássaros.

Ulrik girou a espada e atingiu um, lançando-o longe, talvez ainda vivo. Nigris, o urso preto de Bruno, derrubou mais um com um golpe da pata, e Ulrik o decapitou com um golpe descendente.

Glider, o falcão de Amanda, gritou, e os outros animae pássaros o seguiram – incluindo Alae, a águia de Arthur, e Núbila, a águia gigante de Aquiles. Todos atacaram, e os espectros gritaram e caíram desorientados.

Com um salto incrível, o lince de Marcus, Ágile, levou um espectro grande para o chão. Diana balançou o mangual e esmagou o crânio da criatura.

Um grupo de espectros se organizou e fez um voo rasante. Ulrik nunca os vira se comportar daquele jeito. Esticaram as garras na última hora e, apesar de alguns terem sido derrubados, também feriram guerreiros. Um deles rasgou as costas de Petrus, mas Titan o acertou com o chifre e pisoteou o ser com suas duas toneladas. O guerreiro, contudo, estava no cháo e sangrava muito; a partir daquele momento, o rinoceronte permaneceu ao lado de Petrus, impedindo que o inimigo se aproximasse.

Leona lançou mais uma faca com precisão, contudo, outro espectro se aproximava para atacar a garota por trás. Ulrik mandou Nox e Lux em ajuda à guerreira, e, junto com Albin, os dois lobos o destruíram em segundos.

Foi quando as formações começaram a se desfazer.

Heitor cavalgava Peregrino, e seu machado cortava o ar em todas as direções, fazendo cabeças e braços horrendos voarem por todos os lados. O cavalo também dava coices e desviava de espectros na última hora, e sempre havia um guerreiro para finalizar o trabalho quando um deles caía.

Marcus se levantara, e lutava mesmo com a perna machucada. Estava mais lento, tinha menos força por causa do veneno, e um espectro se desviou do golpe da espada no último segundo, fazendo o garoto fincar a lâmina no chão. A criatura então cravou as longas unhas na nuca do novato, e uma das garras atravessou sua boca. Marcus caiu agonizando no chão, e o miado alto e triste de seu lince anunciou a todos a morte do primeiro novato. Jaguar correu até o corpo do filho e gritou, mas não havia nada mais a ser feito.

– Retomar formação em múltiplos círculos! – Bruno ordenou, e os guerreiros que conseguiram voltaram a se juntar de costas uns para os outros, em grupos de cinco, dez ou até vinte pessoas.

Inna olhava tudo de cima e enviava ordens na língua chiada que só aqueles seres falavam.

Conforme eram atacados, guerreiros caíam e formações ficavam mais frágeis. Inna começou a enviar grupos maiores na direção dos guerreiros menos protegidos.

Valentine acabou saindo da formação durante o combate, e seis espectros a atacaram de uma vez. Oryx, seu antílope, enfiou os longos chifres em um, mas foi abatido em seguida. A guerreira do conselho teve tempo de lamentar a morte de seu anima com um berro antes de cair com diversas perfurações no corpo.

– Ulrik, abaixa! – Diana gritou, e ele obedeceu sem hesitar nem mesmo um segundo.

A garota se apoiou numa pedra e saltou por cima dele, acertando o mangual com fúria num espectro que estava prestes a atacar Ulrik pelas costas.

Feron ficou furioso ao ver um dos guerreiros mais velhos sendo morto por uma dezena das criaturas. A cena provavelmente o fez pensar na mãe, Adélia. O guerreiro era um dos poucos que usava uma espada pesada de duas mãos, e correu na direção do grupo de seres. Seu búfalo, Giga, cabeceou todos os espectros num golpe só, fazendo-os voar em várias direções; Feron decapitou alguns enquanto o anima pisoteava outros.

Ulrik tropeçou no corpo de um guerreiro que não reconheceu. O número de mortos aumentava rapidamente, e o chão estava repleto de cadáveres humanos e de espectros. Ulrik tentava balançar a espada cada vez mais rápido; Nox e Lux o protegiam e avançavam sobre os inimigos, mas havia tantos que seus esforços pareciam inúteis.

Bruno movimentava as duas adagas com tanta velocidade que pareciam desaparecer e cantar. Matava espectros mais rápido que qualquer um, corria na direção dos que precisavam de ajuda quando eram atacados e gritava ordens que todos tentavam seguir. Ainda assim, havia cada vez mais gritos desesperados, cada vez mais miados, pios e rugidos desolados anunciando morte atrás de morte. Talvez os guerreiros ainda ganhassem a batalha no fim... Mas a que preço?

Quando Ulrik começava a achar que não conseguiria mais continuar, viu que o número de espectros voando no céu estava muito reduzido. Se permitiu respirar fundo algumas vezes e apoiar a espada no chão para descansar os braços doloridos.

Foi então que soube que estava prestes a morrer.

Inna gritou mais forte. Um novo buraco se abriu. Centenas de novos espectros foram cuspidos na direção do grupo de guerreiros.

Inna estava libertando novos espectros ao mundo como um peixe botando centenas de ovos de uma só vez. Era aquilo que significava ser um espectro de primeiro nível? Quantos mais ele ainda conseguiria criar durante aquela batalha?

Ulrik viu o mesmo desespero que sentia refletido nos olhos dos companheiros. Todos os guerreiros pareciam fazer cálculos rápidos de cabeça, mesmo já sabendo a resposta: iam morrer. O clã estava prestes a ser extinto, e os espectros dominariam o mundo.

O garoto fez uma oração silenciosa. Precisavam de ajuda. De Luce. De qualquer deus. De qualquer espírito... De qualquer um que pudesse fazer alguma coisa contra aqueles seres malignos.

Pensou na Batalha de Todos os Povos.

Então, o garoto se lembrou de alguém que dissera que viria quando ele precisasse.

– Safiri! – gritou, como se ela pudesse ouvi-lo de qualquer lugar.

Nada aconteceu.

Os novos espectros voavam de uma forma desorientada a princípio. Recém-nascidos. Mas logo começaram a se organizar novamente.

Ulrik tinha poucos segundos antes que a batalha recomeçasse, ainda pior do que antes. Avistou Leona e Úrsula não muito longe e correu até as amigas. Olhou para elas, mas não sabia o que dizer.

– Vou levar pelo menos uma centena desses miseráveis junto comigo – Úrsula disse, com uma determinação que renovou a energia do primo.

Ulrik levantou sua arma e se colocou de costas para elas. Morreria lutando ao lado das pessoas que amava, e aquilo o confortava ao menos um pouco.

Olhou para cima, encarando o novo enxame. Os espectros desceram. Apertou ainda mais os dedos ao redor do punho da espada. Nox e Lux rosnaram – os lobos também estavam prontos.

Foi quando o chão começou a tremer.

Primeiro de leve, depois intensamente. Muitos guerreiros caíram. Aterrorizado, Ulrik se lembrou da história sobre cadáveres brotando da terra na Batalha de Todos os Povos.

O solo começou a se abrir, mas o que saiu dali não foram cadáveres.

Raízes despontaram de todo o campo de batalha, atingindo e derrubando muitos espectros. Apesar de confusos, Ulrik, Leona e Úrsula seguiram lutando e acabando com as criaturas que estavam a seu alcance.

Assim como faziam no treinamento, Ulrik correu e usou uma das raízes como degrau, pulando para atingir um espectro que vinha em sua direção. Outra raiz se moveu e surgiu sob seus pés logo onde ele aterrissaria. Com uma onda de energia, entendeu.

Era a forma dos sílfios enviarem ajuda.

Começou a correr, subindo nas raízes, com a certeza de que sempre haveria um próximo degrau ou lugar em que se apoiar. Foi pulando cada vez mais alto; logo estava a muitos metros do chão, indo de encontro aos inimigos. Ao seu redor, viu outros guerreiros fazendo o mesmo.

Outra nuvem de criaturas surgiu. Pássaros – centenas, talvez milhares deles, de todos os tipos. Atacaram com bicos e garras os espectros, que, ao tentarem se defender, viravam alvos fáceis para os guerreiros. As colisões nos céus criavam uma chuva de animais e corpos.

Úrsula subiu ainda mais alto, correndo com seu arco enquanto atirava a uma velocidade impressionante. Algumas águias voavam em torno dela; Ulrik se permitiu parar por um segundo e viu os pássaros mergulhando para retirar flechas dos corpos, que devolviam para a aljava da prima.

Inna chiou, irado, e o som fez os pelos do braço de Ulrik se arrepiarem.

Raios partiram da nuvem escura e atingiram as raízes, colocando fogo na estrutura. Leona pulou de um deles bem na hora e conseguiu rolar por uma fileira de raízes, mas caiu de uma altura considerável e gritou ao atingir o chão. Estava ferida.

Ulrik saltou e se segurou com uma das mãos numa raiz mais alta, mas um raio a partiu ao meio. Foi derrubado, o tombo amortecido pela pilha de corpos de espectros que cobriam o chão.

Estava correndo em direção a Leona quando ouviu novamente o grito de Inna. O grito que precedia a criação de novos espectros.

Antes que o desespero o tomasse por completo, viu uma dezena de sílfios emergirem da floresta à frente. Entre eles, avistou Safiri.

Os seres mágicos correram na direção do centro do campo de batalha, e um novo tremor ainda maior que os anteriores derrubou todos os guerreiros. Uma enorme raiz elevou Safiri aos céus, e Ulrik a viu atirar para cima um objeto redondo e muito luminoso, similar a um pequeno sol.

O item atravessou a abertura nas nuvens, e Ulrik foi cegado pelo clarão antes de ouvir o estrondo.

Pulou sobre Leona para protegê-la quando mais corpos de espectros choveram do céu.

Depois, o mundo caiu num silêncio absoluto.

CAPÍTULO 38

# A gema de cíntilans

Ulrik levantou a cabeça; tudo estava novamente claro. Grandes flocos de neve caíam do céu.

Misturados a cinzas.

A nuvem escura havia sumido, e uma onda de alívio o envolveu. Apesar de toda a tristeza que teria de encarar muito em breve, tinham vencido. Tinham destruído Inna.

As pessoas se levantavam aos poucos, olhando ao redor e para cima, tentando entender o que acontecera. Ulrik ajudou Leona a se erguer e ela gemeu, sem conseguir apoiar o pé direito no chão. Passou o braço dela ao redor do pescoço para ajudá-la a caminhar.

Safiri veio ao encontro do garoto, e Bruno correu até eles.

— Como você... O que era aquilo? — Ulrik perguntou, olhando de novo para cima, lembrando-se da bola brilhante que clareara o céu a ponto de deixá-lo cego por alguns segundos.

— Uma gema de cíntilans — Safiri respondeu. — É como uma pedra preciosa feita da nossa essência mágica. Para uma criatura que tem magia inanis, o efeito é como o de uma explosão.

— Então Inna está morto? — Bruno perguntou, num tom claramente esperançoso.

— Infelizmente, não — Safiri anunciou. — Mas está gravemente ferido e enfraquecido. Vai precisar de um bom tempo para se recuperar.

O líder assentiu e pediu para conversarem mais tarde. Em seguida saiu em disparada, distribuindo ordens e tarefas. Ulrik tentou sem sucesso digerir a notícia. Inna estava vivo. O horror que tinham acabado de enfrentar se repetiria no futuro.

Tinham ganhado a primeira batalha, mas o clima não era de vitória. O chão estava coberto de corpos – ou partes deles. E mesmo os sobreviventes não estavam a salvo. Pessoas gemiam, algumas gravemente feridas.

– Obrigado, Safiri. Se não fosse por vocês... – Ulrik começou. Ignorou o nó na garganta; ainda não podia se permitir parar e refletir sobre tudo que tinha acontecido desde o amanhecer. Havia muito trabalho a ser feito antes que cedesse ao peso das mortes. – Se não for pedir muito, vamos precisar de muitas folhas de estrela-da-manhã.

Ela deu um sorriso triste, e arbustos começaram a brotar em vários lugares.

– Lírios-do-deserto também – Leona pediu. – E qualquer outra coisa que nos ajude a tratar as pessoas, por favor.

Novas plantas, muitas delas totalmente desconhecidas aos guerreiros, começaram a brotar, crescer e dar flores. Algumas viraram árvores. Um dos sílfios foi explicando a função de cada uma delas a Leona: arnica para cicatrização e alívio do inchaço e da dor de contusões; bastava fazer compressas com seu chá. A outra flor, também amarela, chamava-se calêndula e ajudaria a evitar infecções, assim como o óleo das folhas da grande árvore de copaíba. Havia plantas cujas raízes eram comestíveis, chamadas de gengibre, que ajudariam nas inflamações e náuseas. As cápsulas de papoula ainda estavam verdes; bastava cortá-las ao meio para extrair seu leite e deixá-lo secar até virar pó. Os curandeiros do clã já sabiam, mas Safiri lembrou-os de que aquele remédio aliviava a dor, contudo, era perigoso; deveria ser usado em pequenas quantidades, e apenas nos casos mais graves.

Leona começou a trabalhar, colhendo tudo de que precisava e gritando instruções para outros voluntários. Cobriu o ferimento mais grave de Ulrik com folhas de estrela-da-manhã e o encarou. Dava para ver que ela também estava se esforçando para não sucumbir ao desespero.

– Precisamos levar os feridos para o acampamento – ela disse, preocupada. – Preciso de agulhas e tripas para dar pontos... De ferros quentes para estancar sangramentos piores. Só as plantas não vão ser suficientes.

Logo alguém veio do acampamento trazendo carroças. Ulrik se juntou a um grupo para ajudar a colocar Petrus de bruços em cima de uma delas. O guerreiro, forte e enorme, estava ensanguentado e desacordado. Leona aplicou um punhado de folhas sobre os cortes profundos em suas costas e se segurou enquanto o rinoceronte galopava colina acima, puxando a carroça carregada de pessoas.

O processo se repetiu várias vezes; Ulrik suava, e seus braços tremiam por causa do esforço. Depois de um bom tempo, os gemidos no campo de batalha foram desaparecendo, substituídos pelo silêncio sepulcral dos que nunca mais pronunciariam uma palavra sequer.

– Levem seus mortos. – Safiri disse quando não havia mais feridos a serem transportados. – Nós cuidamos dos corpos dos espectros.

*Seus mortos.*

*Meus mortos,* Ulrik pensou.

Ulrik começou a ajudar a carregar as carroças novamente, agora com aqueles que estavam imóveis. *Meus mortos.* E assim o fez, tentando não refletir demais, tentando fingir que eram apenas carcaças. Tentando não dar nome a cada corpo, ou observar seus olhos arregalados e suas bocas abertas. Sem encarar seus ferimentos e tentar adivinhar o quanto haviam sofrido.

*Meus mortos.*

Ele deixara um corpo específico por último porque sabia que desabaria quando precisasse carregá-lo. Olhou para a extremidade da planície próxima à floresta e viu que ele ainda estava lá.

Não havia mais como postergar aquele momento. Nox e Lux se aproximaram dele e uivaram. Sentiam sua dor.

Safiri surgiu ao seu lado.

– Precisa de companhia?

Ele aquiesceu quase imperceptivelmente. Safiri segurou uma de suas mãos e o puxou com delicadeza. Os dois caminharam até Lia.

A dor de olhar para o corpo deformado e coberto de sangue era imensa. Ulrik teve de se ajoelhar e abraçar o próprio torso, como se tentasse impedir os próprios ossos de se partirem com a visão. Um soluço tentava achar o caminho para fora e, se saísse, o guerreiro nunca mais conseguiria parar. Então cerrou o maxilar e fechou os olhos.

Safiri se ajoelhou ao seu lado e passou a mão gelada no ombro de Ulrik. Quando ele abriu os olhos novamente, a cena havia mudado.

Lia estava deitada com os olhos fechados e a expressão serena, com um vestido branco, uma coroa de pequenas flores selvagens no cabelo brilhante e o corpo perfeito, sem fraturas ou ferimentos.

– Ela... ela parece estar dormindo – ele disse, com a voz embargada e um toque de esperança.

– Sinto muito, criança. Isso é só uma ilusão, um truque de mágica para ajudar a confortar o coração. É o máximo que posso fazer.

Ulrik pressionou os lábios e assentiu. Ninguém tinha o poder de trazer os mortos de volta à vida, e ele sabia muito bem disso.

De repente, sentiu-se perdido. O que deveria fazer? Mater estava morta; Inna, livre. Dezenas de guerreiros haviam perecido na batalha; muitos outros lutavam por suas vidas. Seu melhor amigo estava numa cama e não sabia se poderia continuar lutando. Eram tragédias demais, e em sua maioria causadas por ele próprio. O pior era que provavelmente não conseguiria ajudar a resolver os problemas que criara. De repente, a grandiosidade de tudo aquilo pareceu anestesiá-lo. Começou pela pergunta mais importante e simples, mesmo já prevendo a resposta.

– Safiri, você consegue colocar Inna de volta na caixa?

– Não – respondeu o ser.

– E as gemas de cíntilans? – Pensou que seria muito útil aos guerreiros ter mais daqueles objetos mágicos. – Existem outras?

Safiri pensou um pouco antes de responder.

– Dizem que três gemas foram produzidas na época da Batalha de Todos os Povos, cinco séculos atrás. E não, não sei como foram feitas – disse, vendo que aquela era a próxima pergunta do garoto. – Uma ficou com os humanos, uma com os sílfios e uma com os vísios. Os humanos usaram a deles no dia da batalha, no momento de prender Inna na caixa. Acabei de usar a segunda. Não sei se a terceira ainda existe.

Ulrik suspirou. Depois se virou na direção da colina, imaginando como as coisas estavam no acampamento.

– Eu sei que você não me deve nada, Safiri... Mas há alguma outra coisa que possa fazer pelos feridos?

– Talvez – respondeu. – Vamos até lá e ajudo como puder.

Ulrik caminhou até o corpo de Lia e a pegou nos braços. Levou-a até a última das carroças.

– Vai fazer o funeral dela aqui, junto com o dos guerreiros?

– Não, quero levar mater até Pedra Branca.

– A magia vai deixar o corpo intacto até lá.

Ele agradeceu. O pensamento de que teria de se encontrar com pater e contar que Lia morrera tentou penetrar sua mente, mas ele o empurrou para fora. Uma coisa de cada vez. Os feridos primeiro. Depois a discussão e a expulsão que certamente aconteceria. E, por último, Pedra Branca.

Os dois caminharam até o clã e foram direto para a tenda de Ilca.

Havia muitos feridos; alguns do lado de fora e outros deitados no chão. Felizmente, a maioria tinha apenas arranhões leves e ferimentos pouco graves.

Reparou que Leona já não mancava e tinha um dos braços enfaixado. A garota caminhava de um lado para o outro com um pote de terra na mão, desenhando runas de cura com precisão e velocidade admiráveis.

Úrsula estava ao lado de Tora, falando e gesticulando, e o garoto parecia ficar cada vez mais pálido. O rosto dele se contorceu de dor, e Ulrik se perguntou qual era a causa: o ferimento da perna ou as notícias sobre as mortes na batalha. Imaginou como tinha sido para Tora saber que o mundo estava acabando lá fora sem nem conseguir se levantar.

– Quem é? – Safiri perguntou, seguindo seu olhar.

– Meu melhor amigo... Foi picado por uma cobra antes de tudo isso. Tivemos que amputar a perna dele para salvar sua vida.

Os dois atravessaram a tenda; Ulrik sentia os olhares os acompanhando. Não encarou ninguém, pois sabia muito bem o que encontraria se tentasse desvendar as expressões.

– Você deve ser Safiri – Tora disse ao vê-los chegar. Depois ficou observando por um longo tempo em silêncio. – Desculpa, nunca tinha visto um sílfio antes.

– Tudo bem. Posso dar uma olhada na perna?

Safiri levantou a manta. O coto estava bem enfaixado, e ela começou a retirar os curativos para olhar de perto. Ulrik teve o impulso de desviar o olhar, talvez por medo de quanto sangue ainda haveria, talvez pelas memórias que a visão poderia trazer. Mas ficou mais tranquilo ao ver que a cicatrização evoluía bem.

– Garota das Dunas – Safiri chamou, e Leona veio até eles. – Foi você quem fez a amputação?

– Sim – ela respondeu.

– Foi muito bem-feita – elogiou, e Leona sorriu de forma contida. – Há uma receita especial que pode acelerar a recuperação. Pode me ajudar?

As duas trabalharam numa mistura que envolvia o gel de lírios-do-deserto e várias outras ervas e raízes. Fizeram uma grande quantidade da pasta. Safiri por fim pegou o grande jarro nas mãos e murmurou algumas palavras e o pote reluziu por um segundo.

– Este é o nosso remédio para ferimentos. Uma receita milenar, finalizada com magia.

– Bálsamo dos sílfios – Leona disse, impressionada. – A magia... Qual é exatamente sua função?

Safiri arqueou as sobrancelhas grossas.

– Intensificar o poder natural dos ingredientes. E também prender a água na mistura e a conservar.

– Talvez eu consiga replicar o efeito com runas...

Safiri mostrou a Leona como aplicar os bálsamos e técnicas para massagear a região amputada. O alívio no rosto de Tora era evidente. Ilca dividiu a substância em vários potes e pediu ajuda dos que estavam por ali para tratar outros feridos, tanto humanos quanto animae.

Os ânimos foram melhorando um pouco conforme a dor física dos feridos diminuía. Apesar de tudo o que acontecera, estar lado a lado com sílfios era novidade, parecia mágico e enchia o ar com um pouco de esperança e o cheiro de lavanda do bálsamo.

Bruno chegou, deu uma olhada geral nos guerreiros e depois pediu para conversar com Safiri. Ulrik não estava muito longe e entreouviu que falavam novamente sobre as gemas de cíntilans. O líder quis saber por quanto tempo Inna ficaria inativo, mas Safiri não tinha uma resposta exata. Imaginava que o poder do espectro fora sugado e exaurido, e que talvez tivessem algumas semanas, talvez até alguns meses, antes que ele retornasse com força total.

Por fim, Bruno perguntou sobre uma possível aliança, e Safiri respondeu que precisaria reunir todos os sílfios para discutir aquilo. Seu povo tomava todas as decisões importantes de forma coletiva.

Safiri informou então que os sílfios limpariam a campina, queimando os corpos dos espectros, e depois partiriam. Deu mais algumas dicas para Leona e Ilca e, por fim, virou-se para Tora.

– Vou mandar mais um presente dos sílfios para você. E quero que se lembre de uma coisa: a vida vai ser diferente, mas uma perna a menos não o faz menos guerreiro.

Tora mordeu o lábio, tentando segurar as lágrimas, no entanto, algumas escaparam e deixaram rastros limpos no rosto sujo de cinzas e terra.

Ulrik seguiu Safiri até o lado de fora. Nevava forte, e um tapete branco já cobria o chão. Pensou no que estava por vir a partir dali. Uma rajada de vento o fez tremer. Sílfio e guerreiro se encararam por alguns segundos.

– Obrigado por tudo. Adeus, Safiri.

Safiri sorriu, e alguns raios de sol pareceram escapar entre as nuvens.

– Adeus parece definitivo demais. Até logo, garoto dos lobos.

CAPÍTULO 39

# Acerto de contas

Os cadáveres dos guerreiros mortos foram envoltos em lençóis e arranjados na pira ao final do dia. Havia quarenta e um – Ulrik fizera questão de contar. O sol se punha, e as nuvens espessas adquiriram tons de laranja e vermelho. Tons de fogo e de sangue, como se o céu, a planície e o sol fossem testemunhas daquela batalha e quisessem usar os trajes apropriados para o funeral.

Victor fora solto assim que o grupo voltara ao acampamento, e os outros tinham explicado o que havia se passado. O guerreiro estava triste; não pelo fato de ter sido preso injustamente, mas porque gostaria de ter lutado e talvez evitado algumas das mortes. Victor e Bruno encostaram as tochas nos galhos finos que estavam sob a pira; em poucos minutos, o fogo queimava alto, e o vento soprava as cinzas sobre a planície que mais cedo havia bebido o sangue daqueles mesmos guerreiros.

Marcus, Valentine e tantos outros. Alguns cujo nome Ulrik não lembrava, cujo rosto já esquecera. Outros com quem trocara apenas algumas palavras, mas para quem não teria mais chances de perguntar sobre terras distantes ou missões perigosas. Ele sentia muito por aquelas mortes e sabia que, mais uma vez, era em parte responsável; no fundo, porém, só queria que a cerimônia acabasse logo para poder partir com o corpo de Lia.

Em dois ou três dias chegaria a Pedra Branca. Será que Carian a procurava desesperadamente pela floresta? Ou será que sequer estaria vivo? E se Caeli e os espectros o tivessem matado a fim de sequestrar mater? Mas se estivesse vivo, resistiria a mais aquele golpe do destino? Carian, que perdera Otto, depois Theo e agora Lia...

A noite já havia caído quando as últimas chamas da pira se apagaram. Os guerreiros se reuniram na praça, beberam e brindaram aos mortos. Ulrik disse que deixaria o clã quando o funeral terminasse, contudo, Bruno solicitou que ficasse até a manhã seguinte para discutirem os planos.

O garoto já esperava pelas acusações quando elas começaram a despontar.

– Você! – Jaguar, pai de Marcus começou. – Se não fosse por você, meu garoto ainda estaria vivo.

Ulrik sabia que era verdade.

Pensou que tudo seria diferente se ele mesmo tivesse morrido em alguma das tragédias que vivenciara. Poderia ter sido levado no lugar de Otto, raptado pelos espectros da Floresta Sombria. Poderia ter sido picado por aquele lagarto venenoso na viagem até o clã. Ou não ter resistido a sua primeira luta nas montanhas, sucumbindo ao veneno do espectro. Poderia ter sido ele um dos destroçados no Bosque Branco, ou na batalha da Pedra do Sol. Por Luce, o multo que matara Lia não teria feito aquilo se tivesse assassinado o garoto no primeiro encontro.

Mas não, o destino de alguma forma quis que Ulrik escapasse de tudo aquilo e deixasse um rastro de sangue e lágrimas por onde quer que passasse. Já sentira muita culpa... não mais. A morte de Lia havia deixado um ferimento profundo e doloroso, e não havia espaço para outros sentimentos.

– Eu falei com você. – O guerreiro moreno e forte se aproximou. – Espero ao menos que assuma seu erro e se desculpe.

– Ah, é? E quem vai se desculpar pela morte de mater? – O sangue de Ulrik ferveu, e ele se levantou para encarar Jaguar.

Sentir raiva era bom. Aliviava a dor.

– Você abriu a caixa! – Jaguar gritou.

– Sim, eu abri a porcaria da caixa! – Ulrik sentiu o corpo tremer com todas as verdades que tinha para dizer. – Isso não muda o fato de que Marcus morreu lutando como um guerreiro, enquanto mater morreu esmagada por um monstro por causa de dois traidores que viveram entre vocês durante anos! E também foram *vocês* que deram todas as informações de que o inimigo precisava para achar a minha família, para usar a única arma contra a qual eu não podia me defender!

Jaguar arregalou os olhos, assim como muitos outros.

— Você quer dizer que a culpa é nossa?

— É claro que sim! — Ulrik estava cansado. Carregara sozinho o peso da culpa por muitas coisas ruins que haviam acontecido nos últimos meses, e agora enxergava com clareza que não era *o único* responsável por tudo. — Eu disse a verdade no dia em que Augusto morreu! Só que muitos de vocês me odiavam simplesmente por eu ser um *estranho*, então preferiram me condenar sem provas. Se eu tivesse recebido o mesmo tratamento que um nativo receberia, tudo seria diferente... Mas não, *vocês* se deixaram enganar. *Vocês* esqueceram a própria história, transformaram a verdade numa lenda, e se não fosse por três estranhos e Úrsula, vocês nem saberiam que Inna havia voltado!

— Como pode ser tão arrogante, garoto? Achar que fez algum favor para a gente? — Ana rebateu, revoltada. — Se você não tivesse aparecido por aqui, se você não existisse, essa caixa nunca teria sido aberta.

Houve alguns gritos de concordância. Ulrik não aguentou e riu.

— Não sei por que eu fico surpreso de ver que vocês não conseguem nem somar dois mais dois. — O clima pareceu piorar conforme Ulrik os ofendia. — Eu era a chave porque estava aqui. O guerreiro mais antigo a ter escolhido esse destino. Se eu tivesse morrido, se Heitor nunca tivesse me encontrado... A chave seria um de vocês.

Muitos ficaram abalados. Pareciam não ter refletido sobre aquilo; já Ana permaneceu firme, com o nariz empinado.

— Nada nesse mundo faria um guerreiro nativo abrir a caixa. Mas você claramente nunca vai entender isso.

Pensou em Adélia. Em como Caeli revelara que a idosa havia sido torturada até ceder. Talvez alguns deles se sacrificassem, aguentassem a dor, no entanto, todo mundo tinha um ponto fraco. Caeli e Micaela haviam descoberto o de Ulrik.

— E se fosse o Arthur nos braços daquele multo, Ana? O que você faria? — Ulrik lançou um olhar raivoso para a mulher e depois apontou para Jaguar. — E se você pudesse abrir a caixa agora para salvar a vida do Marcus, o que faria? Deixaria ele morrer? Escutaria todos os seus ossos se quebrando? Ou abriria a *maldita* caixa na esperança de que seu filho sobrevivesse?

Ulrik caminhou até onde Arthur estava, agarrou pelo cabelo loiro o novato que o desprezara tantas vezes e pressionou a espada no pescoço dele. Todos gritaram, assustados e surpresos com a atitude.

— Para! — Ana gritou.

Ulrik lançou o olhar mais maldoso que podia, lembrando-se do multo que matara Lia. Segurou Arthur da mesma forma, apoiando o corpo do garoto contra o seu.

— Quero saber se você abriria a caixa para salvar o Arthur — Ulrik disse, com a voz controlada e fria.

— *Eu* nunca faria isso, todos aqui sabem disso — Ana afirmou, ofegante. — Agora solta meu filho.

Ulrik pressionou a espada contra o pescoço do garoto loiro até um fio de sangue escorrer pela pele clara.

— Ahhh! Mater! — o nativo choramingou.

— Para! — Ana repetiu, e Ulrik sentiu satisfação ao ver o terror em seus olhos.

— Quero saber se você abriria a *maldita* caixa para salvar a vida do seu filho! E se disser que não, vou matá-lo.

— Bruno! — Ana suplicou.

O líder deu um passo na direção de Ulrik, mas ele apertou ainda mais a espada contra o pescoço de Arthur.

— Se alguém se aproximar, juro que arranco a cabeça dele! Isso é entre a Ana e eu.

Todos ficaram imóveis.

— Ulrik, por favor... — Ana tentou acalmá-lo. — Você está perdendo a cabeça, acabou de perder sua mãe, não sabe o que está fazendo...

— Você tem dez segundos para dizer que abriria a caixa. Se aguentar assistir à decapitação de seu filho, todos vão saber que é uma guerreira leal, que faria o certo em qualquer situação... — Sentia a raiva borbulhar. — Cinco. — Arthur começou a chorar, e os outros gritaram para que ele parasse. — Três. Dois. Um.

— Eu abriria! — Ana gritou, caindo de joelhos. — Eu abriria, por favor, eu abriria... — A guerreira colocou as mãos no chão e soluçou.

Ulrik soltou o garoto, que correu para os braços da mãe.

– Eu durei muito mais do que isso – concluiu. – Agora você sabe como é.

– Você deveria ser preso por isso, moleque! – Ferraz sugeriu, a voz raivosa e trêmula. – Deveria ser expulso por ameaçar outro guerreiro!

– Não se preocupem em organizar uma votação. Para mim chega. – Ulrik guardou a espada e se virou; não queria ter de olhar nunca mais para aqueles olhos cheios de desprezo e reprovação, queria apenas fazer o funeral que Lia merecia e sair para vingar sua morte.

– Ulrik. – O tom de apelo na voz de Bruno foi a única coisa que fez o garoto parar para ouvir. – Você tem razão. E, em nome de todos os guerreiros, peço desculpas por não termos acreditado em você, por termos revelado informações do seu passado e pela morte de sua mãe. Mas, por favor, fique. Precisamos de você.

– Não, Bruno, não precisam.

– Claro que precisamos! – Úrsula exclamou, aproximando-se dele. – Ulrik, se você não tivesse chamado os sílfios, todos nós teríamos morrido!

– E você falou com os veros, uma façanha que pouquíssimos guerreiros conseguiram – Leona afirmou.

– E tem dois animae que são incríveis durante a batalha – Tora reforçou.

– Não quer procurar Caeli e Micaela e fazer eles pagarem? – Heitor perguntou.

– Não preciso estar no clã para fazer isso – Ulrik respondeu, quase ofendido.

– Tudo bem, então eu vou com você – Heitor respondeu e se levantou.

– Eu também – Úrsula anunciou.

– Eu também, claro – Leona concluiu, sorrindo.

– E eu – Tora finalizou.

– Vocês estão sendo ridículos! – Ulrik berrou.

Bruno parou à sua frente e segurou seus ombros.

– Ulrik, tudo mudou, os tempos vão ficar muito mais difíceis. Vamos ver coisas que nunca vimos antes e lutar contra seres desconhecidos. Precisamos de todos os guerreiros que temos e mais alguns. – O olhar do líder estava cheio de tristeza. – Não podemos mais ficar no acampamento, porque vamos ter que estar em todos os lugares e treinar mais pessoas, recrutar. Já perdemos muitos irmãos... Por favor, não nos abandone.

Ulrik passou as mãos no cabelo escuro e fitou mais as pessoas que o cercavam. Alguns olhares continuavam raivosos, como os de Ana e Jaguar, mas outros pareciam concordar com as palavras de Bruno. Mesmo Victor, que nunca gostara do garoto, compreendia o que era ser acusado injustamente e balançava a cabeça, incentivando-o a aceitar o pedido do líder.

Ulrik pensou no que Bruno havia feito por ele, em como salvara sua vida uma vez. Se ficasse, não precisaria ser para sempre. Se fosse embora, provavelmente não os encontraria mais. Então concordou. Pelo menos por enquanto.

Os outros o cumprimentaram com tapas nas costas e se sentaram de novo para escutar as palavras de Bruno.

— Vamos partir amanhã, divididos em grupos. Decidam com qual desejam ir, levando em conta suas habilidades e onde vão ser mais úteis. Terão a noite toda para pensar, e os aconselho a fazer isso com cuidado. Essas serão as missões mais importantes e mais perigosas das quais já participaram.

— E os que não podem partir? As crianças, os idosos, os feridos?

— Manter o acampamento funcionando e seguro será uma das principais missões. Gostaria que você liderasse as coisas por aqui na minha ausência, Ilca — Bruno anunciou. A curandeira assentiu, parecendo orgulhosa. — Vamos precisar mudar de novo o lugar do assentamento em breve, dado que Inna e os traidores conhecem este. Vamos decidir a nova localização hoje e todos serão informados, porque dessa vez não poderemos deixar nenhuma pista para trás... Vou deixar com você um objeto mágico que ajuda seu guardião a se camuflar dos espectros, uma proteção a mais.

— A pedra da invisibilidade — Ilca disse, e o líder confirmou. — Usei esse artefato numa missão muitos anos atrás.

— Vamos dividir o dinheiro, a comida e os medicamentos que temos entre os grupos — Bruno continuou. — Não tem cavalos para todo mundo, então teremos que decidir juntos quais grupos vão precisar mais deles agora no início.

Os guerreiros concordaram com um murmúrio, e o líder prosseguiu:

– Cada membro do conselho vai liderar uma missão. O grupo de Amanda vai para sudoeste, explorar as florestas úmidas da província de Reina, onde viveram os últimos ghouls. Não sabemos muito sobre esses monstros ou a forma mais eficiente de matá-los porque a maioria sumiu há muito tempo, e as histórias antigas são divergentes.

– Para essa missão, quero guerreiros com boas habilidades de camuflagem e negociação. A população local não gosta de forasteiros, e vamos precisar de muito tempo e paciência para ganhar sua confiança – Amanda afirmou. – Quero bons arqueiros, animae voadores e guerreiros com bastante conhecimento estratégico.

– Mas a gente não devia se preocupar só em caçar espectros? Inna vai começar a chamar e a organizar todos eles, e quando estiverem juntos vai ser muito mais difícil matá-los – Diana disse.

– Nunca conseguimos acabar com todos, mesmo enquanto Inna estava na caixa. E agora que ele está criando mais espectros com tanta velocidade, se continuarmos com a mesma estratégia, vamos ser eliminados pelos números – Amanda explicou. – Vimos do que ele é capaz, é só questão de tempo até que comece a trazer ao mundo outros tipos de monstros... Precisamos aproveitar que ele está ferido para aprender o máximo possível antes que isso aconteça, ou não teremos chance alguma.

– E, exatamente por isso, Heitor vai liderar uma comitiva rumo ao sul com destino ao Pântano dos Ossos, na província de Sur – Bruno anunciou. Ulrik se arrepiou; havia tantas lendas sobre acontecimentos sombrios naquele pântano que era comum as mães ameaçarem levar os filhos para lá quando se comportavam mal. Quando ele e Otto eram crianças, brincavam que estavam no local, caçando fantasmas com suas flechas mágicas. Ao se lembrar disso, o garoto decidiu que se juntaria a Heitor depois de levar o corpo de Lia para Pedra Branca. – As lâmias costumavam viver nos pântanos; se sobrou alguma, é lá que vão estar. Pros que não sabem ou não se lembram, lâmias são criaturas metade humanas, metade animais.

Alguns guerreiros arquejaram com surpresa.

– Achei que isso fosse história de criança – falou Kara, a guerreira de pele negra e olhos amendoados cujo rosto era coberto por tatuagens típicas dos povos de Nortis.

— Era o que a gente achava sobre Inna — Heitor respondeu, sério. — Mas, em pergaminhos antigos, há relatos de que esses seres existiam até duzentos anos atrás; a maioria era meio-humano, meio-serpente.

Repercutiram a notícia por alguns segundos. Ulrik reparava que mesmo para os nativos tudo aquilo era muito novo. Estavam prestes a recomeçar uma guerra extinta cinco séculos antes, e alguns anos a mais no clã já não fariam tanta diferença.

— Victor vai para as montanhas do norte, para tentar conseguir uma aliança com os vísios. — Bruno continuou. — Eles são fortes e numerosos, o que poderia aumentar muito nossas chances na guerra contra os seres malignos. Além disso, Safiri nos informou de que os vísios talvez possuam mais uma gema de cíntilans, e essa arma mágica pode ser essencial para conseguirmos colocar Inna na caixa de novo.

— Essa missão pode parecer menos perigosa que as outras, mas não se enganem — Victor explicou. — Vamos viajar pelos lugares mais frios e inóspitos do continente, e precisaremos de guerreiros resistentes e inteligentes. Os vísios dificilmente se envolvem com assuntos de outros povos e podem reagir com agressividade à nossa chegada.

— Meu grupo vai percorrer vilas e cidades daqui até a Cidade Real, tentando recrutar novos guerreiros. Também vamos ampliar nossa rede de apoio, conversar com pessoas influentes, tentar ao máximo alertar a população sobre o que está por vir. Vamos fazer runas nas armas e ensinar aqueles que quiserem aprender a combater os espectros. As pessoas precisam saber para poderem se defender. Nós também precisamos de mais guerreiros; nunca vamos vencer essa guerra sozinhos. — Bruno suspirou, pesaroso. — E, quando chegarmos ao destino, vou contar toda a verdade para a rainha.

Muitos protestaram, pois era conhecido o fato de que os monarcas não gostavam de assuntos sobrenaturais que assustavam a população.

— As pessoas não vão acreditar, Bruno — Catharina argumentou. — Esse sempre foi o problema. A rainha pode mandar cortar sua cabeça, todo mundo sabe disso.

— Dessa vez vai ser diferente. O corpo de um dos espectros não foi queimado para que eu possa levar os restos comigo como prova. E se encontrar outro espectro no caminho, pretendo capturá-lo vivo.

– Isso é perigoso demais – Feron protestou. – O espectro pode escapar e matar todo o grupo enquanto estiverem dormindo.

– Se a gente não se arriscar agora, vamos sofrer as consequências mais tarde – Victor retrucou. – O conselho já discutiu esse ponto, e concordamos que quanto mais pessoas souberem a verdade, mais chances teremos.

Todos ficaram em silêncio, absorvendo tudo que fora dito. Uma era estava prestes a terminar, os Tempos de Esquecimento ficariam para trás e Ulrik tentou adivinhar como a história da guerra entre seres humanos e espectros seria escrita a partir do momento em que a caixa fora aberta. Seria uma nova era de horror? Ou conseguiriam colocar Inna na caixa antes que ele aterrorizasse e transformasse o mundo?

Alguns começaram a se levantar, achando que a reunião havia terminado.

– Tem mais um grupo – Bruno anunciou.

– Mas Valentine morreu... – Ana disse. – Quem vai liderar esse grupo?

– Duas pessoas: Feron e Ulrik.

O clã inteiro começou a falar ao mesmo tempo, a maioria discordando da decisão. Afinal, um garoto, oficialmente ainda um novato, não poderia ser responsável por um grupo de guerreiros. Bruno levantou uma mão e todos se calaram.

– Ulrik passou por situações que muitos dos mais experientes aqui desconhecem. Ele já liderou um pequeno grupo e trouxe todos de volta. Estamos entrando numa nova era, e as decisões não podem mais ser baseadas em orgulho e desentendimentos. – O tom do líder era firme. – Feron tem experiência em grandes batalhas, além de possuir a maior nota geral de habilidades. Como uma dupla, serão os mais preparados para liderar essa missão.

Aquilo pareceu acalmar os ânimos. Todos admiravam Feron e sua história, então, tê-lo como um dos líderes gerava confiança.

– E o que exatamente vamos fazer? – Ulrik perguntou, tomado mais por apreensão do que por orgulho.

– Descobrir como colocar Inna de volta na caixa.

– Mas a caixa não existe mais.

– Ela foi fabricada uma vez – o líder disse. – Descobrir *como* construir uma nova também é parte de sua missão.

Ulrik se sentiu novamente esmagado pela dificuldade do que lhe pediam. Quantas centenas de anos os guerreiros tinham levado para descobrir o funcionamento da caixa? O metal usado em sua fabricação era algo que ele nunca vira em lugar algum... E todas aquelas pequenas runas complexas sobre a superfície? O garoto tinha visto aquele objeto apenas de relance, não saberia sequer desenhá-la...

– Sei que é uma missão longa, mas vocês vão ter um grupo para ajudar, além de algumas pistas a seguir. Você já falou com os veros antes, Ulrik, e eles devem ter algumas respostas... Também podem levar todos os antigos pergaminhos que guardamos no clã para estudar os registros – Bruno o incentivou, lendo seus pensamentos. – E, quando descobrirem o que deve ser feito, vamos lutar todos juntos. Não vão precisar colocar Inna na caixa sozinhos.

– Certo – ele respondeu, um pouco menos aflito. – E por onde começamos?

– Por Pedra Branca.

Feron deu um tapinha em suas costas. Ulrik se permitiu um pequeno sorriso. Talvez não encontrasse resposta alguma em sua vila natal, mas seria seu ponto de partida.

– Amanhã vamos dividir os grupos. Se preparem para partir, e levem apenas o necessário para ficar na estrada; deixem colchões, panelas grandes e outras coisas pesadas demais. Que a deusa os ajude a tomar as decisões corretas.

## CAPÍTULO 40
# Despedidas

Pela primeira vez em muitos anos, Ulrik tinha respostas. Finalmente sabia quem era.

Era um guerreiro, e ali era seu lugar. Proteger as pessoas dos espectros e outras criaturas do mal era seu destino. Agora que tudo havia sido dito, estava aliviado por ter permanecido com o clã. Por ter conseguido enxergar além da raiva, por ter tido a escolha entre partir ou ficar sabendo dos percalços que enfrentaria em cada um dos caminhos.

E, agora que a batalha acabara, que as discussões tinham acontecido e que as missões haviam sido distribuídas, precisava encarar de frente a verdade sobre sua história.

Seu sangue abrira a caixa das almas.

A ascendência de Lia era a mesma de Úrsula e Augusto: a segunda geração. Isso significava que Carian era descendente de Raoni. Pater era – ou poderia ter sido – um guerreiro. Será que ele sabia? Será que Lia sabia? Ou a sorte simplesmente fizera com que aquele encontro acontecesse totalmente ao acaso? Dois guerreiros desgarrados, duas pessoas com a marca da estrela e cheios de magia circulando nas veias se conhecendo numa pequena vila... Talvez Ulrik encontrasse algumas respostas quando chegasse a Pedra Branca.

Mas o fato era que o garoto descendia da primeira geração, assim como Tereza, que ajudara a aprisionar Inna na caixa das almas. Saber disso fazia muitas coisas ganharem um novo sentido. A concentração de magia cíntilans era grande em seu sangue; depois de todas as coisas pelas quais havia passado, conseguia reconhecer como a magia forte se traduzia na prática: o frio na espinha e o mal-estar quando estava perto de espectros, e como ele era um dos primeiros a sentir sua presença. As curvas exatas das runas e a energia emanando da água, da terra ou das cinzas, que se aqueciam sob seus dedos durante o desenho. Sua conexão com Nox e Lux, tão intensa a ponto de parecer que os lobos sabiam o que sentia e pensava...

Alguns falavam da própria ascendência com orgulho, mas Ulrik não conseguia sentir o mesmo. Afinal, não fizera nada para conquistar aquilo. Outros treinavam mais, colocavam muito mais suor na busca por se tornarem guerreiros melhores... Não parecia justo. Porque não era.

Várias pessoas mereciam ter o poder que ele tinha. E, para piorar, estava prestes a liderar, junto com Feron, um grupo de guerreiros com a missão de reconstruir o que ele mesmo havia destruído. Uma missão difícil, mas também uma chance de consertar seus erros. Apesar de tudo que dissera, sabia que tinha sido egoísta, sabia que tinha causado muitas mortes com sua tentativa de salvar a vida de Lia. Construir uma nova caixa não traria nenhum deles de volta, contudo, estancaria a enxurrada de sangue que estava prestes a ser derramada.

Decidir em qual missão partir era escolha de cada guerreiro, porém, Ulrik sabia que algumas pessoas poderiam ajudar muito – como por exemplo Aquiles. Já tinha uma lista mental de quem desejava que o acompanhasse.

E uma segunda lista, essa das pessoas de quem precisava se afastar.

Levantou-se, decidido, e tomou o caminho até a tenda onde os feridos estavam sendo tratados. Quando entrou, a garota de olhos sagazes e cabelo cor de areia o encarou.

– A gente precisa conversar.


Ulrik e Leona caminharam na escuridão sob a neve intensa. Os flocos pareciam refletir a pouquíssima luz que havia, como estrelas caindo dos céus. Grudavam no cabelo e nas roupas, salpicando as grossas capas de inverno e os rostos queimados de frio. Era a primeira vez que os dois ficavam sozinhos desde aquela manhã... desde o início do caos, quando Caeli abrira a barraca e dissera que precisava falar com ele.

Caminharam em silêncio até o limiar da floresta. Ali poderiam ter um pouco de privacidade.

– Sinto muito pela sua mãe.

Leona o abraçou, e Ulrik sentiu o cheiro de lavanda em seu cabelo e o calor de seu corpo. Era todo o conforto de que precisava naquela noite gelada e permeada de tristeza. Queria dizer algo, agradecer, falar sobre o quanto ela conseguia ajudá-lo sem nem se dar conta... Mas sua garganta estava apertada, então se afastou e apenas assentiu.

Eles se fitaram por alguns segundos. Os olhos brilhantes dela estavam cheios de compaixão e tinham também um reflexo de preocupação. Como se ela pudesse ler no olhar dele que Ulrik estava prestes a fazer algo penoso. Que ainda tinha dúvidas. Ela se aproximou um pouco mais e passou o polegar na linha do maxilar do garoto.

Ulrik teve de se esforçar para controlar o impulso de a beijar. Só pioraria a situação.

– Vou ficar do seu lado. Você sabe disso, não sabe? – Leona continuou. – Amanhã, quando a gente partir...

– É sobre isso que eu queria conversar. – Ulrik precisava falar logo, antes que cedesse à visão inebriante dos dois viajando juntos, discutindo estratégias, rindo, chorando, lutando lado a lado. Porque aquela ideia era só uma ilusão. – Você precisa escolher outra missão.

Leona deu um passo para trás e inclinou a cabeça.

– Ulrik, isso não está aberto a discussão.

Ele permaneceu em silêncio por alguns instantes, tateando a mente em busca das melhores palavras. Cogitara dizer que tinha perdido o interesse, que ela estava confundindo as coisas... Mas descartou aquela ideia imatura de cara. Era uma coisa clichê e irreal, que só funcionaria numa dessas histórias onde o protagonista era um garoto mimado, que achava que o mundo girava ao redor do seu umbigo e que por isso tinha o direito de ser maldoso com a mocinha.

Leona não estava ali só para fazer parte da história dele. Era uma guerreira incrível, inteligente, que perseguira a pé o próprio destino mesmo quando não sabia exatamente que destino era esse. Merecia a verdade, nada menos que isso.

– Enquanto o multo segurava minha mãe, Micaela me disse uma coisa que nunca vou esquecer. Que é muito fácil me atingir através dos outros. E é verdade... Eu abri a caixa para tentar salvar mater. Eu abri a caixa, Leona, mesmo sabendo exatamente o que isso significava.

Leona concordou com a cabeça, mas depois sorriu e segurou sua mão.

– Ninguém sabe sobre a gente, Ulrik – ela disse, como se aquilo resolvesse qualquer problema.

Ulrik engoliu em seco. Queria que fosse verdade. Queria ter acordado cedo para ver a neve, ter saído da barraca antes que ela tivesse sido aberta por outra pessoa.

– Caeli... Ele veio me chamar na barraca ontem de manhã. Você ainda estava dormindo. Deitada no meu peito.

Leona fechou os olhos com força e balançou a cabeça. Compreendia as consequências. Depois começou a caminhar de um lado para o outro, como se os passos pudessem levá-la até uma solução. Como se houvesse alguma outra opção e bastasse apenas pensar, desejar o suficiente.

Ele mesmo passara por horas de angústia, de negação. Leona, por outro lado, era mais esperta, e em minutos entendeu que havia uma montanha no caminho impedindo que seguissem na direção planejada.

Ela apertou os lábios, e algumas lágrimas escorreram por seu rosto.

– Então é isso? Você vai deixar esses desgraçados decidirem tudo daqui para a frente? – Ela parecia estar com raiva, mas era revolta com uma pontada de resignação. – Deve ter outro jeito. Tem que ter outro jeito. A gente finge que não tem nada entre nós, que acabou. Ou, melhor ainda, botamos um fim nisso de verdade, pelo menos por enquanto. Deixa tudo como era antes...

Ulrik olhou para Leona e se lembrou da noite anterior, do frio na barriga enquanto se beijavam, da vontade de não soltar a garota nunca mais. Segurou o rosto dela entre as mãos.

– Deixar tudo como antes? Que antes? Leona, olha para mim... – ele disse, e detestou soar tão desesperado. – Não dá para ver?

– Ver o quê, Ulrik? – ela perguntou, chorando.

Ele ficou sem ar.

– Você sabe.

– Mas quero ouvir.

Ele mordeu o lábio e começou a chorar também. Foi a vez da garota segurar seu rosto, acariciar seu cabelo e limpar suas lágrimas, enquanto as dela fluíam livremente.

– Eu estou apaixonado por você – ele sussurrou, com a voz rouca.
– Leona, sou completamente alucinado por você. Desde a primeira vez que te vi.

Leona o beijou. Segurou seu cabelo com força e apertou o garoto contra si como se não quisesse deixar aquele momento escapar. Ulrik a abraçou de volta, e parecia que a qualquer momento os corpos poderiam se fundir. Dessa vez ela tinha gosto de lágrimas, de sal, de oásis entre as dunas, dos primeiros dias quentes da primavera.

Ele precisava dela. Não queria que se separassem. E ter de tomar aquela decisão doía como se seu corpo estivesse se rasgando ao meio, ainda mais por ver o quanto também a machucava. Eles se beijaram até os soluços emergirem. Então se abraçaram, acalmando e consolando um ao outro.

Depois de algum tempo, ela conseguiu resumir o sentimento.

– Que droga, Ulrik.

– Que droga – ele concordou.

Aos poucos, a situação se assentou. Absorviam juntos a notícia de que iam precisar trilhar caminhos diferentes, que ficariam separados por vários meses. Mas havia também a esperança do reencontro. Só precisavam fazer tudo certo, cumprir as missões e seguir as regras de se manterem seguros em primeiro lugar.

– Você está proibido de morrer – ela disse, tentando dar um tom leve.

– Você também – ele respondeu, só que de um jeito muito mais sério. – Por favor... Não morre, Leona.

Ele pousou um beijo leve nos lábios dela. Um beijo que dizia que a despedida estava próxima.

– A gente precisa ir.

Ela segurou as mãos dele. Encarou o garoto com aquela intensidade que ele nunca vira em outras pessoas.

– Ulrik...

– O quê?

– Eu... – ela hesitou. – Só vou falar de volta quando você retornar da missão são e salvo.

– Mais um motivo para voltar então.

Um último beijo. Esse mais intenso, mais feroz. Um beijo que selava a promessa do reencontro. Olharam-se mais uma vez, e Ulrik tentou gravar cada traço, cada curva do rosto dela na memória.

Depois ela se virou e saiu caminhando.

Determinada como sempre, e sem olhar para trás.

Depois de conversar com Leona, Ulrik procurou a prima. Por mais que doesse, por mais que não quisesse abandonar a nova irmã que o destino lhe dera, precisavam se afastar. Caeli e Micaela sabiam que Úrsula era família, e que, portanto, ele faria qualquer coisa para proteger a garota.

Ela estava cuidando de Tora, e conversaram ali do lado de fora da tenda. O guerreiro achou que ela se revoltaria, porém, a prima o surpreendeu novamente, dizendo que já pensara sobre o assunto e tinha chegado à mesma conclusão. Ulrik refletiu sobre o fato de que ela sempre convivera com a história da morte da avó e a consequente expulsão do avô deles... E depois vira aquilo se repetir com ele e Lia.

Úrsula era debochada, insolente e fazia piadas fora de hora, mas isso não era o mesmo que ser imatura e inconsequente. Era uma guerreira agora, e sabia tomar as melhores decisões. Ele estava prestes a dizer isso quando ela terminou a conversa falando que não perderia a oportunidade de enfim comprovar sua teoria de que os vísios eram bonitões.

Ulrik foi se deitar com o coração um pouco mais leve, tendo a certeza de que estava fazendo a coisa certa, contudo, não conseguiu pregar os olhos. Quando os primeiros raios de sol surgiram, ele deixou sua tenda pela última vez.

Ainda nevava.

Alguém gritou seu nome. Ele se virou, e viu Diana correndo em sua direção.

– Ulrik... – ela repetiu ao alcançá-lo, esbaforida, o cabelo escuro desgrenhado pelo vento contrastando com a pele alva. Inspirou fundo e empinou o nariz antes de continuar. – Se eu decidir partir com seu grupo, você vai me aceitar ou me humilhar publicamente?

– Calma... Você quer partir na missão que *eu* vou liderar? – ele perguntou, surpreso, e ela assentiu. – Mas você sempre me odiou!

– Nunca gostei de você, e continuo não gostando – Diana confessou. – Mas eu te entendo. Minha mãe morreu há dois anos, e me coloquei no seu lugar... Eu teria aberto a caixa. Teria aberto mil caixas. – Ela cruzou os braços. – Caeli era o líder da missão na época, e agora fico me perguntando se a morte dela foi... Preciso da mesma coisa que você, Ulrik. Vingança.

O garoto assentiu, e os dois seguiram para a praça.

Os guerreiros haviam acordado cedo, e não demorou para que todos chegassem. Ulrik logo encontrou Aquiles e disse que precisaria da ajuda dele com as runas da caixa. O guerreiro sorriu e assentiu, contando que pensara na mesma coisa.

Bruno pediu que os líderes das missões se colocassem em círculo, em volta do fogo, e que os guerreiros se agrupassem próximos ao líder que gostariam de seguir. Para perto de Ulrik e Feron foram Diana, Catharina, Aquiles, Kara, um guerreiro com quem tinha trocado poucas palavras chamado Dário e Eline, uma senhora de quase setenta anos que enxergava pouco. Os mais idosos não eram obrigados a partir, no entanto, aqueles que se sentiam capazes de enfrentar a estrada optaram por fazê-lo.

Leona caminhou resignada até o grupo de Ilca. Úrsula se postou perto de Victor, e avisou que só estava lá pelos vísios. Bruno olhou para eles e depois acenou com a cabeça para Ulrik, como se quisesse dizer: "É difícil, mas é o melhor a se fazer".

Quase todos já tinham se posicionado.

– Petrus está se preparando – Ilca anunciou. – Ele vai partir com Ulrik e Feron.

– Ele já está em condições de viajar? – Bruno questionou.

– O bálsamo dos sílfios é realmente mágico e fez o trabalho de meses de cuidados. Os ferimentos estão totalmente cicatrizados – Ilca respondeu. – Sugeri que ele descansasse um pouco mais por causa da quantidade de veneno e ameacei amarrá-lo na cama. Aí ele respondeu que ia sair andando com cama e tudo...

Os outros guerreiros riram, e, pela segunda vez desde a morte de mater, Ulrik se permitiu curvar os lábios num quase sorriso. Era esquisito como ele tinha a necessidade de contabilizar cada momento em que se sentia melhor, e como a culpa o dominava cada vez que o fazia. Não queria se sentir melhor, não podia se sentir melhor, pois era como esquecer que Lia havia morrido.

– Tem guerreiros demais comigo e com Heitor – Bruno disse. – Alguns precisam passar para os grupos da Amanda, do Victor ou do Ulrik e do Feron.

– Bruno, tem nove pessoas no nosso grupo, e acho que é suficiente. Para fazer as descobertas sobre a caixa vamos precisar agir em segredo, e um grupo grande demais não vai ajudar. – Ulrik argumentou.

O que era verdade. Mas, além disso, Ulrik preferia ter certeza de que todos que o acompanhavam queriam estar ali. Bruno concordou, e os outros grupos se ajustaram.

– Tem mais gente para chegar – Leona disse, olhando para a tenda onde os feridos estavam.

Ulrik sentiu o coração dar um tranco quando viu Tora caminhando, apoiando-se em Magnus. Estava mancando e fazendo esforço a cada passo; ainda assim, estava andando.

Ninguém parecia acreditar quando o garoto levantou a calça e mostrou uma prótese diferente de tudo que Ulrik já vira. Era feita de algum tipo de madeira desconhecida e tinha o formato de uma tala alongada e fina, curvada para trás. Conforme Tora caminhava e apoiava o peso sobre a perna prostética, o material flexível a fazia se curvar um pouco mais. Permitia movimentos mais naturais do que as próteses rígidas de madeira ou metal que fabricavam no clã.

– Safiri mandou uma prótese esculpida pelos sílfios! – ele revelou com um sorriso. – Pra Ilca também!

– Não queria estragar a surpresa – Ilca disse, levantando um pouco a saia. – Consegui até correr com ela! Depois vou estudar a peça em detalhes e ver se é possível replicar o modelo.

Todos ficaram empolgados. Os sílfios estavam compartilhando pela primeira vez seus conhecimentos de cura, e aquilo ajudaria muito nos meses que estavam por vir. Mais do que isso: ver Tora e Ilca felizes enchia qualquer um de alegria.

Tora começou a fazer uma cara de dor e Ulrik se aproximou, oferecendo o braço caso ele quisesse se apoiar.

– Obrigado, meu amigo. Por tudo. – Tora tinha um toque de emoção na voz. – Ainda vou precisar de algumas semanas para o meu corpo se adaptar, mas me sinto ótimo. E vivo. Graças a vocês... – Olhou para Leona e Úrsula também.

As garotas sorriram, Úrsula com os olhos rasos de lágrimas.

– Bruno, o Tora também quer partir. Já passei os exercícios que ele deve fazer todos os dias e os cuidados necessários nesse período inicial pós-amputação. Ele também está levando um pouco do bálsamo dos sílfios caso acabe ferindo a área de fricção até se habituar à prótese.

– Não sei... Talvez ainda seja cedo demais – Bruno respondeu.

Ilca o encarou por alguns segundos antes de responder.

– Sabe, passei muito tempo ouvindo e acreditando nisso. "É cedo demais, é cedo demais"... E sem que eu percebesse, o momento passou e, de repente, era tarde demais. Eu já tinha me tornado a curandeira, a pessoa que sempre fica para trás.

Bruno corou e abriu a boca, mas hesitou por alguns segundos.

– Ilca, me desculpe, só sugeri que você liderasse o acampamento porque achei que você queria isso também...

– Não se preocupe, é o que eu quero – ela disse, com bastante tranquilidade. – Porém, se eu tivesse partido em missões dez anos atrás, assim que me recuperei, talvez as coisas fossem diferentes. Tive medo de não ser a mesma guerreira, medo de atrapalhar, de ser um incômodo, e acabei construindo um caminho confortável não só para mim, mas também para os outros. – Ilca revelou. – Então, se Tora acha que já está pronto para partir, por que eu ou você deveríamos dizer a ele para ficar?

Bruno assentiu. Dava para ver o pesar em seu olhar, o pesar de quem percebia que poderia ter agido melhor no passado.

– Obrigado pela honestidade. E desculpe por não ter enxergado isso na época do seu acidente e, por agora, como líder, ter presumido o que era melhor para você sem te perguntar. Não vai acontecer de novo... – Ele limpou a garganta. – Tora, pode escolher seu grupo.

– Vou partir com você pra Cidade Real. Acho que posso ajudar a recrutar novos guerreiros, sobretudo pessoas sem a marca da estrela – Tora disse, e Bruno concordou. Provavelmente o garoto já contara a verdade para o líder.

Ulrik ficou decepcionado. Por um instante, teve esperança de que o amigo fosse escolher seu grupo. Mas, pelo olhar, eles se entenderam. Ocorreu a Ulrik que Tora devia ter ouvido a conversa com Úrsula, logo do lado de fora da tenda onde ele se recuperava. E, sim, Tora também era como se fosse da família, no fim das contas.

Ulrik, Úrsula, Leona e Tora haviam criado um vínculo eterno. Era o tipo de coisa que os espectros usariam para manipular os amigos. E, agora que sabiam sobre a ascendência de Ulrik, as pessoas mais próximas a ele correriam um perigo maior. Os quatro novatos, antes inseparáveis, agora teriam de lutar como guerreiros a centenas de quilômetros uns dos outros. Ulrik já sentia o vazio da ausência deles pesar dentro do peito.

Todos os grupos estavam formados. Ilca, Leona e outros quinze guerreiros em condição de combate ficariam para cuidar do acampamento e das pessoas que não podiam viajar. Nos próximos dias, realizariam a mudança para o novo local acordado, mais a oeste.

Os cavalos foram distribuídos, mas a orientação era de que os grupos adquirissem mais animais e carroças ao longo da viagem. Todos precisariam de montarias fortes para atravessar o continente. Os guerreiros levariam carne de caça salgada e defumada, pão, farinha, cebolas, batatas e grãos. Bruno deu a Feron um saco de moedas para que pudessem pagar por hospedagem e comida quando necessário. Ilca e Leona prepararam bolsas com curativos e ervas e dividiram o bálsamo dos sílfios em vários potes para que cada grupo pudesse levar um pouco.

Tudo estava pronto.

– Muitos viajantes conhecem os guerreiros – Bruno dava as últimas instruções. – Podemos utilizar essas pessoas como mensageiros, pois cruzamos com eles o tempo todo nas estradas. Se forem atacados por um grupo de espectros grande demais, fujam; o mais importante agora é cumprir as missões. Seis meses devem ser suficientes para que os grupos voltem ao acampamento. Se precisarem de mais tempo, não se esqueçam de enviar uma mensagem. – Ele engoliu em seco. – Se algum grupo não voltar nesse período e não enviar notícias, vamos saber que houve um problema e que a missão talvez não tenha sido cumprida. Boa sorte, meus irmãos.

Os guerreiros começaram os últimos cumprimentos.

Kara beijou Amanda, e vários outros casais também se despediram. Diana chorou nos braços de Ferraz, seu pai. Dário abraçou o irmão e a mãe, já idosa. As famílias estavam se dividindo, distribuindo-se de forma consciente entre diferentes grupos. Por muito tempo Ulrik achara que os estranhos sofriam mais por ter que deixar seu passado e as pessoas amadas para trás, contudo, entendeu que era igualmente difícil para os nativos.

Segurou-se para não chorar ao falar até logo para Bruno e Heitor.

– Ulrik, quero te dar uma coisa – Bruno disse, estendendo um objeto enrolado num pedaço de veludo. – Esse é outro artefato mágico do clã, e gostaria que ficasse com ele.

Assim que desenrolou o tecido, o garoto admirou um cristal transparente, rústico, mas perfeito, de forma oval e achatada.

– Esse cristal se chama Olho da Verdade. Foi um presente dos veros a Raoni; é o objeto mágico mais antigo dos guerreiros.

– E o que ele faz?

– Imagino que mostre a verdade de alguma forma. Seu tio tentou usar no passado, não conseguiu. Nossa teoria é que ele só funciona com descendentes da primeira geração...

Victor também veio ao seu encontro.

– Boa sorte, garoto. – O guerreiro forte deu um tapa amigável em seu ombro. – Estamos contando com você.

– Vou fazer o meu melhor. Boa sorte para vocês também.

Ulrik procurou os olhos de Leona, mas a garota provavelmente já voltara à tenda para cuidar dos pacientes.

Úrsula e Tora vieram em sua direção.

– Se você morrer, eu te mato – Úrsula disse, puxando o primo para um abraço apertado. Demorou alguns segundos para soltar, e Ulrik não reclamou. Depois puxou Tora. – Você também, guru.

Depois, foi a vez de Tora encarar Ulrik.

– Já reparou que, mesmo duvidando de si mesmo, você realizou coisas extraordinárias? Fico imaginando aonde vai chegar quando compreender do que é capaz.

Ulrik ficou tocado pelas palavras. Tora realmente tinha um dom, e Ulrik sabia que ele seria uma peça fundamental na missão liderada por Bruno.

– Pela deusa, você se superou. Essa precisa estar no seu livro – Úrsula disse, e eles riram bastante.

Depois que se acalmaram, Ulrik segurou a mão de cada um deles.

– Obrigado por tudo, mas principalmente por serem amigos tão incríveis. Vou sentir saudades – ele terminou, um nó se formando na garganta.

Abraçaram-se uma última vez.

– Venham, vamos procurar Leona – Úrsula sugeriu.

– Vocês podem ir... A gente já se despediu ontem – Ulrik revelou.

– Uuuuuuh – Úrsula exclamou, abrindo um sorrisinho irritante.

Ulrik revirou os olhos e balançou a cabeça.

– Nos vemos na próxima encruzilhada – Tora disse, seguindo Úrsula até a tenda de Ilca.

Apesar dos ferimentos estarem cicatrizados, Petrus precisou de ajuda para montar em seu cavalo; ainda sentia um pouco de dor, mas garantiu que se recuperaria por completo nos próximos dias. Feron e Dário o apoiaram. Dário era jovem e tinha o cabelo loiro; seu anima era um coiote cinza e dourado chamado Coyo. O guerreiro carregava um machado de cabeça dupla e parecia muito amigo de Feron.

O caixão de Lia foi colocado numa carroça; Kara, a guerreira baixa com tatuagens no rosto, prendeu a carroça ao cavalo de Ulrik – um lindo animal de pelagem castanha e patas fortes.

O grupo de nove guerreiros partiu acompanhado de dois lobos, um búfalo, um rinoceronte, uma pantera-negra, uma águia gigante, um leopardo-das-neves, um coiote, uma raposa cinza e um gavião-real.

Desceram as colinas, e Ulrik olhou para trás uma última vez.

No topo, havia uma silhueta os observando.

Seu cabelo cor de areia esvoaçava na brisa gelada da manhã.

CAPÍTULO 41

# Reencontros

O grupo chegou ao destino dois dias depois de deixar o acampamento dos guerreiros. Quando saíram da Floresta Sombria, Ulrik olhou para a Cordilheira dos Ventos e seus penhascos de rocha esbranquiçada. Pedra Branca.

O pasto onde vacas e ovelhas se alimentavam durante o verão agora estava seco, queimado pelo frio. Os campos de trigo já haviam sido colhidos, mas o garoto se lembrava bem de como ficavam no início do verão: um mar dourado que ondulava no ritmo do soprar do vento. A estrada de terra levava à vila, onde ao longe as casas claras pareciam reluzir em contraste com a floresta. Era tudo familiar, ainda mais belo do que se lembrava.

Estava em casa e, em outras circunstâncias, aquilo faria seu coração se aquecer. Mas a razão que o fizera retornar a Pedra Branca era desoladora e gelada como aquele dia de inverno. Não havia espaço para o calor confortável dos primeiros raios de sol da manhã. Não havia como ceder aos encantos da paisagem, nem como deixar brotar sorrisos.

Ulrik trazia o corpo de Lia e ainda não sabia se Carian e sua irmãzinha estavam vivos. Não conseguia nem mesmo imaginar o que faria se não encontrasse os dois sãos e salvos... E, mesmo que estivessem bem, aquele não seria um reencontro feliz. O garoto teria de dar a notícia que arruinaria também a vida deles.

Pensara muito sobre como falaria com pater. Haviam jogado uma lona sobre a carroça para que ninguém visse o corpo de mater, mas Ulrik decidiu que, de qualquer maneira, não seria uma boa ideia atravessar

362

a cidade com aquele grupo de pessoas e animae tão diferentes do que se via habitualmente em Pedra Branca. Não queria ter de responder a perguntas ou se forçar a retribuir sorrisos. Não queria correr o risco de que a triste notícia chegasse a Carian através de outras pessoas. Ou, pior ainda, não queria descobrir se ele estava vivo ou morto através dos olhos dos passantes.

Então, guiou o grupo pela estrada que levava ao sopé da montanha, onde uma casa solitária despontava conforme se aproximavam. Por sorte, não encontraram ninguém no caminho. Se alguém os tivesse visto de longe, provavelmente pensaria se tratar de uma estranha caravana de viajantes.

Ulrik desceu do cavalo e bateu na porta de madeira enquanto os outros também desmontavam. Passos ecoaram dentro da casa, e a grande porta se abriu. O rosto do guru continuava o mesmo: coberto de rugas, sem cabelos e com a barba fina e branca comprida até a cintura. Seus olhos se arregalaram, e o velho abriu um sorriso de poucos dentes.

– Garoto Theo, quanto tempo! E quem são seus companheiros de viagem? – O guru perguntou, animado. Logo sua expressão mudou, provavelmente notando os rostos sérios e tristes.

Explicações sobre aquele grupo com quem Ulrik viajava e outras revelações poderiam esperar. Havia algo mais urgente. Uma única pergunta martelara em sua mente a viagem inteira, e decidiu ir direto ao assunto.

– Guru, pater e Abella... estão bem? Eles estão vivos?

O homem ficou confuso por alguns segundos e demorou para responder. Ulrik estava à beira de um colapso.

– Carian e Abella? – ele repetiu, tentando dar sentido ao questionamento. – Eu os vi ontem mesmo, estavam bem... Vivos, sim, e aparentemente bem.

Ulrik suspirou e sentiu os olhos arderem aliviados. Estavam vivos. Até um dia antes, estavam bem. Mas só ficaria tranquilo de verdade depois de ver os dois em carne e osso.

– Preciso... conversar com ele – disse.

O guru apertou os lábios e franziu as sobrancelhas. Parecia absorver o peso das más notícias no ar.

– Uno, vá buscar Carian.

O urso-pardo se levantou e correu porta afora. Ulrik não fazia a menor ideia de como o anima conseguiria que pater o seguisse, mas não tinha cabeça para se preocupar com uma questão tão irrelevante. O garoto e o velho se encaram por alguns segundos.

– Lia...? – o guru perguntou. Ulrik assentiu, olhando para baixo, tentando não deixar a tristeza transbordar; precisava ser forte. O homem idoso suspirou. – Vamos esperar por Carian, e aí você diz tudo que precisa dizer. Enquanto esperamos, vou fazer um chá. Entrem, todos vocês. Sente-se ali, Theo, descanse um pouco o corpo e o espírito.

O grupo entrou e se acomodou como pôde. O guru pôs uma panela de ferro no fogão a lenha que já estava aceso. Verteu nela água de um jarro. Jogou folhas de chá e algumas outras ervas. Depois de um tempo, um cheiro fresco e ligeiramente doce encheu o ar. Ulrik se concentrou em acompanhar o guru se movendo, pegando louças, servindo o chá...

Por alguns minutos, conseguiu deixar a mente livre, quase hipnotizada por aquelas atividades tão cotidianas, nem por isso banais. Era um velho amigo fazendo o que podia para confortar um coração aflito, e Ulrik se sentia grato pelo esforço e principalmente pelo silêncio.

Quando o guru entregou a ele a caneca fumegante e o olhou de soslaio, foi arrebatado pela tensão novamente. Limpou as mãos suadas na calça. Soprou o líquido e tentou ignorar o fato de que estava com as pernas bambas. Precisava ser forte. Então, por muitos minutos, se concentrou apenas em bebericar o chá, aquecer as mãos geladas e observar o vapor que se desprendia na superfície.

Já estava com a caneca pela metade quando a porta se abriu.

– Theo!

– Pater!

Carian estava diferente, com o cabelo raspado na lateral da cabeça e comprido em cima. Parecia mais cheio de energia ainda, mais jovem... No entanto, nada daquilo importava, e as pernas de Ulrik se moveram sem que ele se desse conta. Abraçou Carian com toda a força que tinha, e o plano de manter o controle foi por água abaixo. Os soluços que estava segurando explodiram da garganta, e seu corpo inteiro tremeu. Pater o envolveu, uma mão firme em suas costas e outra em seu cabelo, como fizera no dia em que Otto sumira, como fizera em todos os momentos em que Theo havia desabado. Carian era a fortaleza, o porto seguro.

– Mater... – Ulrik sussurrou, engasgando-se ao tentar fazer a verdade sair. Precisava dar a notícia ao pai, mas era ainda mais difícil do que havia previsto.

Carian acariciou seu cabelo e tentou acalmá-lo.

–Sua mãe foi até Urbem resolver um assunto da coroa, deve voltar em breve. E aí podemos conversar todos juntos. – Ele não sabia, não tinha a menor ideia. Será que ela fora possuída? Ou capturada durante a viagem? – Ela me contou tudo, filho. Sobre a história do seu avô, sobre os guerreiros e os espectros. – Carian desviou o olhar e observou os outros guerreiros e guerreiras na sala. Sorriu, e não pareceu se dar conta de que todos ali sabiam de algo que estava prestes a fazer seu mundo desabar. – Eu soube que era verdade na mesma hora. Ouvir a palavra guerreiro fez algo se acender em mim, Theo...

Ulrik conhecia a sensação. Sentira uma onda de energia correndo nas veias quando ouviu tudo aquilo de Heitor, porque ser um guerreiro sempre tinha sido seu destino. E, pelo jeito, também teria sido o de Carian se alguém tivesse dado a ele a mesma oportunidade.

– Seu tio... Você o conheceu? – Ele perguntou. Ulrik assentiu, e mais lágrimas correram por seu rosto. Pater franziu as sobrancelhas, refletindo a tristeza que o garoto sentia. – Ele morreu.

Era uma afirmação, não uma pergunta. Carian o encarou por alguns segundos, as feições iluminadas por compreensão. Achava que aquela era a razão da desolação do filho e o motivo que levara o grupo a Pedra Branca. Ulrik sentiu que precisava dizer logo a verdade, porque cada segundo na presença do pai sem que ele soubesse parecia uma mentira.

– Mater...

– Ela vai ficar arrasada...

Ulrik engoliu em seco. Segurava toda a felicidade de Carian por um fio fino e frágil; estava prestes a arrebentá-lo e a lançar o pai em um abismo do qual talvez nunca saísse.

– Mater também morreu. Ela foi assassinada.

– O quê... – Carian balançou a cabeça, claramente confuso. – Não, Theo, ela está em Urbem. E vai voltar logo, talvez chegue hoje mesmo...

O garoto não tinha forças para insistir, nem para repetir as palavras. Fitou Feron, suplicando por ajuda.

– Carian – o guerreiro o chamou, com a voz grave. – Nós trouxemos o corpo de Lia. Ela foi capturada e depois morta durante uma batalha dos guerreiros.

Ele ficou em silêncio por alguns segundos, observando cada um dos presentes. Achando que talvez estivesse delirando ou preso num pesadelo. Ulrik só acreditara que Carian estava realmente bem ao ver pater com os próprios olhos, então soube o que teria que fazer. Puxou o homem pela mão e o levou devagar até o lado de fora. Soprava um vento frio. Caminharam até a carroça coberta com uma lona escura. Feron e Dário puxaram o tecido devagar e depois levantaram a tampa do ataúde de madeira. O rosto de Lia estava sereno e perfeito.

– Não... – Carian sussurrou. Tocou o rosto da esposa e depois retirou a mão rapidamente. Ulrik fizera o mesmo e sabia que a pele fria de mater emitia uma onda de choque, que partia da ponta dos dedos e gelava o coração. – Não. Não pode ser verdade. Lia, acorda. LIA!

Foi a vez de Ulrik o puxar para um abraço.

Carian se encolheu nos braços do filho, e só então o garoto percebeu que os dois tinham a mesma altura. Quando era mais novo, enxergava pater como um homem enorme, forte, um caçador habilidoso que entendia de armas e armadilhas. Alguém que sempre o protegeria dos perigos da vida, que sempre seria maior em vários sentidos. E agora, pela primeira vez, os papéis se invertiam.

Um grito gutural e dolorido acompanhou os tremores de Carian. Ele gemeu e quase caiu quando os joelhos cederam sob o peso da realidade. Ulrik o segurou, enfim encontrando dentro de si a força que buscara durante todo o percurso até Pedra Branca. As próprias lágrimas ainda vertiam, mas era a sua vez de consolar pater. Porque aquele primeiro golpe era o mais intenso, e Ulrik faria qualquer coisa para amenizar pelo menos um pouco a dor do pai.

Os olhos e os sentidos de Ulrik estavam embaçados, e por muitos minutos ele até mesmo se esqueceu das pessoas ao redor. Era como se nada mais existisse além daquela notícia, além daquele momento em que seu pai descobrira que Lia nunca mais pronunciaria uma palavra. Nunca mais daria aquele sorriso perfeito. Não saberia dizer quanto tempo o desespero de Carian durou, mas aos poucos os gritos viraram lamentos, as respirações se acalmaram, os soluços cessaram e o fluxo de lágrimas diminuiu.

– Como, Theo? Como isso foi acontecer? – Carian perguntou, o rosto contorcido e encharcado. – Ela disse que ia até Urbem... Eu não consigo entender...

– É uma longa história – Ulrik disse.

– Por que não entramos então? – O guru sugeriu, com a voz embargada. – Eu fiz chá.

Ulrik guiou o pai; Carian estava relutante em se afastar de Lia, por fim acabou cedendo. Dos animae, apenas Feline, Nox e Lux entraram, enquanto os outros saíram para se alimentar. Os guerreiros se acomodaram nas cadeiras, no sofá e mesmo no chão. O guru serviu mais chá. Ulrik segurou a mão de Carian.

Narrou tudo da melhor forma que conseguiu. Sabia que pater precisaria de todo o contexto possível para entender como Lia fora envolvida naquilo. E merecia saber, afinal, também era parte da história.

Ulrik falou sobre Raoni e as quatro gerações de guerreiros formadas a partir da magia que havia em seu sangue. Falou sobre Inna e a era de terror que açoitou o mundo. Contou sobre Tereza e a caixa das almas. E, depois disso, deu detalhes da própria história a partir do momento em que conhecera Heitor. Tentou não deixar nada importante de fora: a perseguição dos espectros, os guerreiros mortos no Bosque Branco, a batalha da Pedra do Sol, a descoberta de que Augusto era seu tio. Carian apertou sua mão quando o filho narrou o dia do assassinato de Augusto, o roubo da caixa, e chorou ao ouvir sobre a condenação do filho pelos outros guerreiros. Ulrik falou da viagem, do encontro com a feiticeira e com os multos, e então chegou ao momento em que viu Lia nos braços de uma das criaturas repugnantes. Como ele pingara o sangue na caixa na esperança de que mater sobrevivesse, e como o multo a matara mesmo assim...

Nesse momento, o garoto se engasgou e não conseguiu continuar.

Carian enxugou as lágrimas e ficou sério. Respirou fundo antes de falar.

– A caixa foi aberta, então?

— Sim — Feron respondeu. — Inna foi liberado e tivemos a maior batalha dos últimos quinhentos anos. Perdemos muitos companheiros, mas essa talvez seja uma história para depois.

Ulrik hesitou.

— Pater, isso significa que...

— Você é descendente da primeira geração. E eu também. — Ele não parecia muito surpreso, porém, afundou o rosto nas mãos. Depois acariciou a barba, reflexivo. — Quando Lia me contou a verdade, passei dias pensando sobre o papel dos guerreiros, sentindo que esse poderia ter sido meu destino. Mas como ela me falou sobre a marca da estrela, a mancha que você e Otto haviam herdado dela, tentei me convencer de que só estava buscando uma desculpa para te procurar. Só que a sensação persistiu... Confessei isso a Lia, e ela procurou a marca em mim. — Carian se virou. Na nuca, onde o cabelo fora raspado, Ulrik viu a estrela com as cinco pontas quase perfeitas. — A gente estava tentando descobrir a localização do acampamento. Já tínhamos decidido nos juntar a vocês.

Era como se Ulrik tivesse levado um soco no estômago; não se conteve e soltou um soluço profundo. Imaginou a cena: Lia, Carian e Abella chegando ao acampamento. O reencontro de Lia e Augusto. A surpresa de Ulrik quando Carian mostrasse sua marca. Ele e a família reunidos na praça, ouvindo histórias antigas. Lia com certeza teria notas altas em tudo, seria uma das melhores. Carian também. Abella cresceria sabendo a verdade.

Desde que soubera da existência dos guerreiros, o garoto achara que seria impossível ser um guerreiro e ao mesmo tempo ficar junto da família... Sentiu saudade desse futuro que nunca veria a luz do dia. Um luto a mais para adicionar à bagagem.

— Eu estraguei tudo. Mater morreu por minha culpa.

— Não, Theo — Carian disse, segurando o rosto do filho. — Você fez tudo o que estava ao seu alcance para tentar salvar sua mãe.

— Mas não foi o suficiente.

— Às vezes, nada é.

Ulrik ainda não concordava. Sabia que havia outros caminhos, que cometera erros demais. E, independentemente das palavras dos outros, teria de lidar para sempre com as decisões que tomara.

— Então esse tal Inna está livre? — O guru perguntou, preocupado, e os guerreiros confirmaram. — E o que vai acontecer agora?

– Ainda não sabemos – Feron respondeu. – Mas as histórias dos tempos em que ele estava vivo são terríveis. Inna tem poderes que nenhum outro espectro tem... Nós o vimos trazer centenas de espectros à vida como um peixe botando ovos. Deve haver muitas outras coisas maléficas que desconhecemos.

– Para tentar impedir que ele ganhe forças novamente, o clã dos guerreiros foi dividido em grupos, e cada um partiu para cumprir uma missão importante – Catharina explicou.

– E qual é a missão de vocês? – o guru questionou.

– Descobrir como fazer outra caixa. E como prender Inna de novo – Ulrik disse.

As pessoas ficaram em silêncio por alguns segundos. Quando dita em voz alta, aquela missão pesava no ar.

– Hum, não parece uma missão fácil – o guru concluiu, coçando a barba comprida. – Quando vão partir?

– Acho que depois do funeral de mater – Ulrik respondeu. – Ainda não decidimos para onde ir. Tenho algumas ideias que a gente tem que discutir.

Carian segurou seu braço.

– Vou com vocês – ele anunciou.

– Não. – Ulrik balançou a cabeça. – Pater, você tem a marca, mas não é um guerreiro...

– Ulrik, precisamos de mais gente – Feron o interrompeu. – Bruno está liderando um grupo inteiro para recrutar novos guerreiros, e todos vão ter que ser treinados na estrada, durante a missão.

– Também não podemos esquecer que a caixa das almas foi feita por Tereza – Catharina falou. – Talvez ela tenha conseguido por ter mais magia no sangue. Vocês são os dois únicos adultos descendentes da primeira geração de que temos notícias...

Ulrik não queria que Carian partisse com ele pelo mesmo motivo que o fizera se separar de Leona, Tora e Úrsula. Precisava garantir que todos os outros entendessem.

– Pater, agora você conhece a história do avô Eugênio. Sabe o que aconteceu quando usaram mater para me manipular. Ter familiares numa mesma missão é um erro, algo que a gente sempre evita.

Todos se calaram. Sabiam que ele tinha razão.

Feron se aproximou do garoto e colocou uma mão em seu ombro.

– Ulrik, o que você diz faz sentido, mas esta é uma situação diferente. Os inimigos sabem onde sua família mora, e provavelmente já entenderam que Carian é da primeira geração. Assim que Inna se reerguer, vocês dois vão ser os principais alvos dele. – Ele olhou para os outros. – E concordo com Catharina: pode ser que vocês sejam essenciais para nossa missão de colocar Inna na caixa de novo. Por isso, todos vamos proteger vocês. Em primeiro lugar. E a qualquer custo.

O restante do grupo concordou.

Não parecia certo que as vidas deles fossem tratadas como se tivessem mais importância que a dos outros, mas Feron certamente tinha razão sobre uma coisa: não podiam deixar Carian e Abella ali.

– E Abella?

– Temos que tirar sua irmã daqui. Meu bebê... – Carian disse, com a voz embargada. – Vou falar com Maurício e Emília, tenho certeza de que cuidarão muito bem dela. Eles vão ter que mudar de cidade, e podemos marcar um reencontro daqui a um ano. Ou dois. Se tudo estiver bem.

Um grande nó se formou na garganta de Ulrik. A irmãzinha ficaria só naquele mundo que estava prestes a se tornar muito mais perigoso, no entanto, aquela era a alternativa mais segura.

Ele ainda hesitou por alguns segundos. Tinha medo de tomar a decisão errada de novo. De acabar causando outra morte desnecessária. Mas, por enquanto, não tinha nenhum plano melhor.

– Tudo bem – Ulrik enfim concordou. – Você vai ser o décimo guerreiro do grupo.

Carian o abraçou. Os outros bateram palmas. Entre tantas perdas, saber que os dois partiriam juntos era um conforto morno, um cobertor num dia gelado.

Os guerreiros tomaram mais chá e começaram a se apresentar a Carian. O guru explicou a Dário e Kara onde poderiam comprar mantimentos para fazer uma refeição robusta para todos. Discutiram onde todos ficariam hospedados naquela noite e com quem poderiam compartilhar toda a verdade.

Enquanto isso, Ulrik fitava o vazio, em silêncio, bebendo pequenos goles quentes e deixando a mente vagar. A missão que fora dada a eles era difícil, quase impossível. O plano ainda não estava pronto. Mas Ulrik já chegara a Pedra Branca, já contara a Carian sobre a morte de Lia, já decidira que pater iria acompanhá-los. O próximo passo seria cremar o corpo de mater para que seu espírito ficasse livre para renascer.

E, depois, teriam que definir o que fazer em seguida.

Quem procurar primeiro: veros, outros feiticeiros antigos? Talvez algum povo com conhecimento sobre metais raros? Ou quem sabe sobre runas antigas? Talvez, nos próximos dias pudessem examinar com calma os pergaminhos em busca de alguma luz ao invés de se jogar diretamente na estrada...

Assim que se decidissem, partiriam.

Dez guerreiros e guerreiras. E a paz do mundo dependia de seu sucesso.

# Epílogo

O dia fora cheio. Antes de mais nada, pai e filho haviam organizado o melhor funeral que podiam, sem chamar a atenção do resto da cidade. Abella ainda não entendia o que estava acontecendo, mas chorou ao ver o pai e o irmão chorando, e chamou pela mãe diversas vezes. O guru pronunciou a oração da morte, acompanhado pelo coro dos guerreiros, e Carian e Ulrik acenderam a pira. O garoto se lembrava vagamente de ter se desculpado diversas vezes com o corpo em chamas e com o espírito de Lia, e a despedida final trouxe mais soluços e desalento.

O grupo se reuniria na manhã seguinte para discutir os planos. Estavam todos cansados e precisavam de uma boa noite de sono para poder pensar melhor.

– Tem uma coisa que eu não disse a ninguém, pater – Ulrik revelou já na familiar casa de pedra, dentro do quarto de Carian, os dois se preparando para dormir.

– O quê, Theo?

Carian ainda não se acostumara ao novo nome do filho, mas talvez aquilo não tivesse mais importância.

– Caeli me disse algo antes que eu abrisse caixa. – Baixou a voz para um sussurro, pois não queria que os guerreiros no quarto ao lado ouvissem a conversa. – Algo sobre os descendentes de Raoni.

O pai se virou, surpreso, a compreensão transbordando dos olhos.

– O que ele disse? – perguntou, ansioso.

– Que os espectros identificaram e capturaram todos os descendentes da primeira geração antes de roubar a caixa, para que nada desse errado. – Ulrik não queria dizer as palavras presas em seu peito por medo da decepção caso não fossem verdadeiras. – Que eles os *capturaram*.

– Você acha que ele ainda pode estar vivo? – Carian questionou, ofegante.

– Não sei. – O garoto levantou a mão em advertência, pedindo que pater não tirasse conclusões precipitadas. – Mas em nenhum momento os espectros ou os feiticeiros me disseram que ele estava morto. Revirei a mente por cada palavra, relembrei cada conversa... O espectro na Pedra do Sol não confirmou que ele tinha sido morto. Quando me reconheceu, disse apenas que eu não deveria estar lá.

Os dois deixaram o silêncio dominar o quarto por alguns minutos, digerindo a possibilidade com cuidado, pesando as chances de encontrar alguém que já estava perdido havia tantos anos. Depois se encararam, como se houvesse mil coisas a dizer, porém, Ulrik não sabia nem mesmo por onde começar.

– Se ele estiver vivo, vamos encontrar seu irmão – Carian assegurou, com os olhos em brasa, transformando em palavras o desejo que ardia no peito do filho. – Mas vamos deixar essa informação entre nós. Vamos fazer desta a *nossa* missão secreta.

O garoto concordou com a cabeça e os dois se deitaram na cama.

Quando Ulrik fechou os olhos, uma cena se desenhou em sua mente. Pater e ele encontrando seu irmão, os três se abraçando e chorando, caçando juntos os assassinos de mater, recuperando o tempo perdido.

Ulrik suspirou e deixou o nome escapar.

– Otto.

# Agradecimentos

Meu primeiro agradecimento é pra você, que está com o livro nas mãos e faz tudo isso valer a pena. Obrigada por ter dado uma chance pra minha história!

Sinceramente, ainda é difícil acreditar que esse livro existe de verdade porque o caminho até aqui foi muito mais longo do que eu poderia imaginar. Escrevi as primeiras páginas de *A lenda da caixa das almas* no final de 2013. No início, queria apenas descobrir se eu conseguiria colocar pra fora uma história que me provocasse o que eu sentia lendo meus livros de fantasia preferidos. Foi o primeiro livro que terminei. E por mais que eu tivesse me apaixonado pelo mundo e pelos meus personagens, por vários anos senti que o lugar desse manuscrito era no fundo de uma gaveta.

Agora que ele viu a luz do dia, gostaria de agradecer a minha editora, Flavia, e a minha agente, Camila. Foram vocês que me incentivaram a revirar a tal gaveta escura, retirar de lá a pilha de papéis antigos, soprar o pó e as traças e revisitar esse universo criado dez anos atrás (na verdade o arquivo estava na nuvem e minha rinite não me permitiria soprar poeira de coisa nenhuma, mas no meu coração foi assim que aconteceu). Obrigada pela dedicação, pelas críticas, por terem trabalhado junto comigo até chegarmos nessa versão que a Paola uma década mais nova nunca teria conseguido escrever sozinha. Vocês são incríveis!

Vito e Diogo, artistas que admiro demais, obrigada por terem dado ao livro a capa e projeto que ele merece! Parker Coimbra, muito obrigada pelo olhar especializado e sensível, que me deixou mais segura pra falar sobre a minha personagem favorita, a Úrsula. Estendo esse agradecimento a todo o time da Gutenberg que de alguma forma também colaborou para colocar essa obra no mundo.

Um obrigada muito, muito especial para a Jana! Nunca vou me cansar de repetir a sorte que eu tenho de ter uma amiga como você. Uma amizade que começou porque eu admirava as coisas que você escrevia, e que se perpetuou porque você é um ser humano incrível. Você foi uma das primeiras leitoras desse livro e ver seu nome nos créditos como preparadora (quase dez anos depois!) me deixa até emocionada. Obrigada pela amizade, pelo apoio, pelas horas e horas de discussão, e por ter deixado essa história melhor.

Giu, você é uma pessoal especial e muito querida. Antes de começar a reescrita eu estava me sentindo perdida e insegura, e nossas trocas me ajudaram a encontrar o caminho e ficar com o coração tranquilo e quentinho. Por fim, ainda tive o privilégio de ter um blurb de uma escritora best-seller, muito obrigada por tudo mesmo!

Carol, Eric, Castilho, Fernanda e Lee, além de serem escritores maravilhosos, vocês moram no meu coração. Obrigada por estarem sempre abertos pra ouvir, bater papo e compartilhar experiências e opiniões. Fez (e sempre vai fazer) muita diferença pra mim!

Fazendo uma viagem pelo túnel do tempo e passando por e-mails de 2014 a 2017, relembrei que muitas pessoas participaram de alguma forma do caminho desse livro, seja lendo, comentando ou me incentivando. Sem dúvida nenhuma, o carinho que recebi nesse momento inicial foi o que me fez continuar e estar escrevendo até hoje. Correndo o risco de deixar pessoas queridas de fora (e já pedindo mil desculpas porque esquecida é meu sobrenome), queria agradecer vocês.

Eliane, Gui, Érica e Matheus, minha família agregada e muito amada, obrigada pelo apoio desde o início. Cris, Ju, Paty, Sá e Dani, minhas amigas de infância de São José, vocês foram algumas das primeiras pessoas que me ouviram dizer que eu queria escrever e acolheram isso com muito carinho; vocês sempre vão ter um lugar especial no meu coração! Bruno, Luana, Maíra e Dan, obrigada pelo incentivo e brincadeiras com essa história, por serem sempre tão parceiros e queridos com a minha persona escritora e por todas as horas de *mentoring*. Bea, minha baranguete linda, que se propôs a ser leitora beta e leu um monte de baboseira que eu escrevi, obrigada por todos os comentários e ajuda com esse livro (e com tudo na minha vida!). Sosô, leitora crítica maravilhosa que ia colocando comentários enquanto lia pra no final mandar um relatório completo e organizado; obrigada pela contribuição e pelo carinho especial. Rotta, em 2015 você me mandou um e-mail lindo depois da leitura e me disse pra não entrar na vida louca e deixar pra lá a publicação (hahaha); antes tarde do que nunca, amigo! Dri Arcuri, tantas coisas a gente planejou juntas pra esse livro, e apesar de elas não terem se concretizado lá atrás, o que você foi pra mim naquele momento fez toda a diferença; obrigada, querida!

Um grande obrigada aos amigos do Clube de Autores de Fantasia; muitos também leram e comentaram e ajudaram esse livro a ir tomando uma forma melhor ao longo dos anos.

Gatão, dediquei esse livro pra você porque não tinha como ser diferente... É quase como se essa história tivesse nascido e amadurecido junto com a gente. Lembro de você me dizer "Essa história, sim, tá muito legal!" quando te mandei o prólogo. Do seu incentivo enquanto eu escrevia o livro num ritmo frenético na Suíça. Do seu apoio quando não consegui achar um caminho pra ele, e da sua certeza de que ele merecia sair quando esse caminho surgiu. E, mais que isso, como você me apoiou de muitas formas pra que eu pudesse me dedicar e reescrever essa história. Muito obrigada por ser tão parceiro. Te amo muito e quero passar a vida toda sonhando e realizando sonhos junto com você.

E por fim, aquele agradecimento que faz o coração transbordar. Mãe, pai, Pamila e Lipe, vocês são a melhor família que eu poderia ter. Escrever e por um livro na rua exige se deixar vulnerável. Dá medo, vergonha, ansiedade, vontade de agradar todo mundo... A coragem pra dar esse passo só existe por causa da aceitação e do amor incondicional que vocês sempre me deram. O amor que eu sinto por vocês é infinito. Obrigada por serem tão incríveis, por acreditarem e vibrarem comigo a cada passo.

Este livro foi composto com tipografia Adobe Garamond Pro e impresso
em papel Off-White 70 g/m² na Formato Artes Gráficas.